摩天大樓

陳雪

SKY-
SCRAPER

CHEN
XUE

惡魔的女兒之死

——陳雪《摩天大樓》及其他

／王德威

（編按：本文涉及小說情節）

陳雪一九九五年以《惡女書》嶄露頭角，二十年來創作不輟，已經躋身為當代華語小說重要作家之一。這些年來，陳雪書寫家族不堪回首的歷史，女性成長的艱難試煉，還有同性與雙性戀的溫柔與暴烈，極受矚目。她的文字綿密猶勁，面對生命種種離經叛道的難題，筆下絕不留情。她將小說命名為《惡女書》，《惡魔的女兒》，《附魔者》，已經可以看出用心所在。

但陳雪恣肆的書寫之後，其實總有一個小女孩的身影縈繞不去。這原是個清純的女孩，卻在生命中過早受到傷害——從亂倫到自殺，從遺棄到流浪——以致再也不能好好長大。多年以後，女孩變為女人，卻不能擺脫那些往事的糾纏。她喃喃訴說那一言難盡的過去，千迴百轉，無非希望找出傷害的源頭。與此同時，她又企圖從肉身慾望的追逐裡，挖掘親密關係的本質，無論這關係是叫作母親，同性、異性的愛情與婚姻，家。她尋尋覓覓，患得患失。無盡的書寫，重複的書寫，彷彿是驅魔儀式，或更是附魔般的病癥。

在陳雪最新小說《摩天大樓》裡，這些特色依然有跡可循。但在創作二十年的關口，她做出不同以往的嘗試。如果陳雪過去的作品總是從家族、從慾望個體出發，《摩天大樓》顧名思義，凸出了一種截然不同的公共空間和人我關係。陳雪的私密敘事以《迷宮中的戀人》（二〇一二）達到頂點。她的戀人絮語剪不斷，理還亂，雖然有其魅力，也隱隱透露出是類敘事的局限。睽違三年以後，陳雪走出她的「迷宮」，進入「大樓」，儼然宣告她有意放寬視野，試探小說與社會敘事形成的又一種感覺結構。

這大廈矗立於台北市外圍，樓高一百五十公尺，地上四十五層，地下六層，費時八年造成，分為ＡＢＣＤ四棟，共有一千五百單位，三千住戶。「天空城市，君臨天下」，在台北一〇一出現之前，曾是天際線的龐然大物，象徵上個世紀末的野心與慾望；蜂巢式規畫，全天候管理，各行各業一應俱全，有如自給自足的小社會。陳雪當然為這大廈賦予寓言意義，那是中產階級的巴貝塔，也是後現代的異托邦。然而這又與陳雪前所關懷酷兒的，陰性的，惡魔的主題有什麼關聯呢？

一切必須從大樓發現一具他殺的女屍開始。

「惡」的羅生門

《摩天大樓》裡，鍾美寶是大樓裡的住戶，也是大樓中庭咖啡店店長。美寶二十七歲，清秀亮麗，工作勤快，善體人意，社區裡的居民無不歡迎。美寶有個從事電訊事業的男友。關於她的一切如此美好，以致她儼然成為大樓住戶所嚮往的那種理想社區生活的化身。

然而有一天鍾美寶卻被發現陳屍在自己的房間。她身上的瘀痕歷歷可見，顯然生前最後有過劇烈肢體衝突。屍體被發現時早已僵硬，甚而漫出腐味。離奇的是，她竟然穿戴整齊，還化了妝。她的姿態被擺弄得像個詭異的，「死去了」的洋娃娃，一切彷彿有人動了手腳。但凶手是誰？為了什麼殺害這樣無辜的女子？

陳雪採取推理小說的方式書寫《摩天大樓》。小說分為四部，主要人物依序登場，包括了大樓管理員，銷售大樓的房仲業者，羅曼史作家，家庭主婦，鐘點清潔工等。他們為大樓生態做出全景式掃描。然後命案發生了。陳雪安排證人各說各話，形成了羅生門式的眾聲喧譁。在過程中，我們驚覺美寶其實是個謎樣的人物。在她透明般亮麗的外表下，隱藏著一層又一層的祕密。作為讀者，我們抽絲剝繭，企圖拼湊出美寶的過去：她不堪的童年，她那美麗而有精神異狀的母親，陰鷙的繼父，雌雄同體的弟弟，還有那糾纏繁複，充滿狂暴因素的多角情史……

熟悉陳雪過去作品的讀者，對鍾美寶的遭遇不會陌生：她是「惡魔的女兒」又一個版本。從《橋上的孩子》到《陳春天》，從《附魔者》到《迷宮中的戀人》，這一原型人物不斷以不同面貌出現。她出身台灣庶民社會，童年家庭巨變，父親一籌莫展，母親下海為娼。這個女兒小小年紀必須自立，在懵懂的情況下，她被父親性侵了。家庭倫理的違逆帶來巨大的創傷，逃亡和死亡從此成為揮之不去的誘惑。

但故事這才開始。身心俱疲的女兒長大後力求安頓自己，卻又陷入愛慾的迷宮。同性戀還是雙性戀，自虐還是虐人，成為輪番上演的戲碼。帶著家族的詛咒以及色慾的原罪，「惡魔的女兒」注定墮入所遇——也是所慾——非人的輪迴。

陳雪的作品帶有強烈自傳色彩，也常常引起好事者對號入座的興趣。這是小說家的變裝秀，也是對讀者的挑逗。而她有關女性與同志的愛慾書寫，時至今日，已經進入主流論述。相形之下，我認為陳雪作品所形成的倫理寓言部分，有一般酷兒寫作所不能及之處，可以引發更多探討。

「惡」是陳雪創作的關鍵詞，也是她在描述各種精神創傷與愛慾奇觀的終點。什麼是惡？在陳雪筆下，惡是家族墮落的宿命，是父權淫威的肉身侵犯，是社會多數暴力和資本暴利，是異性戀監視下的慾望流淌，是難以診斷的病痛，不可告人的「祕密」。惡是奉禮教之名的善的彼岸，是無以名之的罪的緣啟。

陳雪也探討另一種惡：惡之花的誘惑。在這裡，「惡魔的女兒」不再只是犧牲，也搖身一變成為共謀。稱之為斯德哥爾摩症候群也好，身不由己的耽溺也好，她以曖昧的行動，逆反的邏輯，從創傷開出以毒攻毒藉口，將墮落化為遊戲。究其極致，惡不指向禮法的禁區，而是放縱的淵藪；在那陰濕的底層，但見各色奇花異草怒放，無比引人入勝。

但陳雪的譜系裡還有一種不可思議的惡。太陽底下無新事，人生穿衣吃飯的另一面，就是行屍走肉的漠然與無感。我們都可能是「平庸之惡」的一份子。從無可名狀到無所不在，惡的家常化才是陳雪所想像的終極恐怖吧。摩天大樓就是這樣一個所在。大樓打造出一個理想的有機共同體。然而光天化日裡總已經藏著一觸即發的變故種子，或死無對證的謎團。唯有偶然事故發生，牽一髮動全身，方才折射出住戶的無明和偽善。

在《摩天大樓》裡，鍾美寶的死亡彰顯了陳雪的惡的譜系學。一個花樣年華女子的猝死在在引起大眾的慨嘆和不捨。緝拿元凶、繩之以法，儼然是除惡務盡的必要手段。然而陳雪暗示，作為「惡魔的女兒」，美寶就算死的無辜，也不能置身事外。這就引起了小說辯證的兩難。美寶溫良恭儉的生活裡有太多暴烈的因素。她苦苦與人保持距離，甚至藉不斷遷徙、藏匿行蹤，但她的隱忍卻反可能是殺身之禍的誘因。另一方面，她在愛慾的漩渦裡鋌而走險，一次次試驗死亡與屈辱的極限，顯然迫使我們思考她死因的其他可能。

而陳雪的野心仍大過於此。按照推理小說公式，她讓小說一系列證人說明自己和死者的關係，也澄清犯罪嫌疑。這些人證包括了美寶的男友，與她有染的其他情人，暗戀她的咖啡店女同志員工等。弔詭的是，他們明明有自己與命案無涉的證據，卻又同時承認自己「不無可能」就是謀殺犯。他們的自白是出於什麼動機？面對美寶的屍體，他們可能既是無辜的卻又是有罪的麼？

惡是有傳染性的。惡魔的女兒哪怕再天真無邪，難保沒有自噬其身的基因。與美寶來往過的人，怎能不受波及？他們覺得罪過，不僅是因為「我不殺伯仁，伯仁由我而死」，而是理解自己曾被美寶勾起非分之想，或的確做出越軌行為。儘管日常生活遮蔽了種種生命暗流，美寶的神祕死亡卻陡然提醒當事人所不能身免的共犯結構。小說結束時，真相似乎大白，但凶手何以下此毒手？

誰知道為什麼？知道了為什麼，是否就可以抵銷罪惡？理解犯罪人的心理過程，為的可能是寬慰還活著的人，然而，如果那就是根本的惡呢？

陳雪過去的作品圍繞家族醜聞和個人情史打轉，還未曾如此深刻思考惡的譜系的社會性。在這個層面上，摩天大樓的隱喻最明白不過。這四棟大樓組成的超級社區表面熙來攘往，其實關上了門，每個住戶也都關上了自家的祕密。但果真如此麼？戶戶相通的管道線路，無所不在的保全體系，讓私人生活總已進入公眾領域。當美寶屍體在她的房間裡逐漸分解時，其他的住戶呼吸著共同排氣口排出的新鮮空氣。

惡是有瀰漫性的，甚至成為生存的「根本」。美寶的命案曾讓大樓社區喧騰一時。但時過境遷，一切恢復常態。「無論是住戶還是……過客，偌大一棟樓，吞噬了一切，再將這一切消化吐出，人們很快就會把她遺忘」。在《摩天大樓》的最後一部，陳雪以速寫方式記錄大樓一個月又一個月的變化——或其實沒有變化。一切的一切彷彿就是魯迅所謂「無物之陣」的循環。這是小說家對惡的考掘學最後的感喟了。但絕望之為虛妄，恰與希望相同，陳雪必須寫出反抗絕望的可能。

迷宮裡的戀人

陳雪小說世界裡的惡如影隨形，唯一能與之抗衡的力量來自特定角色追求愛的慾望。這或許卑之無甚高論，但任何看過陳雪前此作品的讀者會理解，對作家而言，愛是她唯一的救贖。但陳雪對愛的理解和敘述確是如此曲折，以致我們發覺愛與惡的關係竟可以互為因果，如影隨形。美寶的愛情冒險就是最好的例子。

在摩天大樓的住戶眼中，美寶人見人愛。但也恰恰她如此可「愛」，我們忽略其中的凶險。美寶正牌的男友電訊工程師大黑木訥誠實，兩人也似乎心心相印。然而美寶的心另有所屬，她和同住在大廈的已婚建築師林大森進行著不倫之戀。美寶和大森原是青梅竹馬，多年之後在大樓裡巧遇重逢，舊情復燃，而且一發不可收拾。兩人瞞著大森的妻子偷情，無所不為。陳雪仔細交待他們早年相濡以沫的關係，以及重逢之後的激情。因為現實的種種阻礙，美寶與大森的愛情其實沒有未來。在時間被壓縮，甚至排除，的前提下，他們每次的幽會就像是只此一次般的熾烈與決絕。他們熱中虐待與被虐待的性愛，甚至窒息性遊戲，彷佛最後的高潮不是別的，就是死亡。

日常生活裡的美寶端莊秀麗，誰能料到她在性愛中如此狂野恣肆？好像只有在肉體極致的歡愉——和痛苦——中，她才能夠將所壓抑的種種不堪盡情釋放。大森穩重自恃，有家有業，是社會成功人士，又為了什麼敢在同一棟公寓大樓裡玩起戀奸情熱的把戲？愛的力量摧枯拉朽，讓陳雪的戀人們鋌而走險，不，走火入魔：

隨著時間的經過，見面次數增加，一年以來，他們除了一再地加強性的刺激，找不到其他辦法來緩解這沒有出路的戀情帶來的悲傷，後期他們的性愛已近乎狂暴，有時甚至會在彼此身上留下傷痕，更增加了曝光的可能。

大森不知道的是，他和美寶這樣的愛卻還未必是她真正要的。美寶同母異父的弟弟顏俊生得挺拔俊美，兼有陰柔的魅力，但卻是精神病患。美寶和顏俊相親相愛，及至在他的證詞裡終於承認，「我也是她的情人之一，雖然我們從不真正肉體相交。雖然，這該是禁忌與罪惡的，但誰能阻止我們相愛呢？即使美寶也不能，當我們一同從那個死境裡出走，我們就是同根同命的了，誰也不能拋棄對方。」但美寶的愛情還有另外一個更深不可測的黑洞。那就是她的繼父。從小學到高中，美寶是繼父覬覦的對象，自己的母親竟然裝聾作啞。她離家出走，卻怎麼也擺不開繼父的糾纏。

亂倫的陰影毀了美寶的生命。在她成長的過程裡父親從不在場，但繼父所取而代之的家／法，以及他對美寶威脅，只讓她創傷的根源變本加厲。在那稱之為家的地方，父不父，母不母；那原該是愛的根源所在，原來早就是掏空的。美寶日後任何對愛的追尋，都是對那空洞的愛的求償，而且永遠得不償失。當她被殺死的那一刻，愛以最邪惡的形式來回應她的企求。

環繞美寶身體／屍體的，還有其他愛的回響。美寶咖啡店裡的小孟是女同志，對美寶一見傾心，但美寶不為所動，使她傷心不堪。美寶男友大黑因為出於對她行蹤的懷疑，暗暗在她房中架設攝影機，因此看到不堪入目畫面。他對美寶的愛只能在偷窺中完成，也同時幻滅。房地產中介林夢宇對美寶一向就有好感。他對大樓熟門熟路，乾脆從通風口潛入，和美寶的床、美寶的衣物談戀愛。當然我們不會忘記林大森。他是發現美寶被殺，把屍體清理以後，替它換上蕾絲洋裝、抹上口紅的那個人。大森與美寶的愛從來欲仙也欲死，當愛慾對象從肉體成為屍體，他戀屍的傾向浮出枱面。

這些形形色色的愛情因為美寶而起滅，提醒我們在大樓其他的住戶裡，是否也有類似故事上演。地產仲介林夢宇出入大廈多年，見多識廣，也不避諱伺機與客戶逢場作戲。但他終於了解他轉手女人就像買賣房子一樣，自己的角色就是空洞的仲介。林妻丁美琪中年罹患乾燥症，苦不堪言，夫妻生活降到冰點。她卻在一個女教練的調養下，漸漸復元。羅曼史作家吳明月筆下多少千恩萬愛的場面，自己卻患有人群恐慌症，足不出戶，遑論談場戀愛。陳雪也不放過為酷兒角色發聲的機會。但比起異性戀的千奇百怪，這些角色嘔心瀝血的愛情故事讀來居然正常無比了。

摩天大樓是個愛慾的迷宮，曲折而陰暗。美寶不啻是這迷宮的女祭司，但也是犧牲者。美寶的冒險不禁讓我們想起希臘神話中克里特島阿里雅德妮（Ariadne）公主與迷宮的故事。迷宮道路機關重重，中心住著半人半獸的怪物迷諾它（Minotaur），隨時準備吞噬被獻祭的犧牲。阿里雅德妮掌握迷宮途徑，為了愛，她提供英雄提休斯（Theseus）一個線團，讓他進入迷宮，自己在外接應。提休斯殺死迷諾它，然後持線循徑走出迷宮，有情人終成眷屬。

陳雪的惡魔的女兒沒有這樣的運氣。她理解迷宮的險惡，但沒有愛人作為前驅或接應，她必須自己闖入迷宮，面對怪獸——那惡的本體——與之對抗。而她進得去，出不來。甚至可能發現原來怪獸猙獰的面目就如同她的父親！她終於被怪獸吞噬。

據此我們要問，寫作於陳雪，是否也如同愛的迷宮冒險？穿梭在不斷分歧的甬道裡，她且進且退，終而遇見——或錯過——怪獸。更尖銳的問題是，她握有任何線索，能讓她離開迷宮，全身而退麼？

《摩天大樓》並沒有給出肯定的答案。但陳雪提供了一個線索。那就是，美寶生命的最後階段還有一段戀情，對象是大樓管理員謝保羅。這段戀情也許突兀，但對陳雪的創作非比尋常，而她有備而來：小說介紹的第一個人物就是謝保羅。「他只是個平凡得近乎螻蟻的男人，內心背負著無法清償的罪咎，他孑然一身，不配得到幸福。」然而陳雪告訴我們，謝所謂內心「無法清償的罪咎」其實完全不能歸罪於他。他曾在一場意外中過失殺人，因此間接毀了一個家庭。雖然罪不在己，謝保羅卻懷著一顆自我放逐的心尋找救贖。他居於社會邊緣，甘願從事一個與資歷不符的大樓管理員工作，以卑微的方式活著，關心別人，不求回報。

美寶是在走投無路的情況下，投入保羅的懷抱。與其說他們相愛，更不如說他們互信。他們有了親密關係，而這樣的關係是協助美寶離開困境的前奏。然而小說急轉直下，美寶被殺，保羅黯然離職。

保羅是小說中的善人。他對美寶的死亡無能為力，當他離開摩天大樓時，他懷著對所愛深深的悲傷與思念。比起其他角色歇斯底里的愛以及萬劫不復的下場，保羅以他無條件的奉獻，示範了一種不同的愛。他為陳雪的迷宮打通一條出路：一種悲憫的愛的可能。也因為如此，他讓美寶的死有了淡淡宗教寓言的意義。畢竟，《聖經》中的保羅是耶穌最親近的使徒之一。

愛的社群免疫學

謝保羅這樣角色的出現，代表了陳雪對於個體與社會群體關係的再思考。重複前述，陳雪以往的作品一再演繹惡的無所不在，而防堵、驅逐「惡魔」、保持清明的唯一方法是愛。但她理解其間的弔詭關係。對她而言，如果愛的前提是主體將自己「毫不設防」的信託給所愛，這樣的愛就不得不向各種變數開放，包括主體的背叛或被背叛，傷害，甚至主體（自我）泯滅的可能。愛到深處不僅是無怨無悔，也可能是此恨綿綿，更可能是自我掏空或兩敗俱傷。而在最詭譎的情況裡，愛的救贖竟可能翻轉成愛的棄絕，那惡的誘因。

輾轉在愛的「迷宮」書寫裡，陳雪已經到達一個臨界點。我認為她的摩天大樓雖然延伸了迷宮隱喻，卻標誌相當不同的空間坐標以及倫理面向。簡單的說，如果「迷宮」只供惡魔的女兒和她的情人們出入，大樓則住滿了千百戶人家。這是一個喧鬧的，充滿各色相干與不相干人等的社區。美寶的愛與死就算再驚天動地，也還是要放在一個更複雜的社群脈絡裡來看。

這就是謝保羅微妙的位置所在。謝是大樓的管理員，負責全天候過濾出入訪客，處理住戶大小疑難雜症，當然最重要的，維護整個社區的安寧與秩序。良好的管理制度讓大樓以內的住戶住得安全舒服，也因此形成了區隔內與外，防堵閒雜人等、突發事端最重要的設置。

然而謝保羅是個稱職的管理員麼？他負責認真，夙夜匪懈。四十五層的地上建築，六層地下建築，四個小區，大大小小的賣場商店還有公司行號都在他巡邏範圍內。他對住戶彬彬有禮，有求必應。但他有可能太關心住戶？小說一開始，陳雪就告訴我們謝保羅特別同情一位坐在輪椅上的少女，久而久之，同情升等為愛慕。少女最後去世，保羅竟然私自潛入她的屋內，感傷良久。同樣的，他和美寶的曖昧關係也逾越了職守。更諷刺的是，他如此「保護」美寶，卻居然還是讓她被人殺了。

恰在這裡，陳雪鋪陳了她對個人與社群倫理的尖銳觀察。我的論述基於當代兩種有關社群倫理的說法。阿甘本（Giorgio Agamben）的「裸命」（bare life）觀指出古羅馬社會裡的「牲人」（homo sacer）是社會的賤民，只有裸命一條，被社會「包括在外」。正因為牲人曖昧、邊緣的位置，他們被視若無睹的存在反證了社會人與非人、內與外的秩序，以及威權者行使法、又高於法的位置。[1]而在二十世紀，「裸命」其實內化成為現代人的宿命。不論資本社會或極權社會，各有精密方式控制成員的生命／政治意義。政治異議者，難民，非法移民，非異性戀者，植物人等都是存在於合法非法的邊緣、或不死不活的狀態。

伊斯波斯托（Roberto Esposito）同意阿甘本對現代社會生命管理的觀察，但指出「裸命」的運用過於僵化消極。同樣從生命／政治管理入手，他卻指出社群（community）和免疫系統

（immunity）之間的辯證關係，才是現代社會性的基礎。對伊斯波斯托而言，社群的構成與其說取決於向心力、歸屬感（或持分單位），不如說對危及社區安危者的防堵與排除——也就是醫學隱喻的免疫體發揮功效。社群和免疫系統間的關係不總是涇渭分明的，而是相互消長，不斷在危機處理中劃出界限。免疫系統也有過猶不及之虞：就是它非但偵測、排除有害的入侵者，同時可能偵測，排出自己這樣偵測，排除的功能，造成「自體免疫」（autoimmunity）。換句話說，自體免疫猶如自廢武功，開門揖盜。這成為隱伏現代生命／政治管理中最弔詭的危機。[2]

回到《摩天大樓》凶殺案和社群倫理的問題。我們不妨說，由謝保羅和其他管理員所形成的保全系統，就如同身體的免疫系統，隔離大樓內外，維護社區共同體的正常運作。但謝保羅的位置耐人尋味。再一次引述陳雪對保羅的描寫：「他只是個平凡得近乎螻蟻的男人，內心背負著無法清償的罪咎，他孑然一身，不配得到幸福。」保羅是條「裸命」，在社會邊緣討生活。他沒有入住摩天大樓的資格，卻被委以維護大廈安危的責任。更諷刺的是，保羅過分盡忠職守，結果連自己也分不清內外之別。當他成了美寶的入幕之賓，甚至共謀遠走高飛時，他從內部破壞了保全

1　Giorgio Agamben, *Homo Sacer: Sovereign Power and Bare Life,* Daniel Heller Roazen (Stanford: Stanford University Press, 1998).

2　Roberto Esposito, *Communitas: The Origin and Destiny of Community,* trans. Timothy Campbell (Stanford: Stanford University Press, 2009). Timothy Campbell, "Bios, Immunity, Life: The Thought of Roberto Esposito," Diacritics 36, 2 (2012): 2-22.

防線，形同摩天大樓的「自體免疫」。以後凶手闖入，不過坐實了大樓安全性的虛有其表。

保羅是大樓社區制度最盡責的維護者，卻也是社區制度最意外的破壞者。我們或許可說保羅與惡魔的女兒搭上線，也陷入了愛的詭圈。但陳雪的用心應不止於此。我們不曾忘記，小說中保羅更是以善人面貌出現。儘管「裸命」一條，他不甘於卑微的身分。他曾遭受過天外飛來的過失殺人指控，而他逆來順受，默默贖罪。他與美寶萍水相逢，願意為她付出。不錯，美寶慘死，保羅難辭其咎。但換個角度看，恰恰因為保羅游走大樓內外，只求付出，不為所限，他戳破了摩天大樓的防堵系統，或任何現代社會奉理性與之名的局限。

伊斯波斯托指出以往有關現代社群論述過分著重界限、領域的劃分，與保全／免疫系統的監理作用。他建議我們不把免疫當作天衣無縫的設置，而是一種滴漏、過濾的程序。認清惡既然防不勝防，我們就必須重新思考保全／免疫的功能。據此，謝保羅的意義就不再只是暴露摩天大樓管理的「自體免疫」缺失，而是提醒我們任何免疫系統內二律悖反性的積極面。只有理解保全／免疫系統的百密一疏，才能打破社區自成天地的幻象，面對社區以外的世界，無論是善的，還是惡的。為了自保，我們不可無防人之心，但我們同時又必須撤下心防，與人為善。謝保羅從「裸命」出發，跨過僵化的人我之間門檻，以寬容的愛來擁抱美寶。他的行為未必見容於常情常理，卻指向伊斯波斯托所謂「肯定的」生命／政治（affirmative biopolitics）。[3]

據此，我們可以理解陳雪如何將她的社群倫理免疫學落實到肉身基本面。小說中的羅曼史作家吳明月罹患多年廣場恐慌症，自我隔離。鍾美寶命案之後，她似乎若有所悟，竟然破繭而出，離開多年幽閉的房間，重新進入（仍然危機四伏）的社會。更有意義的例子是仲介妻子林美琪。她罹乾燥症的病因正是自體免疫功能作祟。她遍尋治療無效，卻在女性按摩教練的推拿中，肉身蘇醒，重獲生機。而林美琪一直以為她只是個規規矩矩的異性戀者。

而我們記得，陳雪的《迷宮中的戀人》所處理的，不正是一個女作家發現自己免疫功能失常，罹患了乾燥症？乾燥症讓作家生命停擺，陷身疼痛無孔不入、病因無從追蹤的循環裡。與此同時，作家感情也遭遇空前僵局。她周旋在舊愛新歡間，全心投入，求全責備，結果反而適得其反。

陳雪的戀人們在追逐愛的過程中，不知道如何劃下停損點，或一種「免疫」措施。他們極端到或唯我獨尊，或自我作賤時，愛吞噬了愛，惡意瀰漫，痛苦橫生。她們成為一群愛的「自體免疫」者。《摩天大樓》的鍾美寶只是最近的犧牲。但這回陳雪理解，摩天大樓裡還有成千上百的住戶，也各自有他們和她們的故事。癡嗔貪怨，各行其是。美寶的死引起憐憫，引起恐慌，或引不起任何反應，都必須預設社區其他住戶的感同身受的經驗或想像。這一對群體、他者存在的承認與同情，是陳雪愛的倫理學的重新起步。

而這重新起步的契機只能由謝保羅來承擔。摩天大樓凶殺案在媒體上喧擾一時，但美寶的葬禮淒涼無比。保羅南下，繼續孑然一身的流浪，以大量勞動和酒精麻痹自己。他更孤獨了。

3 Greg Bird and Jonathan Short, "Community, Immunity, Proper," *Angelkai*, 18, 3 (2013): 1-14.

直到有一天，保羅意外收到一個包裹，竟然是美寶的遺贈，一條黑白格子手織毛線圍巾。那是美寶打算私自離開摩天大樓前，託人留給保羅的。南部豔陽高照，圍巾卻溫暖了一顆冰冷的心。保羅開始學做麵包，那原是他和美寶的浪漫計畫。在一封信裡，保羅如此寫著：

> 美寶確實死了，但就像她活著時那樣，無論身處什麼樣的絕境，她從也沒有自暴自棄，更不可能會讓身旁的人不幸。後來我想，是該離開台北了。麵包店的工作還等著我，老社區也還有空屋，沒有美寶，也還可以過著美寶想要的生活。我想，這才是繼續愛美寶的方式。

愛原不是封閉的系統，而是開啟未來可能的界面。「迷宮」闖蕩二十年後，陳雪以前所少見的溫柔結束她最新小說。摩天大樓凶殺案很快就會被淡忘，但惡的陰影揮之不去。「那樣巨大的一座大樓，隱藏著多少種地獄呢？」唯有善人保羅從地獄歸來，收拾記憶碎片，謙卑的重新開始生活。置之死地而後生，「沒有美寶，也還可以過著美寶想要的生活。我想，這才是繼續愛美寶的方式。」愛，以贈與，以無須回報的方式，移形換位，繼續傳衍。這是惡魔的女兒最後的禮物。

CONTENTS

序曲

「龐特塔」

從底部往上張望，天空呈現完美的O形，藍天襯底白雲成絲霧狀以極緩的速度飄過，拍攝者可能經過長時間的等待，再將畫面倍速播放，圍繞那一圓形天頂的是中空的塔柱，柱身是一間間住宅連結成的圓弧，圓心等距，從塔頂至地面，是一座幾欲參天的高塔摩天樓。

白日裡，除卻那一方天光，四周都是靜暗，圓弧形走道完美地繞行，竟一盞燈也無，走道鄰近天井的圍欄透明，均以一米見方大小的玻璃窗等比建起，等同於每一層樓幾乎都覆蓋以數百面窗，而整棟建築，在這天光底下往地面深入，深深深深地，越往下越進入黑暗的圓周，是一座千萬面玻璃窗搭建而成、以圓形走道作為剖面，往上、往下、往左右，盤旋盤旋盤旋，上至天頂。下方已沒入塵土之中、替代牆面而成的玻璃窗形成支柱，為了向天井取光借風，人們往往把其中幾扇窗打開，於是從上往下探望，自天空以下，紛紛有誰伸出手，或者不均勻搭乘窗梯那樣地，偶爾向左，偶爾向右，這兒開一扇，那兒掀一窗地，讓這逐漸往下越趨近黑暗的天井，透露出有人居住的氣息。

大樓底部，從地面迎接不知哪一樓的天花板剝落泥塊、粉碎牆面的油漆水泥、地板鋪石、梯間逐漸碎裂的瓦礪、砂石、鋼筋、塵土，匯聚成團成堆，從地面逐漸壘高，蔓延過空無一人的樓面，爬上樓梯，佔據窗台，霸去走道，繼續癱瘓天花板、女兒牆坍倒、玻璃碎裂、崩壞窗框、拉扯樑柱，大樓以肉眼難以窺見的速度，逐漸從底部開始吞吃這樓自身，將殘餘物吐出堆積，從一樓中庭、樓房，上到二樓、三樓，十多年過去，大量泥沙塵土殘骸包含住戶往下丟擲的廢棄家具、玻璃、輪胎、垃圾，匯聚成固態的流，逐漸高升，蔓延過幾座樓層，視角從此堆攢物中升起，一點點拉高、俯視才得以看見那已成一汪高達數十公尺的垃圾之海，海中漂浮著已呈固體又柔似半液態的砂石、鋼筋、紅磚、保特瓶、紙箱、袋裝垃圾、罐頭空瓶、玻璃碎片、尿布、紙張、舊衣裳、缺腿桌椅、電視、喇叭、高腳椅、輪胎、散亂的家具殘肢，以及更多數量面目不清的「垃圾」。統稱為垃圾的物品堆疊彼此，隨著鏡頭的晃搖使人感覺似乎有波浪晃動。

鏡頭陡然升高，翻轉，以仰望的角度在畫面上逐漸放大、再放大使觀眾終於看見浸潤包圍在這垃圾海的是一座圓形的大樓，走道成圓弧形，指向天井，從底下五層樓全被垃圾堆滿，往上，推開的窗，偶爾透露的人聲、光線、腳步聲，說明這是一座活的樓，一息尚存。

曾經，這座位於南非約翰尼斯堡的龐特城城市公寓，又名龐特塔，高一百七十三公尺，共五十四層樓，曾是非洲最高的住宅大樓，位於市中心最繁華的地段。一九七五年完工時，是種族隔離時期當地最高級的白人住宅，大樓裡有桑拿、酒吧、超市、商店、俱樂部，以及數不清經由豪華家具、吊燈、地毯、名畫、裝潢設計而成的高級住家。曾經，居住於此是高級白人身分的表徵，睥睨於世，樓層越往上房價越高，塔頂的建築外圍掛上南半球最大幅的商業廣告，至今那殘破的廣告依然以白底紅字宣傳著商品。龐特塔的外觀，仍然像一個完美的夢境般，出現在五光十色的市區，周遭已建立起更高、以玻璃帷幕、各種幾何造型、更現代更時髦更先進的各種大樓，然而龐特塔那近乎神聖的圓形，完美的O，遠望無法窺見其殘破，那筆直的塔，仍指向天頂，卻象徵著現代城市一則衰落的傳說。

八〇年代末，白人大量遷出，龐特塔變成黑幫佔領，無業遊民、非法移民聚集的巨型貧民窟，因缺乏管理，而陷入缺水停電、建築毀壞、治安不良的黑暗期。

二〇〇〇年之後，開始有人陸續進入整頓，恢復局部供電，也有人駕著電動車靠著迴旋走道一樓一樓上升，有人徒步而行，只要繳交定額的費用，甚至可以享用局部的電梯、充足的水源與電力，這棟曾經是白人高級住宅的樓，塔底依然堆放成山若海的瓦礫碎石，但垃圾已經清空大半，逐漸擺脫傾頹顯露出生機，經過許多人的努力，甚至產生「新龐特塔」的建造運動，轉型為黑人的平價住屋。據某些住戶的說法，此處安靜，彷彿位於天堂一角，外界是喧鬧的城市，塔裡遺世獨立，在這窮人幾乎不可能居住的大城市中，這座樓，成為在都市裡求生的城市移民，珍稀的避難所。

「大衛塔」

第一張照片，一個黑人年輕男子赤裸著上身，握著槓鈴，在高樓頂的平台上健身，陽光照射他黝黑的身體，發散光澤，平台上堆放許多輪台、木箱、紙屑、乾枯的植物，水泥地面粗糙，局部成黑色或墨綠，點狀、塊狀、不規則狀的黴斑，舉重男子靜態的姿勢周圍遼闊無際，只有遠處幾座樓伸出的頂，某些因遮蔽而顯露的建物切面，像空中種著的筍，霧中冒出的蘑菇。彷彿因著天空如此湛藍，或一種難以描述的空間感，令人感受到這是一座高樓樓頂。

男子因用力而面孔扭曲，槓鈴片看來是輪胎內框權充，男人腳邊，放著一只與空曠天台、壯碩男子對照顯得無比小巧的啞鈴。

第二張照片，城市傍晚，夕陽照斜，點、線、面展現著城市裡高矮參差的擁擠建築，照片框格深處是灰灰水泥森林裡點綴似的一點點翠綠的山林，畫面正中，作為比例尺的是一座造型奇特的樓，乍看似乎是三角立面，然攝影者應是為了凸顯建築的狀態而選擇此角度拍攝，觀者所能見的兩個角度，一面是鑲嵌千百個玻璃帷幕而成的外觀，反光的牆，從樓頂每隔幾間逐漸下降，至高與至低相差十餘層。那些透著帶有科技感光照效果的帷幕不透明，遠觀是許多細黑線條組成的小格子，有些格子看不清是破損、缺漏或什麼緣故，不反照天光，顯得洞黑，空格邊緣好像有什麼款擺著，是一株從窗格伸出的植物，其觸手指向天際。

另一面則完全展露其結構，每層七面窗框完全裸露，水泥牆、鋼筋結構、觸目的裸露紅磚、水泥柱，幾十層高樓，無一扇玻璃窗子。某些窗框被報紙、布簾，甚至破損的廣告看板遮起，有些窗框露出天線、植物、晾曬的衣服，有些，露出正在動作中的人影。人臉。人存在的跡象。

第三張照片，陽光下反光玻璃照映出金光，幾乎看不清樓的面貌，接下來是簡短的空照連續短片，經由直升機飛旋彎轉帶出的視角，陽光反射在破裂的玻璃窗上，鏡頭後退，是更多的破窗，斑斕的窗簾碎布，貼在破裂窗戶上的膠紙，從窗縫叢生而出的蕨類，未完工部分的磚牆，鏡頭旋轉，大樓的整體逐漸顯現，這座複合式摩天大樓外型為尖塔狀，原本該是此處最高的樓，然它身後已有更高的樓遮蓋，背後的高樓嶄新、完美更顯出此樓像在建築中突然時間暫停，所有建設停擺，一停多年。

接下來的照片，第一張從大樓內部天井與中庭起始，幾株寬葉植物高矮地伸展，有人路過，有幾人聚集談話，蔭涼的空地有孩子騎著單車，每家戶門口都有的車道坡面層層往高，從內部往上望，有些屋子漆成藍白兩色，有部分塔柱漆成粉紅與粉綠。

再一張，鏡頭拉近，轉向大樓背面，裸露的水泥與紅磚窗框，千百個格子狀的單位存在那一個龐雜的立面之上，晾曬的床單、懸掛的窗簾，甚至玻璃後探出一張黑膚女人寬大的臉，滿頭編織的黑捲髮，身著彩色的罩袍。

有些相片鏡頭進入人家，其一，黑膚黑髮中年女子坐臥圈椅裡講電話，小巧屋子天藍色的牆面，掛有幾尊雕像，女子身後，頭頂是裸露的紅磚，牆壁與頂蓋之間裂開一縫，水藍色的天使裝飾般在右上角成倒三角形，這家人在那縫隙不規則的水泥邊上掛了一個粉紅色的羽毛吊飾。

其二，位於一個三角形屋內，應是位於大樓某一邊角，兩側都是玻璃牆，婦人與孩子躺臥床上看電視，床鋪倚靠著巨大水泥柱，整面完好的玻璃大窗，上半部貼著擋光的紙，每扇窗都掛上兩片暗紅色窗簾，電視裝設在一高大的木頭櫃子，底下整齊擺放生活用品。

窗外可見下方城市裡矮屋聚集，遠遠地，光亮的屋外，遠方的矮房，與這屋內昏黃的燈光，電視機裡白亮的畫面，形成對比，使這一畫面近乎永遠寧靜。

其三，畫面裡是整面水泥牆，中間巨大的方形可能是未完工的窗框，兩男一女三年輕人靠臥著坐在水泥框裡，彷彿一內容溢出畫框的畫，人影背後是光影失焦模糊的地面街道，街燈、樓燈、廣告霓虹暈開，像是這些人猶如從相反方向處在建築裡，猶如生活在牆內，屋子卻在牆外。

其四，一名藍衣女子處在一間藍色的房間，木頭桌面有縫紉機，女子捲著白色線圈，眼前正對著牆上兩張領袖照片。

這是位於委內瑞拉首都卡拉卡斯，名為「大衛之塔」的摩天樓，一九九〇年由知名建築師開始興建，希望打造成委內瑞拉經濟起飛的指標，然而四年後，因為銀行危機，使得大樓工程停工，之後大衛之塔由政府接管，遲遲無法重建，二〇〇七年，大衛之塔逐漸由毒梟與罪犯接管，開始吸引許多無家可歸的人遷入，此座四十五樓高尚未完成的摩天樓，成為世界最高的貧民窟。

半廢棄的樓是活生生的，還居住著許多人，攝影師的手從未晃搖，某些鏡頭帶過遠景的天空、白雲、藍彩，搖轉又回到那光影漸黯的巨大反光玻璃窗，有些完好的窗戶比人身更高，隱隱透出玻璃背後家具的晃影，直升機以某種暈眩的角度慢慢晃搖，三百六十度沿著這棟建物慢慢旋轉、逼近，一層樓一層樓凝視、晃悠、旋轉而過的連續畫面。這一座未完工的大樓，樓內已經被貧民佔領，七百多位住戶發展出自給自足的生態，隨著水電慢慢恢復供應，居住人口越來越多元，大樓逐漸變成功能齊全的小社區，商店、美容院、服飾店等入駐，各種營生的人們也將此打造成他們生活與工作的地方，種植盆栽、裝飾門面，各種種族、職業、年齡的居民，使得大樓每個轉角、每一個樓層，生機蓬勃，無論完工與否，即使磚牆裸露，玻璃殘破，大樓仍在生長，未完結。

第一部

1——出口

謝保羅　32歲　摩天大樓管理員

每天起床後，他會把被縟整齊疊好，環顧狹窄室內，三呎單人床架，薄木板覆上椰子床墊，棉被疊成豆腐干，枕頭壓得扁塌。扣掉床位，只剩床邊供一人旋身的空間，床鋪與門之間一塊桌板大小的方形空地，四片薄牆曾經刷上白漆，如今局部已骯髒剝落，光禿的天花板也是白漆水泥，掛著一支日光燈管，右牆擺床，左牆置物，比人稍高的牆面釘著一排釣鉤，上頭掛有外套、帽子與背包，牆邊一個三層合板木櫃收納衣服與雜物，櫃子旁一台老舊單門小冰箱，冰箱上一台小電視，要看電視就坐在床上看，需要桌子的時候，先把床面淨空，再把床底下的摺疊小椅子拉出來，單人床底下的空間放腳，雙手擱在床鋪上當桌面，如果有客人來，就把櫃子裡的馬克杯拿出來，另一張摺疊椅拉開，茶水飲料之類的可以放在他在回收處撿回的木質托盤，當然，托盤也擺在床鋪上，得小心別翻倒茶水。至於茶水，就到走道上的飲水機取熱水，茶包泡進去即可，飲水機水質不佳，壺底常有白色沉澱物，這複雜的待客流程是他自行演練的，至今尚未有任何訪客。他的單門小冰箱，是工作上的同事送他的二手貨。至於電視，幾乎每戶都有，這是必需品，附近有幾家賣二手電器、家具的商店，住戶搬來時，便宜採購用品，搬走前，低價賣回店家，謝保羅也用八百元買了一台十四吋像古董一樣老舊的映像管小電視，體積大，螢幕小，收訊不良，第四台是房東偷拉的線，一個月一百元。因為沒有網路，謝保羅沒使用電腦，據說有些年輕住戶會使用手機3G上網，說是工作需要，再窮，手機也不能沒有無線上網。一般屋裡配有兩個插座，大多數的住屋裡都用延長線密密麻麻拉出更多插座，屋裡沒有廚房，大夥都在走廊上開伙。簡易的卡式瓦斯爐幾乎是每隔幾戶就能看見一台。

這樣的空間確實難以容納兩個人，更別提倘若另一人需用輪椅代步，行動不便，且對方是女孩子，更不可能在這棟樓裡與他人共用衛浴，唉，太委屈了。這念頭使他心中一震，尋思著搬家的可能，每月薪水兩萬四，扣除每月固定匯到徐家的一萬元，自己的生活花銷，健保勞保，機車油錢，目前三千二百元的住宿費最高可以調整到五千，但究竟五千元在台北又能租到什麼樣的房子呢？他太陽穴深處痛了起來，只好像要驅散什麼似的整了整歪斜的肩，拿著裝有牙膏牙刷漱口杯與毛巾的臉盆打開房門走出去。

房門外，穿過一整排與他住處一樣的薄木門板，來到走道底，樓梯間的轉角有兩間廁所、兩間衛浴，過道邊上一排附有三支水龍頭的洗手台，一台開飲機，住雅房的三、四樓住戶，都在這兒盥洗，走道向陽，以遮雨棚與鐵窗完整包覆，女兒牆上方以鐵架往外突出多隔出一點空間，不成文規定是屬於該過道的住戶所有。通道很窄，不能擺放鞋架，住戶紛紛將鞋子成排擺在女兒牆上方，那約一尺寬的鐵架上，擺放了各式各樣的雜物，遮雨棚下方有長長的鐵桿，供住戶在此晾曬衣物，屋裡擺不下的雜物也往窗台上堆放，使這座生鏽鐵窗格增添了色彩。因為頂樓養了許多賽鴿之故，這樓的別名叫做「鴿樓」。

鴿樓是坐落於一處閒置空地之上的舊廠房改建的租屋樓，這一帶是重建區，四周都種滿了新成屋，唯獨這樓始終沒改建，產權糾紛吧，荒廢了一陣子，有人去跟地主租下改建，成了四層樓一百多戶的狹窄隔間屋，因為交通便利，租金相對便宜，總是滿租。也不知何時輪到這片地蓋大樓，謝保羅當然希望此地永不改建，就一直這麼破舊便宜，供他容身。

謝保羅住在「鴿樓」的三樓之十五，房門背後，掛了一個窄窄的木框鏡子，是他工作的大樓裡住戶贈送的禮物，盥洗過後，他望著鏡子打理自己，戴上帽子，身著胸口縫製繡有姓名編號名牌的藍色制服，足蹬黑色人造皮鞋，就是謝保羅作為大樓管理員全身的基本裝備。他騎上機車，戴上簡易安全帽，三十分鐘的車程，跨過兩座橋，來到他上班的摩天大樓。

每日工作十二小時，細節瑣碎，在櫃枱收受住戶的包裹信件，接待訪客，從電腦螢幕監看監視錄影畫面，每週要定點巡視四十一層大樓，鞋底都快踏破了，漫長的走道從一端到另一端會經過三十二戶人家，重點巡視是樓梯間。其實每一層走道、樓梯、轉彎都有監視器，平時在樓下櫃枱已經監看過無數次了，但據說知道有警衛巡邏，住戶都比較安心。巡邏時，常會遇到住戶來投訴，泳池上漂著垃圾、樓上的盆栽落到中庭摔破、有人在高爾夫球練習場遛狗留下狗糞髒臭，甚或者家裡對講機壞了、空調不冷，都找管理員處理，他也協助過夫妻吵架大打出手的糾紛。

他喜歡巡邏。即使冷天被叫去看顧車道也無抱怨。每日萬步在大樓裡巡走，或待在窄小如電話亭的警衛室走進走出指揮車輛出入，甚至是夜晚時間的門口站崗，他都認真地逐一執行，不抽菸、不打混，其他人不願做的工作他都無怨言地接下，只因為他願意接觸這大樓所有一切，住戶、訪客、車道、梯間、花園、游泳池、運動室，這些都是構成大樓的重要部分，重複地走過這些地方，讓他有置身其中的真實感。

*

過往兩年的多數時光裡，他凝望著陌生人群出入眼前，為了打發等候的時間，或銘記這些荒度的歲月，他費心記住他們的臉。

比如住戶A夫妻，A先生一張方臉，深眼，濃眉，短鬚，五分短髮，皮膚是上健身房刻意曬出來的古銅，一般說來是令人信賴的長相，但性格可能過於固執，喜歡發號施令。A太太年約四十，細眉精心修過，膚白，素顏的時候顯得眉眼平淡，一上了妝，五官立體深刻，淡淡腮紅裡透出的淡淡雀班，令得她顯出嬌媚。沒有孩子的他們，有部福斯Golf，住在C棟二十九樓邊間公寓、室內三十五坪、附有陽台的寬敞空間裡，根據資料，A先生是建築師，A太太無業，他們過著謝保羅憑著紙上資料無從想像的生活。這種家庭式的住戶組合，下來拿掛號信的往往是太太，但每天開信箱的卻是先生，因為大樓管理處會先簽收包裹與快遞，再通知住戶下樓拿，所以非上班時間，比如晚飯後，是較多人來拿信的時間。

他時常翻閱記憶中A太太的臉，她對管理員非常親切，記憶裡多是她無分素顏或濃或淡的髮妝底下，近乎討好的笑臉。她給人一種出身不好，但努力向上，卻始終缺乏安全感的印象，A先生則顯得過於自信，有點裝腔作勢，像是在隱瞞什麼似的。

這些都是謝保羅無聊時胡亂的聯想。

人臉真是一種奇怪的符號，你越是深入細節，越覺得醜陋與不協調，等你深入到一個程度，他／她看起來就幾乎像是一個抽象畫了，要費心記住這些細節的關鍵是放鬆，不去記細節，而是讓視線有些鬆弛，可以將整張臉印入其中，然後如攝影機一樣，啪嚓把整個臉攝影下來，歸放在腦中儲存「臉孔」的區塊裡。

等捷運或等公車，甚至是悠閒地騎著腳踏車時，他往往會將那些臉孔翻出來溫習，知道名字的話，就在上面標誌姓名，姓名不詳的，就像翻書一樣翻過，有些人你無法看得很清楚，他們總是神色匆匆，旋風一樣走過，能看清楚的只是每日早晚不同的側臉，但那樣的臉他反而印象深刻，因為不與你相視，反而讓五官落到最舒適的位置（儘管許多人會說那是擺臭臉，在他看來是表情空白而已），他喜歡翻閱這些不同角度的側臉，甚至可以將他們做許多的猜測與聯想，等到真正看到正面時往往有很大的落差。

另有一種臉，永遠被口罩或帽子遮住，近年來這樣的臉孔時常出現，有時是某型流感發作時，或許是因為大樓入口處就裝置有酒精乾洗手機，提高了緊張感，也或許因為交通顛峰時期，上下電梯、出入閘門的人多如上下班時的地鐵站，有些住戶是在從搭電梯到出大門這段路程戴上口罩，一出大門就拿掉，另有一些，他知道是不願意讓人認出名字而戴上口罩，多是有小小名氣、卻也還不至於眾人皆識的模特兒、購物頻道主持人、演員。這棟大樓裡確實住著幾位這樣的人，某些時候，他們如其他人一樣自然出入，某些時刻，戴著墨鏡口罩，反而引人注目。還有些，你不知為何原因戴口罩者，好像那只是裝扮的一部分，保暖、安全、甚至是裝飾？據他所見，這樣的口罩族，多為年輕女性。

當然也有墨鏡一族，不分男女、晨昏，一律戴著墨鏡，這樣的臉越是不想讓人認得，越是輕易進入他的視覺印象中，即使被各式深色鏡片擋住半張臉，那整體印象會深刻地印在腦中，儘管可能將某甲與某乙搞混了，但只要多見幾次，又可以從他們不同的穿著打扮，甚或墨鏡的款式之不同，做出區別。

這些事既無實際價值又費心思，反正沒有其他事可做。

圈困在這早晚班輪替每次當職十二小時的工作裡，謝保羅需要些事情來分散心思。

有些同事聽廣播（上頭是禁止的，不過夜班裡只要是老鳥都這麼做），玩手機（這是年輕的同事才有的習慣，智慧型手機，玩遊戲或上網購物），看報紙（大樓免費的報紙就有三份），有些人只要有時間就打瞌睡，好像永遠缺乏睡眠。另有一個同事，讓人費疑猜地，一直在看書，此人年紀四十五，是新進員工，一本《三國演義》反反覆覆閱讀，另外他也讀什麼《厚黑學》、《聖經》、佛書、購物頻道雜誌，大體說來是大廳裡等候區書報架上有什麼他讀什麼，有人問他為何，他說：「不看點書容易胡思亂想。」謝保羅他們是一群只要手上捧著書就會有人來問東問西的人，好像大樓管理員除了盯著監視畫面，眼睛就不該看點其他什麼，但在他父親那時代啊，守門人沒有不讀書的，如果可以，謝保羅也願意拿本書打發漫長當職時間，但他是不願引人注目的，寧願翻讀他熟記的人臉，百無聊賴編寫他們的人生劇情。

閒暇或他人不注意時，謝保羅時常翻閱郵件簽收簿與訪客登記表，也常把收在抽屜裡的訪客證件拿出來查閱。輪到他登錄郵件時，絕不馬虎，他會用他所能夠最端正的小楷，當然是以簽字筆書寫，但字跡可供人清楚辨識，樓號與郵件編號絕不可弄混搞錯，收到的郵件包裹如何置放回鐵櫃中歸檔，也是一門學問，除了按照大小、厚薄、形狀，他亦會根據住戶樓層，方便收送的時間，區別在臨時櫃枱，或長期歸放處，如住戶通常晚上幾點就會來拿，或通知了也不會立刻來取的，以及這段時間已經出國的。很奇怪常收包裹掛號信的人就是那些個，有人從也沒拿到過一個需要登錄的掛號信，有些人，簡直是在開公司似的，大小包裹不斷。儘管同事可能不清楚他在做什麼，但也不會阻止他，反正他做這些純粹為了個人興趣。

謝保羅熟知各家住戶的祕密。或許不是最深刻的祕密，但有些祕密隱藏其中。在訪客登記、郵件收發這兩者之間，倘若，你又對他們的作息、出入、有訪，知之甚詳。

他這些個人小嗜好，不可被他人知道。他有一同事李東林對住戶更熟，聽說是天生記性好，遇見誰誰誰都記得哪戶哪家，腦子跟資料庫一樣，私下也常對他說住戶的八卦。謝保羅不是天生記性好，也絕非對「人」有多少興趣，做這些事，對他來說，叫做敬業。該記得的記得，都放腦子裡，沒有必要，絕不拿出來說。

父親生前也是一名房門警衛。他駐守的是一個公營事業的宿舍園區，園區有十五棟日式房屋，坐落於六百多坪的園林內，入口處有管理室，父親就住在管理室後頭加蓋的小平房內，謝保羅三歲到八歲那幾年，他也跟隨父親居住於此。從軍職退休後，父親在朋友引介下來到這個宿舍，工作除了守衛門房，也幫忙整理園藝。那時母親已經離家，父親長他五十五歲，謝保羅與父親一起時常被誤認為祖孫，他記得那個小房間以木板架高地板，一側有櫥櫃，地板上鋪著榻榻米，屋子始終潮濕，瀰漫著父親長年點著的蚊香味道，他們市區另有一處老公寓，但幾乎很少回去了，生活僅憑簡單衣物、一只收音機、大疊書籍，與一個大同電鍋，煎炒煮都用那只電鍋解決，房間時常要把拉門拉開通氣，否則到夜裡就會臭不可聞。

對父親的印象總是他以毛筆抄寫訪客資料的神情，專注、認真，且過於謹慎了，即使連他都認得的長官職員，只要不是宿舍住戶，他就要求查看證件，何時進入，訪客為誰，原因是什，都要仔細查問。他時常看見人們對父親露出不耐煩以及「你真不識相」的神情，語氣粗魯也常見，甚至也與人發生過衝突，年幼的謝保羅總是羞愧難當地躲在壁櫥裡，那時節他還沒上學，父親已經教會他簡單識字，少年謝保羅一個友伴也無，只能在附近的花間草叢獨自遊戲，有一戶人家，是營業課長，其妻子待他特別友好，時常喊他進屋去看電視，也給他吃甜食。

離開父親與那個小屋多年，謝保羅還能聞到夜晚從園子裡傳來的草腥與花香，各戶人家種種聲息，昆蟲長長的唧嗚，父親那種時常讓他誤以為中斷呼吸的鼻鼾聲，斷斷續續，猶如火車汽笛。

*

大學讀的是經濟，畢業後考上了銀行行員，過著穩定的上班族生活，工作三年他就買了車，低階軍職退休的老父死後留下一個還有貸款的老城區舊公寓，他住自家房子，沒什麼開銷，嗜好是玩真空管音響，聽黑膠唱片，他每日開車上下班，在車裡也聽著古典音樂，女友是百貨公司名牌服飾櫃姐，比他小一歲，他倆決定在三十歲以前結婚。

二十八歲生日那個秋日早晨，他如常開著汽車出門，在一個紅綠燈前如常地穿過，他幾乎沒看見那個女人怎麼來到眼前，或許他分神於音樂的美好，或許他沒有，只是腦袋放空了一會，這條路太熟悉了，時間、地點、路況熟悉得彷彿一首再熟練不過的曲子可以閉眼哼唱，然後就是車子撞倒什麼的巨響，他緊急煞車。

人生似乎就停在那一瞬間了，車頭側面碰撞摩托車產生衝撞與阻隔，下意識地急踩煞車，物體彈跳到車頭引擎蓋，然後跌落在地。

目擊證人、圍觀路人都清楚看見是那個騎著摩托車的女人闖紅燈沒命似的猛衝，她頭上簡易安全帽沒扣扣環，蛋殼似的隨著她的倒地脫落在一旁，真不知道她的車速有多快，竟能產生如此大的衝撞力道，把謝保羅的汽車車頭側邊整個撞凹，也將自己拋甩至車蓋後，重重落地。

以後就是慌亂的急救，警察局訊問，家屬哭喊叫罵，醫院探視，賠罪，再賠罪。女子全身多處重傷，顱內出血，臟器破裂，手術，昏迷，加護病房，急救三日，依然不治身亡。

出庭，開協調會，都是女友陪同，請了律師，他幾乎只是出席，法院最後以意外致死做決，緩刑三年，賠償除了保險金，與家屬達成協議另賠兩百萬，結案。

困擾他的不是官司或賠償，而是這整件事的發生與結束，他都來不及回神，精明的女友處理一切，對方家屬是女子的老父與哥哥。三十歲的年輕女子，丈夫是建築工人，因一次意外癱瘓，他們有兩個小孩，還在讀國小，女人在卡拉OK坐枱陪酒，應付丈夫龐大的醫療開銷與孩子的教育費，據說精神狀況一直不好，「長期就診精神科，服用精神藥物，酗酒習慣，有自殺的可能」。他的律師主張，路口攝影機清楚顯示，女子在十公尺前就開始加速，闖過紅燈後更急速前駛，完全不顧車流與號誌，謝保羅的車是在綠燈時過路口，車速也在標準範圍，只因「死者為大」的輿情考量，加上女子只有三十歲，賠償金自然高。「我沒意見。」謝保羅說。「都滿足他們。」

謝保羅的房子還有貸款沒還完，為了賠償金兩百萬，又把房子拿去貸二胎，但事後他整個人都不對勁了，一條人命在瞬間死去，他怎能若無其事去上班？起初是留職停薪，銷假上班之後，總覺得到哪都有人看他，對他指指點點，車禍後他把車報廢，才買三年還新著，也不顧女友說可以賣給中古車行的建議。「上面有人血。」他說，「我沒辦法把它賣了。」女友為此氣惱他，他都不言語。兩人冷戰許久。

貸款加二胎，房子已所剩無幾，他就一直心生「乾脆把房子賣掉」的念頭，女友提議借錢給他，不主張賣屋，但他執意不肯用女友的存款，汽車報廢事件之後，與女友就經常發生齟齬，女友帶他去收驚，拜拜，總覺得他「三魂七魄沒有回來」，他心中清清楚楚，「不是那種事」，他吃驚於女友竟如此自私，雖然滿心替他著想，為他打點，但卻將死者家屬當作「敵人似的」，在她眼中，這只是件「倒楣撞到瘋子了」的衰事，在他來說，卻是他粉碎了兩個小孩的將來，兩百萬怎麼夠賠一條命？

喪禮時他去女方家，寒酸而淒涼的葬禮，把他的心絞碎了，女方做黑手的哥哥身強體健，卻匍匐在地請求他幫助，女人死了，丈夫小孩沒人照顧，還得請看護，老父親擔憂得出病了。謝保羅把所有股票基金能賣的全賣了，又湊了五十萬給他們，此後，這一家子就像甩也甩不掉的陰影，電話催逼，上門哭訴，屋子漏雨，看護跑了，樣樣都找他，他努力加班，兼職，怎麼賺也來不及償還，一日騎摩托車到公司，通過每天必經的橋樑時，就在那橋上發作了恐慌，謝保羅熄火下車，推著車子不管後頭多少喇叭聲，執意將車推到路底，在人車雜沓的十字街頭，他稍作休息，那種胸悶、眼澀、喘不過氣來的感覺，不知是否就是父親瀕死前的經驗，他在街邊呆坐許久，即將要跟女友結婚，但恐怕今後結婚生子這些都與自己無關了，人生像海潮將他推到岸邊，沙灘已經退去，他想著自己該上岸了，才發現雙足已化為魚鰭，失去了人形。

他取消了婚約，女友追問他詳細原因，他吶吶無法言語，僅能告知自己心神潰散，無力就業，亦無力維持人夫或情侶的責任，他發此話，女友一直搥打他的胸口，他的呼吸反而順暢許多，謝保羅想，自己擔任人的角色太久，一張畫皮已經空洞欲碎，他長長吁出一口氣，癱軟在沙發裡。

他的世界是一點一點粉碎的，先是報廢車子，與女友分手，然後辭了工作，足不出戶，在家裡廢人一般，一鼓作氣賣了房子，他像躲避什麼一般，把這一生累積的物品逐一清理，只剩下可以隨身帶走的簡單行李，他把賣屋款與貸款清算，還結餘一百萬，給女方丈夫五十萬，另外五十萬存在銀行專戶，每個月固定撥款一萬元到女子父親的帳戶，他鐵了心要照顧她的孩子長大。

然而除了匯款，他突然無力再做什麼了，每次與家屬遺族見面，就又剝下他身上還能夠立足於正常世界的一點能力，除了自責、內疚、惶恐、納悶，強烈的無力感將他擊垮，龐大的焦慮籠據了他，睡睡醒醒，也服藥，總是想睡，求診各科，最後精神科醫師診斷，正名為「憂鬱症」，開藥數種，但他知道那只是個用來安心的病名，好像有個什麼病，將來就能夠將它治癒。

窩居房間一年，他才走出戶外，存款都用光了，得賺錢償還每個月的一萬元，得養活自己。他開始應徵勞力工作，像是把戶頭清空了還不足以償還，必須將他這個人還原到與女子相同處境，成為社會最低階的人，才足以清償，或有可能清償，奪走他人生命這行為造成的損傷。家屬早已不怪他，他幫助女人的哥哥開設自己的機車行，為他們老家翻修，幫小孩設立信託帳戶，自己的存款漸空，他每日工作十二小時，租賃簡陋房屋棲身，飲食粗糙，衣著破舊，筋疲力竭，這些事使他有能力回到社會上，再成為一個人。

先是當建築工人，後來也做過海報派送、路邊豪宅舉牌工。彷彿汗水濕透，身體髒污，體力透支，骨肉疼痛，可以換來一夜好眠。他住過幾個出租房，從工地的宿舍，到橋邊的違建，最後輾轉住到了這棟鴿樓，鴿樓裡有個鄰居問他要不要當大廈管理員，他點頭說好，才終於從街頭工地，進入了一棟大樓。無論賺多少錢，他每個月總得撥出一萬匯到女子家屬的帳戶，猶如贖罪券，轉眼三年經過，老大都要上小四了。他的三年緩刑期結束，認識了那個輪椅女孩。

*

早班七點，住戶乙趿拉著拖鞋出現，他習慣下樓買早點拿報紙，遛狗。小哈巴狗一臉苦相，永遠等不及到達定點，據規定要離門廳二十公尺遠才可讓狗便溺，但無論大小狗兒總是一出門廳蹲腿抬腳就要在門口的列柱旁撒尿，飼主則是一臉與我不相干的表情牽狗離開，謝保羅只好拿水桶出去沖洗，這麼體面的門廳啊，只能說一旦開始有狗溺就免不了後繼者層層疊疊堆上做記號。

中午十二點，同事傳來便當，公司配餐沒得選，滷雞腿炸排骨鮭魚排，四菜一湯，白飯添滿滿，這個崗位講究準時，吃飯十分鐘解決，小休到十二點半，兩人自動輪換，謝保羅不喫菸，也不喝便利商店咖啡，就讓同伴放風去，他繼續坐崗，聽說大家都喜歡跟謝同班，因為勞苦的事他總是搶著做，早到晚退，不偷懶，善收尾，又沒野心，他想實情只是因為自己個性怯懦，而這裡是他的避風港。

十二點半郵差準時上門，宅急便、快遞、貨運三不五時上門，有住戶經營網拍，年輕女孩不分四季總是穿個短褲就下樓，等新竹貨運收件。女孩細腿十分修長，上身一件大外套幾乎罩住頭，光著腿不怕冷，同事打趣問她賣些什麼，她說：「面膜啊！」面膜女孩男友時常更換裝扮，忽而金髮忽而黑髮，有時西裝筆挺有時短褲汗衫，但確定都是同一人，負責扛貨上樓，一待整個晚上。

下午三點，有住戶送來紅豆湯，老王吩咐謝保羅記得喝下，湯不好，過甜，謝保羅照喝。送湯者住戶丙，女性，獨居，年紀四十五到六十都可能，一張臉整得厲害，漂亮而僵硬，可能是前酒店小姐或媽媽桑，夜生活慣了，素顏慘澹，紋了幾次的眉，繡眼線，假睫毛是種上去的，前額飽滿，兩頰光滑，太光滑了，感覺顴骨幾乎綳破皮膚，這些細節都是同事八卦報料，謝保羅自然無法分辨，只覺得丙女身上一股哀傷氣息，心苦或許一直口苦吧，所以紅豆湯總是煮過甜。丙女常煲湯，做了就往樓下送，她家燈管常壞，水龍頭漏水，都叫保全上去。一屋子魚缸，養得孔雀魚無數，還有一隻雪貂。

夜裡值班時見過變身的丙女，上妝換衣，雖然過於削瘦，豔麗妝容真適合夜晚。

四點半。唉啊。

謝保羅當白天班時最期待的就是傍晚四點半到來，像準時收看電視劇那樣，那兩人會結伴出現，輪椅女孩與白髮阿姨雙人組。女孩不能行走，阿姨滿頭白髮，她們的外型倒沒有什麼相像，女孩面容清麗，可能因長期坐臥上身肩膀歪斜，異常瘦削，但總是盡力保持著挺直的姿勢，顯得瘦小卻神采奕奕，說是二十歲到三十歲都有可能，白髮阿姨外形矮胖臉上卻毫無皺紋，有隻眼睛覆著白翳似乎看不太清楚，令人猜不出年紀，她們倆的關係，從母女到祖孫也都可能。

謝保羅的工作週休二日，早晚班每週輪替，碰上休假，或晚班時間，他就沒辦法看見輪椅女孩了，所以並非真的每天都能看到她們倆，無法確定到底這兩人是不是每天出現，但根據將近一年的觀察，她們就像上班打卡似的，準時這麼成雙地出現，從二十七樓女孩的住處搭著電梯往下降，到了大廳，如果謝保羅當班，會趕過來幫她們開鐵閘門出關，一路護送出了大廳，還不放心地站在門口目送，他會看著阿姨與女孩像演默劇似的，幾乎每天重複一樣的動作，只有隨著風的強弱，四季冷暖，天雨天晴，她們身上服飾會略有不同。

春天時，女孩會穿著粉色的防風外套，阿姨則總是磚紅色的夾克；夏季，女孩會撐著藍底白點的陽傘，阿姨頭上會戴著巨大的遮陽帽；秋天，女孩則換上了棉質的連帽外套，下身蓋著毯子，露出腳上的鞋襪總是穿得整齊，阿姨則還是春天那件夾克；冬天，女孩與阿姨都包得緊緊的，大樓風強，她們都戴上帽子穿著羽絨外套，有時還得撐傘，謝保羅覺得這樣壞的天氣不如就別出門了，但這兩人像是遵守什麼戒律似的，還是準時出現。

謝保羅望著她們遠去，那景象與節奏，輪椅推移的速度，幾乎已經成為這大樓固定的風景，像隔壁便利商店的咖啡廣告人形立牌，總是會出現在那兒。日復一日地，摩天大樓的騎樓前，百來公尺的通道上，一旁是頂上有快速道路底下是雙向四線車道、日夜川流不息的車流，但在天橋與大樓之間露出一道狹窄的天空，得把頭仰得很高很高，越過灰色的高架快速道路底的樑柱，越過所有現代建築最醜陋的底部，天空藍得很遠，好像有灰雲交織，但那底下有一幅畫面極美。黑色支架、靛藍色襯布的輪椅，裡頭坐著一個長髮、白皙臉蛋、皮膚細緻、五官清秀、二十多歲的女孩。就像只是安靜地坐在椅子上一般，閒散地讓白髮阿姨推著輪椅出來，無論外頭是怎樣的天氣，她總是一臉好奇、卻又平靜的神色，搭著輪椅彷彿乘坐轎子似的，呼吸節奏與那阿姨推送的輪椅速度配合得極好，一路平順地，沿著無障礙坡道，一路穿過大樓外長長的人行道，穿過坐落一樓幾家店鋪，阿布咖啡、鐵雄串燒、亞瑪服飾，穿過風林髮廊，就是一大段略微傾斜的坡道，那是大賣場的進貨倉庫，這時阿姨得用力扶著輪椅，免得往外傾，女孩也很有技巧地控制著煞車，通過倉庫地面終於平穩了些，就到達回收住戶廚餘的環保區，阿姨會把掛在輪椅上的一小罐廚餘倒進不鏽鋼桶子裡，再用旁邊的洗手台把桶子跟雙手洗乾淨。她們繼續往前，就是地下停車場的車道，這時會有另一個車道管理員跑出來幫忙，車道出入口太傾斜了，而且總是時常有各種車輛出入，不方便輪椅行進。終於安全穿過崗哨，她們左轉，被花台與植物遮住，謝保羅就看不見兩人了。

接下來的路程謝保羅可以想像，但也無法準確想像，這一趟路來去大約五點半會回到大廳，就該上樓煮飯了。這段路途，應該就是到附近的市場買菜，回程也可能繞道地下樓的大賣場買生活用品，這些事是幾次阿姨下樓拿郵件，與其他管理員閒聊時談起，彷彿知道他特別關心女孩，刻意透露的。說起即使雙腿不便，女孩堅持每天要到外頭逛逛，就喜歡附近的黃昏市場，跟大樓地下層的大賣場。但遇上市場人潮眾多，出入不便，阿姨會帶女孩到市場入口的便利商店戶外座位，點一杯熱可可給她喝，遇著天氣太差的日子，她們倆甚至就到阿布咖啡止步，阿姨去倒廚餘，女孩在店裡喝一杯焦糖熱可可。但他倒是曾因去買便當，在市場邊上與她們相遇，女孩腿上有個綠色的籃子，裡頭裝載許多蔬果，他驚訝她的腿經得起這麼重壓嗎？她倒是沒事人般地對他點頭微笑。阿姨染疾的眼睛微眯，不認真看也不會發現有何異狀，她們看起來就像尋常母女一般。後來謝保羅知道她們倆是僱傭關係並沒有血緣，但看起來情感親密，互動良好，卻可能比他在大樓裡所認識的其他血緣家人，關係更緊密。

回到座位上，其他同事都拿他打趣。「暗戀噢！」同事老賈笑道。「護花使者！」同事李東林也笑，謝保羅揉揉頭髮，沒反駁也沒答腔，有住戶來領包裹，他趕緊到後頭的檔案櫃裡找，隨他們愛說什麼，但他臉紅了。

他們在這棟大樓當管理員，身兼警衛、保全、管理三責，接待、巡邏、保安、收發信件、代叫計程車，甚至住戶出入行李太多幫忙提領，遇著輪椅族一律幫忙開閘門，有拿枴杖的老人、孕婦、小孩，免不了幫這幫那，遇上小狗走丟、愛貓脫逃，也得幫忙找尋，該做的不該做的，都包辦，事情多如牛毛，幸好隔壁就有便利商店，不然還真拿他們二十四小時警衛當7-11。

但他在這棟摩天大樓工作，每天看見這麼多人進進出出，每天十二小時忙裡忙外，時間過得飛快，即使每週得輪守，日夜班調來調去，還得輪替到車道站崗，他都不以為苦，他喜歡看人。

摩天大樓是他從房間裡過渡到現實世界的通道。白天黑夜，他總覺身在夢中，因為睡夢不僅在黑夜裡發生，也時常在白日來臨。他在城市另一邊，租了一間僅供睡覺的雅房，那棟樓房是工廠改建，上下四層樓，一百多個房間就像蜂巢般井然有序、卻又令人眼花地群聚著，房間分成四種，越高越便宜。他剛搬來時住在四樓，二千八附水電，房間只有一坪半，沒有附床架，直接床墊鋪地上睡，放了床屋子就滿了，連擺張椅子都有困難，頂樓又熱，屋裡只有台抽風扇。半年後他搬到了三樓，三千二包水電，兩坪半。一、二樓是三坪附簡單衛浴的套房，一樓的住戶還有自己的後院可以晾衣服。所有房間都是以中間的走道相隔，有個對走道的窗，冬冷夏熱，沒冷氣，家家戶戶都在窗台裝著抽風扇。夏天夜裡，常看見建築外的空地上，人們拿著小板凳、藤椅、塑膠椅，甚至鋪上木板，在戶外納涼。這棟樓住的都是工人、窮學生、失業的中年人，或經濟能力不足的年輕夫妻，或許因為太窮，沒什麼好失去的，對人倒是不太提防。他不曾加入任何乘涼、野餐、烤肉、煮火鍋甚至包水餃的活動，但有個做饅頭的老伯送給他幾顆饅頭，他沒拒絕，好吃。

他一天就吃兩頓，一餐是在上班處叫的便當，公司有餐費可報銷。不上班的日子，是把加了青菜的泡麵或外頭買來的便當帶回房間吃，他花很長時間在讀書，用雙層窗簾將僅有的一扇對外窗緊緊遮住，像按鬧鐘一般地準時生活。他在紙上試圖畫出輪椅女孩的模樣，他也嘗試著把「那件事」回憶起來，但這兩者都是徒勞無功，女孩或許就像那件事，深切地影響著他，但他卻無能記錄下來，他只是被籠罩在其中而已。

作為管理員這幾年的生活裡，他看過許多人進出，來到，以及離去。他在家給輪椅女孩寫了很多信，但始終沒有勇氣丟進她的信箱裡，即使他清楚知道她的住址與信箱位置，她所有的郵件都是他收送的，他要夾帶一封自己的信，要像長腿叔叔那樣偷偷給她送禮物，可以輕易做到不被人發現。

女孩臉上身上全看不到任何憤懣悲傷，她平靜得出奇，往往沒事人一般挺直身體蓋著毯子坐在輪椅上，一晃神你會以為她隨時可以站起來走路，那張輪椅只是尋常椅子，她看見誰都是那樣微笑著，好像她過得很美好，再也沒有比現在更好的生活了，那種新鮮而好奇的笑容，他從沒在任何人臉上見過。

他想過與她一起生活的種種細節，為了即使僅有百萬分之一的可能，他做了許多努力。最初，他頻繁地進出女孩與阿姨常去的黃昏市場，也在休假的日子裡遇見過她們幾次，半跟蹤似的尾隨著她們走逛，他知道阿姨常買的攤位、女孩喜歡吃的蔬菜種類，他還知道不用買菜的日子，她們繞遠路去附近的公園散步了，這段路推輪椅很累，路面起伏，車流很多，但阿姨知道如何拐進小巷，走最近的路。他真想走上前去，一把抱起女孩，說：「我來。」或者，就讓他推輪椅也好，阿姨年紀大了，眼睛又不好，走這樣的大路，危險啊。

他會拉把矮凳，坐在上頭，想試著從女孩身處的高度看世界，後來索性買了一台二手輪椅，放假時，他會把輪椅扛下樓，在住處附近的空地練習，旁人問他，他只是笑著說：「將來有需要。」他用棉被包夾書本雜物，緊緊綑綁製成一個「布偶」，用那幾乎等高等重於實體的偶，來練習照顧病人，如何將女孩從輪椅抱起，放到床上（有時會突然湧起色情的聯想，他臉紅了起來），那真實的重量，就像女孩位於他的心臟上方，有時他就抱著那團形狀怪異的物品睡覺。他知道他過頭了，因為纏綿夢中，醒來也有遺精，女孩是他在世上最珍愛的人事物，起初他稍有罪惡之感，畢竟時常要見面的，但時日一久，他已經習慣與這個沉重的布偶生活，也不再覺得羞恥了。

他又養成新的習慣，放假時，他會帶著錄音機與相機出門，騎著車跨過橋，進入新城，每次設定一個路線，「讓我成為你的腿」（為何還是充滿色情意味）。在某些他未曾寄出的信件裡，他開始勤快地為她描繪每次冶遊的見聞，「當然，以後一定會買車，就可以帶著你到處去」。他心中自語，但目前買車是不必要的，他想起自己曾經的禍事，也得找個時間對她說明。

他瑣瑣碎碎，日日有新招地進行著「將來我會照顧你」的計畫，每天照常去上班，看著女孩下樓，她淡淡對他微笑，比旁人淺色的眼瞳，彷彿可以映出謝保羅的倒影。他記得阿姨曾說過：

「我老了，這孩子怎麼辦？」

他記得。

他不知自己配不配，但他想要照顧她，這是他長久以來首次萌生「為自己做某件事」的慾望，像他這樣低微的人，能生出這麼大一個願望，使他的人生激動起來。

女孩突然離開，事前沒有半點徵兆，他休假後發現連著幾天都沒看見她們，問了同事才知道，說女孩病況嚴重，住院去了。半個月後，她的親戚回來處理東西，說女孩走了。他連阿姨都沒能見上，沒法好好問個清楚。輪椅女孩與她相關的一切，如煙消逝。

他失魂落魄了很久，非常久，感覺就像「那件事」發生時，掉入的黑洞。書本掉落，逐漸淘空了那個偶，紅色輪椅荒廢在空地的雜草叢，騎著摩托車上橋時，常想把龍頭一轉，碰上橋邊算了。

那段荒廢的日子，他開始去一樓的阿布咖啡消費，每週一次兩次。美式咖啡內用，藍莓貝果一個外帶。週間某個下午，上班前的六點鐘，在住處附近已經吃過合菜便當，要熬到第二天早上七點，貝果帶著安心。

那時間生意冷清，店裡工讀生跟老闆娘都有點放鬆的感覺，所以他喜歡這時候來。書架上有雜誌報紙，還有些翻譯小說，他喜歡看的是一本植物的圖鑑，總是會抱著那本圖鑑，坐到吧枱來。身上穿著那套制服，坐在其他地方總覺得像是來臨檢的，在吧枱最邊邊，其他客人看不見，那兒靠近老闆娘操作咖啡機的位置，旁邊就是洗手槽了。他坐在高腳椅上，可以看見她們動作著。

「她不見了。」他說，好像老闆娘聽得懂似的，她說不要叫她老闆娘，跟大家一樣喊她美寶就可以了，但是謝保羅不習慣喊她的名字。「他們說她死了。」他又說。

美寶用白色抹布擦著玻璃杯子，還會拿起來對著光線仔細察看，她手臂抬起的方式，白淨的臂膀、光潔的手肘、纖細的手腕，像某種植物的花莖，非常美麗。

那段時間，他總是對美寶說起輪椅女孩。大家傳說咖啡店店長漂亮，所以男人都跑去喝咖啡看正妹。於他來說，美寶就像一個祕密的樹洞，能夠讓他傾吐心中最私密的事物。他總是坐在那個位置，待上半小時，美寶一直擦拭著玻璃杯，彷彿一種儀式。他低聲說話，工讀生也沒過來打擾，從來，自己都是其他同事的聽眾。他安靜，不生事，無論誰說什麼，都聽過就算了。他天生長就一副來聽心事的模樣，人生經歷如此多變故，他似乎對什麼都了然於心，也入不了他的心思，搖動不了他的低沉。但他心愛的女人死了，像煙塵消失於空氣，他甚至無法去為她上一炷香，他不知道她的身世、身上的疾病、死去的原因，這樣的愛就像不曾存在過一樣，非得經過不斷地訴說，才得以成形。

鍾美寶以及阿布咖啡店，某個程度來說，使他沒有瀕臨崩潰，沒有逃到另一個不會想起女孩的地方。他又進入生活最平凡、最低階的日常。有一天他自己想通了，不再接聽他撞死的女人家中任何人的電話，他也不再匯錢入帳戶，如果可以，他希望搬到這棟樓來住。能夠的話，他就要住在女孩的隔壁，即使她已不在此處。

漫長的黑暗之中，那個夢來臨了。

那是在一次消防安全演習，他負責檢查一百多戶的室內煙霧偵測與自動灑水系統，得挨家挨戶檢查。他終於進入了女孩的屋子，但已經是其他人居住了，不知格局有否改動，但他注意到屋內的無障礙設施並沒有拆除，他看見那些方便輪椅推送的拉門，地板無一處突起的平整，甚至櫥櫃電視櫃書桌都設計成方便輪椅使用的高度，浴室裡防滑的扶手，他忍不住溢出了眼淚。

此後，那些人家裡的格局、擺設，以及面孔，都在他腦中揮之不去。那次，伴隨著每日的巡邏，夜裡回到住處，他做了奇怪的夢。

他只是個平凡得近乎螻蟻的男人，內心背負著無法清償的罪咎。他孑然一身，不配得到幸福，然而夜晚一入睡，那個關於摩天大樓的夢境來臨，他卻可以自由在那棟樓裡遊走。巨大的建築，變成劇場剖面，每一層每一戶都是開放的，這不是他的創舉，百貨公司就是這樣的形式，差別只是這裡是住家。他就像電影裡穿梭不同片場與故事的演員，跳躍穿梭於這些大小不一的「住宅」，立面剖開，光亮亮地，都帶有一種舞台氣息。

夢中為他開放的摩天樓，每一個樓層都標有不同的樓稱與戶名，以數字編碼，但因其開放性，也能從外觀判斷，他以或飛或走或忽而穿行忽而出沒的任意形跡出入其間，隨著心念轉換，所處的樓層瞬間轉變，那些建築內部的樣貌都脫胎自他白日曾經進入、檢視過的幾十個屋子，卻因夢境可以無窮地變換，如A棟十七樓、B棟一百三十八樓（現實中根本沒有這麼高的樓層）。如果是百貨公司就會是「高級女裝」、「少淑女服飾」、「男士精品」，然而這裡全都是住家，彷彿被集體摘除外殼，所有房屋全都失去牆面與門板，赤裸裸展示在那。從屋前廊道走過，這些十四坪、十六坪、二十五或二十九坪，甚或五十二坪的一房兩房或三房四房的格局，幾乎都瀰漫一種女主人的意志。你會看見穿著或緊身或寬鬆、或講究或隨興、年輕或中年或已年老的主婦們，在那兒打掃、帶孩子、做家務，屋裡的沙發、廚具、窗簾、地毯，是像他這樣的男性不會選購的，但感覺上都是精心挑選，與住家的氣質（與經濟條件）相符，妻子們都看不見他，也不知道僅僅一牆之隔的鄰居與她竟喜愛同一個品牌的寢具。他繼續閒散走逛他人生活。

如此的夢境，難分晝夜，住宅像一群海底的發光魚種，燈光大亮，猶如以那光，吸引著他的前往。他像個隱形人般地自由穿梭，有時會因為窺探他人的隱私感到不安，有時，見到孤獨飲泣的美婦，又恨不能讓對方曉得他的存在。在浴間朦朧水氣中沐浴著的女體妖嬈，他也只隔著毛玻璃般的霧面觀看，絕不輕佻進入偷窺。

他歡快、好奇、疲憊、懶散地或跑或跳或走或臥，沿著想像力滑行走到最遠最高最陌生的屋子折返，他要去尋覓二十七樓那間屋。

最後，他走到輪椅女孩的屋前，他規矩敲門三聲，二長一短，不多久，白髮婆婆就來給他應門。他像每日都要這麼做那般熟習著，脫鞋進屋，婆婆接過他的公事包，遞上皮面拖鞋給他，他溫順套鞋，輕聲走過玄關，就看見客廳裡端坐在輪椅裡的女孩，女孩露齒一笑。夢境到這裡全都寫實了，不再有奇形怪狀的屋子、空洞的結構、淘空的建築，是實實在在的鋼骨結構的牆、整白的漆、訂製的天花板，是一個真正的人家。

「回家了。」女孩說，「對啊，回家了，好累的一天。」他說。取椅子貼著女孩輪邊坐下。閒話家常。

畫面家常得像永遠的一天。這一日裡，婆婆送上削好的水果，他進廚房幫忙泡茶，偶爾他貼心地為她們裝釘某個失修的掛勾、換取失靈的燈泡，有時，將輪椅推送到特製的餐桌，三人坐定，三菜一湯，安閒吃晚餐。飯後，女孩給他讀報，或他為女孩讀書，或他窩坐地板抬起女孩軟弱的細腿，悉心地按摩，或女孩長時間像研究什麼似的撫摸他倚靠著她膝蓋上的頭顱與細髮。屋裡安靜無聲，時間無限延長，像是一根根髮絲就能穿越翻撥時光縫隙，將死者從陰間帶回。像他曾練習的那樣，兩人，三人，簡單地生活。他要盡可能陪伴、撫慰、照顧、寵愛，他來不及縱愛過的女孩。當夜光散盡，體己話都說完，他將扛起女孩輕如羽毛的身體，在月夜裡帶她出門去。

夢中那已穿越時間無所謂晨昏日夜的城市，不再只是滿布汽機車廢氣，灰撲撲的城；不再是無情吞吐他這等從極遠處耗盡摩托車動能翻越而來的邊緣者。夢裡的城以及許多許多高及天際的樓，都成為他們愛的遊藝場，他們可以盡情走到更遠的地方去，即使女孩依然半身癱瘓，他抱起她，大步向前，世界就為他們開了門。

夢的後半段他總記不清，太遼闊、太幸福了，以至於他們到底有沒有肉體的親密，他是否全部看過女孩殘破的身體，他有沒有帶給她無比的幸福，都比夢境更為恍惚地不真切，整個夜晚以幾乎不可能止盡的夢終於來到盡頭做結。早晨他在一種奇異的幸福感裡醒來，淚流滿面，啼泣不停，幾乎被自己喉頭的淚水哽死。他摀著臉痛哭，身體飽漲著莫名的幸福，那夢中的相會，使他感覺自由、輕盈、平靜、充實，不再是那個負罪的自己。

他的罪被愛情洗滌，輪椅女孩打開他沒真正一日待過、卻也離不開的苦牢，將他無條件釋放了。

2——單向街

鍾美寶 29歲 阿布咖啡店店長
C棟28樓之七住戶

電動鐵捲門開啟，隨著捲門上升，日光逐漸充滿室內，木製的長吧枱，有點酒吧氣氛，黑紅兩色的義大利咖啡機，電動磨豆機，吧枱區上方從天花板垂下的幾盞吊燈，電力開啟之後，整個屋子除了陽光，還滿溢著刻意營造的人工光線。「一個乾淨明亮的地方」，海明威是這麼寫的，但這家咖啡店，恐怕不是海明威描述的風格。這是什麼風格呢？維多利亞？極簡？工業風？日雜？混搭？可能後者更接近些，準確來說，就是「老闆喜歡什麼就擺什麼的阿布風」。老闆阿布做生意眼光準，美感卻未必與鍾美寶合適，鍾美寶喜歡什麼風格呢？大台北各種流行的咖啡館風潮，因為工作際遇的緣故，她大多經歷過。文青店、日系、精品風、北歐風格，直到現下的「小確幸個性店」、「文創風」、「老宅改建風」，咖啡店的風潮簡直寫就了鍾美寶的就業史，最後她卻落腳在這個遠離當下風格與潮流的地方，位於雙和城某座摩天樓一樓的商店街，挑高的店鋪沒做夾層，後頭有寬敞的廚房，落地窗迎接的不是美麗的街景，而是分隔島正在施工中的四線道路，幸而騎樓內縮，還留有寬敞的人行道，地面鋪上漂亮的石英磚，砌有花台、羅馬列柱、鐵鑄雕花吊燈、各色樣的盆栽，想要讓店內簡約一點想必不可能，何況老闆還是花蝴蝶一般的阿布先生。

店長鍾美寶按下鐵捲門開關時，沒有想那麼許多風格的問題，她入境隨俗，兩年半以來，她努力照顧這家店，上班日從不遲到，每天該做什麼不曾缺漏。從一開始生意清淡，到中期做商業午餐跟消夜把身體都累壞，如今，一切似乎都步上正軌，店裡開始賺錢，請得起工讀生跟廚師，週五晚班還顧了吧枱調酒師，常被包場。她能心安理得地領薪水，雖然扣掉債務與各種開銷所剩無幾，至少，現在每個週日都放假，每個月還可以再排休兩天，一週也有兩天七點就下班。阿布說再過一陣子就讓她月休九天，年假放十五天，那時日子就真的輕鬆了。她知道阿布的承諾都會實現，但這些都無所謂，她只想待在這裡，不再飄移，這些風那些風地都任它們吹過吧，她需要的是這樣一個乾淨明亮的地方，即使店內風格俗麗、混雜、多變，她知道，只要她在的地方，都會漸漸生出一股她自己的氣息，她只要能這樣就好了，一塊安身立命的地方，就算僅僅是躲後頭做蛋糕的小烘焙室也可以，某個地方，可以讓她逃離作為鍾美寶這個人所帶來的疲憊。

每天早上十點，鍾美寶打開店門，廚師小武九點已先到廚房備料，十一點工讀生小孟會來接班。早上都是由鍾美寶負責開店各種準備，晚上大多是小孟收店。她喜歡重複這些步驟，打開咖啡機，音響，滿室的燈光，拉開窗簾，把門外的牌子翻到「營業中」，用粉筆在小黑板上寫著「今日特餐」的菜單，把小黑板拿到外頭去，回到店裡，給自己煮一杯咖啡，吃一點麵包，等候第一個上門的客人。由咖啡店開始的一天，都是新的一天。

十點到十一點的客人以零星買早午餐跟外帶咖啡居多，有個狀似失業的年輕男子，神情愁苦，免燙的白襯衫、便宜西裝褲，頭髮似乎很久沒修剪，他幾乎每日上門，一台iPad總在「104人力銀行」、「神魔之塔」間來回切換。一杯咖啡待兩小時，不吃午餐，有時鍾美寶會請他吃餅乾，他總是快速地吞下三片餅乾，沒有任何品嚐的意思。他極少開口，難得說話，卻總是奇怪地發問：「你知道最近澳幣漲了嗎？」澳幣這種事距離鍾美寶太遠了，她只好笑笑地說，可以去附近的銀行問一下。

有兩個老先生各自來，但前後總不差十分鐘，他們來這裡讀報、聊天、看書，做什麼都一起。他們倆衣著體面，不像是公園裡下棋的老人那般居家，他們穿三件式西裝，持著作工精細的手杖，皮鞋總是光亮，冬天時，圍著名牌喀什米爾圍巾，套著黑色大衣，像是要去參加什麼重要的會議，但他們也只是來咖啡店小坐，是大樓裡後棟大坪數的住戶。這兩位「耆老」，一個性子急，一個脾氣緩，多數時間聊的都是「世界局勢」。小孟說，他們是「將軍二人組」。這兩人出手大方，坐兩小時，至少消費五百元，店裡開始用儲值卡之後，性急的白髮先生一次儲值千元，兩、三天就得再儲值，悠緩的先生頭髮總是染得全黑，自在地接受招待。離開咖啡店時，白髮先生左轉，黑髮先生右轉，可能會轉到附近的銀行，或回住處。小孟說在銀行裡碰見過他幾次，「從貴賓室走出來耶」，小孟似有內幕地說。鍾美寶笑笑，這年紀，這樣的行頭與談吐，該是高階退休公務員，退休金都轉做投資。

早上的客人多半悠閒，接近懶散，這一小時彌足珍貴。小武已經在廚房忙得不可開交，小孟也開始準備迎接午餐的人潮，鍾美寶有她的行政事務得做，店裡的報表、部落格更新、客人訂的蛋糕，各家業務送貨，十二點一到，那些忙碌的上班族就像隨著洋流而到的魚群那樣湧出來，就是在附近的銀行、證券行、購物頻道的上班族，他們或單獨或結伴，穿著套裝、西裝或公司制服，點一客商業午餐，或一份三明治配咖啡，在一個小時之內吃飯、交誼、放空，那時小孟會把音樂聲音調低，因為屋裡已經瀰漫人聲，杯盤碰撞，逐漸變得嘈雜，好像那些上班族把在公司裡遭受的所有委屈、不滿、傷害，成就或失落，都帶到店裡來，渴望透過一頓餐飲，一杯咖啡，一塊蛋糕，吞飲下肚，為之交換，把濁氣、悶氣散盡，才安然回去上班。鍾美寶或小孟或小武這些咖啡店工作者，就像背著沉重的吸塵器，仔細地將一切都吸收，等到客人都散去了，兩點左右，會進入一陣短暫安靜的沉滯，店裡的員工突然都累壞了，吃過簡單的員工餐，喝一杯咖啡，小武去午睡，小孟到外頭抽菸、採買，等小孟進來，鍾美寶就到後面的烘焙室休息一下。房裡有扇小小的對外窗，抽風機在一旁運作，還是可以透過小窗格子看見天空，那麼一點大，像郵票一樣，但天空這回事，不會因為面積縮小就不藍、不美，有時正因為它是那麼小，使人感受到的曠遠卻強烈上好幾倍，曠遠的、遼闊的、好似總是在遠方地，像是一種跟自由有關的事物……她在瀰漫著奶油、雞蛋、麵粉、香草、巧克力，種種宣稱可以療癒人心的氣味元素之中，這一塊小小空間裡，曾多少次埋首於麵粉、凝視著烤箱，等候著，總是在等候著……一艘不會到達的船，一個不能抵達任何地方的人。

在鍾美寶自身的感受裡，咖啡店已經變得像是大樓的一部分，因為客人有很多是大樓住戶、或在樓上公司行號上班的上班族，她自己住在這棟樓裡，小武跟小孟也住在裡頭，太怪了，好像他們的人生全被這棟樓包圍，事事都與之相關。這棟摩天大樓一直帶著神祕的色彩，外觀雖然已經固定，卻總覺得它還在生長，還在持續變動著，還會帶來什麼驚人的改變。與從前跟家人同住時，那種氣氛安靜的住宅樓房不同，或許是因為大樓裡人太多了，每年、每季，像潮流一樣，隨著經濟、社會氛圍，附近的公司行號變遷，大樓的生態也會改變。比如去年購物台把攝影棚跟辦公室一部分遷到樓上，客人裡突然多了很多「名人」，店裡的氣氛也會有不同。誰知道明年會有什麼店開張或倒閉呢？連她自己也無法確知，屆時，她是否還在這棟樓，還可以看見新的變化。這裡是她居住生活的地方，也是她工作之處，有些忙碌的日子，她甚至幾天沒有離開大樓腹地一步，而每當她離開大樓到稍遠的地方，無論是進市區，或騎摩托車到鄰近的社區辦事，回程的路上，總會像第一次看見它時那樣，被那高入雲端，看似堅不可摧，卻又恍惚如流沙的模樣吸引。停紅綠燈時，她可以感受到自己呼吸的頻率，或者變得快速、或沉重、或像是嘆息那樣地，無聲地感受著：「它在那兒」。儘管，在這方圓裡，只要一抬頭，總是會看見它。

大樓的生活時常令人產生錯覺，寬敞的大廳有著漂亮的地磚、吊燈，隨著節慶會做各種展示布置，也時常辦卡拉OK、烤肉、寫春聯、猜燈謎等活動，為老人家量血壓、幫婦女做篩檢、替兒童量視力，以及各種廠商、政治人物因應商業或選舉等舉辦的各式各樣所謂的「公益活動」，店裡的客人除了上班族，有大半是大樓住戶，她因此也認得不少熟面孔。奇怪的是，會來喝咖啡吃蛋糕的，鮮少是她住的套房這邊的年輕人，反而是後棟的家庭主婦或中產之家，甚至是他們的孩子，有些小孩十二、三歲吧，竟然也會泡在咖啡店裡。後來她得知，父母工作忙，索性打發到店裡，覺得這裡安全，有時也會交代鍾美寶跟小孟多照看，因此店裡還進了一些繪本跟少年小說，有家長還提供了一台二手iPad，簡直是另類安親班。

美式咖啡一百，拿鐵一百三十，貝果六十，三明治套餐一百五十，商業午餐從一百六十的簡餐到三百五十的全餐都有。星期六的中午，真的有全家人帶來吃飯的，那些住戶，吃飯、喝咖啡、吃甜點，大人小孩四人坐一桌，幾乎都不交談，看報紙、看雜誌、玩手機，好像在自家客廳。以前鍾美寶在市區的咖啡店也見過許多這類場景，然而在這裡上班，特別有時空落差。有時她抽空到市場採買，會經過一樓的垃圾集中處，店剛開幕時，雙和城還未強制使用收費垃圾袋，垃圾早晚兩班集中從貨梯運下來，有好多做資源回收的人就擠到那堆高如山的垃圾場去翻找，那旁邊就是車道，無論什麼時間，都會有賓士車從車道進入或駛出。鍾美寶穿過那兩者之間，感覺就像是自己生命的隱喻，依靠垃圾為生的人，坐在豪華房車裡的人，都不是她，她就像是連接這兩個原本不可能連結的世界中間的介質，而這造成她自身的磨損，使得靈魂某處，像是被損壞了似的，產生一種故障，這故障感，造成她長期恍惚、嚴重地沒有自己的個性。

鍾美寶認為因為自己是鄉村孩子出身，成年前一直到處流離的緣故，即使到大台北居住十多年，無論身處何處，還帶著那種異鄉人、旁觀者、事不干己、卻也格格不入的感受。

鍾美寶在中部靠海的小村莊出生，那是母親的故鄉。那個交通不便的小漁村，以手工魚丸與即將廢棄的鐵道小站聞名，村裡的人卻大多貧窮。七〇年代台灣經濟飛越期出生的母親，中學功課不錯，卻沒有到鎮上讀高中，國中畢業就在鎮裡的美容院當學徒，海風也吹不花的一張白臉，細緻五官是漁村突兀的景色，豐乳翹臀標誌著早熟與不安，十七歲就跟來店裡送美髮器材的業務戀愛，因懷上了孩子而結婚，一場婚宴只是做戲，鍾美寶的生父早在城鎮裡有妻兒，鍾美寶出生後父親就遺棄了她們，母親將孩子放給父母照顧，說要去找她丈夫，一去三年，回來時胸乳又膨脹了些，帶回了肚裡的孩子，與另一次婚姻的丈夫。鍾美寶跟著繼父與母親住進了隔壁小鎮機車行後頭的鐵皮加蓋，繼父當黑手，母親繼續洗頭。繼父有酗酒的習慣，沉迷賭博性電玩，鍾美寶上小學之後，繼父酒醉，會摸進鍾美寶與弟弟顏俊的房間，母親忙著還賭債，裝聾作啞，繼父偶爾會失蹤，幾日後又沒事人般回來，酒是戒了，卻因為賭博熬夜，開始吸食安非他命，工作丟三落四，索性不幹了。他們搬到附近一個鐵皮蓋成的倉庫，冬冷夏熱，生活窘迫，某一日，繼父因吸食與販售毒品罪被抓入獄，才知道繼父欠下大筆賭債，母親只好帶著他們姊弟離開了小鎮四處躲債。

之後的幾年沿著海線鐵路北上，隨著居無定所的母親與各個同居人流離四處，母親總會帶回某個叔叔與他們同住，那些叔叔們，幾乎是跟父親或繼父一個模子刻出來的，容貌英俊、個性懶散、情感風流、小偷小犯，最後不是入獄就是失蹤。無論身處何處，母親靠著美容院手藝，找個小店就可以謀生，也都是在幾個濱海的小村鎮生活。鍾美寶記憶中的住家，先是幼兒時家住的三合院，然後是與人分租的獨棟平房，鎮上的小閣樓，再來才是一棟一棟相連的三樓透天厝。那些屋子，或緊密或稀疏，依著村莊各有的秩序沿著大街或小巷建立，村人所謂的街市，也是以區隔成住家、店鋪、市場、農田、水塘等功能，一小區一小區建立而成的社區，那些範圍並不太大的村莊，有著與世隔絕的氣息，他們這家人，總像是闖入一幅靜定的風景畫那般，會引起一些小小的騷動，引發一點側目，幾陣流言，陣陣漣漪尚未平息時，他們又季風一般地飄離了。

第一次接近北城，在鶯歌，母親帶著她與弟弟住進做汽車鈑金的「叔叔家」，叔叔就是媽媽的男友，因為各類叔叔太多，一律稱叔叔，免得喊錯。母親在護膚美容院上班，他們首次住進了所謂的「公寓」，一棟五層樓的樓房，其中四樓的一戶公寓，三房兩廳，鍾美寶第一次有了自己的房間。

鈑金叔叔結局也是入獄，近因是竊盜，遠因當然也是因為吸毒缺錢。為何母親總愛上罪犯或毒癮者？鍾美寶永遠不懂母親挑選男人的準則，但母親後來自己養成飲酒習慣，也嗜賭，彷彿阿叔再版。鈑金阿叔進了監牢，母親帶著他們繼續遷移謀生，來到了大台北萬華區。終於發現這種人多繁雜的城市才是合適於他們的藏身之處，他們這個四處流離的家，進入了一個對誰來說誰的出現或消失都不特別，誰也不多認識誰，對任何人來說，鄰居都是陌生人的都市生活，適合消失與躲藏。

像許多外地移民一樣，他們繼續在城裡租房子，都是帶有家具家電的廉價租屋，搬家時，一台計程車就可以帶走全部家當，母親習慣、也只會這樣生活，她似乎一直在等待著誰，那個人，可以讓她落定下來，那個人，會帶來一個「真正屬於自己的家」，在此之前，什麼都是臨時處所，什麼都可以拋卻不要。

鍾美寶帶著她弟弟顏俊，顏是弟弟生父的姓，不認父親，不愛母親，是個安靜得幾乎不說話的孩子，只對鍾美寶開口。從小學就被學校踢來踢去，直到城裡的國中才發現顏俊的美術天分，纖弱的美男子，中學老師愛才，或也愛上他的美貌，一直保護著他，總算在學校安定下來。姊弟倆一起上學，一起放學，總是你等我，或我等你，他倆像一對雙生子，如影隨形，直到鍾美寶上城裡的高中，不能隨時帶著弟弟了，顏俊就成為飄忽的單影，國中時就會有女生站在公車站牌等待，是個俊美得令人側目的男孩，蒼白清瘦、纖細敏感，國三時，在學校公廁裡，被幾個高大的男同學欺凌，精神崩潰企圖自殺，第一次住進了精神科病院。

在煩亂的搬家，頻繁的轉學，偶爾的發病就醫，時而安靜時而錯亂的時光流裡，鍾美寶與顏俊，默默在這些曲折巷弄裡慢慢長成兩個美貌的大孩子。鍾美寶上國中之後身材抽高，為免引人注目，把頭髮剪得很短，穿運動內衣把胸部壓平，神情堅毅而專注，刻意地鍛練身體，更像男孩，是田徑隊短跑高手，豹子一樣的身材，對誰都是冷淡的。鍾顏俊則像她的暗影，蒼白、纖瘦、怕光、懼黑，頭髮總留到過長，黑而直，一雙幽深的眼，小巧嘴巴紅豔豔，不化妝也像視覺系歌手，是漫畫本裡直接走出來的帥哥，暗黑眼神可以將人吞噬。

母親忙碌於擺平身邊各個叔叔闖下的禍事，專注於吸引越來越不常在家的男人，沒有留神孩子已經長得一點也不像這破敗屋裡能夠開出的豔麗花朵。他們逐漸地熟悉哪兒有市集，哪兒有書店，習慣於馬路的狹窄、巷弄的曲折、繁鬧的市聲。無論是學校或住家附近，都不交同齡的朋友，他們就是彼此的密友。

早些年，母親豐滿貌美，輾轉在各地流浪時，總找得到哪兒有工作，從美髮做到按摩，跨越與客戶身體的界線。三十五歲之後，因酗酒弄壞了身體，一臉蠟黃，皮包骨似的，總是神智不清的她，不能賣臉賣笑，就跌落到廉價理容院。母親總說她在幫人做頭髮，鍾美寶去過那些店，黑暗的玻璃窗，看不見裡頭有洗髮剪髮的客人，母親的模樣看起來老氣，精力似乎都被店裡的黑暗吸走。

鍾美寶從小學五年級就開始到願意接受童工的工廠打零工，十四歲之後，到餐廳幫人洗盤子、超市打零工，上高中的她，開始去中餐廳當服務生，客人常給小費。十七歲那年，高中三年級，已經出獄多年的繼父找到她母親，又住進屋子裡來，母親似乎靠著對繼父的熱情，重新振作起來。監獄沒有讓繼父衰老，反而使他變得精壯，一身黝黑結實的肌肉，他依然妄想一步登天，還是習慣要偷看鍾美寶洗浴，醉酒輸錢就毒打自己的兒子，牢獄生活使他變得更凶殘。母親戀慕著依然青壯的他，只想用錢把繼父留在身旁，母親去整容，眉眼吊稍，胸乳更膨滿，設法變得年輕，長相卻顯得凶惡。她與繼父在家裡開設地下賭場。閒暇日，母親跑賓館賣身。他們居住的公寓屋舊牆薄，美寶與顏俊睡一間屋，屋裡充斥著母親各式各樣的聲音，喊叫、咒罵、求饒、撒嬌、呻吟，她以聲音存在，正如繼父以他赤裸著上身露出大片豔麗刺青，或歪倒沙發，或四處橫行的裸身佔據屋宇。母親的渺小與繼父的巨大，在那個窄屋裡不斷擴張比例、繼續歪斜，房門似乎都被撐歪了，牆壁壁癌剝落，粉粉屑屑，像白日夢裡的雪。那是城市隆冬裡最寒酸的聖誕節，鍾美寶跟鍾顏俊裝飾著他們的房間與陽台，母親衝進門來把東西都推倒，大喊著要鍾美寶滾蛋！「這屋裡有你就沒有我」，鍾美寶夠大了知道繼父跟母親要求什麼東西，她知道那些男歡女愛的拉扯，知道弟弟顏俊每個晚上都拿著菜刀抵著門，要抵抗繼父的入侵，揚言要殺人。她冷眼看母親的瘋狂與悲哀，「我要帶弟弟走。」「你作夢！」母親知道怎麼控制她，鍾美寶悲傷，終究他們還是把人生活成了八點檔。

他們這對姊弟，世間誰也不愛，不在意，他們像一分開就無法獨活的連體嬰，只因為那屋子裡，到處都是怪物。

鍾美寶如願考上了大學，學費沒著落，無人願意作保給她辦助學貸款，她放棄讀大學，從國小時期開始的各種打工終於變成真正的全職工作。某個假日午後，母親上班去，顏俊去學畫，繼父闖進鍾美寶房間，她拿剪刀刺破繼父右臉，逃出家門，就此一路奔逃。

這日下午三點半，成年後的鍾美寶站在咖啡店玻璃窗前，透明玻璃窗好像還能映照出她少女時的形影。頭髮養長了，皮膚也不再刻意曬黑，顯得潔白，但窗內窗外是兩個世界，窗外車水馬龍，一開門就會被馬路上的車流巨響塞滿耳朵，而雙層玻璃門一關上，音樂流洩，屋子就安靜下來。她習慣性地盯著玻璃門窗，好像只要這麼做，繼父跟母親，就不會突然出現在玻璃之外。

習慣冷靜旁觀的她，很少數的時刻，如此時，也會因往事乍現而心慌，心慌因為那些彷彿是他人的往事卻總在她腦海浮現，而真正的現實，咖啡店、摩天樓、各色各樣的客人，如今也顯得像夢了。一切都過多，來不及妥貼地適應，她奇怪人生為何越活越逃不開母親的影子，她終究也成為沒有「叔叔」就活不下去的女人嗎？

休學之後，她一直在換工作，一份正職，一份打工，賺房租、生活費、「安家費」。弟弟還在他們手中，算是人質，每隔一段時間，母親會打電話來要錢，要不到，就會找上門來。她為了防止母親到工作場所來鬧，就按時匯錢回家。弟弟的生活費、學費、醫藥費，母親的欠債、繼父的花銷，生病、住院、開刀、車禍，為了要錢，什麼招數都使盡。母親的容顏時而年老，時而青春，好像全因手頭上有沒有錢、繼父是否留在身邊而改變著容貌。聽說繼父傷了臉之後，變得更凶殘，打顏俊、揍母親，毫不手軟。鍾美寶曾遠遠瞥見過他，一道疤痕劃過右邊側臉，半臉英俊，半臉醜陋，像會變身的野獸。母親時而可愛，時而可悲，時而可恨，母親是沒有戀愛就無法存活的女人，她本可以愛很多人，卻偏偏愛上最折磨她的人。母親與繼父是互相吞噬的蛇，誰沒有誰都不能存活，待在彼此身邊，只怕命也不長。這些都不干鍾美寶的事，但母親就有辦法讓她在意。付錢了事，是鍾美寶對應母親的方式，二十三歲時，母親以她的名義欠下銀行三百萬貸款，使鍾美寶信用破產，每更換一份工作，銀行都能依循扣繳憑單查上門來，她的前途算是報廢了。但她真正要逃躲的，是用錢也處理不掉的繼父。

「殺了他。」他倆單獨見面時顏俊鐵青著臉說：「不殺他，我們都會死。」鍾美寶確實動過這種念頭，但殺人對她而言，比活著還艱難。比起殺人，活下去是眼下最重要的事。

「等當完兵，就跟我住。」鍾美寶說。顏俊入伍一星期就因企圖自殺退訓，回家後弟弟的精神狀況十分不穩定，一次與繼父發生衝突，企圖放火燒屋，被抓進了警局。他進了精神科療養院強迫治療，一住多年。美寶到阿布咖啡工作後，顏俊出院轉到私人療養機構，每週可以申請與家人會面、同住，出入自由，機構用意是讓病患學習手藝，慢慢融入社會。

「美式咖啡、布朗尼、鬆餅」，工讀生小孟唸著剛才客人的點單，將鍾美寶的心思拉回了現在。窗明几淨，空氣裡都是咖啡與蛋糕的香氣，送走中午用餐的客人，下午是最恬靜的時光。現在是現在，過去可能會追上來。

往事總如夢一般地，帶著醒醒睡睡就會變換劇情的朦朧，鍾美寶靠近這座樓，走進它的腹地，進入這家小咖啡店，然後就會遺忘其巨大繁複。只是安然地，知道回家了，無論是店鋪或住家，沒有她母親與繼父的地方，就是家。

像努力將玻璃窗上的霧氣擦去，卻又因為過度用力而呵出更多熱氣，造成另一次的霧濛，唯有將臉遠離玻璃窗才能阻止這樣的循環。鍾美寶的意識回到眼前、當下，二〇一三年秋天，下午三點，玻璃門開闔，首先迎來牙科醫師姓劉，咖啡外帶、蛋糕外帶，會跟鍾美寶寒暄五分鐘左右，立刻離開。小孟都稱他「鍾美寶先生」，看起來就是來把妹的，那五分鐘真是漫長，醫師似乎找不到話聊，鍾美寶只好自己開話題，免得他尷尬。

醫生前腳剛走，一批三人一組的午茶客人立刻閃進來，有點眼熟，其中一位是知名電視購物頻道的主持人，以整容聞名，本人近看並不如電視上的誇張，皮膚白皙，還稱得上清秀，身材纖瘦，來過幾次，黑咖啡加熱豆漿，不吃蛋糕，吃貝果，非常有禮貌的人，時常會外帶多杯咖啡回公司。另外兩位一男一女，看來也是購物台的員工，男性穿著西裝，女性著套裝，可能是來洽公的廠商。

鍾美寶從前曾待過大學附近的咖啡店，氣氛閒散，客人都是學生（或具有學生氣息的成人，換句話說，就業不穩定，或始終沒有固定職業），幾組不知哪搬來的老舊沙發、皮椅、藤椅、木桌椅組成的「混搭風格」，菜單都寫在黑板上，到處都是書架，每張桌上都有枱燈，室內燈光昏暗，總是低低放著音樂。那家店蛋糕不多，下午時間進來的客人總像剛睡醒似的，那時她下午兩點才上班，常遇到客人一杯咖啡待一整下午，傍晚出去買個滷味街邊吃吃又回來。後來店裡索性賣起水餃跟泡麵，那些熟客十個小時待下來，花上兩百五，老闆也不說什麼，感覺像是一個學生社團社辦的擴大。後來房東漲租，一漲兩倍，老闆終於把店收掉了。

鍾美寶從十八歲開始在各種咖啡店打工，從最早，大學城附近的美魔女老闆娘開的傳統咖啡店，學虹吸式咖啡，兼賣曼特寧、摩卡、巴西等咖啡豆。店裡讓客人寄杯子，牆上木作一格一格放咖啡杯的架子，她在那兒學會了煮咖啡、分辨幾種咖啡豆，以及製作手工餅乾。後來的轉速較快，先後待過百貨公司裡的美系連鎖咖啡，開始學習義大利咖啡機，才知道外面早不流行虹吸式單品，在店裡放客人雜七雜八的杯子只會讓店內看起來寒酸。然後是一對從日本回來的情侶在高級社區開的咖啡店，那是讓鍾美寶學到最多東西的一家店，她忘不了那對感情恩愛，卻又像總是安靜地各做各的事的男孩女孩。那家開在街角的咖啡店，男生負責廚房跟園藝，女孩做蛋糕，店裡兼賣一些日本帶回的雜貨。鍾美寶真的跟學徒一樣，放假的日子，就跟著老闆娘學做蛋糕，上市場，跟老闆去園藝店，從香草開始學起。她忘不了那段日子，有時店裡公休，他們會邀她去家裡吃飯，就是從那時起，她才懂得起司原來不是只有芝司樂起司，火腿也不是早餐店那種三明治火腿，她從老闆娘家帶回許多做西餐的書，彷彿意外闖進另一個語言的世界。

後來咖啡店老闆夫妻結婚，搬回了日本。鍾美寶繼續輾轉就業，待過文青店、養貓的店、看起來像咖啡店、實際上卻是賣啤酒的店，店裡漫畫比書本多的店，老闆個性古怪不讓客人上網的店，在店裡擺鋼琴、老闆會彈上一曲的店。鍾美寶想著總有一天她要開自己的咖啡店，但手上的錢總是從指縫滑走，銀行的欠款沒有繳清的一日。直到遇到阿布，先在阿布的夜店上班，然後阿布就開這家店讓她管理，她好像在台北的咖啡世界裡轉了一圈。

三點五十，聲音高亢，動作快速，一臉花稍的熟客小紅樓進來了。這是老闆阿布的朋友，房屋仲介員，他一進店裡，熱度好像就提高了幾度。他帶了個女客找到老位置坐下，親自到吧枱來點餐，呱啦啦跟鍾美寶抱怨了好一陣子各類八卦，才突然想起還有客人在等，扭著腰回去座位上。小紅樓一待就是兩、三小時，過程裡至少會跑到吧枱四、五趟，他甜食吃得凶，沒白坐，每次結帳都四、五百。「算是心理諮商費吧。」阿布總是這麼跟美寶說，「沒關係，他很可愛，不煩。」美寶甜甜回答，真的，知道小紅樓的遭遇，不會責怪他的聒噪。

四點鐘午茶客人又來一組，蛋糕狂人姊妹花，會一口氣吃掉六片蛋糕，還要外帶餅乾跟起司蛋糕的姊妹，身材卻是辣妹等級，不知從事何種行業，只是知道漂亮、有錢、多話，但出手非常大方。

姊妹花是滿妹，她們每回到，客人突然就會多起來，可惜姊妹花一週只來兩、三次。客人一多，鍾美寶的腦子就安靜了，靜聽著音樂讓身體彷彿進入一種舞動的節奏，身體發熱，加快手上腳上的各種動作。工作越忙，越不需要跟客人聊天，也無須跟小孟說話，也聽不見自己內心往事的翻湧。店裡湯匙敲碰著盤子，咖啡杯從桌面拿起的摩擦，磨豆機的馬達，咖啡機的蒸氣，所有聲響化為一種使她動起來的節奏，這就是她的現在，所有動作流暢到一個程度時，彷彿樂音流淌，全身都處在節奏裡，每一個動作都對、都準、都快，都到位。她就像默片裡的演員，無聲地在店裡各個地方滑步移位，在對的時間裡，將所有事都安排好，使她心裡發出了「就是這樣」的低喊，覺得連頭腦都像被調整過了。

如此緩緩進入了下午，度過傍晚，那個來自鄉村，身上背負龐大債務的女孩消失了，她又變回此時的她，無所謂快樂，無所謂悲傷，她只專注於將「該做的事一一完成」，忙碌穿梭於客人之間。一整天下來，她見過許多人的臉，有些人陌生，有些人面熟，有些與她談天，這些熟悉的面孔，會在固定時間準時出現，彷彿他們也與她一樣從事著與咖啡店相關的工作，似乎這個場所也維繫著他們某種生活必須。他們喜歡坐在自己的老位置，點同樣的飲料，做著類似的事物，如果開口，也會對她說著近乎相似的話題。

日子好像千篇一律，而鍾美寶就是靠著這份可以延續的重複，存活了下來。

她好像認得許多人，也似乎誰都不認識，這日復一日地勞動，被話語、閒談、氣味、動作充滿。每一張臉看來都變得毫無差別，又如此不同，鍾美寶暗自在心中想著，沒關係，她喜愛這條單向的街，這街上的摩天樓大廳、美容院、小吃店、花藝店、漫畫店，甚至一直延續到更遠處的小兒科、牙科、眼科、西藥房，或更遠更遠，這邊的人們可以靠著單向的生活機能滿足日常所需，如果可以，她情願活在一個單向的世界，讓對面的馬路車流隔開一切，保護著這岸的日常繼續。她害怕在彼岸，千百輛車子也阻攔不住，會有令人恐懼的人事物等待著、埋伏著，可以如其他事物那樣，度過斑馬線越到這邊來。現在還沒有，還沒，但她知道遲早，那半臉之人會找上門來，到時，她目前所擁有的一切，小套房、愛情、友誼、咖啡香味、蛋糕的氣息，全都會被那暗影吞噬。

目前還沒，但不安全，她得加快動作了。

3——空中花園

林夢宇 45歲 摩天樓仲介業者

C棟37樓住戶

一棟大樓，千百扇門，屋內有各種組合與可能性，林夢宇每日帶著租屋或買賣的客人進出電梯，在樓層之間上下，開啟一扇門，關上一扇門，十多年下來，他經手數百個房子交易，但也只是這大樓的四分之一吧，因為很多租戶是重複的，有許多自用戶，他無法進入窺看。「窺看」，想不到自己用了這個詞。這大樓剛完成時，他曾陪著驗收的建築師跟工程人員一一巡視過，會不會就是那時種下的心願。他還記得當初白漆白窗米色地磚，白黑兩色的流理台，浴室是粉色系的，當時就採用美國進口的靜音馬桶，方形洗手台，兩尺半見方的鏡子，鏡台兩側各一排照明，簡直是藝人化妝室規格。那時啊，窗明几淨，兩小一大面向天空的隔音氣密窗，透明得幾乎無物，可以直視遠方山景，俯瞰城市。當時，一〇一都還沒蓋起來啊，前棟面台北的大坪數公寓，視野沒啥阻隔，可見大樓還少，三十一樓以上的挑高四米五，真是氣派。他那時還是個三十出頭的小子啊，站在自己也還買不起的寬敞四房公寓裡，望著他不曾住過的台北市區，心中湧起的是一股「出人頭地」的信心。當時，在成交人潮絡繹不絕的銷售處，他望著各種各樣客人前來看屋，心裡就開始建構、想像，將會是什麼樣的人住進這些屋，會把房子裝潢、改建、布置成什麼樣子？他們會在這棟樓裡，組成一人、兩人、三人以上什麼樣的家庭？會經歷生老病死如何的生活？

不知為何，他就是對人與屋子的關係感興趣，天生適合買賣房子。他帶著客人走在這些早已熟悉得不能更熟的穿廊過道，看見清潔人員擦拭得閃閃發亮的地磚、鏡子、窗台，看見面對台北的那側排窗，玻璃照出的城市景觀，已經像種樹那樣一排一排種起高高低低的樓，遠方的一〇一地標，河岸動輒二十、三十層高的水岸豪宅。更別提他後來去過香港、日本、上海等國際大都市，他已經體驗過真正現代化的摩天樓長什麼樣子，他知道自己在這個小樓小島做著的是已褪色的美夢，但是，除了建築雜誌上所見到德國的馬賽公寓，科比意心中構畫且真正實現了的「現代公寓」，真正打中了他的心，使他感動莫名，他發誓此生有機會一定要造訪，否則其他商業大樓住宅社區，無論親眼見過或電影電視雜誌新聞裡看過，不管大樓多高、多燦爛、多奢華，都不如他此刻站立的這棟樓，「人才是大樓的核心」他近乎口號地想著，他還是最愛他與之共生的這座摩天樓。

他人生最精華的時光都與這棟樓共度，這佇立於四線道路邊的摩天樓特別醒目，雖然這一區高樓滿布，少說也有三座摩天樓，但這棟樓高度最高、佔地最寬廣，粉藕與磚紅兩色拼成的外觀遠望像一座高山，上面密麻布滿了白色氣密窗窗框，當你朝它走近，大樓瞬間又化成融入此區域的一大片住宅群，你走進它的腹地範圍，不再被它的巨大震懾，而是驚訝於它比想像中破舊些，如此一個龐然大物，也有老去的時光。

白日裡，大廳總是人來人往，令人錯覺這是個捷運站或百貨公司入口；入了夜，這個街口二十四小時不休息的地方，除了便利商店，就是這座摩天樓的大廳，偶爾會有酒醉的人倒在門口，一半可能是住戶，另一半就是路人。大樓邊緊鄰馬路，上方的快速道路完工才幾年，目前路面又在興建地下捷運，使得這條大馬路經常處於封閉一個車道、視線灰濛、空氣混濁的施工狀態。

門廊前的走道鋪設地磚一路延伸了二十個門號，右側有花台，四季植有不同花木。白日裡人來人往，深夜裡也不顯漆黑，小情人燈下散步可以一路逛到大賣場入口，拐角有一小處社區花園，花木不多，但夠隱密。白日裡是附近老人納涼之處，三三兩兩附近外省老人們在這裡讀報、吃早點、喝茶、遛狗，這兒蔭涼，又是通往大樓後巷弄超大型黃昏市場的捷徑。

穿著藍色制服的管理員拿著警棍與手電筒四處巡邏，這棟樓龍蛇雜處，夜裡生事的特別多，派出所警員都是常客了，來巡守、盤查、逮人的也有。

摩天樓有四個出入口，每個出入口都有挑高寬敞的接待大廳，門口仿大理石雕的廊柱掛有燦亮的夜燈，入口櫃枱有兩位管理員駐守，分成前兩棟AB後兩棟CD。AB兩棟相通，CD兩棟亦是，但前後並不相連，雖連接著同一個中庭花園，但得用不同磁卡進出電梯，無論清潔或保全都是分開的。工作人數相同，以相對人口數而言，AB棟得到的資源豐富，保養得宜，大樓的損耗率也低，這種區隔使得AB棟帶有優越感，房價也高出許多。

高一百五十公尺，地下六層，地上四十五層，共一千五百餘戶，費時八年建造，一九九八年完工，曾經是台灣最高的集合住宅，如今也還佔有第三高樓的位置。歷經建設公司改組，這龐大的大樓曾經歷過因管理不善而導致停水斷電的嚴重問題，二〇〇二年大樓社區管理會成立，情況開始改善，目前擁有功能強大、影響力甚鉅的管委會，年年改選，組織嚴密，儼然自成一國。

他常自稱是這棟大樓的「樓主」，從二十年前大樓預售的時代就來此工作了，當時是在建設公司銷售部，大樓完工後還待了三年，後來才跳出來自己開仲介公司，專做這間大樓租賃買賣，經手的房子數百間。這大樓的結構、歷史、住戶的身分背景他如數家珍。他在房價最低點每坪十四萬時，因炒作股票失利，把最初用員工價的四十五坪公寓賣掉，買了一個十五坪樓中樓投資，租了兩房的公寓自住，但身價已從A棟降至C棟，也只能安慰自己：「客人都在這邊嘛。」

如今房價可又上看四十五，眼看明年地鐵通車後就會飆破五十，當然，台北的房價也早就高過紐約、東京，他們這棟樓也比不上附近新建的「捷運共構」。「咱們的摩天樓已經舊了啊！」他哀嘆。建設公司老闆早已脫產大陸，住戶更迭，CD兩棟以套房為主更是來來去去旅館一般混雜。幸好這一千多戶超過三千名住戶的大社區，有個勢力強大的社區自治會，仍運作自如，繼續著它的脈動。他公司的牆上掛了幾十副鑰匙，這棟大樓等待買賣出租的空屋無論大小規格，一半以上都在他手裡，即使不是委託給他，但何時遷入遷出，何人來來去去，他都心裡有數，大樓四棟三班制二十個管理員，每個都是他的心腹，他的眼目。

「樓主啊！」妻子喊他，「中午吃啥？」

美食街撐了一年終究沒做起來，曾經鬧烘烘地開了一陣，八個月吧，最後熄燈時也無人感傷，那一塊屬於建設公司的空間始終有一搭沒一搭地，有時租給某某體育用品、寢具、名牌服飾特賣會，也當過某議員的競選辦公室，最多的時刻都是閒置的，像一張空開的嘴，黑黑的，只有幾盞燈照著四角落，固定有人巡守，倒是便宜了後面那棟矮樓。正對著他們的那條街反倒真成了商店街，光是供應在大樓裡三家證券公司、兩家銀行與量飯店的員工，開設了十家左右的商業午餐店。日式韓式泰式，義大利麵牛肉麵烏醋麵，水餃湯包蔥油餅。中午時鬧烘烘的，傍晚也還有些下班回家的人潮。

幸好三年前阿布咖啡開張了，慢慢地，一樓幾個閒置的店面，房東巧妙區隔成幾個小店面，因應著生意漸好的咖啡店帶動的文藝氣息，花店、二手書店、美容院也陸續開業，整條街熱鬧起來。

「去阿布幫我買個三明治。」他說。「算了你別動，我自己去。」他站起身來，可以跟美寶見個面，總比待在這裡跟妻子面面相覷的好。

他承認自己有種小國島主心態，後來幾年附近明明也蓋起了三棟高樓，但「毫無想像力啊」，都是「贗品」，他這心態彷彿當時建築師是他了。可他確實瞧不起那幾棟樓，沒有「城市」的想像，高度不夠，寬度不夠，只會搞什麼「奢華」的噱頭，這種大樓到處都有啦，有錢就蓋得起來。但當初到底是誰先有那種眼光，在此不毛之地首先想像能夠建造出這種國際性、現代化的「城中之城」呢？摩天大樓作為一個建築，其意義不僅在於「摩天」之高，更在於它擁有企圖改變地景地貌，改變人們對於居住想像的野心與創造力。那時雙和一帶還都只是矮樓與田地啊！

唉，跟誰說這些去。大家看的不也都是房價嗎？

而且後來這樓真是斑駁了，被謠傳為轟趴場、製毒所、賣淫站，CD兩棟幾百間小套房龍蛇雜處，真是敗壞了大樓的名聲，可這不就是現在都市的縮影嗎？他就沒弄懂樓下怎就養不起一家酒吧。唯一還能讓人喝杯啤酒的地方，就是阿布咖啡，這家咖啡店帶動了大樓始終沒做起來的商店街，只因為店裡有個漂亮的店長，因為這家店用心地經營，美食街沒有完成的夢，因為咖啡店而達成了。有鍾美寶在的咖啡店，吸引了附近的上班族，甚至還有從台北來的文藝青年。一樓的店鋪讓大樓顯得年輕、新潮、有質感，他想起鍾美寶，渾身顫抖，他除了這些字眼，還有些不能說出口的，魔性嗎？不，就是魅力，鍾美寶讓這條商店街變得好有魅力。

誰說大樓注定日漸老舊？這棟樓是活生生的，它也有自我更新的能力。

最近每天他從三十七樓的住家公寓搭電梯下到八樓位於社區中庭空中花園的辦公室，會感到頭暈，中庭風大，辦公室就在最空曠的地方，這座樓一樓是金店面，公共設施都設在八樓，露天游泳池、健身房、籃球場、洗衣間、圖書館，還有個迷你高爾夫球練習場，就在他辦公室旁邊。如果不是這些公共空間都虛有其表，設施老舊，缺乏維修，他還真覺得自己已經過著帝王生活了。

他每天早上都會到這片迷你高爾夫球場做點體操，所謂的練習場不過是一片塑膠草皮，小小的水池永遠沒水，幾個球洞裡老是被玩具或樹葉堵塞。從沒看過誰來練習，偶爾會有個白人住戶在這兒赤裸上身做日光浴。

到了夏天，這裡可熱鬧了，游泳池請了專業救生員，還設置游泳班，大人小孩圍滿泳池內外，像個水上樂園，那時中庭的花樹盛開，真是繽紛。

然而，現在是冬天，冬天就是蕭瑟，大樓風讓中庭變成冷凍庫，誰都不想來逛逛了。過年前成交量都少，大家不喜歡在過年前變動，幸好他的租屋工作依然暢旺，然而，心中一股驅不散的憂愁始終盤旋，林夢宇為情所苦。

他點燃香菸，煙霧快速被風吹散。所謂的大樓風，強大得能把人吹跑，偶爾無風的日子，會非常舒適，但十天幾乎有七天大風，可惜了這一片美景。但是成天待在十坪大的辦公室，要抽菸就到外頭去，他每天要出來二十次。

他繼續抽菸，站在中庭裡，四周空曠，對面就是山，山上有高壓電塔，有樹林、小廟，有藍天白雲。「景觀是無價的」，他總是這樣對客戶說。說來八樓的不算有景觀，但也是天寬地闊的，幾乎可以感受到就在馬路對岸，奇怪地想到都是「河岸」兩字，或許因為望下去高架橋上的車流似河吧。

車河對岸，有一片密匝匝的樹林，那已是縣交，想來是私人保留地吧，面積很大，山林地大概也沒什麼用途，但就像他自家的庭院，眼睛可以直接觸及那深深的綠意，即使無法分辨樹種，那有什麼要緊，重要的是那片「綠」，能使絕望的生活活化。

夜晚，車河變成燈河，因為高度不夠，還無法幻化成夜景，更遠的地方，有兩棟大樓樓頂閃著七彩變換的燈，不知是誰的主意，但他時常久久凝望那幻化著的燈，紅，橙，黃，綠，藍，靛，紫，他像等待著什麼一般靜心數算著，會有不該想起的事浮現腦際。

從事仲介工作以來，他偶爾會與女人在尚未出租的空屋內幽會，簡直像是定期發作的怪病。他抽屜裡藏有一支鑰匙，就是近期他準備用來約會的房間。房間不固定，但準備著總是有用，他喜歡從掛在牆上特製木盒子裡一排一排標有房號樓別的鑰匙中隨意抽出一串，說隨意是誇張了，這麼多年，哪個釘子掛著哪棟哪戶，哪戶是什麼格局他都知道，畢竟業主來託租，都是他親自接待，仔細徵詢過的。況且換來換去，會出租的就是那些個房子，偶爾有新的單位出租，他總是迫不及待想去「開房間」。這念頭真齷齪。但他忍不住想，這是他掌握與佔有這棟大樓的一種方式，他自己買屋、賣屋，也仲介別人的買賣租賃，除此之外，他還要以祕密的方式入侵，當然，直接在這個大樓裡某一房間約會容易多了，但說帶客戶去看房子才是他能夠離開這個辦公室最好的理由。他亦想過妻子會忽然尋上門來，所以他會把其中一戶保留起來，用過一次之後，再進行租售業務，帶人看屋。

小套房出租，他時常在電腦上製作這些檔案，親自拍照、寫簡介、上網刊登，也會貼彩色海報在公園的公布欄，照片越漂亮，出租率越高。這個新委託的房間陳設簡單，都是屋主留下的家具，都是原木訂製，品味不俗，雙人床鋪還是高級獨立筒，窗簾作了遮光效果，還附了三門冰箱與洗脫烘功能的洗衣機。當初買下這些小套房的屋主，到了一定年齡，各行婚嫁，男人若娶了老婆，多半會把房子賣掉，換一間大的公寓，有人甚至還是住在他們這棟樓，只是換了兩房或三房，少數的屋主，遇著家境寬裕的夫家，寵愛著，讓她把自己婚前如玩具一樣為自己買的小套房保留著，出租，「給你當零花」。

他賣房子時常舉這些例子，說這裡是聚寶盆。

不知是否因為長年與空屋打交道，有些屋子交易前得進去多少趟啊，身邊帶著形形色色的人，像演舞台劇那樣，一次一次彩排。有些屋子他特別喜愛，會破例帶情人去兩、三次，白日夢裡也想像將那屋買下，金屋藏嬌，但那就太危險了，他絕不能在這裡留下任何把柄。

這不是一棟最高級的樓，這裡問題很多，可是他對此處有歸屬感、認同感，因為他的工作、生活、朋友、愛情以及財產都在這裡。他最壯年的時光也全貢獻給這座樓，這樓回饋給他的，除了實質上的金錢、經驗與人脈，就是這段不為人知的「祕密時光」。無論一房、兩房或挑高夾層屋，他從不帶人去三房的公寓，不知為什麼，就是有點顧忌，或許因為他自己住的就是三房，不想有感覺或印象上的重疊。

這件事純粹而簡單，與他的家庭是切割開來的。

他喜愛的是那種感覺一切未知，什麼都有可能的，即將開始什麼，卻很快就會落幕，使得過程裡的每一分鐘都是最後一分鐘。他與某人，無論何種年紀，都是頗有風姿的女人，有幾個甚至是大美女，他們一前一後走進一間房屋，無論是房東請業者精心裝修、附設全套家電，或什麼家具均無的空屋，甚至是品味俗麗陳設簡陋的房屋，他將這些經手的屋子視為自己領土，所以在這些屋裡與他的女人們性交。

奇怪，小個子小臉的他，中年後反而吸引許多女人。可能在這大樓待久了，他幾乎可以立即判斷前來尋屋的人已婚未婚，大致經濟生活背景、性格等，他甚至也能看出女人對他是否有意，什麼樣的方式能勾引得上。

老婆如果知道，肯定認為他是變態，屋主如果知道，他在這棟大樓的房仲工作就此報銷，這業界也別想混了。

但他忍不住。

如何開始？怎麼結束？停不了。

他在這些等待出售或出租的空屋裡，與不知為何也渴求著慰藉的女人，模擬著某種「情侶」狀態，無論熱天冷天，屋裡都沒有棉被這種東西，夏天幸而有空調，到了冬天，有時他會從辦公室把冷氣毯帶上，後來他甚至買了台暖氣機，偷偷藏著。一間屋子頂多用上兩次，怕被發現也是，主要是多去幾次就會讓事情變得太真實。

他逐漸區隔與妻子和這些女人的交往，彷彿只有在這些無生活感的場所，才能激發他無比詩意的慾望，某種「企圖填滿」的意識轉化成性慾。這些穿戴整齊，臉色忐忑，像是做壞事（確實是做壞事啊）的心虛又亢奮的女人，赤裸著身體躺在地板或床鋪上，旁邊放著散亂的衣服、礦泉水、皮包，以如此克難的方式，卻令人更加興奮。他們會花很長的時間性交，過程裡還會調笑似的詢問對方關於租屋的問題。有些人因此住下來了，在社區裡遇見時，平常得就像遇上國中同學，好像認得，又不太熟悉，只能簡單地點頭。有些女人，再也沒見過。

這些他稱為「性友誼」的關係中，只有一段發展成婚外情。是一個離開多年的房客又回來找房子，他對她還有印象。漂亮的女人，幾年不見，依然漂亮，卻有寥落的神情，某種氣味他感知，該不會從男友住處搬出？或，離婚了？

是離婚。拖磨一年，她得了憂鬱症。離婚時她不要房產，拿了一筆贍養費，她無法忍受住在那個家，感覺屋裡幻影叢生，每一處都是丈夫與前女友雲雨之處。「他真的很敢，偏就要帶回我們家。」她憂傷說，「男人最好的情婦就是自己的前女友，後來他們結婚了，就在我去歐洲的途中」。她對他說著旅途上的發生，情傷之後一年半，她都在歐洲旅行。

她拿贍養費來當旅遊基金，第一站就是巴黎。她以前省吃儉用，都為了幫助丈夫的事業，現在她不管了，只圖享受。起初毫無節制，她住過最高級的飯店，出入高檔餐廳，她大方購買華服、首飾、皮包，每天都在飯店裡把自己打扮得像要出席宴會，偶爾有男人跟她搭訕，她總是覺得自己還沒準備好而拒絕。錢用得很快，半年後她帶了滿滿的行李去西班牙，突然過著恬靜的鄉居生活，她差點在鄉下買了房子，但卻是買了部車，每日開著車到處晃，她把那些名牌衣物都賣掉，悠閒日子又過了半年，最後半年，她跑去泰國蘇美島練瑜珈，跟一個同樣來修練的英國人談了短短的戀愛。最後，她想該回台灣了，她把所有家當淨空，決心重來。就遇見了這棟樓，以及他。

女人話語如夢，令人暈眩。

他們是在參觀挑高夾層臥房時，幾乎同時地摟住了對方。安靜無語，卻又激烈異常地，在那張全新、還包著塑膠膜的的彈簧床上肆意翻滾。他很久沒這種感覺，像夢一樣，女人的皮膚發散著淡淡花香，腋下有細得看不清的褐色細毛，呻吟時聲音如少女，或許還是真羞怯，她一直脹紅著臉，臉上皮膚光潔如絲。

他真正見識過頂樓四十五樓的風景，那個三面都是窗的二十坪的樓中樓大套房，一直都空著，玻璃屋似的，後來她就住在那。他每週一次去見她，六坪大的露台，種滿了植物，他幫她買了一座露天咖啡桌椅，白色帆布傘，鬆白漆古典座椅。他們曾在那鐵椅上做過愛，逼近人臉的夜空，藍壓壓天幕裡有幾點星光，溫暖夏日晚風拂面，他們甚至在粗糙的水泥地上翻滾，女人說，「應該種點韓國草，就更軟了」。

每當他想要逃離生活，他就往那個樓中樓走去。女人從來不拒絕他。

在女人的要求下他學會用領帶與絲襪綑綁她的身體，「再多一點」，一點疼痛與束縛，「再多一點」，而他們倆都在疼痛與束縛裡得到放鬆。有時會在做愛後激烈地哭泣，他想，她愛著他，他也愛著她，是一種無望的愛，因為他們不可能離開這座空中樓閣到其他地方一起生活，他們的關係只有性，美妙絕倫、令人心碎神傷。每次從她那兒離開，搭電梯下樓，都像重返人間。

一年後女人離開時，帶走了那套露天咖啡桌，他們沒有道別，他也沒去送行，他知道那個時間她會走，搬家公司會來帶走咖啡桌、彈簧床、電視櫃那所有他一點一點幫她張羅來的東西。甚至當初就打算要走了，所有物品都不是新的，而是二手貨，甚至是咖啡桌，都是朋友咖啡店收掉時送給他的。他在中庭抽菸，算準時間，感受到她的離開，他感覺心裡有個東西像死了一樣。

幾年過去，他偶爾還是會想起身體在刮人的地面上摩擦的觸感，感覺女人絲質的肌膚擦過他的身體，他依然會激烈地想念她，甚至感到痛苦，但他忍耐著這份痛苦，好似這是他們之間僅有的證物。

後來很長時間裡，他沒再愛過誰，不曾與其他女人維持固定的關係，他只是需要一個空屋，一個短暫接觸不會造成彼此困擾的女人。他是這樣的男人，難保自己的妻子不會也跑去偷吃，他的妻看來冰清玉潔，說不定會找社區最髒最傻的水電工上床。他不知道，他不在乎，等事情發生了再說。不，即使如此，他也不會離婚。

即使離婚，他也絕不離開這座樓。

這裡是他的國，這裡有他的愛與他的夢，他失去的，以及他擁有的。

然而鍾美寶掀動了他平靜無波的心，使他恢復了感性能力。天啊，他寧可不要，那些感受太多也太強烈，好像在他身上開了無數個孔竅，使他突然變得靈動、敏感，但更多時間卻都是感傷，與無望。

他用力深呼吸，胸口像被什麼給堵住了。鍾美寶，原本他只看待她像個小妹妹啊，不知為何，這段時間，半年多了吧，他經過咖啡店時總要繞進去坐一會，她身上有什麼吸引著他，以他的直覺來說，就是性的魅力。為什麼以前沒有，現在卻如此強烈？她的舉手投足間，她的眼神甚至是呼吸，或者肉眼看不見的什麼東西隱隱竄動，帶著一種難以言喻的魅力，他敢肯定鍾美寶身上一定發生了什麼事，使她從一個帶著少年氣息的清秀佳人，變成了散發強烈費洛蒙的「女人」。唉，或許也沒有什麼神祕，從不穿裙子的鍾美寶穿上裙子了，露出一雙美腿，就把他電暈，或是他自己老了，鍾美寶變得成熟，老男人對這年紀的美女怎麼有抵抗力呢？

他最近又有了新的嗜好，不帶任何女人，只是躲在那些空屋裡，消耗一、兩小時。他躺在空無一物的屋裡，靜靜回想生命裡許多錯過的、做錯的、可以稱為遺憾的人事物，他會想起那個四十五樓的女人，想起第一次看見鍾美寶的時候，那時他應該就注意到她們的關聯了吧。她們都有一雙眼神如火、接近瘋狂的，美麗的眼睛。

目前他擁有一把鑰匙，就是鍾美寶隔壁的空套房。入夜後，他有時還會溜上樓一會，就待在那個房間裡，隔著一片牆，感受著鍾美寶的存在。他知道他很變態，比以前更變態了。他拿著梯子爬上玄關的空調回風孔，他知道那兒有通道，只要打通那個通道，他可以直奔鍾美寶的屋子裡。

到底是愛情使人瘋狂，還是瘋狂讓人感覺到愛，他靜靜躲在回風孔裡，聞嗅到孔縫裡傳來的怪味道。他知道這股臭風，有一小部分是從鍾美寶的屋子傳來的，因為正好位於轉角，奇怪的風力迴旋把大樓浴廁間的臭氣旋轉滯留。有許多人來抱怨過，但鍾美寶不曾抱怨，他望著黑暗甬道中那薄薄的隔板，心想著，只要一把小鋸子就可以將那個薄板鋸開，然而不是現在，他還在享受那種等待，那無數可能的想像。他像個獵人蟄伏在黑暗中，享受觀察獵物的過程，感受口腔唾液分泌、腎上腺素增加、身上某個器官充血，那近乎恥辱的快感。

4——日光露台

吳明月　32歲　羅曼史作家

C棟28樓之九住戶

每天早晨，九點鬧鐘未響之前，吳明月就會先醒來，摘掉眼罩，把鬧鐘關掉，按下床邊音響裝置，播放她喜愛的貝多芬鋼琴奏鳴曲，把身體蜷縮起來，又大大地張開，來回幾次，喝下保溫瓶裡一杯三百CC的溫開水，下床，在床邊的瑜珈墊上做十分鐘暖身操，把睡衣脫掉，走進浴室沖澡，洗好澡，到廚房做早餐。早餐是現打蔬果汁、雜糧麵包、優格、水果，慢慢做、慢慢吃。

從起床到吃完早餐大約花去一個多小時，然後到穿衣間從各項衣物裡仔細地揀選衣服。今天是杏色七分袖雪紡立領排釦襯衫，黑色九分直統西裝褲，清薄粉底、蜜粉、淡淡腮紅，宛如要上班的正式打扮，緩慢完成她起床的儀式，這時還不到早上十一點，距離晚上十二點上床，她還有漫漫一天要度過。

她不用上班，她哪兒也不去，就在家裡待著。她有懼曠症。這一待已經超過三年了。

就這屋子，是她全部的世界。

權狀三十八坪，扣除公設比，室內實際坪數也超過三十。區隔成兩大房兩大廳，穿衣間、儲藏室、前後陽台，附爐連烤功能齊全的廚房。整戶都做了實木地板、系統家具，臥房還有三坪大的露台。過戶交屋後母親請人來設計裝修，設計師笑說：「我設計的目的就是要讓業主待在房子裡無須出門，就可以感受到外界的開闊。」真像是預言。客房兼書房，主臥室落地窗接連露台，靠臥室這邊設計成極美的花台，延伸而出的植栽母親都照顧得極好，到了她手上也還長得不錯。露台寬闊、當初就設計成半開放式的多功能花園，頂上有採光玻璃罩、可遙控的遮光布簾，遮擋雨水，過濾日光。露台上擺設白色躺椅，防水塑膠靠背矮凳，無論坐臥都能眺望窗外風景，藍天白雲，遠山雲霧繚繞，起身來，可做簡單的體操，地板用木作架高，利於排水，也增加溫暖的質地，鋪上瑜珈墊就能在日光下練習，有時她還會把健身腳踏車搬到露台上練習。天氣晴朗的日子，會自己帶上簡單茶點，在露台上野餐。光，水，植物，呼吸，都在這主臥室了。這種大樓一律制式的公寓，管委會對於改建非常敏感，設計師卻巧妙地在不更動結構的情況下，加強了空間的穿透性。母親死後，吳明月曾動念把這裡賣掉，以為只要離開這屋子，她的病就能好起來，但實際上卻是寸步難行，也無法想像住在其他更為封閉的空間裡。

她該慶幸母親為自己留下這個屋子，使她即使獨居於此也沒有忘掉天空與陽光、雨水與露珠。

吳明月常思量，長年待在屋子裡的人，不知都是什麼模樣。電視上所演的「御宅族」，都是長髮邋遢的男子，但她是個長相還算秀氣的女孩，衣著不邋遢，頭髮也都過肩就剪，把頭髮分成兩束，抓到胸前自己用剪刀慢慢修，劉海也都是自己剪的，膚色確實較為白皙，為了避免缺乏日曬無法合成維生素D，造成鈣質欠缺，她會在陽光晴好的日子，戴上墨鏡，在臥室的陽台上做日光浴。她也在大客廳裡裝置有跑步機、飛輪腳踏車，客廳牆邊一角裝置大片鏡子鋪上軟墊，時常在這兒練瑜珈。她如此注重健康是因為不想為了看病而外出，雖然並不確知這樣是否就能避免就醫的需要，但吳明月時間很多，運動可以使自己感到生活充實。

為了避免作息亂掉，她以三個鬧鐘調整自己的作息，無論睡眠或飲食，盡可能規律正常，避免因為生活混亂造成無謂的恐慌。

即使營養均衡，睡眠充足，運動量也足夠，她看起來依然略顯蒼白，或許跟外界接觸較少，也容易被外界的聲音驚嚇，比如有一年夏天大樓的主委突然用廣播宣布全社區消毒，因為連走道都得消毒，呼籲住戶盡量到外頭去，那真是一段可怕的遭遇。她只好逃到中庭去，即使在中庭那樣熟悉的地方，她依然覺得不適，最後只好戴著口罩躲在洗衣房。後來的消防演習，她就完全不離開屋內了，此後每年兩次消毒，她都緊閉門窗，用毛巾將大門縫塞住，也沒聞到什麼消毒氣味。

因為長期不出門，她有許多時間都待在那個露台上。那是她唯一與戶外的聯繫，可以聆聽外界聲響，感受天氣的變化。露台大，有桌椅、花草、陽光，空氣流通，與外界相聞。天氣好的日子，她白天幾乎都待在這裡，聽音樂、寫作、上網，甚至運動，有時也在這裡看電腦裡的影片，更多時候，她什麼也沒做，只是在躺椅上，安靜諦聽，不遺漏外面一丁點人世間的聲音。遠遠地，更遠地，都收納進來，喇叭聲、汽笛聲、宣傳車、廣播，對面的保安大隊時常傳來口令似的短促單句，有時什麼也沒有，幾分鐘的空檔吧，那時她真感覺自己是這世上最孤獨的人了，連一點噪音也不肯來陪伴她，然後忽然地，好像聽見鳥囀，空中飄來一絲清脆悅耳的聲音，但那是不可能的，二十八樓離地面多遠，但又確實有。這些年她感覺自己聽力都變好了，但也可能是幻聽，她甚至聽見有人在對話、吵架、哭泣、歡笑，然後，一切又恢復正常。二十八樓聽見的外界聲音，也不過只是地面上隱約的汽機車引擎聲響，混雜著街市人聲，各種喇叭、廣播、器械、施工、宣傳……無論是什麼聲音，都搞混成一團幾乎像是灰色的「聲雲」，往上飄浮，來到她的露台時，已經稀薄難以辨識，只感覺一種類似梵唱的嗡鳴，空氣輕微的震動。

城市就在她腳下，深夜時間，她走出屬於她一個人的戶外，奇怪為什麼在這裡就不會發病？或許因為無處可去吧，沒有出路的地方，才讓她安心。她於黑暗中站在圍牆邊，往下望，左手邊，是高速公路的車流，與新店方向的城市夜色，是人們最喜歡的夜景。燈火、車頭燈、霓虹，她已經見識過上千次了，她喜歡嗎？不知道，夜晚她容易感到悲傷，她可以看見那千萬燈火中千百人生，而是否有人也如她這樣，是自己的囚犯。

如果不出陽台，把屋裡的氣密窗都關上，等於是與世隔絕了。即使把窗打開，住在空中高樓與住在矮樓有何不同？她想，如果不是住在這個高樓，或許更有機會到外頭去吧。她記起以前大學時代與同學一起分租的老公寓，頂樓加蓋，得爬五樓，冬冷夏熱，年輕時好能吃苦，室內一台老冷氣，怕耗電都捨不得吹，三個女孩分租那層十坪大的鐵皮加蓋，外頭庭院種花，屋簷下搭棚子煮泡麵、玉米濃湯、冷凍水餃，冬天吃火鍋。某人的男友幫她們架了鞦韆，搭了花棚，夏日涼風裡，好多朋友來玩，塑膠小孩游泳池戲水消暑，鐵架烤肉夾吐司，摺疊桌攤開，擺上冰涼涼的啤酒、工業用大電風扇搖頭晃腦地吹出熱風，某人老爸留下的古董黑膠唱機裡傳出的老派音樂聲，女孩涼快的露背洋裝、男孩們吊嘎衫抽菸彈吉他。那時的吳明月還不會化妝，一頭長黑髮、背心加短褲，也抽菸喝酒彈吉他，也有幫忙串肉翻烤茭白筍，談著最適合二十二歲夏天那種朝生暮死的愛情。五、六人會站在露台上望著對面的奢華公寓，各自指點著比他們或高或低的建築，或新或舊，其中一戶，大喊「將來我要住那一棟」。或更遠方，有人指向山，有人指向海的方向，有人指著天空，說要出國去，大夥哈哈笑著，有些酒醉，狂妄指畫著未來。

那時的她，不曾想過將來自己會困居在母親的空中閣樓裡，身邊不再有歡聲笑語，暮死朝生的愛情已與她絕緣。不過十年後而已。

但如果不是在高樓，不是這樣地與外界隔絕，她會更難以忍受自己的「異樣」，想著只要走出門去，就是外面世界了，但卻怎樣也跨不出這一步，那種無力感會不會更令人痛苦？

不知道何者為佳，無法比較。

她所知的只是，慢慢地，就變成了無法出門的人，與自己相關的人越來越少，她逐漸失去了友誼、愛情、親情與世上其他所有人際關係，因為這個叫做懼曠症的疾病，將她與世間其他人都隔開了。

什麼原因造成懼曠症？醫生也說不清楚，幾年前吳明月在旅行的時候於異國街頭看見同行的團員當街被搶劫刺殺，她跟其他人安然無恙，當時也不覺得特別驚嚇，倒像是被強光曝曬過的眼睛，有一塊黑黑的暗影。彼時她在報社工作，當旅遊記者，男友已經交往多年，準備結婚了。兩個月過去，腦子裡的暗影有時會發作，感覺視線黑黑的，有人從身後叫喊，或突然拍她，會驚嚇大叫，後來是夜裡常會驚醒，就再也睡不著。工作上的事慢慢耽誤下來，有時開會到半途，會突然跑到廁所嘔吐，跟陌生人見面之前，會緊張得吃不下飯，等到見面之後，又會突然腦袋空白，什麼都想不起來，那種突然空白的狀態很驚人，自己好像突然就回到那個人潮擁擠的廣場大街，同行那個女人穿著華麗，背著她剛買的LV，要吳明月幫她拍照。對，當時自己手上還握著那女人的手機，本來已經拍好了，明月覺得有點畫面模糊，麻煩她擺好姿勢再拍一次，就是那時候，她從視窗裡看見了，非常短的時間一切就發生了。女人站好，手比Y，有兩個男人一左一右包夾她，一個搶走她的皮包，另一個拿刀子往她脖子一抹，鮮紅的血飛濺出來。

吳明月的眼睛裡都是紅色。

她開始跟公司請假，兩個月後就辦了離職，之後就在家裡養病。大學好友在出版社任職，問她是否願意寫寫羅曼史賺錢，也可打發時間，工作可以在家裡做，不用到公司，對她也是解脫。吳明月起初是玩票性質，沒想到產量穩定，銷量不錯，出版社也喜歡，寫一本賺六萬，她三個月可以寫一本，就此走上羅曼史作家生涯，比寫採訪稿順手，而且不用跟人接觸。那時母親還跟她住，飲食起居都有媽媽照顧，所以不覺得有異樣。起初只是宅，不愛出門，因為工作可以在家裡做啊。慢慢地，連家用雜物也請量販店的宅配送來，偶爾到中庭洗衣店洗衣服，樓梯間倒垃圾，就是最遠的旅程。逐漸知道自己有問題，但也一直沒去看醫生，逃避吧，因為不愛出門，男友諸多抱怨。三年前母親到中部一個禪寺修行，回程的途中遊覽車翻覆，意外身亡了。說來諷刺，母親是為自己求福而去，最後卻變成做女兒的她去參加母親的葬禮。那天吳明月在靈堂上整個失控，大哭大叫，彷彿神魔附體，弄到緊急送醫，之後母親那邊的親人完全跟她斷絕來往，而她父親在她小時候就過世了，父系這邊沒親人。

治喪期間吳明月在男友手機裡發現他與其他女子親密合照，兩人大吵，他嗆說：「你已經不是正常人了，我不可能娶你。」那時她對於母親的死太過悲傷，無心處理愛情問題，莫名分手了。

葬禮過後不到一個月，她發現自己根本出不了門，一踏出大門口就會頭暈、心悸、胸悶，走到電梯門前，會開始胸口緊縮，無法呼吸，腳步連動一下都沒辦法。勉強到醫院去求診，醫生說是懼曠症，拿了藥回來，吃了之後更不舒服，那之後她就不肯出門了，便當也都叫外賣，網路上什麼家用品都可以宅配。出版社編輯會郵寄安眠藥跟書寫資料過來，臨時需要什麼，也可以叫快遞送來，樓下有個管理員是個好人，如果貓生病了，就請他下班幫忙帶去看醫生。母親生前，還能幫她張羅吃喝，處理雜事，母親死後她則靠著越來越少的朋友幫助，還能維持不出門的生活。網路上有人建議她找鐘點管家，這種按時收費的人力，網站上真的很多，經濟不好的時代，什麼都有人願意為你跑腿。

不過臨時的幫手一個換過一個，也會遇上被放鳥或辦事不力的，常會有接替不穩的狀況，平添自己的焦躁，怎麼都不習慣。吳明月還是希望生活安定下來，恐慌才不會發作。也曾想過找專職的管家，但這房子雖大，自己卻無法與陌生人同處一室，本就生性孤僻，不出門之後，對人更是排斥，幸而後來在網路上找到葉美麗小姐來幫忙，葉小姐做的菜合胃口，打掃更是有條不紊，效率驚人。與一般清潔管家不同的是，她見多識廣，也不多話，還會架設網站，修理電腦，總之無法用對於打掃阿姨的刻板印象去想像她，有她幫忙，吳明月那故障失序的世界總算安穩下來了。

五十歲出頭的葉小姐只比母親小幾歲，吳明月第一眼就對她有好感，感覺她就像自己理想中的母親，跟她在一起甚至比跟母親相處還放鬆，有她照顧覺得很安心。葉小姐因為還有其他客戶，所以約定每週一到五中午都過來煮飯打掃三小時，因為不出門不能做到的事，她都幫忙張羅。吳明月每個月給葉小姐一萬八，臨時有事打電話給她，她也都盡量趕到，但吳明月盡量不在工作以外的時間打擾她，不想給她壓力，知道有人關心自己，會為自己奔走，就感到安慰。

不出門的日子就這麼過下來，工作的事都是快遞跟電子郵件聯絡，無意間開始寫羅曼史小說，卻因此成為專業。母親死後留有一筆遺產，還有這個公寓可以安身，她已滿足。

對於不能出門的事，吳明月早已經接受。外面的世界，沒有什麼令她留戀，沒有非見不可的人，所愛的人一個也沒有，唯一只剩下自己養的貓咪咪醬，若有一天牠死了，她想自己突然死去對誰都沒有影響。

說是悲觀厭世嗎？也不是，就是退縮吧，退縮進入自己的想像世界，寫著那些讓平凡女孩懷有希望的總裁與女祕書的故事，或是些能讓家庭主婦掀起一些小小波瀾的情色羅曼史，就是自己存在全部的功能了。她已經遺忘自己還能在出門時喜愛什麼，會為什麼感到熱情；也已遺忘人為何會戀愛，為何會因愛心碎。關在屋子裡的生活是自得的，讓你慢慢失去對整個世界的輪廓，所有不想要的都剔除，剩下的竟然只有這麼一點點。

但有一日卻認識了鄰居鍾美寶以及顏俊，俊男美女一對姊弟，這兩個人是她僅有的朋友。鍾美寶就住在隔壁，時常來探望她，會陪她吃飯看影碟，因為知道她不能出門，總是主動地、又表現自然地親近她，這令吳明月感到世界還是有善待她之處。顏俊是美寶的弟弟，偶爾也會過來吃飯喝茶，顏俊話少，很害羞。

她時常想像自己穿著入時，提著剛買來的miu miu提包，搭乘電梯，來到大廳，毫無阻隔地走出戶外，來到美寶上班的咖啡店，如一般客人那樣，輕鬆走入店內，看著美寶驚喜的神情，她會若無其事地聳聳肩，說：「起司蛋糕，熱拿鐵。」然後對美寶眨眨眼，說：「這裡好漂亮。」

或者，更害羞點的想像，顏俊在樓下等她，這回她要換上上週剛買的Mango洋裝，將頭髮披肩放下，劉海梳齊，踩著許久不曾蹬踏的裸色高跟鞋，不，可能換上平底鞋會顯得更年輕，照例搭上電梯，一樣地刷卡過閘門。顏俊如果問她：「想去哪裡？」她會微笑說：「都可以。」

是啊顏俊，她心裡愛慕著他，即使因為美寶的緣故，只見過兩、三次，他俊美清矓的模樣令她神迷，她知道自己年長他許多，卻也渴望與他相戀。

想到這裡，她的幻想就停止了，她感到無盡的悲傷。她世界的時鐘停止，但歲月並未靜止。外面的世界已經改變成她所不知道的樣子，她活在一個臉書還沒興盛的時代，她也沒有智慧型手機，這些東西只要購買或申辦就可以擁有，但她有這些要幹嘛呢？在葉小姐跟美寶的慫恿下，她買了iPhone，以英文名字申請了臉書，但也只是用來玩玩小遊戲，更加凸顯她的孤寂。

她這個本只屬於她自己的牢籠，走進了一些外人，這些與她非親非故的人，並沒有試圖將她拉出屋外，而是把外邊世界帶來給她。然而，漫長的夜晚，她仍會想起過去，那時她還能戀愛，可以感受肉體的親密，是啊，性愛，是與人最近的距離。她能否像叫快遞那樣，從外面世界打包一個戀人帶來，給予她真實的肉體的溫暖呢？

就是性，很簡單，不用戀愛沒關係。

她問。

鍾美寶說：「來，躺下，想像我是顏俊。」

吳明月躺臥在客廳的地毯上，鍾美寶俯身向她，將手伸進吳明月的睡衣裡，先是輕輕撫摸，而後慢慢按壓、撫觸。美寶的手勁好大，平滑的手心，溫熱熱地，手掌按摸過的地方，像被從最深處喚醒了，「想像我是顏俊，或你心愛的男人，放鬆自己」。美寶的聲音如夢似幻，催眠似的。吳明月陷入了幻境，確實啊，她愛慕著顏俊，但對他性幻想也太害羞了，然而身體自有她的主張，美寶的手點石成金，帶著愛的魔法，好像知道如何可以使她快樂，何處是她最堅硬、勞苦、緊繃的地方。她先是緩慢為吳明月鬆筋，接著像羽毛一樣撫過她已許久不曾被碰觸的身體各處，一切如此自然，也不知是否與性相關，她終於能夠想像顏俊，想到短暫的用餐時間，坐在對面的他，那雙著火的眼神，她注意到顏俊的手掌特別細薄，手指勻長，美寶的手也有這樣的特質。顏俊那種介乎中性的俊美，是會讓人想疼愛、想觸摸、想抱在懷裡，雙手輕輕像怕碰壞什麼珍貴脆弱的物品那樣，正如此時鍾美寶為她做的，是愛撫嗎？按摩？指壓？言語難以形容，她好像要用自己的手掌、手指、手肘，最後甚至把身體壓上了她，讓她徹底感受到自己肉體的存在，從頭到腳，自己的輪廓、形狀，是必須透過另一個人的碰觸才能清楚勾勒的，她感到性慾了嗎？甚至是還未感受到已經得到滿足，那是愛吧，她需要的是一種愛，必須透過身體傳達。吳明月不禁淚流滿面，鍾美寶為她做的，是她一直想要的、需要的，她彷彿將萬千言語，都透過身體向她傳達，她理解她的孤獨、痛楚、無力，她理解這種陷入深井、無路可出的感受。在那短暫時間裡，她們碰觸到彼此生命最深的黑暗與痛苦，然而，美寶身陷入怎樣的深井呢？她想問，但還沒說出口，鍾美寶用身體包裹住吳明月，像是在說，噓，別開口，那些無以言喻的，都讓它們埋進睡夢裡吧！

5

物質的走道

葉美麗　54歲　鐘點管家

下午兩點鐘，葉美麗踏進摩天樓大廳，她拿出皮包裡的磁卡，進入電梯，上到二十八樓，出電梯左轉，過防火門，第二戶就是客戶吳明月的房子。吳小姐正等著她來，打掃、買菜、做晚餐。

她與吳小姐非親非故，但每週一到五下午兩點到五點她都在吳小姐家，有時因故還延後到晚上八點，也曾經半夜十二點搭著計程車飛奔而至。

她是個居家照顧員，大多數的工作都是家庭清潔、打掃或煮飯，以鐘點計算，一次至少兩小時，不超過四小時，鐘點費從三百到四百不等。像吳小姐這種每週五次做月結的客人，她總會客氣地少算點，但吳小姐年年給她加薪，想幫她省錢也沒辦法，唯一能做的，就是多用心，盡可能配合。

吳小姐凡事都是例外。

入此行五年來，她接觸過多少客戶了呢？散客熟客上百人吧。記得一開始接觸吳小姐，她總會要葉美麗說說「外面的事」，有什麼比較特殊的客人？有沒有最離奇、最羞辱、最美妙、最難忘的例子。因為知道吳小姐的病況，又都是一個人悶著，她就當說故事給她解悶，說過不少客戶經驗。

最離奇的是一次小套房常客又叫她去打掃，酒店小姐，慷慨大方，十坪小套房兩小時就打掃好，現拿一千二，真的好賺。不開伙、沒養寵物、沒有小孩，只是酒瓶多、衣服亂扔，對她是小事。但那回屋裡有四個人，二男二女，都喝醉了似的，說話茫茫，眼神渙散。過了一會，葉美麗才意識到他們嗑藥了，桌上放著吸食器，那時是下午三點鐘，窗簾闔上。屋裡昏黃燈光裡，她小心繞過橫在地毯與沙發上的男女，他們衣著都完好，也沒做什麼怪事，就是蠕蟲似的，渾身亂動，好像不這麼動著會不舒服。離奇的地方倒不是在吸毒這部分，而是那位小姐的房間床鋪上堆著一疊一疊的千元鈔票，鋪得像床單似的，使她心頭一驚，不過後來沒發生什麼事，打掃完畢，四人只剩下兩人，她如常地工作完畢收下放在茶几上的費用回家。

「不夠離奇。」吳小姐說。「那最羞辱的。」她又問。

以後再慢慢說給你聽。

她回答。

實際上是，進出過許多人的家之後，葉美麗學會一種態度，不輕易以外表論人，也無須以內在評斷，對於內外的分別，她越來越感到不明確。對於他人，若不是敬而遠之，要麼就保持開放的心態，看見什麼都收放在心裡，對於發生在自己身上的遭遇，也當作是他人的故事的延伸，自己彷彿只是不小心的涉入者。所以她心中已沒有什麼最羞辱、最離奇、最驚訝、最感動的「例子」，這些她生命中短暫或長期見面的客戶，一次或一次以上的經驗，都像一張張數位照片，存檔卻不分類，像一頁一頁翻開、不斷刷新的臉書，都過去了，往回檢視，會忘記當下為何寫出、拍出這些畫面與心得。

她看臉書，但從不更新。以前玩過開心農場，現在都只有去朋友那兒按讚。

她的工作，就是協助人們整理他們的飲食與居住，她發現只要把飲食跟居家清潔兩項處理好，很多生活上的難題自然迎刃而解。於是，雖然從事著耗費大量體力的工作，她卻自覺是個助人者，且她沒有老闆，時間自己安排，收入反而比以前上班或開店更多也更穩定。

一週五天工作，一天六個小時，月薪即超過四、五萬元，40K起跳，不知為何現在大家都說幾K幾K的，反正扣除房租一萬，生活仍有餘裕，遇上年底大月，忙得她都想開公司找幫手了。

葉美麗照例走出電梯，肩上背著包包，裡頭裝了她自己慣用的海王子天然濃縮清潔劑，這是她的工作神器，簡直萬用。一大罐白色膏狀清潔劑，用水稀釋後存放在附有噴頭的清潔劑空罐，就可以用好久，拖地、洗廁所、刷浴缸、洗紗窗，清理排油煙機，什麼都能用。她的手容易過敏，用什麼去污劑都不行，就這瓶最好用。3M抹布兩條，手套帶著但只在浴室用得到，一雙防滑拖鞋，一條擦腳毛巾，裝在保溫瓶裡的開水。她身穿粉綠色圓領合身排汗衫，下著黑色七分瑜珈褲，腳踏ASO健走鞋，這就是她上班時的穿著，很專業。

迎面而來，是推著清潔車的大樓清潔婦，剛打掃完走道底的牆面。葉美麗自己也負責客戶家中清潔打掃。最早期，人們也稱這工作為清潔婦、打掃工，還有人稱做「阿姨」，據說「阿姨」一詞涵蓋家務全部，大概就是「老媽子」的意思。

白日裡總是會遇見大樓工作人員，大樓警衛總是男性，清潔人員則一律是中年女性，除了一位收垃圾的男性長者，體型瘦小，神情堅毅，葉美麗每週一到五都會看到他一趟一趟地到各個樓梯間打包垃圾，再用貨梯將收取而來的藍色大型專用垃圾袋，整齊堆高於一個底部有輪子的大型鐵架上，鐵架與垃圾把貨梯塞得滿滿的，只見他縮著身子站在貨梯一旁，人與垃圾一同被運送到一樓。男子再將鐵架車連同垃圾一起推到戶外，位於車道旁的垃圾集中處，等待垃圾車來收走。這些作業都由他一人完成，時常見他為了堆放垃圾，爬到堆得高高的垃圾袋山，使得身影更加瘦小。葉美麗每次見到那位清潔員，總是會想起她父親，或許因為他們都是瘦小型的男人，就像螞蟻搬動著與自己體重完全不合比例的巨大物品，無論四季臉上總是汗濕的，你若凝望著他，他會不好意思地低下頭。

經過這一、兩年來的觀察，也代替吳小姐參加過住戶大會，葉美麗得知這棟摩天大樓的管理工程全包給一家「衛康公司」負責，各層級的事務人員，從管委會主任、祕書、警衛、水電工、中庭的園藝師傅，甚至連夏季時游泳池的救生員都穿著公司制服。衛康公司的企業精神可能是各種層次的「藍」，管委會主任穿藍色西裝，祕書穿白色圓領襯衫，領口別著藍色蝴蝶結，配上藍色窄裙。警衛管理員的制服是深藍色硬質料帽子、長袖或短袖襯衫、西裝褲，以及冬天的藍外套。清潔員則都穿淡藍色棉質休閒服，水電工、園藝師傅都穿著一種連身的工作服，當然也是深藍色。救生員則穿著藍色的泳褲，因為上身赤裸，只有他沒有掛名牌。無論哪個層級，每個人右邊胸口都有金屬名牌，所以可以看出這位清潔婦人的姓名「陳玉蘭」，她帶著看似認命，卻又頹喪的神情，葉美麗每次見面都會對她點頭招呼：「辛苦啦！」陳玉蘭總是苦笑著，有次葉美麗曾與她攀談，問她工作範圍與時間，陳玉蘭說，「每天工作八小時，月休六日，月薪兩萬五。我們這組三個人，一人負責十四個樓層，每層樓地板、牆壁、玻璃、電梯三天就要清潔一次，光是走都能把你累死，更何況還要拖地，你看這地板都閃著光，有很多住戶家裡也沒這麼乾淨，這個公司真的要求很嚴，據說管理公司很競爭，一點小錯都不能有，我們辛苦把公共空間打掃得這麼乾淨，但這裡住戶那麼複雜。」說著說著，陳玉蘭又像怕自己說多了會惹事，趕緊動手繼續擦著窗台，往前走去。清潔人員替換率似乎很高，總常見新面孔，陳玉梅已經是老鳥了，卻也沒有升到組長。她工作忙碌，似乎連抱怨也是潦草的，又苦笑一聲。「加油啦！」葉美麗對她說，兩人背道而行。

看見陳玉蘭，葉美麗有兩種矛盾的感受，一是慶幸自己沒有走上這途，一則又為陳玉蘭的遭遇感到不忍。以前她也在許多公寓幫忙掃過樓梯間，多是一些四、五層樓的公寓，一週一次掃把清掃台階與梯間，拿個水龍頭從五樓到一樓梯間沖一沖，拖把吸乾水，抹布擦一下窗戶，真是一小時就可以結束的工作。而摩天樓的打掃則是要求高得驚人，她從沒見過這種規模的清潔方式，覺得這漫無盡頭的走道光是踏在上頭就會叫人心慌，真的推著車，一戶戶一樓樓，地板一方一吋這麼抹過去，簡直像是沒完沒了的酷刑，沒病也會嚇出病來吧！

僅是走路，十四層樓來回走，就可以走到鐵腿，但這光可鑑人的地板，襯托著大樓的身價，葉美麗覺得這棟樓最華麗的地方就是這走道的地板了，但這每一吋光滑，都是清潔人員以充滿勞動傷害的身體換來的，會不會是這樣，所以這大樓的清潔婦個個都很瘦，都穿著破舊的球鞋，不像她，每天忙得要命，做的都是粗活，也還可以長出一肚子肥油，身上的衣服都是新的。

六年前她結束與朋友合開的快炒店，為了謀生，準備轉行。她上過很多輔導就業的課程，學會網頁設計、電腦排版，還學會製作「坐月子餐」，上過完整的護理人員課程與家事清潔授課，各種課程都上過後，她開始做起鐘點打掃的工作。她先在清潔公司任職，三個月後就自己出來接案，因為擅長廚藝，也發現有客戶需求，慢慢從居家清潔，轉行為「家事管理」，包含居家清潔、飲食料理、家事代辦。她原本是固定客戶與零星客戶安排得一週六天滿滿，遍布大台北地區。兩年前自從接了摩天樓吳小姐的案子，開始頻繁出入此樓，逐漸地，客戶都轉成大樓住戶，沒想到就此工作接不完，除了原本兩個常客，其他客戶都是這邊大樓的散客。認識了專做大樓房屋仲介的林夢宇，從此搬家打掃的客戶源源不絕，拒絕的客戶比接手的更多。

有些錢她是不賺的，比如豪宅貴婦。剛入行的時候清潔公司幫忙介紹過兩次，嚇死人。其一是家住百坪豪宅，長相也是美得像明星一樣的富太太，那屋子已經是沒話說的乾淨了，真的，一進門，看到那麼乾淨就想完了，鐵定碰上有潔癖的啦。葉美麗自己也有輕微潔癖，但那個房子真的是哪還有什麼地方要打掃啊。一進門，富太太交給她六條抹布，白藍紅各色兩條，太太說白色擦廚房，紅色抹臥室，藍色做其他地方。說完她把聲音一沉，宣讀聖旨似的，厲聲說，以前我們家嘟蒂都是跪著抹地，知道了嗎？

真的就是趴著抹也抹不出個什麼了，一百多坪跪得葉美麗頭冒金星，雙腿發軟，馬的一小時也是三百五，跪誰啊。從頭到尾那貴婦就盯著她瞧，嘴裡叨唸著，以前我們家嘟蒂如何如何，她心想，我要是嘟蒂我也會跑掉。

反正第二次葉美麗就不去了，公司說貴婦有打電話來要加錢，說一小時加到四百五，老實說加到一千她也不做，真的，想到貴婦那張臉，滿嘴嘟蒂嘟蒂的，怕死人也。

簡單說，葉美麗的原則很清楚，跪著抹地的一律不接，什麼年代了，以為她是幫傭的嗎？

那是剛開始了，清潔公司接案子時代，公司抽百分之四十太坑人了。她一年後就自立門戶，熟客都帶走，開始在人力網站上貼文，「鐘點工，打掃可，煮飯可，代購可，時薪三百元起，面談」。

那時臉書還不盛行啊，那個人力網站挺好，刊登廣告不用錢，吳小姐也是這麼找上門的。當然吳小姐是例外，一般不會幫客戶做那麼多事，吳小姐說有病無法出門，可是葉美麗看她好好的，面談那天就談很細了，她說因為不能出門，是千真萬確無法踏出家門一步，連下樓拿郵件都無法，報紙雜誌郵件包裹都是管理員幫她拿上來，買東西都用網路，蔬菜水果雜貨全都在網路上採買。「可是我煮的東西很難吃。」她笑說。「可以外送的披薩、漢堡、便當、快餐，這附近能叫的我都吃膩了。」「而且一個人真的很悶，有時想跟誰講講話的，生病之後我朋友都斷了，只剩下出版社還來往，編輯幫我看稿子，一、兩個月會見一次面。」

她對葉美麗坦言不諱，感覺是很直率的人，對自己的需要也說明清楚。她希望葉美麗幫忙買菜，買生活用品，每週三次來煮飯（不久後就增加到一週五次），簡單打掃，遇上需要幫忙做什麼的（吳小姐笑說：去郵局最麻煩了，老是有些什麼得親自去郵局辦），還有就是生病的時候要去診所拿藥，附近有家診所醫生跟她很熟，連安眠藥都拿得到。「最近不太需要的，只是偶爾放在身邊比較安心。」

她給了葉美麗比一般行情高的薪水，要她隔天就來上班。葉美麗問清楚附近買東西的地方，離開後還到附近的菜市場、大賣場、大樓後頭的黃昏市集都逛了一遍，這裡離她住的地方就一條橋，可是卻沒有捷運到達，公車也很少班次，每次上班，交通時間得五十分鐘啊。

對吳小姐，葉美麗是從納悶到理解，到後來掛心惦念。這兩年來遇到過許多次緊急狀況，才真的體會到她不能出門是多麼辛苦的事。她說父母都不在人世了，外人都不理解，朋友也大都覺得是她不願意面對，本來有個交往了多年的男朋友，因為這樣漸行漸遠，分手了。葉美麗心想，真覺得這世上她無依無靠，只剩下自己陪她了。

兩年來，葉美麗從一走進大廳會害怕，搭快速電梯會耳鳴，對於一出電梯走向那飯店式的長廊會產生莫名的焦慮，到現在只差沒住在這裡。大多數的時間都在大樓進出，對於其他公共空間，已經熟得像自家廚房。每週兩次幫吳小姐去中庭洗衣服，等待衣服烘乾的時間，就去中庭逛逛。庭院裡櫻花開了，也去賞櫻，最好笑的莫過於有次跟陌生人打了十分鐘桌球，後來竟與那人成了球友，對方也是新搬來的住戶，六十幾歲的洪先生，搬到大樓住一直不習慣。

葉美麗的生活，看似充實忙碌，某個程度來說，她覺得自己跟足不出戶的吳小姐也有某種相似，那是種人生平順卻突然墜落山谷，勉強爬起來之後，就一直走在看似平坦，但已經與原先所在世界全然不同的地方了。

葉美麗的人生在二十歲之後，所有翻身的機會全都錯過了。她只讀了高中，沒畢業。說真的，年輕時只想玩。年輕時，家裡有的是錢，他們老家是桃園市區一棟佔地近一百坪的透天別墅，父親專做電視機外頭的木箱子，現在除了古董店，見不到這東西了。他們家有百人工廠，幾乎算是獨佔事業了，葉美麗是老么，跟哥哥姊姊年紀差距很大，母親生下她之後父親的事業暴發，事事順遂，因此父親特別溺愛葉美麗，讓她從小學鋼琴、芭蕾舞，國中時樣樣給她補習。那時木箱電視櫃已經不普遍了，不善理財也沒有經營副業的父親轉而投資開鞋廠，因為家裡底子厚，還能撐著，少女葉美麗對這些都不清楚，那時迷上了地下舞廳跳舞，真瘋狂。葉美麗每回跟吳小姐說起這些往事，吳小姐總覺得不可置信。葉美麗知道自己如今外表看來只是個短髮粗壯衣著普通的婦人，做著清潔打掃煮飯的工作，見識過上百戶人家的馬桶。誰能想像她的青春時代，她對吳小姐笑笑說，有時夜裡想起來，也覺得那是別人的故事。

個性活潑吧，那年代算是時髦了，因為父親寵愛，個性驕縱，也叛逆，交了幾個男朋友，好玩似的，但卻一直保持處子身。

沒考上大學，就不考了，在父親的工廠做事，自由得很。二十歲那年一場大火，燒去父親僅剩的資產，他就倒下了。

一切來得那麼迅速，全家人都來不及反應，從喪禮中回神時，家族的長輩已經來幫忙處理別墅了。父親的木器廠與鞋廠負債累累，好強的他總是等待翻身的機會，母親搬離了原來的小鎮，在都市郊區另買了一層公寓，那時哥哥姊姊都已經離家，葉美麗與母親同住。

有論及婚嫁的男人，就此分手。

後來的工作都是湊合著，先是在父親友人的貿易公司上班，這一待就八年。後來在電子公司當作業員，一待六年，都是死薪水，度日子。電子公司歇業後，到朋友家的小火鍋店上班，這一做竟做出興趣來，就喜歡弄吃的。那一年葉美麗三十五歲，一次團體旅行遇上了梁先生，他長她十歲，已經有家庭了，「好像就是注定在等他的」，她說。當時葉美麗年輕，活潑好動，喝酒跳舞，異性緣很好，兩人回國後就私下約會，梁先生才知道葉美麗還是處女，而他們的婚外情，一交往就維持到現在，二十年。

「所以你現在還有男朋友。」聽著往事吳小姐瞪大了眼睛。「一直都有啊，甩都甩不掉！」葉美麗回答。

一方面或許因為看似樸素的葉美麗對她吐露隱私，再者，恐怕吳小姐完全無法想像她口中的葉阿姨的「感情生活」，吳小姐羞紅了臉。葉美麗覺得她非常可愛，真有那種與世隔絕的人特有的純真，葉美麗真想說，「我年輕時也漂亮過啊，但現在我不在乎了」。她跟梁先生已經是老來伴，這樣也很好，他們倆住得近，他時常過來。老夫老妻了，偶爾也有性生活，但主要都是陪伴了。前些年還想斷，他總是不當一回事，還是日常那樣過來，葉美麗煮點消夜一起吃，假日去爬山，這已經是生活的一部分了吧。葉美麗沒見過他的家人，見到了也認不出來啊。

這個工作是她自己選擇的，談不上喜不喜歡，而是合適她。工時高，時間彈性，而且很奇怪，她發現自己喜歡進入別人家，倒不是窺探隱私或什麼，無論是怎樣的房子，小套房，高級公寓，漂亮別墅，充滿生活細節的場所，讓她體會到她可能失去的人生。就是那種感覺，本來有可能過著這樣那樣的生活，那些可能性，邁向更精采些的人生，父親突然死後，都被捏碎了。

但另一層面，她看著這樣那樣的生活，真的，你光看一個人的家，就會清清楚楚看見他的生活。你可以從家具的擺設，雜物的品項，洗衣藍裡的衣服，設想出這個人或這家人的日常，甚至漫長的一生。葉美麗需要這個工作，不僅讓她想到她的失去，也讓她不那麼懊悔自己的喪失。說穿了無論怎樣的生活，人們都只能擁有目前擁有的這個存在，這是無法比較的。不同人生的選項導致的後果存在於不同時空。

比起人，葉美麗更喜歡物品了，物品最忠實，你擁有它，最後只需要想到如何將它捨棄。只要不丟掉，始終擁有。

所以她成了購物狂，囤積症。接了摩天樓的工作，工作忙，空閒時間更少了，她就沉迷於網路購物，什麼都要買，什麼都能囤積。她所有收入，扣除存放在妹妹那邊的「養老金」每月一萬五，扣除房租水電一萬，整整還有兩萬多可以「買」，太誘人了這些那些。

偉哉偉哉，物品之海。

從前她每次購物症發作，隔天就是自責地啟動「斷捨離」，但這種斷捨離只是製造出新的空間，期待下次購物狂的發作。後來她決定不再管控，或許買到過癮就會好了。

購物狂，是一種症頭，大約每星期發作一到兩次，有時網路上採買不過癮，她一早提著錢包，直奔菜市場，附近住處的菜市場，賣衣服鞋褲的比賣菜多，真奇怪，好像有許多女人也有她這款毛病似的，從街頭走到街尾，從台灣本土製造，到大陸便宜貨，還是一件衣服兩、三千號稱「正韓製」的街頭精品店，後者是她最容易淪陷、也最容易後悔的。以前哪有這玩意，不過韓劇啊，她喜歡，韓國女星的穿著，她自然也喜愛，雖然那半點不適合她的職業生活範圍，但，做做夢，不犯法。不吃虧。

市場裡這些成衣、女鞋，佔據整條街兩邊七成以上攤位。比如說「打版鞋」一雙兩百，這一攤，神出鬼沒，不知何時出現，但只要一出攤，婆婆媽媽就瘋狂了，高跟鞋、靴子、皮鞋，甚至連涼鞋、球鞋都有，真皮、膠底、氣墊，今年最夯的增高鞋，學生最愛的平底球鞋，前高後高的粗跟魚口鞋，一人限購三雙。女人家無論打扮如何，身材怎樣，無論是白髮老太或是一般摳門家庭主婦，披頭散髮埋在鞋堆裡挑選、試穿，每人就是一包三雙四雙帶著就走。買啊，挑選、試穿、決定，這雙好還是那雙好？有時旁邊的人也會給意見啊，老闆娘或老闆會說，這個是打版鞋，我們公司專門幫名牌代工，你看，翻開雜誌給你看，這款這款有沒有，二九八〇起跳，所以我們的鞋沒mark，工廠直接流出，打版鞋內行就知道，材質樣式都一模一樣的。

葉美麗不禁覺得，或許她自己就是個打版人，樣式材質都一模一樣，只缺了那個牌子，只好暗夜倉庫流出，淪落街頭。

市場後段一個巷口，攤子是從路邊橫擺進原本賣素食的攤位，「百貨公司出清精品」從二九九、三九九到四九九，分為四桿，依照S號M號L號XL號（2L）尺寸分類；從背心、內搭衣褲、襯衫、T恤到外套、洋裝、短褲、短裙、長褲、長裙、皮衣風衣大衣，什麼都有。那衣服看來好像真有點來頭，老闆娘對於任何人手上拿起的衣服的品牌都瞭若指掌，會告訴你這是哪個專櫃哪個牌子，買某個牌子折扣最高，最保值，不退流行，可以穿好幾年。她分析起各個品牌的特質與風格，煞有其事。客人都愛聽她講。那些看起來不同於菜市場販賣的衣服，都有些過季氣息，卻還看得出質料與設計，都是兩、三折的價格。這攤客人總是爆滿，且匯聚了穿著打扮入時的太太，據說有人每週都來掃貨，真的掃出心得，可以撿到大便宜。攤位上每個女人手上肩上披披掛掛，擠在一旁小貨車的車廂後偏僻處試穿，葉美麗從不試穿，她時常買的都是她根本穿不下的小尺寸衣裳，只因為衣服美麗，她想像著等工作不忙時，她要開始減肥瘦身，到時就有滿滿衣櫥裡未拆封的名牌衣服可穿。結帳時，她心中總是充滿了這種憧憬，整個心情都為之振奮。

還有另一種攤子，高高鐵架滿屋子一排排，六十或八十元一件，照樣是上衣褲子裙子外套風衣夾克應有盡有，每件衣服都掛有「日本精品」的紙標籤，可葉美麗跟其他客人都心知肚明，這是「二手衣」，誰知來源是何處，都是各處收來的二手衣物，或者倒店貨，經過整理，批發，到處都有這種攤子，葉美麗常逛，卻少買。她喜歡逛這些偽裝成日本精品的二手衣，會看見許多過去的自己，在每一次下定決心大整理的時候，把一袋一袋衣裳包好，提到附近街角邊綠色鐵廂上漆有「愛心衣物回收」的回收站，這些衣服大概就是這麼來的。她不收集這個，來到此處，只是帶著憑弔的心情。她已不再將衣物回收了，她已認清自己是戀物癖、囤積狂的事實。

從挑選、考慮到購買，最爽快是把錢從皮夾掏出來，鈔票遞給小販，一手交錢一手交貨，找回零錢，滿手塑膠袋走出市場。回家的路上，那種興奮滿足的心情至少可以維持到回到住處，打開門，走進客廳，再逐一把今天買的衣服鞋子穿過，在全身鏡前審視、欣賞，簡直是走秀一樣，這整套購物到穿上，最後脫下，套上衣架擺進衣櫥鞋櫃裡的過程，她敢說自己的腎上腺素一定飆高了，說不定血壓也飆高了，就是飄飄欲仙，無比快活。是不是跟吸毒很像？問題是，她只要一千兩千元就可以買一大堆，而且只傷荷包不傷身體。

她的人生並不如年輕時所想像，她經歷過某些可能的輝煌起點，然而都隕落了。如今，她做著簡單的勞力工作，跟客戶關係都好，有個二十年的老情人，但人家有妻有子，前陣子還當上阿公了。她回顧自己的生命，覺得有所失落，卻也覺得一身輕鬆，生命裡無法被填補的空洞，她無須誰來安慰，這世上有一種非常適合她的慰藉，就是「物質的世界」。各種物品，只要擺在那兒，就有存在感，只要存在那兒，葉美麗就感覺充實。她害怕空蕩蕩的屋子，她討厭白漆的牆壁，冰涼的地磚，寒酸的衣著，儘管她給人的印象就是如此，然而她可以買東西，讓各種質量的物品填滿、塞爆她的空虛。所以她一直買東西。有錢時逛百貨公司，沒錢時逛菜市場、五金行、網路商店、拍賣網站，或者不管有錢沒錢，只要有時間，凡是賣東西的地方她都要逛，甚至，只是半夜睡不著或起床上廁所這個空檔她也會跳到電腦前，購物網站一個接一個下單，非要買到身體裡的血液沸騰過後又平息了，才能安穩睡覺。

人生艱難啊，買點東西又有什麼關係，即使她買得太多，家裡已經堆不下，即使那些東西她三輩子也花不完，即使以常人的眼光來看，她這樣已經不算正常，然而，她還是喜愛這樣的生活。表面上她是個靠著幫人整理屋子、煮食飯菜為生的居家照顧員，她的工作是幫助他人處理生活上的不便，她自己卻又到處購物，將住家堆成垃圾屋，再花幾倍的時間，細心維護這些堆滿物品的地方的潔淨。她有很多東西都還沒拆封，許多衣褲甚至來不及試穿，有更多新的發明、古怪的設計，看似好用卻怎麼也派不上用處的「家電」、「健身器材」、「居家用品」，那些電視購物頻道上一次十二瓶的染髮劑，一組十八件裝的內衣褲，一套八支的拖把，一箱二十四件裝的瓷盤杯具，一盒四十八件裝的湯匙刀叉，手錶、水晶、珠寶、床單、地毯、按摩霜、減肥藥，甚至連靈骨塔她都買了兩個。迷你高爾夫球組、多功能健腹器、超光速摩卡瘦身機、Osim美腿機、森沐浴檜木泡澡桶、愛健康全功能調理機、好媳婦四機合一豆漿機。

她理想中的住家，是她最愛逛的一家二手店，店面在路邊，小小的，物品琳瑯滿目不說，店鋪盡頭有個矮門過道，一進入，別有洞天。先經過可以望見天光的後門窄巷，立即穿入另一個矮門過道，之後就是越來越見高闊的另一棟房屋，連綿幾個店面也不知的狹窄門面，一戶接連一戶，可以上樓，也還有地下室，全都是「東西」，那像是螞蟻的迷宮巢穴，一窟連著一窟，不見天日，只見物品。「好多好多。」葉美麗每次進入店內都有被物品塞爆的「幸福感」，好像只要待在那兒，就會感到幸福與安全。大概是從那兒得來的概念，她把自己兩房一廳的小住家也用此方式擺設，當然因此幾乎無法邀請朋友來家裡，唯一會過來的只有她交往多年的婚外情男友梁先生，老朋友老情人了，也是親眼見證她如何架設她的王國，出錢出力也貢獻了不少投資在此。「你這個囤積狂。」梁先生會這樣笑她，但也隨她去，彷彿知道，這是她安頓自己的方式，這背後自有原因，然而，這些物品陪著她，就在他不能時時於身旁的時刻，雖然擔心因為地震，或房屋承載過量，有日會發生危險，老梁曾設想過為她買個一樓有院子的屋子，但如今這個屋子已經無法清理，難以搬動了。

她知道旁人對於她家東西之多，都會感到驚訝，但梁先生不會把她當作怪物。即使被當作怪物，她也不覺得難過。「囤積狂」，這是她在網路上讀到的名詞，說的大概就是她這種人，但她又覺得會在家裡堆很多東西的人，不意味著都擁有一樣的心理，所以她也不想把自己套進一個名詞裡。

她想起與她擦身而過的清潔婦陳玉蘭，年齡相仿，一臉愁苦，她的工作量肯定是自己的兩倍有餘，薪水卻少得可憐，她或許連幾件像樣的衣服都沒有，不管去哪兒採購，永遠都是先買家人要穿要用的東西。她想起自己失去的人生，另一個版本說不定就是成為清潔公司的清潔婦，每日每日重複踏著這永遠也走不完的走道，日復一日將地板洗淨上光，維持電梯面版的亮度，要讓路給每個經過的住戶，感覺到住在這裡的尊貴，然而無論她把地板擦拭、上光得如何淨亮，路過的人，沒有誰會停下來跟她打聲招呼。做這些除舊布新的工作沒有成就感，有的，只是重複又重複的單調與疲憊。在這長廊裡，從中年，走到筋疲力竭，體衰老邁，做不動了那時為止。

6——玄關之花

李茉莉　28歲　家庭主婦

A棟32樓住戶

李茉莉感覺肚子裡的孩子踢了一下，提醒她自己懷有身孕，明天得去做產檢。

她是個尋常的家庭主婦，卻過著自己年輕時夢想的生活，她心中所謂的理想生活就是家庭主婦，卻常被她的大姊嘲笑：「要當平凡人還不容易嗎？」

李茉莉知道一切得來不易，至少不是如她姊姊想的如此理所當然。你得擁有一個自己的家、愛自己的丈夫、可愛的孩子，最重要的是你得愛他們。「愛」這樣的東西，在她出生成長那個什麼都不缺乏的家，卻是最匱乏的，姊姊那樣從小就擁有一切的人，並不知道有些事物，辛苦努力得來，有多麼甜美。他們不懂得日復一日地，維持著愛與關心，親手下廚，把屋裡打掃整潔，這是一般「家庭主婦」的藍圖。然而，正如現在的孕婦少見，專職家庭主婦也少見了，即使連她母親，也還堅持要繼續上班，維持自己的專業。兩個姊姊都嫁給醫生，生活優渥不用說，她們卻也都僱用幫傭，根本不親自打理家事，孩子都給保母托育，基本上過著的還是大小姐的生活。「那根本就不成熟。」她有時會這樣對丈夫抱怨，「家庭主婦是一種專業。」「照顧家庭是很重要的事。」她認真地說，丈夫會摸摸她氣鼓鼓的臉，像疼愛小孩子那樣，安慰她說：「對啊，應該要付你薪水。」李茉莉會因為丈夫這種突如其來的親密動作而感到害羞。

對啊，他們好相愛，即使他們住的地方，這個她努力照料著的家，這個主婦盡心維持的「家庭」，並不處在她喜歡或熟悉的地方。他們一家三口，住在離台北十五分鐘車程（但對她來說這就不是台北）雙和城一棟摩天樓的三十二樓，摩天樓啊，真不在她未來的藍圖裡。她想像中的住家，應該是紐約的褐石公寓，或東京的獨棟小屋，至少，也要是像她爸媽住的那種簡單的住宅區公寓，出入的就那幾戶人家，家家戶戶住著誰都是認識的。他們住家那棟樓從沒有出租戶，頂多是孩子長大了娶了媳婦，增添了新面孔，很快大家就都知道誰是誰。那樣的老社區住宅，每戶都有四十坪以上，父親一口氣買下一層的兩戶，更不見閒雜人等，她們三姊妹成年結婚後，父親也不把房子出租，而是當作他的接待室，休憩區，在那兒練書法，打氣功，看電影。當然，自己的丈夫跟父親的收入是無法相提並論的。

但住在摩天樓，想都沒想過。可是嫁雞隨雞，也是主婦的信念，丈夫喜歡住這兒，就安心地住下來，是李茉莉的生活哲學。

上班日的早晨與丈夫林大森在玄關吻別，雖只是兩人嘴唇輕碰，卻也讓她感覺甜蜜，畢竟結婚多年，還能日日有如此浪漫舉動。生日、情人節、結婚紀念日、聖誕節，大森都會送她大把的花束，各色桔梗、綠色或紫色繡球花是她最愛，但粉紅色玫瑰、百合也很美，近來大森都在他們住處附近的花藝店買花，老闆是個單身的女人，裝飾的花束高雅，頗有意境，年節時，茉莉也會打電話請她送花來。自小母親就有這樣的習慣，家裡四季除了花園裡自家栽種的花，都還要請店裡慎重地送來當季的花材，讓母親巧手擺設。母親的花道是跟日本師傅幾年親學，茉莉沒這個天分，但年節時喜歡家裡插上幾枝臘梅點綴出年味，或洋派點在綠色花器裡擺滿二十枝盛開的黃色鬱金香，想要中國風就用淺粉色大菊花、點綴深粉色紫羅蘭，花器是母親在結婚時贈送的名家燒製的綠色瓷器；平時日子，就是大森買回來的花束，每日清水更換，放置在圓形的玻璃花器裡。

這個玄關總是四時有花，就像他們的生活，總是雅致有餘裕的。

大森上班後，茉莉簡單把廚房收拾好，一、三、五浣衣日，二、四、六採購與家居清潔，星期日不做家務。如果沒跟大森回娘家或出遊，她就安心在家裡烤餅乾做蛋糕。近來她學會製作優格、操作麵包機、自製豆漿、做果醬，就是手工日，做了什麼，有時請計程車送回娘家給母親嚐嚐。

無論哪一天，下午時間總是慵懶，人妻的日子過了幾年還是有新婚的甜蜜。她將喜愛的CD放進音響裡，優雅樂聲經由大森設計整室都設有的揚聲器在屋裡環繞，她無論走到哪，都被音樂包圍，她喜歡這樣的時光，或許，內心也有幾分寂寞，或想起少女時代的鋼琴夢，她會在空中筆畫著手指，隨著音樂起伏。對啊，鋼琴學了十年，最終沒學出什麼成果，欣賞也是種才能。年少時跟母親進音樂廳的習慣至今都維持，大森婚後倒是不跟了，她照樣跟母親去，如今生活裡也只有這些場合可以穿上漂亮的衣裳，但她仍記得母親家訓，起床後要在丈夫起身前把妝化好，大森不愛女人濃妝豔抹，幸好她早已學會「裸妝」，加上皮膚狀況甚佳，簡單點綴，顯得神清氣爽。家居服也得講究，不能運動服睡衣拖著到處走，這也是母親教導過，女人的內衣與家居服最可見其教養，別以為沒人看就隨便了，要當屋裡有人那樣，舉手投足也得悠著點，粗枝大葉最是忌諱，女人一旦結婚，讓婚姻保鮮的方式就是不能把先生當作熟人，還是得維持那份神祕、那份尊重，母親教誨甚多，但茉莉覺得大森並不在意這些，大森似乎更喜歡她穿著他的寬大白襯衫，底下什麼也沒有，在廚房或走道時，大森會不經意過來，環繞她腰身，探進她腿間。

想到這裡，茉莉臉紅了。

是這樣的一個丈夫啊，如今她終於懷了孩子，大森如今對她少有求歡舉動了，她真懷念，但也可見大森對孩子的重視。茉莉撫摸自己微突的肚子，五個月了，幸好她身材仍保持得好，每日細心塗抹精油、指壓按摩，她要讓自己仍如婚前那樣美麗。

如果她曾經美麗的話。

摩天樓裡的尋常一天，家庭主婦李茉莉已不再覺得難以適應了。初初搬到此地，每回搭乘高速電梯總會耳鳴心悸。「記得張開嘴巴。」大森這麼對她說，「做幾次深呼吸。」他說。但她總是忘記，時常摀著耳朵進屋，頭暈耳鳴，想吐。她不知自己是哪天開始適應的。窗外的遠山，所有建築都在腳下，夜裡可以望見遠方車流，城市裡的燈海，以及另一座遙遙相應的如參天的塔柱之高樓，跨年夜，會升起燦爛煙火。「不要到另一邊去，那邊很亂。」大森總是對她耳提面命，所謂的「另一邊」，是摩天樓的CD棟，都是小坪數套房，一樓有商店街，臨馬路，嘈雜、熱鬧，大型量販店、銀行、洗衣店、咖啡店都在那邊，但大森總是說量販店的東西都是廉價品，「便宜沒好貨」，需要什麼就開車帶她到城裡的百貨超市去採買。她時常納悶，既覺得這邊這麼亂，為何不把房子買在城裡呢？那樣也不用每天開車進去市區上班了。但她沒問，或許以大森的財力，要在市區購買目前居住的四十坪公寓不是做不到，但就只能買老公寓，無法住在這種有二十四小時警衛的高級住宅。大森就是喜歡這種有管理的社區大樓，對於他在幾年前以低價買入的這個公寓倒是非常滿意，花費了鉅額的裝潢費用，打造成他心中的「夢幻之家」。

對於這一帶的生活條件，茉莉起初很難適應，迷宮般曲折彎繞的巷弄，汽機車與公車爭道的狹窄馬路，幾乎沒有路樹，也沒有所謂的人行道。離開這棟大樓，一拐彎就是大馬路，只能立刻鑽進車子裡，快速離開這區域，否則就會被路上的人車噪音驚嚇。捷運離住家還得轉換公車，公車站牌附近連著便利商店與幾家診所，就離大樓兩分鐘距離，但她從不到那一帶去。大樓的背面，面臨馬路，所謂的「那一面」，是新北市真實的縮影，背向台北就是她真正存在之地，但她寧願往在家裡窗外看見的台北，那才是她出生熟悉的地方，下了樓，也要往台北去，一望向身後的新城區，到處的嘈雜混亂會使她產生驚恐。

這份驚恐之中，又帶著陌生的好奇。偶爾她也順著門前的小巷往市場去，難以想像這些巷弄裡穿針引線編織了一個巨大的黃昏市場，這是她生命裡沒有經歷過的事物。人人提著紅白塑膠袋，在販賣各種蔬菜魚肉的小攤位前停留，攤販的叫賣聲，客人擦身而過的擁擠，夏天溽暑在人體身上製造的體熱與體臭，冬天時蒸熱包子饅頭的水氣，人們身上臃腫的太空衣、廉價羽絨外套互相擠壓摩擦的聲響，雞鴨魚肉的嘰嘎鳴叫，屠夫圍裙上未乾的血跡，宰殺雞鴨時飛濺的羽毛，刺激著她的感官，使她驚奇也害怕。來到這區之前，她所知道的食物，除了母親端上桌的菜肴，就是超市裡切割整齊包裝在保鮮膜與保力龍盒子之中的物品，生鮮蔬果、魚類、肉品，都很相似，一盒一盒，整齊堆放在保鮮櫃裡，等著人們從中取出。

當然，她也見過活生生的家禽家畜，電影電視裡，學生時代的遠足旅遊，或者，動物園，以及牧場參觀。那時她還只是個孩子，或學生，如今她是主婦了，再不能與這些將被烹煮成食物的「原料」做區隔，她花了很多時間適應，才有能力跟大夥擠在某一攤位前，親自挑選蔬菜，至於那些握在手中滑溜的魚，表皮光滑、濕黏的肉類，至今她仍無法在攤位上買。

「去你熟悉的超市買。」大森說，好像市集裡的空氣有毒似的，不讓她聞嗅。所以她總是搭上計程車，回去爸媽家附近的百貨公司地下街的超市買菜。一週兩次到東區會員制健身中心練瑜珈，丈夫不在的日子她總是進城去，在那兒，逛街、買菜、買衣服、做臉、洗頭、按摩，甚至只是在公園裡晃晃，感覺自己還在熟悉的地方，天黑了，才搭計程車回家去。

她是台北市區長大的小孩，人們笑稱的「天龍國人」，父親開皮膚科診所，後來做起醫學美容，母親娘家做貿易。李茉莉從小就讀私立學校一路讀到高中畢業，她不是讀書的料子，怎麼補習也沒用，大學只是普通的私立學校日語系，但她從小受到的教育，都是如何成為一個「好太太」，如她母親那樣，從少女時期就對各種皮膚、頭髮、身材的保養方法、穿著打扮化妝，各種母親覺得「成為女人必備的知識」她知之甚詳。她從孩童期就跟著母親與姊姊到百貨公司購物，母親從不讓她穿「非知名品牌」的衣物，從內衣褲到襪子，小到一條手帕，一支髮夾，都是在精品店或百貨公司採購。母親讓她學鋼琴、烹飪、裁縫，甚至茶道，大學時代還去上了法語課，學習西餐料理，但平時卻不曾下過廚，她已經習慣家裡從小就存在的管家崔阿姨，好像人人家裡都該有個崔阿姨，她會包管你所有吃喝用度。不是後來別人家出現的那種外傭，他們家裡甚至連崔阿姨的儀態都是高雅的。她直到大學時代，才第一次跟同學去逛夜市，吃路邊攤，大家很喜歡取笑她的「拘謹」與對庶民事物的無知，她卻又知道這種取笑並無傷害的成分，她也不像姊姊或母親那樣嬌矜，而是有一種朋友稱為「天然呆」的傻氣，這份傻氣，使她遇上了出身貧窮的大森，迅速進入戀愛、結婚。

她的兩個姊姊都戀愛無數，最後卻透過父母安排嫁給醫生，只有她是一開始就接受相親，後來卻是自己第一次戀愛就結婚。結婚前大森還在室內設計事務所上班，婚後才在她父親的資助下開了自己的事務所，但正如大森其他所有表現一樣，他就是那種下定決心要做什麼，一定會達成的人。

當初自己就是喜愛他這種性格。相較於從小生活優渥，卻毫無野心、沒有目標的自己，大森是她命定的丈夫。她崇拜他，仰慕他，對他唯命是從，也樂於接受他的照顧與保護。

大森對她總是保護過度，但這也是大森愛她的方式，她喜歡這樣被寵愛著，即使心中隱隱覺得，這或許也是一種控制。

婚前，大森還是事業正在衝刺的年輕室內設計師，進入婚姻後，他獨自開業，在父親的人脈與資金幫助下，很快速地擴展事業，標到大案子，人脈擴張，累積財富，過年過節總是周到地準備紅包與禮物，陪父親去打高爾夫，陪母親打麻將，雙親起初不看好他，最後卻都被他收服。茉莉婚前在父親友人的貿易公司上班，婚後就辭掉工作，專心準備懷孕，四年過去，流產過兩次，今年夏天終於又懷孕了，安然度過危險的三個月。茉莉害喜得很厲害，大森工作忙碌，她懷孕之後，更常加班或出差了。「給孩子拚教育基金。」他說，其實這些哪需要他費心，茉莉的父親給她的信託基金裡目前有一百多萬美金，還把孫兒的教育費用都附上了，但這些是不能說出口的祕密，母親教過她，不能減損丈夫的威信。

重要的事都託付給丈夫，但茉莉也有自己的小祕密，就像頑皮的孩子，大森越反對，她越是要到那邊去，她喜歡到「那一邊」商店街的咖啡館，真是這一帶唯一像樣的地方。懷孕之後就不愛搭計程車了，車上的怪味讓她想吐，她就在附近的有機店採買食材；發現阿布咖啡蛋糕好吃，氣氛也合她心意。店長是個聰慧的女生，店裡訂購很多日文雜誌，她依然關注時裝，偶爾也發夢要到日本繼續進修。店裡總像是朋友的客廳，誰誰誰都是店長的朋友，她盼望自己可以像店長鍾美寶那樣受人歡迎，過著每天都有新朋友的生活。美寶每次幫她沖的咖啡，都細心用奶泡拉花，做出貓爪子的圖案，彷彿知道雖然家裡養狗，但茉莉喜歡的其實是貓。當然，家裡的事，大森說了算。

那是與平時沒有任何不同的一天。茉莉一如往常在早上七點半起床，為丈夫大森與自己做一頓簡單的早餐。老狗多多罹癌之後，為了幫牠祈福，大森許願早晨吃素，所以將習慣多年的火腿配太陽蛋與咖啡牛奶改成白饅頭配豆漿，或蒸地瓜配兩樣素菜，咖啡不加牛奶。大森早晨都要讀報，但也已從實體報紙改成iPad上看電子報。

茉莉沒有為多多吃素，為了方便起見，跟大森吃一樣的早餐，只是會加上一顆煎蛋，飲料則為對女性有益的有機豆漿。

天氣是初秋常見的多變，早晨晴朗，中午陽光稍強，下午時突然涼風吹拂，氣溫一下子降到二十二度，空氣乾燥，傍晚為陽台的植物澆水時，泥土彷彿正在發育的青少年，咻的一下子把新鮮的水分都吸走，她比平時多用了一點點水，因為時間充裕，連這些瑣碎事物都會仔細地計算著。

在充作日記本的家事簿裡，詳細記錄下每日的各項花費，以及氣溫晴雨風勢乾濕度，澆花、洗衣、採買、燙衣服等各項家事，這習慣是在多多生病之後養成，因大森每日回家都要詳細檢查多多餵食打針給藥的狀況，也包含牠大小便的形狀次數等。「做一個完美的主婦」是她的心願。

傍晚六點鐘，大森事務所的祕書打電話來，說他下午三點出門跟客戶開會，四點半還有另一個會議要開，業主已經來了，卻如何也等不到他回來，手機直接轉到語音信箱，五點撥打的時候已經是「您撥打的電話沒有回應」，進入關機狀態了。這幾個小時都在失聯狀態。

大森是一個任何事都講究規律與秩序的人，無論多麼忙碌，即使人在國外，每天下班前他都會與助理交接本日的工作摘要，寫好備忘的行事曆準確地以紙本或電子郵件的形式送到他手裡，才算結束一天的工作。

大森沒有打電話給茉莉，這也不符慣例。他是個像打卡鐘一樣的男人，做任何事都有行為準則，有跡可尋。一般他跟祕書交接完工作，就會打電話回家與茉莉討論晚餐事宜，例如晚上要加班、有應酬，或今天想要吃外食、運動的日子不吃晚餐直接到健身房等等，這些事都會先跟妻子說明討論，茉莉可以決定是否一起晚餐，要不要開伙。這是茉莉會跟他結婚很重要的原因。

然而，今天不尋常的事發生了，大森的手機始終沒有開通，當然更沒有打電話回家。茉莉哪兒也不去，時時確認手機與家用電話暢通，抱著毯子睡在沙發上，斷續睡眠，燈光全開，她幾乎確信他已經「失蹤」，或「暫時」離開到什麼地方去了。他沒有聯絡是因為「不想」也「不能」，當然也不排除發生了什麼意外，但如果是車禍或事故的話，警察應該會立即通知的，倘若是被綁架了，也應該接到勒贖電話，如果是因為跟朋友喝醉了，無論哪個朋友，都會立刻打電話，因為多年來都是這樣的。

明明是和平時沒有任何不同的日子，但仔細思考或許早有徵兆，或許長久以來一直隱隱的不安便是因為這個屋子裡瀰漫著「某人走出門再也不會回來了」的不詳氣氛。多多上週已經去世，這屋裡沒有任何足以牽掛著大森、使他不能離開的人事物，正如她長期擔憂的那樣。

四個小時的等待，因焦慮而在沙發上睏著，好像夢見大森，走進一團類似於白霧的光暈中，就此消失不見。

茉莉習慣性地做兩份晚餐。習慣真是可怕的力量，她一邊帶著大森失蹤了的絕望心情，一邊熟練地煎蛋煮咖啡，彷彿從很久以前她就是獨自站在廚房，像操作什麼一樣地，逐一按照步驟，不假思索地做每件事。「你做事一板一眼像機器人一樣。」大森似乎這麼笑過她。「跟我一起生活很無趣吧？」當時她這麼問他，大森攬過她的腰，寵愛地說：「這就是你可愛的地方啊！」

八點半。停下來，不要亂想。茉莉對自己喊著，把另一份晚餐倒進廚餘桶，她驚愕地想到，她已經開始準備過著「沒有丈夫的生活了」。可怕，像是切換頻道，她是個每件事都必須有所準則否則無法行事的人，她一邊流淚想著該打電話到警察局去了，若打電話給婆婆與自己的母親，勢必引來家人的恐慌，因此哭得眼睛紅腫，聲音沙啞，卻一邊盤算著找出大森的存款簿、提款卡，發現所有東西他都沒帶走，甚至公司印章、支票簿、保險箱鑰匙，所有一切都仍存放在他書房裡的抽屜，大森完全沒有任何要拋棄她的準備。茉莉這些精算的舉動，更像是知道他已經失蹤或「死」了。

怎麼搞的？像是早有演習，茉莉似乎早在心中儲備了一套「丈夫離家後」的光景，只消切換到那個情境，周遭事物就會自動銜接運轉。

當然不可能，無論怎麼訓練自己，當這天到來時，她還是那麼驚慌。

她冷靜地，悲慘地，哭著把晚餐吃掉，食量一點也沒減少。

甚至連看晚間新聞的習慣都沒能暫停。她在客廳的茶几上做著報紙的數獨遊戲，一邊翻閱著其實無法靜心閱讀的新聞，心中仍有大森可能會突然打開門走進來的幻覺。

她環顧四周，這位於新北城摩天大樓A棟的三十二樓公寓，四十坪空間規畫出寬敞的露台，挑高的客廳，開放式廚房，兩套衛浴設備，臥室書房客房一應俱全，是作為室內設計師大森白豪的家居設計，每天都維持著一樣的清潔程序，除了必要以及無可避免的時間磨損，屋子所有一切幾乎跟他們婚後搬進來時一模一樣。

但大森的狗死了，就不能說還是一個模樣。屋子太安靜了，每天固定要到附近公園遛狗的行程也改變了，早晨與傍晚都不需再烹煮狗食，也不會聽見大森安慰因疼痛而發出嗚咽聲音的狗而說的溫柔細語，這屋子似乎立即失去百分之二十的電力，整個光度都調暗了。

茉莉仔細回想，狗鍊還掛在玄關的衣帽架上，入口處的地毯上，大森的室內拖鞋彷彿替代著多多的身影，安靜地躺臥在那兒。黑色藤編的夾腳涼鞋，是去年夏天到峇里島旅行時買回來的，那次出遊之後，他們再也不曾一起到什麼地方去。

玄關有兩排窗戶，犧牲了一部分客廳空間而規畫出的玄關是大森堅持的，入口處種植兩株熱帶植物，白水、造型優美的巨型植物，幾乎不怎麼需要照料，但大森每個週末都會用抹布仔細地擦拭葉片上的灰塵。

這屋子裡應該還是有他極為珍惜的事物，除了死去的狗、露台上的空氣鳳梨、真空管音響、跑步機、書房裡一千兩百張黑膠唱片。

茉莉這個妻子的存在，連自己都無法確定是否可以留住丈夫，即便五年來他從沒有一次不交代行蹤，每天夜裡十一點他都會帶多多去慢跑，只偶爾非常嚴重的酒醉或大雨例外。大森就像多多一樣，是完全不需要管束的男人。

父親年輕時曾離家出走，不，正確說來，父親只是到「另一個家」去住了，到底是不是因為女人的緣故，李茉莉並不清楚。那時她只有七歲，但記憶非常深刻，有幾天的時間，母親會帶著她，穿街過巷，到一個公寓前等待，母親執拗地按門鈴，沒有任何回應，他們會在門口等到有住戶剛好出門或進門，母親以忘了帶鑰匙為由，帶著她跟隨住戶上樓，走樓梯，到三樓，母親會在那扇暗褐色的雕花鐵門上用力地拍打，直到有人來應門。

開門的，就是父親。

後來她才知道那是父親在外面另買的屋子，多年後成為姊姊的嫁妝。母親硬闖進屋，並沒有其他女人的痕跡。

父親會給她一盒進口冰淇淋，要她進書房畫圖。那個房子幾乎就只是他們住家縮小一號的格局，令人懷疑那簡直是用魔術把他們家搬到這棟樓裡。書房裡照樣有深色玻璃櫥櫃，裡頭都是精裝書，沉重的大書桌，長毛地毯，單人扶手躺椅，立燈。書桌上有父親的菸斗、紙鎮、一大落資料。

她在木地板上吃著冰淇淋，看窗簾一飄一飄的，微風吹進來。記憶最深的，竟是那書房的寧靜與舒適，以及房門外隱約父母的爭吵。

父親的小革命最後以回家作結，沒人再提起那個房子，直到多年後父親提起說要把房子給姊姊當嫁妝，母親才說：「都租給人家二十年了，應該先收回來大大整修一下。」不知自己的恐慌是否與童年記憶有關，在她的印象中，父親或丈夫這樣的角色，似乎總有兩種身分，兩個世界，所以丈夫沒回家、失去聯絡這事，好像是注定要發生的，即使連大森這樣的模範丈夫，也可能如父親一樣，長期過著雙重生活。

就在這時，她聽見開鎖的聲音，是大森回來了。她驚嚇地從沙發上跳起來，他手上捧著一束好大的花。可是她心裡有什麼被掀開，生活裡某些原本穩固的東西突然破裂了。

7——雙面生活

林大森 35歲 室內設計師
A棟32樓住戶

看似悠閒實則匆促地吃完早餐，接過妻子遞上來的公事包，穿上外套，親吻妻子側臉，吻了她懷有身孕鼓脹的肚皮，在她目送下打開大門，穿過長廊，走進電梯，從三十二樓下到八樓中庭停下，穿過花園、泳池、健身房，來到位於中庭另一側的公用電梯，拿出C棟的磁卡刷卡進電梯（他的磁卡共有兩張，一張藏在公事包的內層夾袋），再從八樓上到二十八樓，才早上八點鐘。他按門鈴，鍾美寶就來開門，他立刻擁她入懷。

自從一年多之前在咖啡店相遇，他們倆就維持每週至少三次的簡短約會。差不多是從進門的第一分鐘，他們就沒離開過對方的身體了，像另一種形式的連體嬰，只有半小時，得加快速度。偶爾，早上不用開會，可以拖延到一小時，即使是一小時，也是匆忙如有誰在背後追趕。他們親吻擁抱愛撫脫衣，他將她牢牢釘在床鋪上，像生命中的一支長矛，而他也被她的柔軟射穿，被她的柔弱與剛強吞吐，他們一起演練瘋狂。在小房間那一側，窗簾一直開著，晨曦，如果有這種事物，想必就是那高遠穿透雲霧、灰色城市上方的空污，像命定的什麼一樣，直達他們所在的這棟樓，這座屋，這個臨時的居所，這張柔軟的席夢斯獨立筒床墊，是他為她買的，價值十萬元，床單被褥都選購最昂貴的品牌，這個女人什麼都不要，珠寶、皮包、錢財。她說：「不能與你共享的東西我不需要。」

天啊，他愛她那麼久了，從中學到現在。當然中間的分離，他也交過女朋友，談過幾場戀愛，甚至結了婚，但他心中確實知道，她才是他所有愛的源頭，那種愛是天命，一生只會發生一次。

從前，濱海小鎮的生活，原本對少年林大森來說，只有無止盡酷熱的夏天，以及海風冷冽的冬天。捕魚為生的父親死後，生命就是靜靜的等待，等著什麼自己也不知道，生命突然安靜了，前頭看不見路，未來不知去向。母親幾乎哭瞎了眼，眼淚乾了之後變成一個唯利是圖、沒有安全感的歐巴桑。母親在透天厝樓下開設裁縫店，經濟吃緊，必須把店鋪跟二樓房間分租出去。親戚介紹來的租客，遠方來的漂亮女人春麗帶著一對兒女，兩家孤兒寡母互相照應，對他們也方便。春麗說要開小吃店，騎樓下擺設麵攤，二樓兩間房分租給他們當住家，等於是兩家人生活在一起了。外地來的生人引人注目，尤其是個年輕的美人，簡陋的小吃店，幾乎是從開張那天起，就成了街上最多是非的地方。

鍾美寶一家是林大森十六歲那年來到小鎮，住進他們家，之後許多春天與夏日的傍晚，下樓到小吃店，就可以看見那一家人，即使不下樓，也感覺得到他們三人的響動。那時他母親除了裁縫，還接了外面的訂製服打版工作，忙得不可開交，兩人的伙食索性包給春麗負責。一開始相處融洽，父親死後的寂寞似乎被這三個陌生人的熱鬧沖淡了。吃飯時間，春麗阿姨會快快炒幾個菜，讓他們在店裡最裡頭的桌子吃，母親也難得放下手中的工作，出來一道用餐。兩個孩子，女孩叫美寶，男孩是阿俊，都是水清水靈漂亮的小孩，舉止秀氣，過分乖巧，滿眼驚慌。大森私下問過美寶打哪來的，她說他們住過許多地方，一直在「搬家」。問父親哪去，她說：「你問哪一個爸爸？」「我跟阿俊的爸爸不是同一個。但兩個都不在了。」小小女孩用語謹慎，好像還有什麼欲言又止，「有媽媽就夠了。」她又說，「你也沒有爸爸吧。」林大森點頭，女孩聳聳肩嫣然一笑，好像沒有爸爸才是正常的狀態，好似因此他們成了命運共同體，共享了生命的祕密。大森對美寶談起自己的父親，他是個船員，非常魁梧，極度地英勇，他曾在岸邊望著站在船上平安歸來的父親，滿載的魚貨、曬黑的臉，岸上響起了歡呼，父親害羞地笑了，一上岸就將他高高舉起，他心中好驕傲。說起父親，大森感到羞怯，好像體內那個崇拜父親的小男孩又出現了，母親年輕時亦是秀麗的，善裁縫、烹飪、編織，他們過得很幸福。

說到這，美寶抬起眼睛望他，說：「我覺得大森哥哥很帥，很強壯。」話語一落，他們倆都臉紅了。

開始有許多男人光顧麵攤，母親讓春麗賣酒賣菸，添購一台大冰櫃，不知她們怎麼分帳，後來屋裡開始擺起麻將桌，下午時間麵攤休息，母親照例趕工，春麗則陪客人打牌。

屋裡開始有些詭異的氣氛，有時會有鄰家的阿姨衝進來找丈夫。下午時間，母親和春麗叫他帶孩子們去游泳。

春麗即使身為母親，每天湯水油煙，一身樸素，卻遮掩不了漂亮的臉孔與姣好的身材，豐滿的上圍把緊繃的衣裳撐得好脹，空氣裡炸滿了費洛蒙。她在攤位上煮著陽春麵，簡陋的鐵桌上密麻麻涎著臉的男人埋頭猛吃。春麗手藝不錯，男人們下了工，就要尋著味道走進店裡，看上的似乎還有別種東西。阿俊很少開口說話也不直視人，總是在麵店一角的矮桌上堆積木、畫圖。美寶清爽爽學生頭，尖尖小臉，還是小學生的她幫忙端小菜、端麵，櫃枱收錢找錢，油煙塵土也無法污染的那張白如精瓷的臉，水靈剔透的雙眼無邪又充滿悲哀，小動物般地忙這忙那。

暑假期間，下午他去練游泳，連兩姊弟也帶上。美寶那時完全沒發育，偏瘦的體型，小學四年級，穿著孩子氣的游泳衣，固執專注地學蛙式，他用手輕托起她的身體，感到一陣顫慄。

或許謠言是沒錯的，春麗下午時間把孩子支開，據說就是在會男人，那麼他母親又是扮演什麼角色？他記憶中的母親，自父親死後，就一心只想多賺錢，鄉下地方哪有賺錢的門路，他預感母親為了賺錢，什麼都會讓春麗去賣的。

他開始期待游泳時光的到來，不在乎鎮上的流言蜚語，日子一久，阿俊也願意跟他說話了。阿俊可能有輕微自閉症，或者受到什麼驚嚇，退縮進自己的世界，據說父親離開他就這樣了，應該帶去城裡的大醫院檢查檢查。

下午三點，陽光毒箭般穿透，街上已經可以看見因為看海而來的觀光客，他牽著他們的手穿過乾熱的街道，穿越小鎮裡因好奇或什麼原因而探看的目光，他無畏地牽著孩子的手，鎮定地穿過炎熱與窺視，直達鎮上的海水浴場，途中，會停下來買冰淇淋。美寶喜歡香草口味，阿俊喜歡草莓。他喜歡看他們倆開心。

那時，美寶臉上就有著瘋狂的神情嗎？

游泳練習結束後，他們回家洗澡，簡單吃食，三個人在二樓的和室看電視，春麗從不防備他，或許一直把他當小孩，或許對兩個孩子，尤其是那個太過美貌的女兒，並不在意，他們三個被母親遺忘的小孩，東倒西歪聊天、玩鬧、說話，直到睡著。他抱著美寶，感覺到自己體內湧起陌生的情緒，某種野性、難以控制的浮想聯翩，他臉紅心跳，胸口脹痛，快快逃回自己的房間。

有些日子光陰靜好，身心安寧，他可以克制自己。樓下總是鬧烘烘，小吃店來了新的姑娘，叫小紅，母親擺了投幣卡拉OK機，營業到深夜。

他看顧小孩子洗澡寫功課，等他們都上床入睡，他會在上下鋪旁的椅子上，拉拉雜雜聽美寶細訴一日學校裡的發生，看阿俊畫的圖。先說故事把阿俊哄睡了，下鋪的美寶還要拉著他說話，他們玩著影子遊戲，以手指比畫出狗、蝴蝶、海鷗。美寶說：「美寶喜歡大森哥哥。」美寶不知為何很少說「我」，總是以「美寶」自稱，像是在描述他人。

床邊的小枱燈，映照出她白皙的臉，精緻的五官，大森沒見過的細膩肌膚，讓人入魔的一張臉孔。大森伸出手指，輕輕放在她臉上，皮膚的柔潤細膩，像是要把手指吞沒，陷入一種如深沉的寧靜與自省，可以察覺作為人類的美好與醜陋。那時他要讀高中了，已經在讀詩、寫詩，濱海小鎮所有的事物也比不上美寶的臉，可以使他體會真正的詩意，他心中飽含溫柔，卻又感到驚懼，這樣的美麗，不屬於這個髒濁的塵世，外頭那些野獸般的男人，會玷污、傷害這個過分美麗的孩子，他好像可以望見她將來的坎坷，只因為他知道春麗是個隨波逐流的女人，過不了多久，可能會因為某個男人就把他們帶走。他想過，如果他們一直待在這個小鎮，他可以求母親，在他十八歲時，讓他們倆結婚。

哪來的奇思怪想，那時他十七歲，美寶也不過十一歲啊，這些奇怪思想或許是直覺，或許美寶太美，春麗太怪，這樣一個母親，像是會出賣自己的小孩。

就像他自己的母親，某種角度來說，這兩個喪夫的女人，是最辛苦，也是最危險的。

他沒見到長大的美寶，也不知她來不來得及長大，暑假結束，春麗跟上一個做買賣的男人，帶著孩子跟他走了。

少年時代，連他自己都已經遺忘的村野生涯，那荒山野村裡連空氣都顯現一種薄涼，語言裡顯出的粗鄙，那些人際間的看似親切實則刻薄，人際間的銳利能傷人於無形，他似乎特別能感受美寶的遭遇，因為他自己也是父親離世之後眼看著柔弱的母親如何變得狡猾與世故，如何在村人與親戚的冷眼底下辛苦求生。他慶幸自己考上大學後，母親透過關係找到了在台北的工作，他們賣掉房子，離開了那海濱野村、父親的故鄉，像逃跑似的。

有時憶起舊事他還可以感到遺留的慌亂，原本是很平靜的一家子，半數時間都在海上、總是不在家的父親，每回遇上颱風，母子倆總是緊張地聽收音機、熬夜看電視新聞，大概是尋常鄉村生活裡，最接近「恐懼」的時分。記憶中父母親感情非常恩愛，不出海的日子，他們就是一個簡單和樂的小家庭，父親帶著妻子兒子搬離大家庭的三合院，租賃一座小透天厝，不顧老家眾親人的反對，三人世界那般，在這個人與人不是親戚就是朋友，即使不認識也聽說過，好像誰誰誰都可以隨意地推開你家的門，進來串串門子，人與人幾乎沒有距離可言，毫無祕密能夠保守的「鄉下小鎮」。猶如他們三人過著「太過幸福」的私密生活，以致得到了「報應」，父親死於一場海難，船東破產，求償無門，此後，從祖父母、伯父、姑姑到大堂姊，從鎮長、鎮代表到漁會總幹事，幾乎誰都能藉由「慰問」之名，探進他們緊密的門窗。

父親死去，結束了他的幸福童年。母親從一個溫婉的女人，先是面臨失去丈夫的痛苦，繼而又因補償金遲遲不到而感到悲憤憂傷，花了很長時間爭取補償，與鎮上的人幾乎都鬧翻了，之後拚了命掙錢、性格開始變得疑神疑鬼、落落寡歡。有接近五年的時間，生活是瘋狂的，他弄不清自己的身上發生什麼事。他看見母親的臉變形，因為悲憤、不安全感，因為寂寞與孤獨，因為貧窮與孤立，生活成了無盡的長夜。母親幾乎總是在為錢煩愁，春麗來了之後，她像要抓住什麼機會般，一步步把裁縫店變成了卡拉ＯＫ小吃店，春麗一家走後，母親繼續營生，甚至公然讓外地來的女孩在後面小房間陪客。他總是懷疑，有些時刻，母親是否也下海去賺？但他蒙上眼睛摀住耳朵，只是拚命地讀書，設法要通過「讀書」使他逃離這個恐怖的小鎮。

成年後他體內還深植著那份被父親遺棄的焦慮，使得他立志要成為一個「絕不辜負」的男人，想不到，他在結婚三年半就與美寶重逢，他從一個顧家的男人，變成了有「兩個家」的男人。

大森遇見美寶，是在分別十七年後，中午有客戶跟他約了在他住家樓下阿布咖啡談事情。大森搬來這麼久，根本沒去過那家咖啡店，而客戶在隔壁棟大樓上班，聽說大森不知那家店，驚訝地說：「你不知道你們樓下的咖啡店有美女？店長是個大正妹，你竟然都不知道？」客戶說因為知名的「美女店長」，他每天光顧阿布咖啡，還辦了儲值卡，公司裡的男同事有人在追求她。「真的很正，沒當明星真可惜，不過當了明星我們也沒機會喝到她的咖啡。」客戶說。

怎麼正的妹，都不干他的事，大森一進門時還沒認出來，直到聽見客人親暱地喊著：「美寶，焦糖拿鐵！」大森抬起頭，是鍾美寶。

美寶從吧枱走出來，穿著白色襯衫、牛仔褲，綁著高馬尾，一臉素淨，幾乎算是中性的打扮了。潔淨臉龐，白皙皮膚，清麗五官，凹凸有致姣好身材，美得像一張畫。她微笑過來點餐，「第一次來嗎？想喝點什麼。」他定眼看她，她隨即也認出他了他。「大森哥哥！」美寶脫口而出，神情像發現蝴蝶的孩子，同行的朋友調侃他：「早就認識還要我介紹，說你不知道正妹咖啡。」朋友話語裡的輕佻使他恨不得揍人。

「我們是小時候的鄰居。」美寶露出甜美而職業性的笑容，大森一直沒開口，內心受到太大的衝擊。美寶啊，是記憶森林中走出的人，她長成了這樣的美人啊，變成真正的「女人」了，她還記得他，那麼她記得他對她的愛嗎？

內心記憶的凍土崩塌，所有的回憶都湧現了。

美寶離開小鎮之前，他們的第二個夏天，那時小鎮謠言四起，店裡生意興隆，常有鎮上的女人來找丈夫，鬧得不可開交。下午時間，他們三個人照樣去海邊游泳，母親與春麗依然在小吃店工作。美寶蛙式已經游得很好，兩件式粉色泳衣是他買的（春麗後來給他錢），像一朵花飄在浪裡。那日浪高天遠，海藍得像寶石，他們只在岸邊游，阿俊沒下水，說怕聽見海浪的聲音，固執地在沙灘玩堆沙。

出於絕望或難過或失落，他一直抱著她，以仰漂的方式在水面上漂移。水的浮力將小巧的美寶輕托著，貼著他肚子上方，她只是個身體才三十公斤、一百四十公分的小女孩，沒戴泳帽，水中散亂的頭髮，透過潺濕的泳衣猶如出汗的皮膚，貼著他的身體。他被勃起弄得好痛苦，浪花一上一下，美寶說著話：「大森哥哥，長大我要嫁給你。」「好，那你快點長大。」他說。他在水裡哭了，春麗就要帶走這世上他最愛的人了，到了分別前夕，他才知道自己這一生開始懂得了戀愛，那是揉合了心疼、溫柔、理解、想像，以及過分的呵護，和想要融進她小巧身體裡的慾望。艱難的生活裡，除了努力運動、讀書，設法考上外地的高中，到附近城市書店買來的詩集小說，他沒其他追求了。但是這個女孩，她會到哪兒去呢？她會長成如何的少女？女孩，女人？她的纖細、悲傷、開朗體貼，以及種種不可思議的矛盾組合，還會繼續存在這個將不斷抽長的身體裡嗎？美寶挪動著身子，像是知道他勃起了似的，也或許那不是勃起，只是一種凹陷與突出的必然結合，她小巧的屁股柔軟地嵌合著那突起，使他激動得幾乎喊叫。

「大森哥哥，永遠不要忘了我，我長大會回來找你。」美寶的身體瑟縮於他臂彎，像要把自己揉進他生命中。他覺得自己遺精了，就像夢想遺落在半途夭折的路上，他們濕淋淋地提鞋走路回家，沿途都是腳印。「走慢一點。」美寶說，「慢一點。」他回應，「我不想回家。」好像那時，他們就已經能心意相通。

跟客戶談事，腦子卻總無法平靜，時空似乎被錯誤連接，他好像又重回了年少，那些卑屈、恐懼、孤獨以及與美寶相處時彼此可以給予的寬慰，栩栩如生。離開咖啡店，臨走前在櫃枱拿了名片，他與美寶對望，她那雙清透的眼睛，直接望進他的記憶深處，那眼神裡透露著倔強與神祕。他幾乎是一到公司就打電話到咖啡店找美寶。「我要見你。」他說，像是命令。「什麼時候。」美寶問。「越快越好。」他說。「明天下午我可以出去兩小時，有工讀生。」「那明天下午三點見，你到捷運站等我。」

他知道捷運站附近有個商務旅館，他們在捷運站碰面，他拉著她的手，大街上不方便說什麼，不用說，直接進了旅館開房間。

一進門他就把她放倒在床上，用四肢壓著讓她不動，美寶非常順從，他花了很久的時間端詳她，她一直別開頭，直到後來也終於與他四目相對。初初在黑暗裡，他用打火機的光線看她，然後打亮床頭燈，最後索性大燈全亮，一會要她坐起來，一會要她站著，一會抱起她來走動（她變重了，但自己也變得強壯了），一會又背著她，折騰好久好久，後來美寶笑了。「以前你也是這樣把我擺來擺去。」美寶的聲音已經沒有童音，卻變成一種帶有穿透力的、溫柔而帶磁性的嗓音。她的笑聲還是一樣的，只有在笑的時候，你會覺得她只是個快樂的小孩。是那種可以驅散所有陰暗的笑聲。

美寶在笑，然後他哭了。

他從不知道愛可以如此之深，好像你的命一樣，跟隨你到天涯海角。他卸下她的衣褲，從頭髮到耳朵，細細地撫摸，從頭到腳底，每個地方都親吻，他不應該這麼做，但沒有誰可以阻止他，他想起青春最盛、被慾望折磨時，他總是一邊想著美寶一邊手淫，心裡溫柔與罪惡感並陳，美寶像他的妹妹或像他女兒，但卻是他心中的女神，他唯一的愛。但即使那時想像的，也只是個孱弱纖細的小孩身體，不是這般有女人味。使他激動的，並不是美寶的美貌或性感，而是她的無助與她對他百般的依賴，他們就像一對無父無母的孩子，依靠著彼此生活（阿俊像是他們的小孩），他把生命裡最初的柔情全部獻給她，而後，他成了一個冷峻無情的人，得以穿越最不幸的生活，直到成年。

如今的美寶，身材近乎完美的她，孩提時透明的臉長成女人絕美的容顏，約一百六十五公分，手腳細長，但摸得到肌肉線條，渾身沒有一點多餘的贅肉，線條完美流麗，以前那個瘦弱的女孩，長成了健康而美麗的女人。他撫摸著她脫掉衣服才顯露出的豐滿胸乳，纖細的裸腰，手臂與大腿的勻長肌肉，還能感受到她以前的纖弱。「做蛋糕很耗體力，一有時間，我都會去慢跑，也有練瑜珈。」她說，「女孩子有肌肉不好看吧。」她不安心地追問。他用綿長的吻封住了她的嘴。

沒有一分鐘可以浪費，他們已經浪費大半生了。他在終於忍耐不住時，才進入她，美寶發出了近乎哭喊的叫聲，用力地搥打他。「為什麼不來找我？為什麼不找我？我一直在等你，等了這麼久……」他只是一下一下地，撞擊著，進出，像是跪在地上磕頭求饒，砰砰砰，他撞擊她的身體，幾乎要將她一分兩半，她從哭泣變成呻吟，然後近乎夢囈地喊叫。那裡面太柔軟了，所有的祕密，所有哀傷，所有被欺騙、拋棄、傷害、等待，所有事物最令人痛楚的那一面，好像全都可以塞進去，讓那其中滾燙的，黏稠的，濕滑的，沒有盡頭的，無以名狀的什麼，全部吃掉。她只是搖動著身體，散亂頭髮，臉上有汗水、淚水，以及口中溢出的口涎，她幾乎失神了，黑而深的大眼睛因快感而失去了焦點，渙散著，快死去了。

他沒有射在她體內，而是快速抽出，射在了她白色的胸乳上。美寶突然變得淫蕩，用手指沾染那精液，一點一點放進嘴裡。

第二次，是美寶主動，她那強健的腿腰，像騎馬似的騎到他身上，以雙手環抱，勒住了他的脖子，將舌頭深進他嘴裡，他感覺體內有什麼要炸開，非常危險，瀕臨死亡，但他沒反抗，順從地讓美寶控制，感覺腦子已經脹裂了，所有過去的回憶融化成一鍋不可食用的湯汁，直到美寶適時鬆開手，他哇地大叫一聲，好像看見了人們說的死前的極光。

他們就這樣幾次來回，粗暴地、溫柔地、變態地、危險地、悲哀地、快慰地，陌生而熟悉，最後是恨不得將彼此都撕裂吞下肚，邊哭著把最後一點體力用掉。

他們現在是同謀了。

十七年的時間補回來了嗎？補得回來嗎？但他們終於平靜下來，生命裡一直奇怪地空缺的什麼，被準確地覆蓋著，填充了。

全是夢。墮落、純潔、悲哀、甜蜜，雙生如幻夢。

他問明了美寶的狀態，她在咖啡店當店長，在大樓裡跟人分租一個公寓，她交往接近兩年的男友是工程師，很忙，但想要與她結婚，婚後就要搬到科學園區附近他買的公寓大樓去，她依然得照顧母親和弟弟，所得薪水一半都拿回家去。「阿俊長大變得很帥，但一直沒辦法好好工作賺錢，退縮的情況很嚴重，會突然不說話很長時間，住過幾次醫院。」母親肝不好，常進出醫院。她說到繼父出獄後回來找他們時，話語猶豫。「後來我逃走了，但每個月都會匯錢回家。」她說自己經濟負擔重，根本不敢讓男友認識她的家人，男友知道她的處境，但是「我告訴他的只是百分之一」。

大森明快做了決定，把大樓裡他投資的套房請仲介處理，舊房客租約到期，不再續約，請人粉刷屋子，做了些裝潢，讓美寶搬過去。同一棟樓上下而已，但他希望美寶自己住。「好方便你來找我嗎？」美寶的語氣不無怨尤，但隨即又柔順地說：「我也想離你近一點，我不要在旅館跟你見面。」

一個月後房客搬走，裝潢了幾天，家具都換新，他們合力布置了那個房子。每週三天，他跟祕書把上班時間調晚，說要上健身房，他都晚到辦公室一小時。夜裡，總有幾天，美寶關店上樓之後，他會藉著遛狗的名義，帶著狗去美寶家坐一會。只有到了晚上，他們會像一般夫妻那樣，相擁著在沙發上閒話家常。

看似偷情，卻是陷入瘋魔的愛戀。

前半年，他以為自己會發瘋，因為絕不離婚的他，也萌生了離婚的念頭。但結婚是承諾，對於他的妻子李茉莉，他就是支撐天地的樑柱，他也是愛過她的，只是遇見了美寶，什麼事都褪色了。他沒忘記自己如何追求、交往、結婚，沒忘記尋常生活裡，茉莉流掉了兩個孩子，為了懷孕吃盡了苦頭。在他與美寶重逢後，他有一度打算離婚，每當他要提離婚，看見妻子恬靜的臉，又覺得毫無道理。一日拖過一日，無論是離婚，或坦誠，他都沒做到。他仍然每週幾次去美寶家裡，陷入越來越深的戀情，有時，週三週四美寶上早班，他甚至下了班直接到她家去。但妻子突然懷了小孩，所有計畫都不管用了，他如夢初醒。

結婚是他正常人生的顛峰。離開小鎮，甚至離開母親，他幾乎不數算日子了，人生只能往前不能回頭。他一路考試考試，拿到執照，在事務所上班，後來茉莉的父親給他創業資金開設自己的公司，賺了錢，才能買下現在住的公寓，不到四十歲前他已經把所有想要的都要到手了，然後半路上遇見了鍾美寶。

「我總是運氣不好。」美寶說。論長相、氣質、身材，她都比茉莉美上許多許多，然而茉莉所擁有的卻是她永遠得不到的。大森自從搬進這棟樓，就很少到後面的CD兩棟晃，所以根本不知道美寶竟然就在距離他如此近的地方，隨時都可能相遇。對他來說，買下這個房子，不是最上等的選擇。正如與茉莉結婚，他只是在諸多自己能夠負擔的、也還算喜愛的人事物中，做了最安全的選擇，他心中隱隱還是有著自卑感，無法在公司附近買房子，即使在那邊上班許多年，也還是覺得自己不是城市裡的人，況且貸款太高，帶給他無形的壓力。那時因為結婚買下這房子，房價還只是現在的三分之二，說到底現在賣掉還是賺，當初他一口氣買了小套房跟公寓，沒想到，竟然會把小套房拿來金屋藏嬌。

他們把分別後的歲月細細訴說，這些年各自坎坷，美寶還是沒能把大學讀完，春麗陸陸續續跟一些男人同居，在各式各樣的情色場所工作，到把青春與美貌榨乾，一直想再嫁。美寶十八歲的那年，美寶的繼父，就是顏俊的親生父親找到了他們，所有災難正式展開。

他提議把房子給美寶住的時候，她非常快樂，可以從跟朋友分租的雅房搬出來，有自己的住處，一直是她的夢想。他花錢做了些裝修，但美寶堅持不要添購什麼家具，只有房間裡那些與「睡覺」有關的物品，她特別愛惜講究。「也不知道能住多久。」美寶時常嘆息，「不要放太多東西。」他其實根本可以把這房子送給她，但以她說的狀況，她沒辦法擁有自己的財產。「你想住多久就住多久，即使我們分手，你也還可以住在這裡。」大森對她說。

美寶又顯得悲傷。

他好像輕易可以懂得她的悲傷，就像她也能懂得他為何變成這樣一個「規矩而嚴謹」的男人，卻又冒險與她約會。他們背負著近乎相同的地獄，美寶的當然更深更黑暗，他能做的只是擁她入懷，一次次地與她歡愛。

然而回到他與茉莉的小世界，他的戀愛夢就醒了，沒人逼他，是他自己願意停留在這段婚姻裡。他對茉莉的愛清淡而簡單，就像人們喜愛一朵美麗的花，漂亮的瓷器，珍貴的珠寶，只要你有能力擁有，沒什麼好掙扎的，其中沒有矛盾、陰暗、糾葛，沒有揮之不去的往事，沒有難以啟齒的身世，茉莉這樣一個女人，生命平順簡單得令他羨慕。或許他愛上的，就是她與生俱來的這種順利。茉莉模樣並不特別美，但皮膚白嫩、身材勻稱，臉上一點瑕疵都沒有，舉手投足間有種「天塌下來也有人幫我擋著」的從容。她跟家裡其他姊妹不同，從小功課不好，也長得沒有兩個姊姊漂亮，因為是老么，父親特別寵愛，母親嚴格管教，她自己則是「什麼都無所謂」的樣子。長大後因為精心保養、打扮，也出落成亭亭玉立的小姐，與一般時下年輕人不同的是，她那種自信與從容，雖然背後是少根筋的「天然呆」，然而，這是出身好、沒吃過半點苦的人才有的天真，有時，感覺她就像個少女一樣，給她一本書，一些甜點，她就能滿足地度過一整天。

茉莉的快樂有時會感染他。他在城市裡工作，每日與最刁鑽的客戶打交道，衣著、飲食、談吐、工作，都要顯現出符合「品味」的樣子，這一切標準都是有定價的，標誌著他的工作正在逐步地升級，但他總不適應，心裡虛虛的，覺得自己不配，又感到不屑。這些矛盾的情緒，在茉莉面前就得到安撫，即使一切都是他裝出來的，但他有個名門出身的太太，她的存在就是他價值的象徵。

這樣優雅嫻靜的妻子，幾乎感受不到她的靈魂重量，輕盈就是她的代名詞。大森把她從市中心帶出來，搬到這她一輩子也沒機會生活的地區，她沒抱怨，即使她不明白他心中的糾結，她也總是順從，好像只要可以跟他在一起，做什麼都會快樂，而且她就真的快樂。

有時，他會想在家裡裝一台監視器，看看她私下的模樣，看她那張年輕無瑕的臉，是不是也會有愁容？她會不會有神經質的焦躁？是不是也會感到自卑？有沒有什麼令她恐懼？她從職場裡退出，一點也不遺憾，沒什麼損失，對她來說，那只是一份獲得「上班族」身分的工作，她這一生只靠著父親給的零用錢就可以開朗舒服地過日子。精明的岳父在台北、美國、日本都置有房產，三個女兒名下都有信託帳戶，難以想像什麼樣的災難才可以使她落入貧窮。能夠摧毀她的幸福感的，這世上只有他做得到。

如此想來，他是否是刻意地將她帶來這裡，住在這棟龍蛇雜處的大樓，讓她有機會走進販賣廉價商品的市場，與穿著便宜成衣的歐巴桑摩肩擦踵，讓她感受世界的真實，或者該說，是他所在的真實世界。

小吃店暗藏春色，紙包不住火，流言變成真實的攻擊。可能錢賺夠了，也可能終於從貪婪的夢裡醒來，母親決心帶他離開。他們從小鎮舉家北上，首先定居的，就是這個與北市僅有一橋之隔的雙和城，當時母親的姊姊在此處開設美容院，母親來投奔，在美容院後頭開設裁縫室，後來經過輾轉介紹，到百貨公司修改部門，專門修改高級服裝，因為手藝好工夫細，就一路做下來，直到他事業發達，母親也還不願卸職，這幾年腿腳不好，才願意在家休養。

搬來這裡，起因也只是為了就近探望母親。母親一直住在她辛苦攢下頭款、拚命還掉貸款的老公寓，就離這大樓幾條街，始終維持她的清儉習慣，還是那麼情緒起伏，依然為往事憾恨抱屈。婚禮的時候兩家人見過一次，覺得茱莉的母親高傲，父親目中無人，大森母親就鮮少與茱莉的家人見面。

跟茱莉結婚的過程，在旁人眼中可以有兩種解釋，一種是「乘龍快婿，減少二十年奮鬥」，但另一種則是「癩蝦蟆想吃天鵝肉，配不上」。結婚前，他還跟母親住在老公寓，搭捷運騎摩托車上下班，省吃儉用，才能買幾套像樣的衣服開會穿，偶爾跟同事上高檔餐廳聚餐就會心痛好久，出差之外，從沒出國旅行。他本以為茱莉的父親不會接受他的提親，他父親卻像栽培自己的兒子一樣訓練他，假日帶他去高爾夫球場，參加各種商業工會活動，結交各行菁英，送給他第一枝萬寶龍，帶他去買第一支高爾夫球杆。學習喝紅酒、抽雪茄、穿名牌西裝，即使至今他仍有不踏實的感覺，那也是因為他已經飛升到半空中，不習慣腳踏實地。岳父教會他「領略有錢的快樂」，老人家認為「飢渴」是唯一的成功之道，而他從這個青年眼中看見了「野心」，這個青年對事業、名利越飢渴，越有可能成功，越能融入他女兒從小長大的那個世界。而他的策略不能說不成功，即使當初大森違背岳父要出資讓他們在市區買房子的提議，大森咬著牙買下這座摩天樓的大坪數公寓，岳父認為這是他的「骨氣」，當時他們倆相約，五年後一定換屋。

五年快到了，他卻陷入泥淖。如果岳父知道，一定會叫他拿錢把美寶擺脫了，會讓他們出清公寓，直接搬到台北市去住，但如果再鬧大一點，岳父或許直接放棄他。

到時，他目前所有一切，事業、住家、人脈，全部都會崩潰。

他本就活在分裂的世界裡，所以格外自持，從小就養成情緒不外露的習慣，言行異常謹慎，與茉莉的婚姻生活完全照規章行事，而在如此規律的生活裡，要找出時間來「熱戀」，在熱戀過後，又得恢復平靜與家常，使他的精神狀態緊繃到極點。不見面時他感到鬆一口氣，好像又恢復到原本的自己，生活稍感平衡，但沒隔兩天，內心又被思念燒灼，痛苦難當，他會想像美寶與她那個男友約會上床的場景，他甚至會猜想美寶另有情人，他所想像的美寶，全都是妖媚、放蕩的模樣，激起他無比的嫉妒，然而嫉妒過後，卻是深深的痛惜，他會回想到過往失去聯繫的時光，那些日子，他會在某些少女身上看見美寶的影子，不曾重逢就永遠不會失去，這念頭一起，心中驚覺分離的痛楚像是延遲付款的緩刑，好像這一分開，又會變成永遠的離別。到了第三天早晨，他毫不思考，直接就到她家按門鈴，見面時，所有熱情再度燃燒，毫無疑問，覺得只要能與她相愛，一切都可以拋棄，只要能與美寶相擁，他就會變成那個乾淨又單純的少年，人生沒有走到他自己無法掌控的境地。

然而，隨著時間的經過，見面次數增加，一年以來，他們除了一再地加強性的刺激，找不到其他辦法來緩解這沒有出路的戀情帶來的悲傷，後期他們的性愛已近乎狂暴，有時甚至會在彼此身上留下傷痕，更增加了曝光的可能。

茉莉懷孕後，他更不可離婚了，他羞愧地發覺自己離婚的念頭也就最開始幾個月裡出現過，過完年，孩子就要出生了，情勢已變得無法挽救，每次與美寶做愛時，他都會嘶吼著，「嫁給我，嫁給我，你是屬於我的」。而那些話語，事後回想，更像是催情的甜言蜜語，全然不負責任。美寶沒有掉入他的陷阱，她好像只是在等待，等待他終於不再上門的那天，愛情結束，折磨也會結束，希望變成絕望，都不知該說是解脫還是悲傷。就像當年的夏天，一下子落到寒冬，他們終究是不能相守的。

面對現實吧，他不可能離婚的，他已經無法想像所有一切從頭來過的生活。他們的戀情不過就是少年夏天的色情版本，只能存在那個高樓套房裡，但為什麼自己會變成如此？為何當時他要把美寶約出來，為何約出來時不能只是敘敘舊，不要介入彼此這麼深？這恐怕都不是現在的他可以回答的。真正的疑問在於，他變成了怎樣的人，他想要過著怎樣的生活：究竟是與美寶兩人的小世界，還是他正在經營、且步步向前、逐漸高昇的世俗日常。

他不用問自己，他的行為自有答案。

他有可能從頭來過嗎？他並非一無所有，離了婚，把欠岳父的貸款繳清，可能得把房子賣了，手上也還有點錢，買不起房子，開個小公司應該可以，靠自己的能力，未必不能過活。喜歡這大樓，兩個人就住在小套房裡吧，但贍養費怎麼辦？孩子怎麼辦？爭取了監護權，他能給小孩帶來什麼樣的生活？想到這裡，他渾身不自在，他已經習慣了的一切，開車，上健身俱樂部，打高爾夫，高級餐館，名牌西裝，吃喝穿用都是品質良好、價格昂貴的器物，每年兩次的出國旅行，收集紅酒、手錶、鋼筆、古董、經典設計家具。他對於就在大樓底下的量販店嗤之以鼻，寧願開車到城裡去百貨公司超市採買家庭用品，他鄙視所有「廉價的物品」，好像那些「大特價」的紅標黃標都標誌著他可悲的過去。二十八歲至今七年，他設法融入這座他求生的城市，同時，城市裡的價值改變了他，或許在他選擇跟茱莉交往的那一刻，他心中那份飢渴並不亞於對於美寶那種不可理喻的愛慾，他知道自己做了選擇，「一腳踢掉過往的自己」，一直都是他在做的事，他早已不是美寶所認識那個海邊的少年。

這些他所擁有的難道不是靠他自己的能力掙來的嗎？為何只要離婚就會化為烏有？他可以再用一樣的熱情與意志力從頭來過，他才三十五歲啊。但他無法想像一切從頭，到別人的事務所上班，做個平庸的上班族，不可能負擔得起他所想要的生活。他會變成累得要死、成天抱怨、賺的薪水只夠溫飽、回到家只想罵人的老公，而美寶，他無法想像，是否會愛著那樣的他。但他很確定，他不想成為那樣的自己，那個自己，還有沒有餘力去愛美寶。

他不要走回頭路。

一旦回到現實層面去想，那些美如幻夢、令人無法喘息的性愛，那些像是在搏命，要彼此融進對方身體裡，他曾經以為「再也不可能愛得更深了」的愛，美寶卸下衣服那彷彿會發光的裸體，她那張令人入魔的臉孔，她所有的愛恨嗔癡，突然都變成了泡沫般的碎影，只是白日夢的延長，是少年時期春夢的成年版。

他猛捶自己的頭，他不該，他不該，他不該將那幻夢實現的。

曾經有一次，他決心不顧一切，要給美寶想要的「情侶相處模式」。那天美寶休假，他下午蹺班，陪她逛街，本想蹺班兩小時就回去，但美寶太開心了，他不忍心開口說要走。他們去看電影，吃晚餐，過程裡他應該打電話給祕書，給他老婆，隨便編點理由，她絕對不會懷疑，然而他是如此心虛，既不敢找藉口去打電話，也沒勇氣在廁所裡偷講電話，明目張膽對老婆說謊，他只好把手機關了，任著時間一分一秒過去，看著美寶從燦爛變得黯然。「你回家吧，這樣大家都不安心。」她說。最後，還是美寶幫他解了套。他開車回大樓，美寶在附近先下車，那感覺糟透了，他把車又開了出去，到附近的花店買了花，心想，一把花，就可以免掉自己可能說壞的謊。

那天的遭遇，彷彿預告了他與美寶的將來。當他們不在床上，而是像夫妻般在百貨公司裡逛街，他心中沒有狂喜，只有恐慌。如果要選一個老婆，還是茉莉比較適合他。美寶這麼漂亮，但卻還是帶有鄉下女孩那種土氣，她在百貨公司裡手足無措，面對昂貴的東西時既興奮又恐懼，這些，不就是他一直在設法逃離的事物嗎？即使他知道，給美寶夠多錢、夠多時間、夠多安全感，讓她像茉莉這樣，毫無節制，沒有後顧之憂地，每天逛街、採買、選購、試穿，總有一天，美寶也會成為一個符合她天分的「名媛」，眼神裡毫無懼色，不會遭勢利店員白眼，不會因為享受而心痛，就像他現在這樣。

但弔詭的是，一旦他離了婚，他就無法給美寶這種生活，甚至他自己，也要跌回過去那種窮酸、看人臉色的生活，不，他不想重回那些噩夢般的窘境。他不要窮。他窮怕了。

他想著，在戀情曝光之前，果斷地分手吧，把套房過戶給美寶，或給她一筆錢另外買屋，或者他與妻子搬走，到台北市買一個距離公司比較近的房子。咖啡店是美寶的一切，他沒有資格要美寶離開，所以要走的人一定是他，因為繼續下去一定會出事的。他要如何去承擔自己離婚對孩子與茉莉造成的傷害？然而，分手了，他要如何想像沒有美寶的生活，他將要殘忍傷害、遺棄的美寶，又會如何地感到心碎？

近冬了，每次早晨穿過中庭，總被大樓的強風吹拂得渾身打顫，每一天都更接近結局，他們就更加瘋狂，也讓他更痛恨自己。一份記憶裡最純美的愛，真正實現卻驗證了他性格裡所有的軟弱與自私，他每一回與美寶親近，都更覺得自己是在玷污、在毀滅她的美善。有時他幻想可以永遠維持這樣大樓裡的雙面生活，但更多時刻，他覺得兩個生活即將互相穿透，彼此揭穿，而終於上週五，他去找美寶的途中，在中庭電梯前遇到了房仲林夢宇，林先生問：「咦，你不是住A棟怎麼跑到C棟來搭電梯啊？」

他像被雷擊中似的，久久無法回答。電梯到了，門開啟，他遲遲不能邁出腳步，看著林夢宇神色怪異地獨自搭電梯離開，好像這就是即將出事的徵兆。而到時，他也將會只是啞口無言，束手無策。

第二部

1——巡夜人

李東林 28歲 櫃枱警衛

我過往二十多年的生命裡，很少發生特殊事件，所以我總是看電影、讀小說、打線上遊戲，像一般尋求虛擬體驗的人們那樣，螢幕裡的影像逐漸替代了真實世界，因為自己的世界也不會發生什麼值得記錄的事。如果經驗是形塑自己的重要部分，那麼我這個人，大多數是由資訊形成的。我沒談過戀愛，沒有值得稱許的工作，二十八歲還住在父母家的頂樓加蓋，除了幾個同事，我身邊算得上朋友的人一個也沒有。

我喜歡推理小說，有關犯罪、偵探的影集。電視電影裡頭有謀殺案、命案，或各種懸疑事件我就會入迷。我最喜歡的是美國一齣影集，叫做《CSI犯罪現場》，拉斯維加斯的部分，鑑識組的組長大鬍子葛理森，以及組員莎拉、華瑞克、尼克等全部的組員。我曾上網買過盜版DVD，一到七季全收齊了，反覆看了很多次。後來華瑞克死了，葛理森也不知去哪神隱，第八季之後我就不再追這齣戲，迷上另一部影集《犯罪心理》。網路免費看片網站追追追，追到第七季。這部影集專講連續殺人狂，這些心理犯罪專家可比鑑識組的人好過多啦，個個俊男美女，搭著私人飛機，從這州飛到那州，沒事會在飛機上大談人生哲理，其中有個網路駭客小胖妞，按幾下鍵盤就可以幫你搞到所有資料，還有個長相好比GQ雜誌那種瘦乾高的金髮小帥哥，是個智商超高的天才，他的腦子比估狗還厲害，只要一見到什麼資料，馬上在腦中過濾一次，該記的記，該分析的分析，該核對的核對，有他還需要電腦幹嘛？不過可以想像他加上小胖妞的電腦，有多厲害。好看是好看，但是這組人真真把我對犯罪題材的胃口都弄壞了。一季十集好了，七十集，超過七十個以上的「連續殺人狂」，一個比一個凶殘、怪誕、變態，殺人手法越來越華麗、繁複，而且都可以找到相對應的心理背景。不知為何，起初我看得很嗨，四季之後我就完全麻痺了，後面三季只是為了打發時間。

犯罪迷的我，果然真的遇到了一樁命案，但，我一點都不感到興奮，反而非常難過。今天是命案發生第三天，我被警察找去問話二次了，反反覆覆核對又核對，弄得好像我有嫌疑似的，為什麼呢？因為我就是第一個目擊者啊，我這輩子看過的凶殺案電影電視小說漫畫可能比一般人多上十倍，可是真正的命案現場我只看過這一個啊。

我不是什麼犯罪達人啦，我只有高中畢業。我喜歡讀書，但不喜歡上學，沒讀大學沒啥遺憾，但如果可以重來，我會選擇認真去考大學，沒必要鬧叛逆，因為我真的想要去讀犯罪心理學科，或者考警校，從小警察幹起，看有沒有機會當刑警，誰叫我的興趣發現得太晚。不過這些都是扯屁，我快三十了，想當刑警，重新投胎比較快。

我想說的是，等到我自己走進真正的犯罪現場，發現完全不像影集裡那麼鮮豔、定格、充滿儀式性或者就像個劇場，至少我看到的現場不是如此。雖然屍體經過布置，也呈現出詭異的氛圍，然而，整個空間是那麼生活化，使得那經過布置的命案畫面也帶著某種難以言喻的日常性。當然，沒有哪個謀殺會變成日常，我說的是，凶手好像演練過無數次了，或者說，他對鍾美寶的屋內擺設相當了解，以至於可以完全不破壞屋內的氣氛，只是把人像洋娃娃那樣擺設著——當然是先殺死再擺設，我說不清楚啦，但那個氣氛在我腦中盤旋好久。應該這麼說吧，那就像是一個人的夢境的再現一樣！對。就是這種感覺。

那天是我當班，跟謝保羅同一個時間值勤是最快樂的事，因為他年紀輕，見識廣，人又溫厚，而且跟我一樣對「人」很感興趣。我們倆都對住戶很熟悉，無論名字、長相、職業等。我是因為記性很好，保羅不知是為何緣故，他有種說不上來的書卷氣，儘管無論穿著或打扮都像個工人，好像是刻意把自己弄得粗礪，不想引人注目。長相來說他算是帥哥，至少也是型男，一百七十八公分，七十五公斤，穿上這身寒酸的制服，還是顯得挺拔，皮膚總是曬得黑黑的，他說以前在建築工地曬的。有些女住戶特別喜歡跟他攀談，他不知是害羞，又或者只是安靜，人家說什麼，他都認真聽著，臉頰隱隱發紅，有些太太啊就喜歡看他這個樣子，抓著他就講個沒完。

我就沒這困擾，瘦皮猴一個，名副其實尖嘴猴腮，高度近視，一嘴暴牙。我媽一直想叫我存錢去把牙齒整一整，不然娶不到老婆，但我就是存不了錢，買太多漫畫影集小說，女人誰也不多看我一眼。當保全以前我在網咖工作，更之前我就是個宅男，現在當然也是啦。

這棟大樓裡的保全，我是最年輕也最資淺的，老鳥總是欺負我，一點小事沒做好，就大聲斥責，跟他們當班，簡直就像以前的人當兵被操，果然，有幾個同事不是幹保鑣，就是軍人出身的。

不過我做的是閒差，專門替補其他人休假的。一個月做個二十天左右，領日薪一千元，加班另計，有時會連上十八到二十四小時，我年輕啊，不怕熬夜。跟其他人都不同，所以有時連上六天大夜班，有時連休三天假期，都是常態。工作少自然錢領得少，我老媽只要我出門工作就謝天謝地，有了錢我當然都拿去擴充裝備。自從父親把我的房間從四樓移到頂樓，熱雖熱，卻寬敞自由多了。我在屋裡架了個沙包，要是恨哪個同事，就搥沙包出氣。沒人相信我，我以前真打過拳擊，雖然是中學的事了，但現在身手還是很俐落，不過比起那幾個海陸出身的老鳥，也不算什麼。

那天中午十一點半，咖啡店的小孟跑來櫃枱，要我們按二十八樓之七住戶鍾美寶的對講機找人，說鍾美寶沒去上班，電話也沒接。我按照一般訪客的流程按了對講機，響了十幾聲，沒人接聽。「一定出事了。」那個叫小孟的工讀生急得哇哇叫，「美寶從來不會不開店也不交代一聲的，可能病倒了沒辦法開門，拜託幫忙叫鎖匠！」她一直拜託，我們也不能不處理。我打電話叫了大樓熟識的鎖匠，就在對街，兩分鐘就到了。但請鎖匠開門得知會警察才行，小孟說：「那就快叫警察！」於是我又呼叫警察。五分鐘後，警察與鎖匠都到了，大廳裡瀰漫焦躁的氣氛，我同事謝保羅一臉慘白，像是要暈倒的樣子，他立刻想衝上樓，但主管說既然一開始是我接洽的，還是我帶警察上去的好，所以我帶著警察跟鎖匠上樓。

那個房間距離電梯很近，是電梯口出來左手邊轉角，角邊四間的最外面這間。鎖匠把門鎖打開，你說如果裡面有人，這麼大的響動還不出來嗎？鎖匠一邊開鎖，一邊嘴裡犯嘀咕，警察還在打風涼話。一開門我們都被裡面的怪味道衝到了，說不上什麼氣味，令人發毛。

鍾美寶住的是權狀十四點五坪的小套房，大樓裡很常見的規格。一進門左手邊就是乾濕分離的浴室，走道充作玄關，小而窄，住戶大多會用來放置鞋櫃，而鍾美寶的鞋櫃是隱藏在裝潢裡。約一公尺半的玄關走完，進入裡屋，靠浴室的牆面整片都做成流理台，上方與下方的櫥櫃都是白色，櫃面則是黑色，無論是衛浴設備或流理台，材質滿好的，看起來大方，有點飯店的氣氛，這當初都是建設公司的基本配備，有些住戶買來會加以改裝，隔成一房一廳，有些會做組合衣櫃，講究點的還鋪上木地板，做大型收納櫃，甚至隔出穿衣間的也有。這個套房就是屬於經過全戶裝潢，地板、系統家具、天花板等所有木作都做齊了的類型，連隱藏式拉門都做好，擺設得很雅致。流理台清潔得特別乾淨，杯盤都整齊擺放，有簡易的電磁爐、熱水瓶、大同電鍋、冰箱，冰箱上頭還有小型微波爐。用拉門與書架區隔成客廳與臥房兩塊空間，充作客廳的這邊，有一個迷你吧枱用來與廚房區隔，擺有兩人座皮沙發，一個木頭箱子當作茶几，靠走道的牆邊擺了張圓木桌，兩張白色座椅，桌上還擺有鮮花。客廳這邊有一種浪漫的氣氛，像剛約會完，或者正等待著約會，把屋子收拾整齊，無論事先或事後，都是邊微笑著，邊把水注入玻璃花器，把鮮豔的玫瑰花逐一插入水中。但表面上的浪漫，玫瑰的香味，與屋子裡某種臭味交織，使得一切變得非常古怪。我注意到靠近牆邊整齊堆放了大約十個紙箱，感覺正在準備搬家，或將要做什麼大幅度的裝修需要先部分打包，但屋裡還是很整潔。

從客廳走到臥房區只要短短一分鐘不到，真的就是跨開步子走過去就到了，我卻好像抗拒著，以至於將視線流連在屋裡的陳設，當然，也是因為我太想把這一切都記住了，「魔鬼藏在細節裡」，我真的很想像那些鑑識科人員那樣，戴上手套，拿出小鑷子，檢查掉落的毛髮、指紋，或任何、任何關於命案的事。

我只是用眼睛去收集。

是的，一進屋我就知道有人死了，或者該說，當我打電話給鎖匠，會同管區一起上樓，在電梯裡，我就覺得很怪了。那是一種近乎直覺的感受，等到打開房門進入屋內，我們都知道已經踏入一個「死亡現場」。那個管區一開始還有些手忙腳亂，看到鍾美寶的屍體時，趕忙打無線電通報。

所有我們想像中鑑識科警探會做的事，警察都沒做，至少我在場的時候沒看到，連我都比他們小心不要破壞現場微物證據，可是警察笑說我「電影看太多」。鑑識科的人可能晚點才會到吧。我很擔心，我們雙和市警局到底有沒有所謂的鑑識科學這部分，當然我真的是美國影集看太多。

我與管區警察走到臥室區，就看見鍾美寶。好可怕，那不是鍾美寶，唉，該怎麼說，那是鍾美寶的屍體，很明顯，已經死了，卻像個假娃娃似的，穿著完整，頭髮垂放，頭微歪，一身白色洋裝，靠坐在床邊，兩手攤開。現在回想起來我全身都在抖，你看，就是這麼詭異，她的臉色紅潤，撲過粉，眼睛緊閉，睫毛好長。死人怎麼可以這麼漂亮？詭異，漂亮得詭異，完全不像我見過的鍾美寶，倒像是雜誌裡的日本女孩。

但你一看就知道她死了，奇怪，可能臉部表情僵硬吧，不像在睡覺，而且脖子上青紫的勒痕好明顯，使得頭部有些腫脹。我不知道死人該長什麼樣子，反正那是死人沒錯。

後來場面就開始混亂了，警察開始用對講機呼叫，一個警察帶著我直奔電梯下樓，很快地其他警察都來會合。小孟一直大哭大叫，謝保羅也衝上樓了。因為我算目擊證人吧，後來連我也被帶到警局去。

命案發生前晚到當天下午是我值夜班，一次十八個小時的班，是特殊狀況，因為有人請病假，所以我可以說是目睹了全部的過程。但我什麼也沒看見，這種大樓就是這樣，是如此龐大，使你身在其中也感覺不到自己真的存在。

事後回想，鍾美寶被殺的那晚到隔天發現屍體，特別安靜而漫長。晚上保羅先去巡邏，我突然發現三號電梯的監視畫面怪怪的，起初是有些雜訊，接著就突然斷訊了。我呼叫保羅，請他到電梯時察看一下，他說監視器鏡頭整個掉下來，好像被誰拔掉的，但那麼高，也不太可能。我立刻通知維修單位，但這時間沒辦法派人來修，保羅下樓後，換我去察看，我拿了梯子把鏡頭裝回去，畫面又恢復正常了，那時我們都沒想到有什麼問題，因為電梯監視系統只是龐大的監視畫面其中一個，入口守好，不會出差錯，但我心裡覺得毛毛的，就跟保羅說，我再去巡一趟。中庭，電梯口，走廊，公共設施，每一處我都仔細察看，那晚訪客特別少，進出都是住戶，夜間生活的住戶都是熟面孔，一整晚，就像回巢的鳥，隨著夜色越黑，臉色越慘白，妝糊了的、酒醉的讓人攙進來的、可能剛下班的上班族，一批接替一批。直到連上大夜班的幾個人都回來了，早上六點正開始要準備七點交班，另一個上早班的同事來了，會有些手續上的混亂。我跟保羅剛完成巡邏，這時間是我很喜歡的時刻，守夜的工作結束，隨著黑夜告退而工作的緊繃感也逐漸消失，快下班了啊，徹夜不眠的疲憊會隨著天光亮起而有一段時間的清明，那時刻很舒服，心裡計畫著等會收工要去喝一碗熱熱的豆漿，配上蛋餅跟油條。這時早起的人還沒出門，晚歸的人都回到家了，天開始要亮起來，什麼都是濛濛的，大廳的燈光與門外的從黑轉灰色的世界相應起來，有一種夢的感覺。那天早上很平靜，我跟保羅當班，兩人聊了很多，中午靠近午餐時間，保羅突然說：「美寶今天沒上班。」我也不覺有怪。「可能今天輪休吧。」我說。「她今天沒假。」他說，說得斬釘截鐵，我有想到同事跟我提過的，保羅在跟美寶約會，我心裡也有底但不想多嘴。他又跑出去看了一次，然後就心神不寧的，但我也沒看到他在打電話或什麼，只是有時會失神，然後就是小孟跑進來了，那時我看見保羅的臉色慘白，好可怕。

後來發生的事警方都知道了。我們報案，附近的分局派人過來，我帶著他們上樓，警察似乎對於我對鍾美寶的日常生活熟悉感到驚訝與狐疑，我真的也顧不了這麼多，沒有人說記得住戶的訪客跟工作是犯罪吧，而且這種時候真的很有用。

警方後來問我鍾美寶當天的訪客有誰，我說，顏俊跟李有文。李有文是晚上七點過來的，顏俊也是差不多時間，但顏俊九點就離開了，登記簿上都有註明。李有文在十點離開。

我認得顏俊，這名字很好記。他不是住戶，但我知道他來這裡找誰。今年一月開始，他每個月都會到大樓至少幾次，是二十八樓之九鍾美寶小姐的訪客。我不確定他是不是美寶的男朋友或兄弟，因為他年紀看起來比較小，像剛退伍吧，就是一種感覺啦，舉止還有那種在軍隊裡一板一眼的氣氛。但他的外型不像軍人，像那種所謂藝術家。頭髮很長，長相很英俊。

他有那麼點怪怪的，看人不會直視你的眼睛，總是先把證件跟寫有住戶姓名的卡片準備好，「麻煩你。」他這麼說，但臉上一點也沒有表情。後來我讀了《龍紋身的女孩》，我猜想顏俊應該就是亞斯伯格症吧，或某種自閉症。

起初都是押證件交換磁卡才能上樓，這方面我們管得很嚴。後來他有自己的磁卡了，但來的時候還是會跟我們打招呼，可能用磁卡上下樓感覺不自在吧。

另一個訪客李有文是也是有磁卡的，我會知道他的名字是鍾美寶小姐介紹的。「這是我男朋友李有文，可以叫他大黑。」她說，「以後你們常會見到他。」那次大黑送了我們有名的網購芋泥蛋糕，一口氣買了四盒啊，真是慷慨。我記得他的名字跟樣貌，他通常都星期六來，偶爾也會星期五晚上過來。他都自己刷卡上樓，固定訪客很多是這樣，「拿到磁卡了」，有那麼一點關係匪淺的宣示。

這兩個男人一起出現，在我看到的情況還是頭一回，不過有時我沒上班，或許他們早認識也不一定，但我說了，那天保羅一直很奇怪，整個晚上心神不寧，如果他跟美寶正在交往，那這個畫面也實在太讓人難過了。

但這都是我的猜想。

大樓裡我是第一個被找去訊問的人，同事都說我很倒楣，但我自己並不覺得冤，我認得他們，感覺有責任要幫忙。不過如果把我列入嫌犯，就有點太過分了，畢竟我整個晚上都在當班啊！但我聽說有刑警懷疑過我，因為屋子裡有我的指紋。我要重申，因為三個月前做過消防安全檢測，那層樓每一戶屋子裡可能都有我的指紋。你說凌晨三點的時候我去巡邏嗎？對，我是曾經經過鍾小姐屋前，但我發誓我沒進去過。重點是，大門深鎖，我要怎樣進去呢？這可以調監視錄影畫面出來看，但是要看是誰從她屋裡出來，沒這麼簡單，監視錄影可不是來監視住戶的，所以沒辦法錄到鍾小姐的房門口，只能監看那層樓的電梯口，這也不是我規定的。

大家都納悶我為何認得這麼多住戶，所以我得說明一下我自己，大樓裡的住戶我幾乎都認得，只要是我當班時間從我眼前經過的訪客也都記得住長相。沒蓋你，我這人別的本事沒有，就喜歡看人，我善記臉孔，過目不忘。

有這種天才怎麼在這裡當管理員？嘿嘿，你倒是說說看，有這種天才還能做什麼？小時候沒人發現我這種能力，我自己也不知道，從小我的注意力沒辦法集中，也就是說，整天是坐立不安，所以書讀得很差。高中很勉強才讀完就去當兵了，當兵的時候在外島，每天站在海風裡看哨，起初真的快瘋了，想逃兵，有天夜裡我稍微抬頭，無雲的天空，星星大得嚇人，我看傻了，腦中突然浮現小時候玩的星座紙盤，感覺就像有人幫我畫線連接，因為沒多久我就認出了所有的星座。那天之後，我整個人就開竅了。

我突然發現自己原來記性這麼好啊，尤其是對圖像，只要把事物轉換成圖像，我就都可以記住，但是擅長圖像思考也沒辦法當飯吃，因為我雖擅長記憶，卻沒有適當的工具可以表達出來。我當過一陣子房屋銷售，我擁有很多雜亂的知識，同事有什麼問題都來問我，但我可能缺乏對於銷售的熱情吧，而且個性太過古板，我想客人大概不愛聽真話，你什麼資訊都報給他，人家反而不買了。我換了很多工作，剛進公司都會被老闆同事稱讚好厲害，不出三個月，就會變成好可怕。後來我學著不把我記得的事物說出來，因為一般人以為你能記住所有符號與圖像、你能記得路人的臉，就好像可以看穿他們的祕密。這個能力一點都不受歡迎。

工作不順，後來在家裡待了很久，去親戚家開的網咖上班，還滿喜歡的，但後來那家店失火了，說來我也真是個災星。

直到進了保安管理公司，才覺得如魚得水。做這種工作誰會覺得我聰明啊，且我也學會了打躬作揖，行事低調，裝傻裝笨，反正出錢出力，能搶先幫忙的我一定幫。

我覺得當管理員很適合我，安安靜靜的，工作很單純，可以專心觀察很多事，有很多時間可以想像。你或許奇怪從一個管理員口中聽到「想像」這兩個字，人家說計程車司機臥虎藏龍，我覺得保全業也是啊。像我的同事老吳，他以前開過照相連鎖店，還是專業攝影師。比如我們劉組長，他是特種部隊除役的，以前當過名人的保鑣。我最喜歡的同事謝保羅，以前是銀行主管呢。

在這種大社區工作我最喜歡，人多到就像那晚的燦爛星空，你可以自行組合成各種星座排列，你能去推想背後無盡的故事，有無限種可能的組合，根本不會無聊。別人在看監視器或聽收音機或無聊閒扯，打瞌睡偷懶，我才不，我就在那仔細看郵件收發簿啊，幾號幾樓住著誰，哪天收了什麼包裹、掛號信，看訪客紀錄，然後在腦子裡核對我記得的住戶長相，姓名、衣著、家庭狀況、喜好、職業、關係表，真是好玩，比看電視有意思多了，尤其是這種超級大樓，沒進來以前我覺得好神祕，進來之後我覺得更神祕了。

至於鍾美寶小姐，我當然對她很有印象，她時常送蛋糕給我們吃。我兩年前到這邊上班，阿布咖啡已經開張一陣子了，就是說，我到這邊以前，鍾小姐已經在阿布上班，也住在我們大樓了。

她的訪客算多嗎？不知該如何比較，至少一週兩、三次吧。我當班的時間常遇到，除了顏俊跟李有文，還有一個斯文中年男子去年常來，總是穿著西裝，美寶小姐會下樓來接他，所以我不知道他的名字，不過有次美寶只是打對講機下樓來交代，說「有個姓邱的先生是我的訪客，麻煩待會請讓他上樓」，雖然沒有經過確認，但我想那個男子就姓邱吧。頭髮很短，身材結實，一百七十五公分左右，五十歲左右，身材保養得非常好，有書卷氣，總是穿著灰色或黑色剪裁合身的西裝，提一個公事包，拿一束花，每次都是大束的花，包裝精美，應該就是在旁邊花藝店買的吧。有時百合，有時玫瑰，或者好幾種混雜，那種花束一把要上千元吧，真是有錢啊！但鍾小姐這麼漂亮，如果是我我也會送花啊，送最漂亮的花，給最美的女人。幫他開閘門的時候會跟我們說謝謝，聲音溫和，咬字清晰。

但今年都沒來了。

為什麼記得那麼多？

我說過我記性很好啊！

聲音不算影像？但我是以把聲音轉換成視覺的方式記憶的，這到底怎麼操作我無法形容，那已經是習慣了，比如說，灰色西裝，聲音低沉（就把這四個字當作一組畫面存起來）。因為很喜歡記憶人事物，我時常都會清理自己的記憶，就像一般人整理檔案那樣，所以可以記得非常清楚，人物的關係，出現的時間、地點，都分門別類儲存好了。

我沒辦法當刑警啦！寫推理小說？你或許不相信，擁有這些能力卻不想兌換成什麼，就是我的生活方式啊！

回到訪客問題，除了幾個男子，當然也有過一些人，我得仔細想一下，其實翻看訪客登記簿也很有效。這些年的訪客紀錄簿都存在我們組長那兒，當然不是每個訪客都有押證件登記，如果是住戶親自下來帶，就不用登記了。一般規定不能用打電話取代登記證件，但像鍾美寶這種特殊狀況，有時我們會通融，而且那個先生我見過，有時也會直接就讓他們上樓。我想，不想曝光身分的訪客，會先拿到磁卡吧，有了磁卡，即使是生面孔也不能攔下來，因為這棟大樓每天都有人搬進來啊，也有小的辦公室，工作室之類的，生人很多，我想，這就是大樓安全的漏洞了。

不過大廳的監視器有四部，從出電梯口直到走出大門，每個角度都可以拍到，所以我們這些管理員也別想摸魚。不過樓梯間沒有監視器，不知道是不是故意的，總之，大家想混或者抽菸，就到那裡去。資深的管理員權力很大，在這棟大樓啊，會收到很多禮物，吃的喝的用的，有些名人住戶，過年還會送禮包紅包呢，不過等分到我這邊，都是剩渣渣了。

*

命案隔天，櫃枱也是我與保羅站夜班，我真是睡沒幾小時就來上班了，兩天的騷動，大家都很不安心。下了班，我們倆到附近的豆漿店吃早點，保羅看來深受打擊，我最近看到他跟美寶小姐的互動，確實親密多了，但可能也是如此，特別避嫌，但我記得他以前喜歡的是搭輪椅的柳盈盈小姐，我常幫他打聽各種消息。柳小姐的阿姨在照顧她，我去中庭巡邏常遇見潘阿姨在練八段錦，跟她聊過一些。她說盈盈小姐是罕見疾病，慢慢就會四肢癱瘓，後來她們搬走了，阿姨回來整理東西時說盈盈小姐死了，那之後，保羅變得話更少了。

但喜歡盈盈跟美寶根本是不衝突的事，因為她們倆都不會看上我們這種人，雖然保羅是帥哥，但畢竟我們也只是保全，這棟大樓裡有多少人喜歡阿布咖啡的鎮店之寶啊，說嚴重點，美寶來當我們大樓的「樓花」也不為過啊。反正這棟樓，誰不知道她，一樓大廳隔壁那麼間顯眼的咖啡店裡，一個水靈靈的美女，整棟大樓氣質都好了起來。

「或許是我殺的。」保羅突然說。沒頭沒腦的說這什麼傻話？

「不要亂講話。」我連忙堵他話。

「沒亂講。」他說。

「那個晚上我們都在巡邏。」我說。

「就是因為在巡邏，更不可饒恕。」他又說。

我沉默了。

他一副真的殺過人的樣子，眼睛裡都是血絲。但經過這樣一夜折騰，我的眼睛也好不到哪去。我知道不是他，他就不是那種人，況且即使我們輪流去巡邏，一次也不過一小時，監視器裡我都看見他走來走去的，什麼時間可以去殺人？

「到底為什麼這樣想？」我問。

「是因我而死的。」他還在說。

「我不該離開。」他說。

「離開哪？」

「雖然不是我殺人，但等於是我殺的。」他說。

「為什麼？」我說。他整個神情與聲調都讓人毛骨悚然。

「有什麼差別，我以前殺過人，以後可能也還會再殺，認識我的女人都死了。」他說。

唉。

我知道他說的是什麼事，可憐的謝保羅，我很確定他喜歡美寶，可能真的在跟她交往，幸好最先看到現場的是我不是他。這件事把他擊垮了。

黎明來到之前，我曾感受到他幾乎崩潰的意志。老實說我也快崩潰了，如果你曾在雲霧裡看過這棟樓，或者在微雨、或大雨的時刻，從後面的馬路，或菜市場，逐漸走近這棟樓，你永遠也忘不了那種景象。濛濛霧雨裡，四周都是樓房，斜雨飄著，或者大雨傾盆，你穿著雨衣，或打著傘，遠遠地，就看見像夢裡要長出什麼奇異的怪物那樣，大樓突然就在那裡，你可能只能看見它的上半部，但即使只是上半部，還是那麼巨大。嶄新時一定非常漂亮的粉藕色磁磚外牆，間飾以褐色石柱與大理石，然而已經被歲月刷蝕，變得髒污老舊，像一個遲暮的美女，還是那樣矜持著，在這錯綜複雜的迷宮小巷裡，獨樹一格，屹立於所有矮醜的水泥建築之上。遠遠地，你看見大樓立面嵌著一個一個白色的窗框，像無數隻眼睛。你會想著，到底有多少人住在那兒啊，你想起一千兩百戶這種數字，想起自己日常裡的巡邏，想起自己背起來那些奇奇怪怪的名字，突然都像是有神祕的啟示。雲雨飄過，越來越近，有多少人生活，就有多少種死法，這是我讀過的一本偵探小說的主題。小說裡的偵探總是問自己，「那個人死的時候我在做什麼？」有個人死了，是我們都很喜歡的人，是個絕對不該這樣死去的漂亮女人，謝保羅說可能是他殺的，照這種推理，也可能是我殺的。驗屍報告還沒出來，不知道她死在幾點？但我知道不管是誰，她的死亡，與我們人人都相關，誰也脫不了干係。

我默默把豆漿喝完，沒再安慰他，我們各自去牽摩托車，我故意假裝找不到車，親眼看他上了機車再走，但又如何，如果他要出事，我也攔阻不了。

2——樓主之夢

林夢宇

他們說得沒錯，關於這棟樓，什麼事來問我就對了。

這棟大樓沒有一件事可以從我眼皮底下溜過，但鍾美寶這事我真的沒頭緒。

中午我老婆還問我，「完了完了，這下大樓價錢要跌了，怎麼辦？」我最聽不得這種低聲碎唸，引起一肚子惱火。

我跟她說：「放心啦，十幾年來出過多少事，這大樓命很硬，九二一大地震都沒能讓它倒，二〇〇八年不是通風管滲出安毒氣體，有幾個人送醫嗎？二〇〇九年B棟全家自殺那案子也沒破啊。鋒頭過了就好。」

「這次不一樣，凶殺案，沒破案的話我都不敢住。」老婆的話真是火上加油。

你說，我能不怕嗎？表面上不動聲色，心裡直發毛，真是夠煩了。上個月我才又買了一個套房，手上持有四戶房產現在都超過一百坪了，真是把身家都壓上去了，賭的還不是兩年後的捷運通車嗎？

說不怕是騙人的，真希望快點破案，媒體不要再炒，讓一切回歸平靜，讓房價以該有的速度慢慢上漲。拜託啊！

這棟樓在建設公司剛預售的時候我就待在預售部門，到現在算算也快二十年了。從公司代銷，到後來自己做仲介，這大樓真是每一個角落我都摸遍了，沒有誰比我更熟悉這棟建築，比我認識更多住戶。歷任的主委上任交接都還要來跟我打招呼，因為我經手的買賣租賃關係著「誰住進來」，嚴重點說，房價我也多少能操縱一點吧，所以鬧出這種事我怎麼可能不頭痛。可是我對大樓有信心，這棟樓經歷多少風波都安然度過，這次我覺得也能挺過去。

但是，最近我沒啥工作好做了，手上本有的幾個剛下訂的客戶，都退掉了。命案沒破，誰敢投資？就算命案破了，房價還會漲嗎？

謀殺案耶，這種事怎麼可能發生，我什麼怪事都遇過，但好端端一個人在自己家裡被弄死還擺成那怪異的樣子，我沒辦法接受，這，這太扯了。那張照片根本不該流出去的，小孩子看了怎麼得了，連我看了都覺得心裡怕怕。

那是美國電影才會有的情節，或者說，即使美國會發生，日本會發生，我覺得台灣不會，至少在我心中，台北治安很好啊，我們沒啥跟人家外國大城市可比，但就是治安好。我到美國去，晚上都不敢到處亂逛，可是在台北不一樣啊，別說在家裡，在路上也很安全，到處都是便利商店，計程車也很少出事。

鍾美寶被殺，這是真實發生在我生活周遭、就在我住的大樓裡的事，這樣的事發生了，住在這裡的人，認識她，不認識她，不管是誰，即使不看新聞，就是在大廳裡，在外面走道，在附近商店，聽見人們耳語、討論、謠言，看保全與警察頻繁出沒，都感覺自己生活的世界，本該是安全的堡壘，突然崩塌了。

你問我跟受害者的關係，「被害人」，這三個字怎麼說我都覺得毛毛的。我還無法適應生活裡會出現「凶手」、「被害人」、「案發現場」這種字眼，當然，這種事除非是警察，不然誰都不需要去習慣啊，又不會常常發生，呸呸呸，真晦氣。

鍾美寶小姐啊，是一樓商店街阿布咖啡店的店長，開店第一天她就來上班了，三年下來，樓上樓下的，怎麼可能不認識。大家都叫她美寶，親切嘛，她也是我們大樓住戶，本來跟朋友分租公寓，後來搬到二十八樓之七的十四坪套房，那一戶我經手過很多次，房東好像是她的朋友，因為以前也是由我負責出租，但這次還大整修了一番，做了系統衣櫃與木地板，客廳跟房間還用拉門隔起來，家具都是訂做的，是套房裡的極品。我只是去負責簽約，租金提高到一萬三千，但光是新家具跟裝潢就有那價值。而且那房子正適合她這樣雅致的女生，無論是那套房或咖啡店，她都處理得很好，就是那種讓人放心的女孩啊。你說，這悲慘的消息怎不讓人心碎。

我以前每天都要下去店裡買一杯拿鐵，後來胃潰瘍犯了，一星期規定自己只能喝三杯，過年後他們推出燻鮭魚貝果早餐，我老婆愛吃，星期天的德式早午餐我們也常帶小孩去吃，住戶有優惠嘛！常見面啊，自然也就熟了起來。

不過我跟她真的沒私交，那種漂亮女孩，我原則是少接近為好，免得老婆吃醋，自己心亂，呵呵。對啊，她就有這麼漂亮，咖啡店客人有多少都是衝著她去的。長得美、溫柔、親切、手藝又好，她不在店裡的時候，那家店就只是個裝潢華麗生意清淡的尋常咖啡店啊，但有她在就不一樣了，客人都能敞開心來，簡直像自己家一樣。舒服、自在。

「天空城市」，「君臨天下」，呵呵，我還記得當年建設公司建案推出時的文案，那時哪有什麼「天寶地寶」之類的豪宅，別說雙和城絕無僅有，整個台北城也沒見過這種大氣魄的建案啊。那時我幾歲？二十八，剛退伍，幹過一陣子汽車業務員，後來做過保險業務。結婚三年有一個小孩。我大學讀的是土木系，大三被退學，直接當兵去，這是我心裡的痛啊，算了還是來講講這座摩天樓。預售期間，光是看到設計圖跟模型，真的會感動得起雞皮疙瘩。像我這種眷村長大的孩子，從小就生活在貼地而行、房子像火柴盒、整個村子家家戶戶幾乎都臉貼臉那麼近的小小世界。眷村破房子，主屋十坪，小孩長大就不斷往外擴建的醜陋建築，補丁似的不斷增生，從來也沒住過樓房，直到眷村改建，我們才搬到公寓去，為了我爸的腿，住的也是一樓。我會跑來這裡賣房子真的是一股嚮往，老實說，我本來只是去看房子的，我哪有錢？當時預售一坪二十八萬，台北市區也就這個價錢，後來是我慫恿老爸拿房子去貸款，付了定金，預售期間可以分幾年償付頭款，媽的我拚了，這房子簡直是雙和城的奇蹟啊。沒想到我會從買主變成工作人員，或許一開始就注定我與這大樓命運相連。

這一帶本來都是些零碎的違建，老舊矮房子，空地一大片。雙和城啊，我想當初簡直就是隨便誰有權利就圈塊地，高興就把路往他家拐，這個人圈那個人拐的，整個城就像迷宮一樣，細節都藏在巷弄裡。在這個迷宮小巷的醜陋城市裡，一橋之隔就是台北城，國際大都會，住在這裡的居民，像我吧，心裡會有自卑感，覺得自己是鄉下人，所以突然有棟他媽的比台北還高級的樓破地而出，一蓋就是一千兩百戶，最高處四十五層樓，鋼骨結構，不是那種電影裡香港紐約的玻璃帷幕尖塔似的商業大樓，而是，該怎麼說，當時我看到建築模型時，覺得這真是一座「巨大的城堡啊」，好夢幻。整棟建築外牆是高雅的淡藕粉與深褐色石英磚交織，中間部分最高四十五樓是塔樓，頂端的三樓只是造型，安裝空調與機動設備，正面有水泥雕花窗樓，我們都笑說有點像總統府，只差前面沒掛國旗。往兩旁漸次降落到四十二樓變成平行的羽翼延伸至兩端，模型上看來，四周的巷弄感覺都變寬闊了。當時快速道路還沒開通，大樓正面與背面腹地寬廣，尤其是面山的這邊，因為前面有保安隊園區，附近留了一大片綠地，從高樓往前望出，就是中和城最常見的矮山坡，藍天白雲遠山淡影，真是景觀無敵。面北城的那邊，高單價的大坪數樓層，更是不得了，當時一〇一還沒個影子啊，站在高樓一眼望去，簡直是把台北城踏在腳底下了，一覽無遺的城市風景，在台北你也找不到這麼大片的天空了。夜裡，無論哪面，北面看城市光影，南面看高速公路燈光車流，千家萬戶的燈火，哪裡需要去什麼陽明山看夜景，站在我們大樓的走道，一整片延伸而出的走道全都開大片窗，不論你住幾樓幾號，哪個角度，景觀沒死角，保證你看得到夜景。

說到這裡，我都還感覺驕傲啊，你們都沒見過當時預售的熱潮，那些住在天母、信義、大安區的貴婦跑來買樓像買珠寶啊。一戶兩戶三戶，姊妹好友樓上樓下，自住出租，投資，養老，管他什麼目的，先買個兩戶再說。這前後四棟ＡＢＣＤ相連的建築群在當時可是轟動一時的建案啊，預售的時期每天都有人捧著現金排隊下訂，就像現在搶黃金的「大媽」，從台北各地來的富婆，結群結伴，一副上市場買菜的樣子，「這給我來兩戶，那個樓中樓的我也要。」大手筆買套房，最初定價一坪二十八萬，結案時都炒到三十五萬了，那時台北市中心的新成屋也不過這個價錢，「摩天大樓啊」。一想到建設公司製作的模型都會感動得落淚，那真是創舉，是現代化最好的模範。外觀酷似後來的電影變形金剛（但是粉色調高雅版的），八樓是佔地兩百坪的空中花園與功能齊全的公共空間，沿著花園周邊附有游泳池、健身房、籃球室、閱覽室、交誼廳、視聽室、高爾夫球練習場、洗衣間。一樓是商店街，規畫有十間店鋪，銀行、便利商店、咖啡店，一應俱全，與一大間可供三十五個攤位的美食街，地下樓是知名的量飯店。交通發達，雖然沒有捷運站，但早晚會有的。當時捷運還沒完工，人們還沒真正體會到其差別，這建案耗時經年，卻早就銷售一空。但大環境變化太快了，屋子完工交屋時，房價已經跌到二十萬，許多屋主套現，價錢亂成一團。這大樓一蓋就是八年啊，房子完成時，有點像政黨輪替，大家都以為新世界開始了，什麼都要變好了，心情很激動啊，可是一交屋房價跌跌跌，樓下商店街書店什麼的根本沒影子，附近還是亂糟糟的。捷運開通啦，可是離咱們大樓很遠，還得換公車，走路也要十五分鐘，ＡＢ棟住的有錢人是不怕啦，ＣＤ棟這些投資戶的小套房，招租就是一大學問，所以才有我的求生之道啊。

這十多年來，下過雨大樓就又嶄新亮麗，不過外牆的速力控有些已經龜裂，漏水的問題開始出現了。當初設計的這些觀景窗，一直也沒請工人來洗窗子，白天看窗外景色灰污污的，粉色系的外牆有點像遲暮的美人，還是那麼美，但已經退流行了。可是我對這大樓有感情，儘管我後來知道有很多東西都是唬爛的，可是那像幻夢一樣的塔樓，到了深夜，塔頂的大燈照耀，你還是覺得這是一棟帶著夢想的樓，是會通天的塔，儘管後來她變得那麼混亂，那麼複雜，那麼，唉，人盡可夫。她還是我的最愛啊。

唉呀我在講什麼。

我們這棟樓遠近馳名，從城裡搭計程車回來沒有司機不知道的，但這種名氣，好壞參半，就聽過女生客戶搭計程車時被司機勸告：「那棟樓很亂啦，住在那裡會被當作應召女。」真誇張。以前是有過一段時間，好像有幾家經紀公司，小姐都是模特兒等級，有很多東歐金髮妹，到底是模特兒還是伴遊真的很難界定。不過那段時間也是大樓的黃金時光，那時房子好租，可以挑房客，租金也高，房東都把房子裝潢得很精美，大手筆花在設計裝潢家具上。外商客戶也不少，大廳出出入入很多外國人，大樓身價也漲高。那時節，這樓就像聯合國，在中庭花園散個步，會看到白皮膚的老外光著上身在做日光浴，下樓電梯裡，時常碰見光是腿長就快到我腰的東歐美女，穿著好隨興，三三兩兩講著聽不懂的語言，笑聲如銀鈴。有個美國來的英文老師，長鬈髮，手染衣，一副嬉皮樣，每次在洗衣間等衣服烘乾，就在外頭彈吉他吸大麻。綁著辮子頭的黑人也常見，會在籃球室重複地灌籃。那段時間，我常有機會練習英文，自己都覺得好有國際感啊，不過，就像季節花開花落，這大樓的住戶生態也是不斷改變，經紀公司的來到跟消失都是一瞬之間，東歐妹換成大陸妹，然後就遷到更便宜的地方了。之後有一波外商潮，有三年是美語老師（那時流行小學裡有外語課，真的就一波波外國人跑來教英文）。有一年時間，自從全身刺有鯉魚躍龍門的刺青圖案的男子遷入（我跟老婆私下都叫他鯉魚哥），帶來很多貌似黑道的住戶，他們似乎是某個幫派，時常在交誼廳開會。每次黑衣人一群聚，社區就會飄散一種黑幫電影的氣氛，他們做些什麼細節我也不清楚，剛開始都沒鬧事，結果是在大樓裡開設賭場，被警察抄過之後，就慢慢離散了。

後來外國人都跑光了，大概政策又轉彎了吧，黑道倒是一波接一波，如果身上沒刺青，你真分不清是不是道上的。我個人是不避諱啦，鯉魚哥之前就幫過我們很多忙，他很有日本混混的味道，話不多，有個老婆非常漂亮。鯉魚哥好像很疼老婆，每次遇見他，都是他去黃昏市場買魚，滿有禮貌的人，塑膠袋上裝一條魚、插兩枝青蔥，背心短褲小平頭，臉很白淨，不看他刺青的話，就是新好男人了。

說到刺青，真的不算什麼，現在年輕人很多人刺啦，也不能就當作是「在混」的標記，可能我的工作性質吧，見過的人形形色色，比較不會以貌取人。

大樓生態一直在變化，二〇〇九年來了一陣子投資客，炒樓。我們附近其他摩天樓相繼興建，真有一股子風潮，要把這裡帶動了。你知道二〇〇三年SARS之後房價慘跌，真是到二〇〇九年才又回到水平線，就是當初大樓預售的價錢。我發現後來倒是住進很多常在電視上看到的熟面孔，原來是隔壁大樓一樓的購物頻道把辦公室搬過來了，那些都是購物頻道的主持人。

另一個分水嶺，二〇一一年阿布咖啡開張後，是這樓最有氣質的時期。二〇一二年阿布附近開了美容院、花藝店，甚至還開了家小書店。樓上兩家證券公司也進駐，上班族單身或攜家帶眷，來跟我租房子的住戶結構也有所更動，大多是這些公司的員工，一般小情侶也增加，租房子的小夫妻變多了。這十年來房價漲了三倍，大樓的聲望達到最高點。然後砰一聲，鍾美寶死了。

這大樓的興衰歷程我最清楚，畢竟我也是與它同生，休戚與共的。但我真的很喜歡阿布咖啡店開幕之後的大樓，你知道嗎，連計程車司機也都會跑去跟美寶買咖啡，但願他們以後說起我們大樓會說：「對啊，有正妹咖啡店那棟大樓。」唉，可惜再也不會有了，以後大樓的命運誰知道呢，事情鬧大，說不定房價都下跌了。

好景不常啊。鍾美寶死了，阿布咖啡還開得下去嗎？失去鍾美寶的街景，或許什麼也不會改變吧，我真的不知道。

美寶這麼美的女孩子被殺死真是太可怕了，當然，不這麼漂亮的人也不該被殺。你說說，要真正去殺死一個人應該是很困難的吧，我想都想不到怎麼下得了手。

你問我鍾小姐有沒有跟人結怨？正確來說，誰也無法知道別人的內心世界是吧。不過，就我的觀察，會討厭她的人一定是自己心理有問題了。這女孩太美好，不可能跟誰結怨，大樓出出入入的女人我見多了，她就是最不會有敵人的那種。

感情問題？這你就問錯人了，我向來對這個不敏感，不過那麼漂亮的女孩子怎麼可能沒有幾個追求者，固定男朋友聽說是個工程師，星期六都會來幫忙，起初大家都以為她是老闆娘，後來才知道阿布是那個，男同志啦，美寶跟他純粹是合夥人，美寶佔的股份小，但做的事比誰都多，是掛店長啦，實際薪水怎麼樣我不知道。聽說咖啡店有時會虧錢，店租太貴了？不是啦，據美寶的說法，廚師的薪水太高了，這邊午餐時間生意是不錯，晚上就鬧空城了。薪水分紅什麼的會不會造成糾紛？跟你講啦，阿布不是靠這賺錢的，美寶也不是愛計較的人，至於廚師嗎？說真的，我很少看到廚師，只知道常換人，都待不久，中間有請過一個歐巴桑，後來美寶跟工讀生自己開始做午餐了。是我太太推薦她買的調理包，加上花椰菜、紅蘿蔔、一點生菜，打個薯泥，就是好幾種變化。那個調理包真的好吃，我們家吃了幾年了，我老婆不會做菜，都買現成的。後來終於找到一個合適的廚師，也賣比利時啤酒，晚上還有酒保，真的氣氛越來越好了。

阿布咖啡當初店面就是我幫忙仲介的，價錢相當公道，一簽約就是五年，房東人在美國，什麼事都是我幫忙處裡的。阿布人家啊，是台北知名夜店的老闆，開咖啡店是做興趣、玩票性質的，沒想到讓美寶做起來了，變成我們大樓的招財貓。要說有沒有人因為這樣眼紅，這就難說了，可是啊，雖說我們大樓出入複雜，但到了發生命案的程度也太誇張。至今我還是無法置信。有時人家說，最危險的地方就是最安全的地方，我們這大樓，照理說二十四小時保全，成天都有人出出入入的，那些單身女郎反而安心，外面排班的計程車都是認識的，不管幾點回家，大廳永遠都像是白天那麼熱鬧。但現在不同了，命案發生後，大家心裡都毛毛的，誰知道是不是外面闖進什麼神經病？最可怕的是，凶手可能就是咱大樓的人啊，想到這點就恐怖。

好，言歸正傳。我這人一緊張話就多，您別介意。

對啊，我是外省人，我爸河北來的，不過我一次也沒回過老家，別看我外省人，我可是最愛台灣。

跟這沒關係，不，有關係，我能當上這樓的樓主，地下的啦，都是因為我愛台灣。你說我們這大樓不就是台灣的縮影嗎？有人說亂，我說這是多元，咱樓裡本地人外地人本國人外國人窮人富人，什麼人都有，有些住戶吵著要房東肅清，整頓房客素質，我覺得一點意思都沒有，這樓就是個聯合國，龍蛇雜處，包容性強啊，住這樣的地方可比住什麼貴森森又假掰的豪宅舒服多了。

警察出出入入這陣子，弄得人心惶惶，上次這麼亂是一九九九年管理委員會倒閉的時候，連電梯都封鎖了，水電也差點切斷。那時候真慘，我有一陣子都爬樓梯回家，那時還在一樓代銷中心上班，住十七樓，簡直要我命。不過後來就沒事了，大整頓一番，我們現在的委員會，是我見過制度最完善的，簡直跟一個小公司差不多，大家搶當委員搶破頭，不說別的，光是管理費每個月上百萬收入耶，不好好管理行嗎？

也不是說我激憤，自從對面宣布捷運開始動工，好不容易爭取到架設天橋直通捷運站，房價就漲了多少？每半年百分之二十這麼漲，脹奶也沒那麼厲害對吧，呵呵，我貧嘴了，死性不改。但那真的是狂飆，可是你說這命案繼續這樣吵下去，捷運站直接蓋在樓下都救不了。台灣的媒體啊，成事不足敗事有餘。盧主委也是一直壓啊，真是壓不住，連我自己都很好奇，這大樓千奇百怪什麼事沒見過，台灣治安真的很好，你去過大陸就知道，沒得比，但命案偏偏就發生在我們這裡，該怎麼說，命吧。照我觀察，鋒頭過去房價還是會回來，就盼望警察大人趕快破案，讓大家安心。

我話說太多了，喝口水。我老婆說她會怕，我說這就是美國犯罪影集連續殺人狂看太多，依我看不是為了情就是為了錢，你們就朝這兩條路線去搜查，錯不了。

對啊，當然也不是我說了算。

要我說的話，誰都不該被這樣殺死。

什麼？你問十月二十日晚上十一點到凌晨三點我在做什麼？人在哪？意思是懷疑到我頭上嗎？我沒什麼不可告人的，就在家裡照例看電視，睡前滑手機，不到十二點我就睡了，一覺到天明，我老婆可以作證，小孩也可以作證，不信的話，也可以調監視器出來看。我們那層樓電梯口就有監視器，看我有沒有搭電梯上下樓？沒有嘛，三更半夜我離開家幹嘛？

說到這裡，我倒是要問問大人你們，這大樓裡裡外外多少監視器，你們調資料出來看了嗎？我敢說，凶手就在畫面裡。

3——葉美麗

就是一盒東西，還麻煩你跑一趟，在哪看都可以，只是我家很亂，從來不接待客人的，但你人都來了，我們這裡也沒有大廳可以接待你，不嫌亂的話，進來喝杯茶。

是啊，那天我到過二十八樓，那是我工作的地方啊。每週一到五我都得去吳小姐家做飯，她們倆住隔壁啊，攝影機拍到我很自然，但沒想到到處都有攝影機吶，真可怕，這樣不是都沒隱私？唉呀我下次經過那裡要多留意，常常一出門就偷挖鼻孔，打掃很多灰塵我又習慣不戴口罩，總不方便當著客戶的面挖吧。遇上癢得受不了，往往一出客戶的家門我就挖起來，這一挖不能停，有時電梯都到一樓了我還沒挖好，真是不可取的惡習。都被拍到了啦，管理員都看見了，真是要命。

美寶門前沒有攝影機？那就好，不然就應該告他們了，怎麼可以在住戶門口裝攝影機，即使是剛好在消防門旁邊，也不應該啦，人進人出，什麼時候在家，都給人看得一清二楚，這還有人權嗎？

沒想到你們會找上我，我不可能涉案啦。當天下午打掃完就回家了，滿滿的工作直到晚上十點才休息，吃完晚飯我就睡了，那天真的沒見到鍾小姐。有時我會繞過去跟她打聲招呼，但最近一陣子沒過去，為什麼呢？這個總是看心情啊，沒順路，要刻意回頭才能到咖啡店，這陣子我自己也有心事啊，說來話長，反正惹上官司了，常跑法院。我傍晚接了個新案子，一個八十幾歲的老太太菲傭跑了，我得趕去幫她煮飯，生活大亂了。

你們想知道什麼我都可以說，沒啥好隱瞞的。鍾小姐出事我也很傷心啊，對破案有幫助的話，什麼問題我都願意認真回答。

警察問過我幾次了，真的是把我當嫌疑犯，感覺很不好，我這陣子跑很多法院，被檢方弄得很慘，對警察系統超感冒的。案發那天晚上我去老太太家幫忙，回到家都快十點了，煮個麵吃吃，洗完澡倒頭就睡，不可能再外出。鍾小姐出事後，明月情緒很不穩，我也安撫得很累啊，大家心情都很沉重。

認識鍾小姐是因為我的客戶吳明月小姐，她們倆是鄰居，我照顧明月小姐滿久了，說來這孩子也真是可憐，得了無法出門的病。什麼「懼曠症」，沒聽過吧，我也是第一次遇到。認識吳小姐是在網路上，我的意思是說我在網路上張貼鐘點管家工作訊息，她打電話給我，那是兩年前了。她說那是一種病，空曠恐懼症，現代人什麼病都有，這個我好像沒聽過。反正我知道她沒辦法出門，所以我才要來幫忙啊。起初每週三次，後來改到五次，有時天天來的情況也有。後來有美寶幫我照顧著，我才能接其他工作，壓力減輕不少。所以過年過節時，明月要我幫美寶打掃，我一年大概會去她家四、五次，做大掃除。美寶家很乾淨，沒什麼好掃的，後來就去咖啡店幫忙過年前清掃，那就不是開玩笑的了，累死了。

在明月家，起初是幫她打掃、採購、洗衣服，她連去樓下大廳拿信都沒辦法，我想說大廳算什麼室外啊，但她說沒辦法應該是真的，那麼大的房子裡就她一個人，裝病給誰看。

我是覺得吳小姐跟鍾小姐有點像，身材啊，髮型啊，都很相像，是美女啦，漂亮得會讓人回頭的那種女生。我這輩子沒當過美女不了解那心情，但是她們兩個都是人好得不得了的女孩子啊，只是鍾小姐開朗活潑，還可以經營咖啡館，吳小姐蒼白退縮，連到樓下大廳拿信都沒辦法，我覺得很可憐。

幸好明月是住在這棟大樓裡，做什麼都方便。保全管理很好，她有時也在家裡見客，不然不能出門跟坐牢有什麼不同。說真的，以前我很怕這種大樓，光是搭電梯都會頭暈，想到地震啊，失火啊，就覺得怕，我覺得人還是腳踏在實地上才安心。不過話說回來，我住的那個老公寓三樓，也不算踏在實地上。

這棟大樓真方便，習慣之後，我也想搬到這大樓住了，可惜我有不能搬家的理由。這裡有電梯啊，無障礙，樓下就有賣場、商店、小吃街，公車站牌就在樓下，聽說以後還有天橋直通捷運站，老了多方便。吳小姐常開玩笑說：「你乾脆搬過來跟我住。」我也不是沒想過這個可能，但我現在還能四處工作想多賺點錢，跟她住在一起太掛心了，恐怕都走不開。

我是有點把吳小姐當作自己妹妹啦，能幫她的都盡量幫。她也很依賴我，蔬菜魚肉水果我都是在附近的菜市場買好帶過來的，比較新鮮，日用品就到樓下大賣場買。幫她拿郵件，還幫她剪頭髮染頭髮，也有幾次幫她到樓下診所拿藥，你不知道啊，她自從經過那件事，頭髮都花白了，她還不到三十歲。

最可怕的是一次她發高燒，打電話叫我來幫忙，退燒藥吃了也沒效，燒到快四十度了，我只好叫計程車，要把她帶到外面去，那簡直要她命，那時我真的相信她有怪病了。後來是她戴了帽子口罩墨鏡，我再用外套把她的頭包起來，才有辦法讓她走出公寓去搭電梯。她在電梯裡抖得像個什麼似的，那天想起真像噩夢，急診室的醫師幫她打了鎮定劑，回程總算順利些。

會到咖啡店幫忙廚房，是因為來幫吳小姐煮飯時提著菜籃在電梯遇到鍾小姐，她親切跟我攀談，問我是住戶嗎，我才提起幫忙煮飯的事，她立刻熱情地說想請我幫忙，說咖啡店的廚師突然辭職了，她自己又不善廚藝，店裡生意靠的都是賣中午上班族的簡餐，問我能不能先過去幫忙一陣子，她們兩個住隔壁啊，我想順路嘛，咖啡店樓上樓下就到。我問明月，她說不介意，讓我多賺點錢也很好，因為那陣子我幫忙照顧很多年的老夫妻，請了外傭，不需要我去煮午飯，我等於少去半個月薪水。

廚師走後，店裡用的是調理包，生意掉了很多。我都改掉，自己燉牛肉，煎排骨，蒸魚，一鍋滷肉，就四個主菜輪流，每天限量五十套。其餘配菜類的每日變換，我之前開過餐廳，做這點菜難不倒我，我也剛好可以幫明月先把飯菜都配好，做起來很快。美寶手腳俐落，加上有個工讀生小孟，午餐雖然很忙，三小時就處理好了。薪水給得很不錯，算是意外之財。晚餐就讓美寶他們自己處理，這一帶的客人都是上班族，中午人滿為患，晚上門可羅雀，下午茶套餐很受歡迎，主要是因為店裡的起司蛋糕好吃。

不過我做三個多月，把小孟訓練好，就辭了。那個小孟真機靈，都學起來啦，還自己發展西餐呢。總之看他們生意又好起來，我就放心地辭掉了。後來又請了個廚師，廚藝了得，工作負責，真的幫阿布咖啡把中午的商業午餐做起來了，他們現在生意很好了，我覺得很安心。

鍾小姐說她不是老闆，真正的老闆阿布後來我見過沒幾次，聽說是還有其他主業。他們兩個不是情侶，老闆應該是個同志吧，我的客戶有這樣的人，我還認得出來。

經過這個短期的午餐訓練，我心中產生了一種久違了的鬥志，案子接很多，拚命賺錢，想再拚一下吧。我也想開個咖啡店，可能在深坑吧，如果不用照顧吳小姐了，我想搬到深坑去，我有個朋友在那兒種菜，一大塊地，養雞，種花，還可以有很多發展，有棟平房整理得不錯，可以養老。

鍾小姐人很好啊，又漂亮又和氣，過年前我也去過她家打掃。她住的是小套房，單身吧。她家其實很乾淨了，東西少得根本不像女生家。

不過我們做這行，對什麼事都不驚訝，見怪不怪，人家把生命裡最隱私的部分都讓我們看了，我覺得還是要帶著感情去看。她是個孤單的小姐吧，話說回來，吳小姐也是啊，我從沒看過她屋裡有任何男人的東西，也沒有什麼親密合照，她就孤單單一個人，整天在那裡寫羅曼史小說，錢是賺很多啦，但那樣生活真的太可憐了。

我還是覺得不可思議，自己認識的人會像電影演的那樣被誰殺掉。

不能說完全不怕，但吳小姐沒搬家的話，我還是要來幫她做事啊，親戚都不管她了，也沒男朋友，我跟她也算同舟共濟吧，不知道這樣成語用得對不對，逃避總不是辦法。

後來吳小姐跟美寶小姐變成好朋友了，有緊急事件，鍾小姐會來幫忙，好幾次都幫忙帶貓去看醫生，簡單的藥品也會幫忙去西藥房買。星期天店裡公休，吳小姐要我做晚餐，請她過來吃，但鍾小姐都跟男朋友約會，只來吃過一次。

男朋友嗎？有個皮膚黑黑的男人應該是她的男朋友，我在走廊上碰見過，都是星期六來。我問過吳小姐，她說感情方面的事不要多問，鍾小姐口風很緊。不過我比較有印象的反而是顏先生，很帥的那個，對，男生長那麼帥喔，連我這歐巴桑看了都臉紅心跳。他不是美寶小姐的男朋友，好像是表弟之類的，因為美寶曾開玩笑說要介紹給吳小姐啊。看鍾小姐跟顏先生的互動，真的比情侶還親呢，他們倆好登對，都是漂亮人兒，站在一起畫面好協調。當然，顏先生跟明月也很配啊，都是電影裡才會出現的人。你要是看到他們三個在客廳裡喝茶談天，真的像演瓊瑤電影，都那麼輕聲細語的，我站在一旁，很像那個什麼，劉姥姥。

要說有什麼奇怪的地方，就是鍾小姐送我的保養品裡夾了一條項鍊，不知道是不是故意的，感覺真像是她把什麼都清空了。保養品這種東西，要送給女孩子吧，但她說就是明月轉送她的，不可能再送還給她，那麼貴的東西，丟了也可惜。

真的是一大箱保養品啊，我也用不上那麼多，但鍾小姐好像知道我喜歡收集東西似的，知道送給我我不會拒絕。可能以前工作的時候提過吧，不曉得，她就是很敏銳啊，跟她聊天很輕鬆，簡單說幾句，她自動就可以補上，好像跟你很有默契似的。她說這是工作訓練的，他們做服務業啊，尤其站吧枱，客人都是要談心的。我問她那不是很累嗎？像我的工作也會遇到很多客戶，但基本上我跟客戶很少交談，因為在打掃，灰塵到處飛，盡量不要開口比較好。而且有時我們打掃的時候，客戶都在旁邊做自己的事，這樣比較輕鬆啦。只有跟明月我會話家常，閒談，跟她真是什麼都聊，從買東西到網路上的八卦，明月因為不出門，對什麼都好奇。

對啊，就是這箱東西，我都沒用過，你要查指紋的話當然會有我的。項鍊在這裡，很漂亮的水晶項鍊啊，讓人想起鍾小姐，脖子好美，女人要看就看脖子，時間都藏在那兒了。

願鍾小姐在天國安息。

禱告啊，對啊，我小時候上過教堂，那時我們家很有錢。這說來話長了。

有些人的人生，在盛開如花時就中止了，如窩居家中的吳明月小姐，比如，前幾日被謀殺的鍾美寶小姐，都是我的客戶。奇怪我沒有感覺到毛骨悚然，只是覺得深深的悲傷。過年前我幫她們兩人的家中都做了掃除，美寶的家，裝潢精品，但東西很少，簡直像是住宿舍或飯店。廚櫃裡簡單的衣物，東西幾乎像是打包好隨時可以搬家，什麼生活性的小東西都沒有。書桌上也沒有電腦，只有簡單的化妝保養品，正在查閱的英文字典，一疊原文書。

唯一顯得人性化的，是用拉門隔起來的臥房區，一張king size的雙人床，床邊柔軟的白色長毛地毯，床單被套都是純白色支數很高的優質棉布，摺疊時舒服得滑手。床鋪邊上有個小矮櫃，有精油、蠟燭、香水、日記本，床邊的窗景，像是時常躺著做著美夢一般。當然，我覺得，這是一個有愛情的場所，美寶的愛，可能僅限於這個房間。

即使從一個人的住處也能揣想這人過著什麼生活，我就去過美寶家幾次，但我已經能感知，美寶是個外表比內在單純的女孩。她過著雙重生活，出身不好，工作太勞碌，不知為何像是在躲避什麼，更像是在對自己施行一種刑罰。她隨時都準備離開這裡，只可惜她決定得太晚。太慢了。

4——上升與下降間的高速電梯

李愛米 28歲 孕婦

C棟28樓之十一住戶

那天是晚上九點吧，我習慣這時間會把家裡的垃圾都集中好拿到樓梯間的社區垃圾桶，做好分類，一回頭就看見鍾美寶從家門走出來，緊隨在後的就是那個長頭髮的男生，報上所稱的嫌犯之一鍾顏俊。美寶跟我打招呼，這個男生也對我點點頭，男生往電梯走了，美寶去幫他刷磁卡。我倒垃圾回來時，美寶還站在電梯口，兩人可能在談話吧！聲音低低的，但感覺有些狀況，見到我出來，電梯門才關上。我跟鍾美寶站在門口聊了一會，只是閒聊而已，但美寶好像不想進屋似的，刻意延遲在門口的時間，這是我事後回想的。因為她很體貼，知道我剛倒完垃圾，會想進屋洗手，卻留住我在門口講話，這很不尋常。以前倒垃圾時也常碰見，我總是會笑說；「先洗個手再聊。」她好像也有這種習慣，而且晚上時間啊，不好在走道上談天，怕吵到老先生他們。

但那天美寶說了什麼我還記得，她說：「百貨公司週年慶是什麼時候呢？想去買化妝品。」這很奇怪啊，因為她也知道我已經離職了。後來又問了些保養品的事，她說最近皮膚過敏，老是紅腫，該用些什麼比較好呢？我介紹了她幾種天然的品牌，總之，就像是故意在拖時間，感覺她心不在焉，或者說，心慌意亂的。我因為工作的緣故，算是很善於察言觀色的，總之，那天晚上不對勁，算時間，難道是美寶的男朋友大黑在屋裡嗎，因為好像聽見屋子裡有人走動的聲音，當然也可能是電視。

我跟美寶是鄰居，住在這層樓的邊間，共享這個偏僻的邊角，擁有同一個防火門。鍾美寶住的二十八樓之七是套房，之九是公寓，我們就住在這個轉角之十一，旁邊還有一戶是對老夫妻，也是兩房公寓。這幾間公寓都是大坪數的，在C棟算是少見，這幾戶呈現ㄇ字形，在大樓裡是很好的位置，獨立、安靜，離電梯很近，倒垃圾也方便。我們家的位置很特別，前半部面山，後半面城，每一個房間景色都不一樣。我們這四戶共用一個防火門出入口，但防火門除了消防測試，都是開放的，進進出出鄰居應該會常見到面吧，但我從沒見過之九的住戶，倒是見過一個來幫忙打掃的歐巴桑，過年期間我也請她來幫我們作大掃除，先生說需要的話可以找她固定幫忙，所以現在葉小姐每個月都來幫我們整理環境。之七住的鍾小姐是這棟大樓的紅人，因為咖啡店的緣故，好像誰都認識似的，我卻是在懷孕後才認識她，因為上班時間不同，很少碰面，有一次倒垃圾時遇見了，她說在樓下的咖啡店上班。「改天來坐坐啊，我們有孕婦可以喝的無咖啡因咖啡噢！」她說，就是那種一開口你就無法拒絕她的人。

說來奇怪，一般都強調孕婦不能喝咖啡，先生卻不反對我喝，喝的也是這種低咖啡因的豆子。可能是懷孕胃口改變了，我因為長期減肥，已經許久不碰甜食，但懷孕後卻老是想吃甜的。先生為我在樓下阿布咖啡店買來香草戚風蛋糕，非常合我意。懷孕五個月之後我留職停薪，此後我都會自己下樓去買，每週兩到三次下午四點，蛋糕出爐，美寶會傳訊息給我，我就下樓去買。既然已經到了店裡，當然會坐下來喝杯咖啡，整天只是在家裡養胎，非常無趣，我會帶著雜誌到店裡看，住在這種大樓很難想像會有鄰居之類的，感覺是很疏離的地方，但偏巧我們就在一個轉角，這種也是地理上的緣分吧，所以她被謀殺這件事真令我傷心。

剛巧我先生已經找到房子了，我們下個月就搬家。不是因為怕命案啦，這個說來話長後面再來解釋，但我也怕觸景生情動了胎氣。我從小就沒有女生朋友，鍾美寶算是第一個吧，談得來，可以說幾乎什麼事都可以告訴她。她長得很漂亮啊，漂亮得讓人不想把丈夫介紹給她，呵呵，不過我沒關係，我喜歡她，什麼都可以讓給她。

我們都是那種從小就被女生排斥，被男人莫名其妙地喜愛，對於自己到底是什麼，有何魅力，有何缺點，被人喜愛與被人討厭到底是怎麼回事，什麼令人快樂，何事惹人煩憂，該在意自己的什麼，不該在意什麼，都已經混亂不清的人。我也算是個「前美女」，雖然我比美寶小一歲，但外表看起來已經老上五歲了，所以一直有種「姊姊」的心態。美寶說住在二十八之九的那個不出門的女孩子吳明月也很漂亮，她給我看過手機上她們的合照，當然美寶還是更美些，不過那個女孩也很靈秀，可能因為足不出戶吧，皮膚白得驚人，人家說的「透明肌」大概就是那樣吧。我們三個如果站在一起，就是名副其實的三姊妹了，姊姊總是矮小些，平凡些，乖順些，就是我。美寶像老大。我雖然長得老氣，性格卻沒有她那種負責，算是很任性的。唉，美寶死了越發想念她的體貼，我總以為自己很會照顧人，仔細想想，都是她在照顧大家。

美寶很低調，從不強調自己的存在，好像恨不得大家都不注意她似的，但從「明月也很漂亮」這句話就可以知道美寶對自己的美貌也不是沒有自覺。認真說起來，「紅顏薄命」這話也不是沒道理，這個轉角就住著三個美女，我是靠著「變得沒那麼美了」逃過一劫，還嫁個好男人，幸運的話生兩個孩子，平凡度此餘生。吳明月成了無法出門的人，而美寶，最美的她，死得那麼慘。

當然，你現在看我還算是漂亮的，日子好過啊，不用上班，每天把自己照顧得美美的。但你不知道有一種美麗，像磨好了的快刀，瞬間劃破空氣，足以使人窒息。我曾經擁有過那個，非常短的時間，那像是魔術一樣，是最殘忍的禮物，上天給過你，然後全部拿走，像夢一樣。我猜想第一批登上月球的太空人就是那種心情，你一輩子都記得打開艙門踏上月球的陸地，印下足跡的剎那，等你成了英雄重返地球，但你的一生就停在那個瞬間了。厚重的鞋子印下深深的足跡，那不斷倒帶重播，卻無法再回去的瞬間。

我不是自戀，但我曾經想要重新擁有那個，非常想，寧願拿所有一切交換，但是有孩子之後，我的想法改變了。不，或許是因為我的想法改變，所以上天才讓我有了這個孩子，是女兒，還看不出長相，但應該很健康，七個月了。

剛搬進來的時候，我很排斥這棟大樓，本來還因為要住大樓根本不想結婚，但我先生說一找到合適的房子就搬家，他是說話算話的人，就答應他的求婚，搬進來住了。

不喜歡這大樓因為要搭電梯，以前我的工作，就是百貨公司的電梯小姐。

制服一年四季都是同樣的款式，寶藍色配有白色紗網的絨織小圓帽，白色圓領襯衫，領口設計為蝴蝶結，寶藍色棉質附坎肩小外套，縮腰短版設計，附上金色圓釦，但從不扣上，同色系百褶短裙，腰間有金色細皮帶，白色短統靴，足下七公分。因為工作必須久站，我們會穿上膚色壓力襪，但基本上規定是必須穿透明絲襪。

妝容也都是規定好的，粉底、遮瑕膏、蜜粉、假睫毛，粉色系眼影與腮紅深淺搭配，眼線必須細得看不出來，臉上肌膚絕對要收拾乾淨，連痘疤細痕都得遮瑕徹底，口紅一逕是高雅的正紅。每天上班前組長都會檢查髮妝是否符合規定，基本要求就是乾淨、整齊、甜美。笑容也可以算是基本配備，本公司的電梯小姐是城市裡少見的，只有老派的百貨公司還有的產物，底薪29K比不上櫃姐可以分紅，但福利卻很不錯。這行業完全靠外表跟聲音，超過三十歲就會自動轉職，大多是轉到行政職，或轉戰櫃姐了。

那年我二十七歲，一百六十五公分，四十八公斤，鵝蛋臉，光光的圓額頭，就是人家說的那種洋娃娃頭，可能是因為長期反覆說話，聲音是甜美中帶點沙啞。

「歡迎光臨」，「請問到幾樓」，「電梯下樓」，「電梯上樓」，「二樓少淑女服飾」，「地下美食街」。遇上節日或週年慶，真的是把嗓子都喊出繭了。上樓手勢是右手屈肘九十度指尖朝上，下樓則是左手平舉四十五度，得兩步跨出電梯，在電梯裡始終得站四十五度，各種手勢也弄得疲憊不堪。人潮眾多時，電梯裡鬧烘烘，汗水、脂粉、體味、食物，各種味道混雜，長時間在電梯裡上下出入，面對形形色色的客人，壓力很大，整天都掛著張笑臉，也很累人，但我有自己的應對之道，除了機械性的招呼、詢問、介紹、鞠躬，另一個我，則靜靜聆聽電梯的脈動，藉以逃脫這如浪淹沒的疲憊。

我聽得見電梯的脈動，幾乎像是親眼所見，感受到上升或下降時車廂被電纜拉起或釋放的動力，即使置身於嘈雜的百貨公司，耳中除了車廂裡周遭乘客的說話、呼吸、喘息，以及整日放送不停的廣播促銷、背景音樂，還有那幾乎像是貼著耳膜細緻滑過的、電梯這個物體本身產生的各種機械性聲響。我總是聆聽著這些，重複著我每一天的工作。

偶爾，在那些聲音之中我會聽見廣場上吹來的風，那是慢慢颳起，而後越來越清晰，拂過面頰時，卻又輕得像誰對你呼出一口氣那般，乾淨地、傳遞著某種訊息的、遙遠、不確定、如同耳語般地，僅屬於我的，廣場上的風。儘管那是不可能的。

那個廣場，我曾在旅行的時候經過，古老異國老城街區有個鐘鼓樓，地板都貼著馬賽克磁磚，聽得見人們的鞋底小心踏過磁磚發出的聲音，音樂性的步伐，鐘鼓會在定點發出奏鳴，人們就會在同一時間都停下腳步，臉轉向同一方向，聆聽著那鐘聲。就是這個時候，廣場起風了，我深信每個人都被那陣風拂過了面頰。廣場主要道路的盡頭是一座教堂，順著教堂堂前道路翻滾而來的風，就像祝福一般。

當然，電梯裡，除了停住時開口面向即將通往的樓層，並不通往任何廣場。

因為一週五天，每天長時間待在電梯裡，如果不是某些難以抗拒的原因，我不會在工作時間以外，搭乘電梯，寧可爬五層樓，甚至六層樓，也盡可能不搭電梯行動。從沒想過將來會住在一定得靠電梯上下樓的大廈裡，然而我還是跟電梯脫不了關係。去年我結了婚，先生買的房子就在一棟超高大樓的二十八樓，我曾因為婚後必須住在這種大樓而拒絕與他結婚，但這理由太荒謬了不是嗎？「電梯與我二者擇一？這不是太奇怪了嗎？」當時還只是男朋友的他這麼抗議著，我自己也感覺這種說法太奇怪了，懷疑可能是職業倦怠，或者對婚姻的恐懼。（二者中的一種？或兼有之？）

我就是在百貨公司認識他的。午休時間的美食街，我們電梯小姐是百貨公司的招牌，一般來說不被允許穿著制服去買午餐，所以我們都是在員工休息室吃外送來的便當。有時為了換換口味，也會各自到地下樓的美食街採買，那時就得換上便服。因為午休只有一小時，有時為了貪圖方便，我會在制服上披件外套，拿掉頭上的小帽子，就下樓去買東西。我是在排隊買牛肉麵時被搭訕的。「請問你是，你是電梯小姐嗎？」他這麼說，我既不能回答是，也不能撒謊說不是，於是就微笑著對他既搖頭又點頭。「所以是？或不是？」他說。「是，也不是。」我說。「現在我只是來買牛肉麵。」「請恕我問了個蠢問題，但因為跟你同電梯時一直非常想要你的電話，無論你是不是那個電梯小姐，請給我你的電話號碼好嗎？」他說。就是這麼唐突的人啊。

我曾在工作的時候收到很多張紙條，直接拿著手機拍照的人也遇到過，或者跟著我上上下下攀過了無數個樓層，很明確就是要纏著我的男人也大有人在，我真懷疑這世界上有所謂的「電梯小姐收藏者」，他們對穿著制服的年輕女子都沒有抵抗力。

說不上愛他或不愛他，我生命中已經絕少出現令人激動的事物了，但一整年的約會下來，他的沉靜、細心、遇事不驚慌，使我與他在一起時感到特別心安。或許是因為工作時間總得繃緊神經，成天掛著笑容，下了班，到他的住處歇息，我時常一言不發，臉上沒有表情，但他從不認為我是公主病或難伺候，甚至比家人還了解我。雖然也是因為我的外表而追求我，不知為何卻對我沒什麼要求，好像兩人待在沙發上安靜地依偎著，他就感覺滿足，慢慢地，我也從他身上學習到放鬆。他對我求婚時，我只提出「搬到普通公寓，不要搭電梯」，他說他理解，但找到合適的住處需要一些時間。

我想對他解釋，不是討厭電梯（不然就不會去當什麼電梯小姐了），而是電梯會使我產生職業聯想，甚至除了我以外並無其他人時，我也會忍不住想說。「九樓到了」、「歡迎光臨」，即使忍住不開口了，臉上也會露出職業性的笑容，身體立刻繃出該有的線條，隨即又為自己的舉動感到好笑，是這樣反覆的過程使我厭倦。

「一種疲憊的感覺。」我說。

但我還是跟他結婚了，每天即使下了班，還是必須搭乘高速電梯上下樓的日子。他住在一棟高樓的二十八樓，公寓是無可挑剔的三十二坪寬敞格局，感覺像是以為自己永遠會單身那樣地，豪氣地只做了兩房兩廳的設計，所有家具都是木頭原色，室內陳設與牆壁也只有黑白兩種基本色，非常會打理房子、過生活的男人，這也是我會跟他結婚的原因之一。他說國中開始就在外地讀書住宿，生活自理能力很好。到他家約會時證實了這點。結婚後，我們各自有工作，只有假日才開伙，生活得簡單舒適。

婚後半年，找房子的事有一搭沒一搭，反而是我先離開電梯小姐的職務，轉到了服務台工作。

在這棟摩天樓裡的生活很奇異，好像每天身體都在適應這座大樓攜帶而來大量的「什麼」，我無法說明，剛離開電梯工作，身體彷彿還留在那個上下起伏的密閉車廂裡，即使只是上樓回家，一進電梯，我還是習慣地站在電梯小姐的位置，如果有人佔據了我的位置，我就會不知所措，甚至會因此在電梯門打開時就決定搭乘下一部電梯。我會假裝忘了拿信，跑回大廳的信箱處稍微探看一下，再若無其事走回來，等電梯嘛，是我最擅長的事。

不同於百貨公司每個樓層都會開門，這棟大樓看似住了這麼多人，有些樓層我倒是不曾見過有人按停，為此，不上班的日子，我還刻意選擇在不同時段搭乘電梯（真是中邪了，為了研究這種事跑去搭電梯）。例如十三樓就幾乎沒見過開闔，但我親自確認過，那個樓層跟其他樓一樣，貨真價實地電梯門開之後是走道，走道一側面窗，另一側則布滿了跟我先生家一樣的褐色鐵門，一層樓至少三十二戶住家（我不曾每一樓細算過，但據說格局是差不多的），只能說我與十三樓住戶比較無緣，彼此出入的時間甚少重疊。

十四樓到二十樓是最多人停靠的，據說那幾樓都是小套房，出租率高。一般人對於超過二十樓有排斥，樓層太低則靠近馬路比較吵，但這些規則也並不影響住房率。我先生說：「這裡的住房率高達九成五。」因為他日前想投資這樓的房地產，所以做過調查，為此，我也陪他看過許多屋子。

不當電梯小姐之後，我的人生彷彿空出許多時間，服務台雖然工作繁雜，但不再需要久站，我們沒有刻意避孕，但也沒有懷孕，為了幫助受孕，我開始看中醫調身體。

丈夫的同事介紹的無健保神醫，在偏遠山區，醫生為病人看相、不診脈，會先對你分析一些性格造成的病徵，然後施行脊椎敲打治療。

「你活在往事裡，是很沉重的包袱。」醫生說。我半信半疑，這種話對誰說來都可信，誰沒有些沉重的往事。

「你小時候很漂亮吧。」醫生說。「漂亮到近乎邪魔的程度。」他繼續說。我看著他，他模樣就像個白領上班族，眼鏡是無邊銀色的鏡架，非常纖細的線條，鏡片後頭的眼睛明澈得令人神往。「高中之後你突然發胖，到現在都還飽受復胖的困擾，五官也變得不那麼深刻了。」他說，「總之，你無法適應自己變成一個普通人，甚至懷疑著自己隨時會變醜。雖然外人眼中看到的你，還是個美女。」醫生像陳述某個輾轉聽來的故事那樣，以幾句簡單的話，說出了我的問題。

我突然落下大量的眼淚。

確實，從小我就長得很漂亮，「漂亮」這件事就像胎記一樣印在我的臉上，已成既定事實。從幼稚園開始就不斷地被各式各樣的人稱讚「好漂亮啊！」。每天早晚媽媽幫我穿衣梳髮辮、父親開車送我上學，他們也像催眠似的不斷對我反覆讚美。因為長得漂亮而得到注目、禮遇甚至「騷擾」，成為我生活裡不可忽視的一環，為我帶來幸運與不幸。

家裡三姊弟，大姊與小弟都長得很平凡，父母也是屬於不起眼的長相，唯獨我一人，甚至在整個家族裡，是唯一擁有高挺鼻樑、深邃眼眶、白皙皮膚，以及比同年齡女孩都要高眺的身材。生長在小鎮裡，作為一個家裡開設水電行，擁有一小棟透天厝，家世再平凡不過的少女，卻擁有被稱為「天使」一般的外貌，但除了到處都會被捏臉頰說「好可愛啊！」，曾經引發學校男老師情不自禁將我抱在腿上餵我吃蘋果，被其他老師撞見，造成類似醜聞一般的怪事，我真正的感覺只有「一定要變得更漂亮，否則會不幸」這樣的印象。我的功課一直不好，但總是會有同學幫我做習題、補習，甚至願意把考卷借我抄寫，所以很勉強地讀完一般高中。就在上大學那年，我的體重突然在一個暑假增加了十五公斤。

奇怪，從小怎麼大吃都不會胖，不會長青春痘，甚至不刷牙也不會蛀牙的完美體質，那年夏天，就像所有好運都用完了似的，我開始變得肥胖、臉上出現惡痘、嘴裡不斷產生蛀牙，等到離開小鎮到城市去讀大學時，我已經變成一個「平凡人」。一百六十五公分，六十五公斤，不算可怕的數字，但就一個前任美女而言，卻是災難般的數字。高中畢業那個暑假，住到外婆家，因為外公寵愛，且住在鄉下小鎮的父母不在身邊叨管，我徹底進入暴食狀態，我還記得那段時間的空氣，似乎都甜膩膩、香噴噴的，好像連空氣都可以變成奶油夾進麵包裡吃掉。我早上會到附近早餐店，一杯特大冰奶茶、火腿蛋吐司、煎蘿蔔糕，有時還要加一份煎餃或鐵板麵，來不及吃完的就打包帶走。中午是外婆煮的豪華五菜一湯，我必然吃兩碗白飯，外婆還會主動幫我添飯。下午嗜吃甜食的外公會跟我一起分食附近麵包店買來的巧克力蛋糕、泡芙、檸檬派、蜂蜜蛋糕，每天口味不同。賣豆花的阿婆經過，紅豆湯、綠豆湯、豆花，三人之家一口氣點上五碗，剩下的都我吃掉。晚餐照例把外婆做的餐點一掃而空，夜裡我會騎腳踏車到鎮上的廟口前買鹹酥雞，一人可以吃掉一百塊。

嘴裡幾乎總是在咀嚼什麼，牙齒甚至都痛了起來，但也無法停下那種把東西塞進嘴裡的慾望。我不停地發胖，臉上痘子長了又長，衣服穿不下，外公就帶我去小鎮的百貨行採購。小兒科診所交給舅舅照管之後，外公閒得慌，我在家裡讓他有事忙，爸媽都沒來看我，任我一逕發福長胖。那年我失戀了，並不嚴重的戀愛，卻足以當作暴食的藉口，開學時我胖到快七十公斤。

大一進校沒人再把我當作美女，我用最可怕的方式減肥，吃藥、催吐。只要一遇上期中考，我的暴食症就會發作，到了期末考，演變成厭食症，大二那年終於因為減肥過度住進了醫院。出院後，我變回五十公斤的小美女，突然大受歡迎。

整個大學時代我都在反覆減肥，持續護膚，以及上牙科診所（過度咀嚼與催吐，我掉了五顆牙齒）。本來就是私立大學勉強考上的歷史科，既無興趣也讀不出什麼成果。我陷入一個深井，表面上看來我甚至還比其他人受到歡迎，然而，我只想重返過去的美貌，我對「現在」毫無興趣，而過去已經過去了。

大學畢業後，我的體重始終維持在五十公斤上下（這是很注意飲食，持續運動才能維持），各方面都算正常範圍。但那曾經清澈得如玻璃一般的美貌已經離我遠去，四年之中，我反覆減重，卻眼見自己的臉龐在不斷膨脹與消瘦之間來回，好像把五官的線條都磨鈍了，也或許我的美貌就是屬於少女的，這樣的樣貌一旦進入成年，就只是一種五官較為深刻的長相而已。皮膚狀況一直不穩定，因為濫用減肥藥曾一度瘦到停經，後來月經就變得很紊亂。不知為何，我變成努力化妝打扮看起來還算長得不錯，身材終於不再失控，青春痘也終於消退，暴食厭食的循環也終於停止，但再也沒有誰為了我的外表而痴狂，沒有誰會在路上因為看見我而眼睛發直、頻頻回頭，那就像傳說一般，連我自己都懷疑其存在了。依然會有追求者，但，我再也沒有見過誰為我而瘋狂。

我過著如我父母一般平凡的生活，找到幾個工作都不順利，在朋友的介紹下進入這家日系百貨公司當電梯小姐。從那套附著可愛小圓帽的制服裡，我彷彿看到了我一生的隱喻，我曾以為自己會飛上枝頭，但後來我也不過就只是在一棟美美的建築物裡幫人按電梯。

有過一些追求者，談過幾場無聊的戀愛，實際上我的心不會再為誰狂跳了。在年少時經歷過那麼多人狂熱愛慕，變胖時受到男人的嘲笑，變得平凡的我也只得到平凡的喜愛，關於愛情的部分變得麻木，最後我選擇嫁給追求者中擁有穩定工作、比我年長五歲的先生，在二十九歲那年，火速地結婚了。據說公司不成文規定，電梯小姐三十歲就要退役。我搶上了末班車。

在神醫的小小診療房裡，我一邊哭一邊說出這些話，雖然流著眼淚，卻並不妨礙發言，甚至好像終於可以好好地把一件事說清楚，我費心揀選著字眼。說完，哭完。我趴在診療床上，醫生用一個褐色小木槌為我敲打脊椎。

幾乎每一下搥打都痛進骨髓，醫生後來還說了什麼，我記不得了，感覺痛楚已經變得像是夢境一樣，將我的意識帶向極為深邃、我全然未知的地方。我在那兒低低地哀嚎，耳鼓裡迴盪著某種低頻，是電梯的脈動嗎？或是醫生持唸著什麼咒語？或者是我心裡、腦海裡持續發出的一種聲響，好像什麼被抽出來了，那曾經非常美麗，如刀子般銳利的五官，被厚厚的脂肪覆蓋。我想要什麼呢？我追求什麼呢？我要過著什麼樣的生活？如果我生下的女兒長相平凡？或者遺傳了我那曇花一現的美貌？

我愛他嗎？我愛他嗎？這個男人，只是來將我從電梯小姐生涯順利接走的男人嗎？

我想我愛他，即使我還不確知愛是什麼，有這樣程度的親密對我就夠了。我想要生養一個孩子，無論是男是女，是美是醜，我要像撫養一個獨一無二、這世間僅有的、最珍貴的孩子那樣，養育他、愛護他，我要讓他／她知道，存在本身，這個生命，就是無價的。

等到所有的疼痛都從骨頭深處散開之後，「好了」，我聽見醫生說。

我翻過身來，很清楚地感覺，某種一直黏著在我身上的厚厚的殼，那使我總是感到麻木的什麼東西，被卸掉了。

我一直想介紹美寶去讓神醫治療她的失眠，她總是走不開，找不到時間，反覆說著「下次吧」。好不容易找到空檔，神醫卻無預警休假三個月，據說這樣幫人看病自己很傷，需要時間療癒自己。總之，好不容易，神醫恢復神力，美寶也找到時間，本來約好下個月初要去看診，現在已經來不及了。

5——套房裡的地球儀

李鐵布　45歲　阿布咖啡老闆

人不可能是我殺的。我跟美寶也不是情侶，大樓那邊發生的事我是接到小孟電話才知道，真是鬧翻天。現在咖啡店還沒辦法營業，但我希望盡快恢復營業，房租壓力也有，主要是，或許店開著，更容易找到殺美寶的凶手，這是我的想法，一定是某個客人，或者我不認識的。目前警方鎖定的美寶的男朋友們，唉呀，想到美寶竟然有超過兩個以上的男朋友，簡直跌破眼鏡。你如果認識她，你就會跟我一樣吃驚。私底下我們都叫她仙女，你知道嗎？是小孟開始的，說像天龍八部裡的仙女姊姊，小孟暗戀她啦，我可沒有。我現在的樣子很明顯吧，喜歡穿什麼就穿，我敢說我臉上就寫著「gay」，不過如果你看不出來，表示我還有點Man。

以前就有些男人老是來纏，所以晚班美寶都不站櫃枱，讓賣酒小弟去顧。那些男客人喝了酒，免不了毛手毛腳，以前在夜店的時候就這樣了，所以我不讓美寶繼續待在夜店裡。她人漂亮，心思單純（當然事後看起來她也未必是小白兔啦），雖然我一直想幫她介紹個金龜婿，但總不能找個夜店咖。

之前有過很瘋狂的客人，是附近的上班族，送一百朵玫瑰，情人節時企圖包下整個咖啡店，我們不讓人包場的，麻煩。我最恨人砸錢，那個上班族纏了美寶大半年，不過美寶真是EQ高，事情處理得沒話講，漂亮！也沒鬧大，也沒讓人難堪，只是後來那人交女朋友了，就不再到店裡來。這些當然都是小孟講給我聽的，有小孟在，我放心，這個小T是護花使者啊！

但我另外還有懷疑，是附近小兒科診所的院長，那人好像也纏美寶很緊，看起來超斯文一個中年人。每週都訂兩個蛋糕，很老派啦，但聽說有太太了。我跟美寶講過，有太太的不能碰，很麻煩，沒想到後來美寶的男朋友也是有太太的。真是昏頭。

可能的名單我還要找找，回去問我男友他可能比較記得，偶爾員工聚餐時，小孟會當笑話講給大家聽，我記性不好，我男友反而都記得。這個小狐狸，超愛嫉妒，他就嫉妒美寶有人追，這些小事都放心上，害我也得買一百朵玫瑰，真冤枉。

我前天才剛回台北，事發那天我們在曼谷，按摩按到天昏地暗，當然不是只有按摩，還去了巴比龍三溫暖。像我跟阿龍這種老夫老妻，泰國是我們的救贖。別把我們想得太淫亂，我們也有我們的規則，只有一起去泰國時可以各自玩，安全地玩，而且互相都知情，絕不隱瞞。這是我們的相處之道，所以兩年多以來，即使同居，感情還是很好。

如果阿龍不能當我的不在場證明，也可以帶你去找go go Bar「DREAM BOY」的206小弟，我買了他兩夜，後面兩天他幾乎全程陪我，反正我不是在按摩，就是在DREAM BOY，媽媽桑也都可以作證。

我們一年至少飛兩次泰國，一次峇里島。我們都想過乾脆去那邊開店算了，都已經有置產的打算，在台北的生活壓力啊，就算有錢也無法宣洩，沒有定時離開台北，真活不下去。在台北也是可以做spa，吃泰國菜，想去海邊開個車一下就到北海岸，想要什麼三溫暖也不是沒有，但到底大家為什麼有錢就想到處飛，去日本，去泰國，去峇里島，我有個朋友每年至少飛東京四次，大家都懷疑他養小老婆在那兒了。可是我知道不是，要是工作走得開，我真希望半年都住在泰國，即使雨季的時候，我也不會覺得煩悶，至少對我來說，在國外的時候，跟阿龍牽手擁抱愛怎麼就怎麼。也不是說外國人就開放，而是自己的心態吧，到國外就當人生放假了，誰的眼光都不管，就算只是一個人到處逛，還是感到很自由。衣服隨便穿，想吃什麼就買來吃，也不上健身房，每次回台北都要胖個兩公斤。

如果那時我在台北呢？事情會有不同嗎？我常想，美寶被殺死那個晚上，是我剛認識206的夜晚。新來的小弟弟，一張俊臉，手足無措的樣子，讓我想起自己年輕時。我在那兒老牛吃嫩草，美寶卻被人勒死了，還布置成什麼鬼玩意，又不是在拍電影，早知道我把她帶到泰國來。不知跟她說過多少次，她就是不要，後來我都換成現金給她，每年旅遊基金兩萬，不能說多，但也不壞了。年終一個月，三節獎金，薪水三萬五，每週休兩天。剛開始我真的都是虧錢啊，可是美寶很爭氣，一年不到就開始賺錢了。她把薪水最高的廚師辭掉，請了兩個工讀生，有個阿姨來幫忙。商業午餐改成簡餐，我本來設定的是三百五十的高檔套餐，食材都用最好，廚師也請飯店出來的，想說這附近那麼多銀行跟號子，咖啡機咖啡豆家具裝潢都用最貴的，想給人耳目一新的感覺，沒想到這套作法果然行不通。這裡可不是台北啊，不，不能這麼說，這裡是新台北，有新的行情，不能那麼搞，東西賣太貴、店裡裝潢太高級，沒人敢進來，不像在我們夜店那一帶，東西越貴越好賣，便宜人家還覺得你有詐。人要懂得生存之道，開店也是，美寶就是那種懂得適應生活的人。她以前也住台北，搬到新北來，適應上一點問題也沒有。她常笑說自己很台，適合在鄉下。「所以你說中和是鄉下囉。」我故意笑她，她這人講話很注意，從不犯錯，我說完她臉紅了。

本來就是鄉下，怕人家說。

美寶把店整個風格都改掉，也不是走文青風，就是簡單、清爽。怎麼說，跟她的人一樣，美麗親切。別小看這兩個特質，本來是衝突的，硬要融合在一起就是矯情，但是美寶是打心裡的親切，她對誰都有那麼點感情，說不上來，心軟嗎？應該是比心軟更好的特質，就是同理心吧。也不會刻意跟你噓寒問暖，就是一張妥貼的笑臉，話不多，善聆聽，那笑容啊真的就是店裡最好的裝飾。我當初認識她也是被她的笑容吸引，那時我還在廣告公司作企畫，她來應徵專案助理，結果被我們拗去拍了形象廣告，可惜後來廣告沒播出，不然鐵定很多廠商找上她。但美寶說她不上螢幕的，高中時候就有人找她拍平面廣告，她沒答應，我問她怎麼了，她說不能出名，她母親欠了很多賭債，出了名大家都找上她。

基本上，我覺得鍾美寶這個人就是毀在她媽手裡了，她說的不多，但我都清楚，一上班報了稅，國稅局就跑來查，銀行立刻凍結三分之一薪水，弄得公司人盡皆知，這樣的人怎麼可能當明星？我問過她，如果當了明星賺很多錢，不就把債都還了，她悲傷地說：「那我爸媽會賭得更凶，會闖下更大的亂子。」剛認識那一年，是美寶最慘的時候，一人做兩份工作，供她弟弟上大學，還債、還貸款，後來聽說她繼父車禍了，更慘，一人養三人。她白天當客服人員，晚上在咖啡店打工，都說以後想要自己開店，小小的店，夠自己生活，我也說以後到曼谷去開店要帶著她。跑到泰國去，她媽還能怎樣？不過是她自己放不下她弟弟，問題在她不在她媽，人家的家務事，我也管不了。

隔年我就開咖啡店了，她等於是黑戶沒報薪水的，幾年在咖啡店所學，終於都派上用場。我本打算分一半股份給她，真的我沒差，我不缺錢，又沒小孩，也不用養爸媽，美寶等於是我妹妹了。但美寶說薪水不要多，現在名下也不要有什麼財產，她只想多學點手藝，所以我用公司的名義幫她把年終啊獎金之類的都存起來，這也是我當老闆才可以這麼做。

或許我不該開這家咖啡店，那麼鍾美寶就不會死。雖然，認識她的第一天，我就知道她必然不凡，若不是一生跌宕坎坷，就會是大富大貴。鍾美寶不是尋常人，但我萬沒想到她會就這樣死於非命。

一切都是命。

我沒想過自己是gay，某種爽朗甚至潑辣的女性我很喜歡。胸部豐滿、五官深刻，我的第一任女友就是那樣子，至今我們還是好朋友，人生再來一次我還是會被她吸引。當我發現自己，或者說承認自己對男人的情慾，我反而過了五年沒有任何感情關係的生活，性生活更是零。當時我想，我這是拚了命想當gay吧，又不是人家說的不得已。我等待很久，身邊認識的人形形色色，凡我欣賞喜愛，都攏聚到身邊來，那時我們常聚會，台北人大多約在外頭聚餐、喝咖啡、上夜店，因為屋子小。但我不一樣，我退伍後到台北工作就住到父母為我買的房子裡，兩房一廳，小格局的國宅老公寓，但那一帶氣氛極好，路樹、小弄、一些特色小店，街道也特別乾淨。你知道我說哪吧，對啊就是那一個社區，離我上班的地方搭公車就到，但生活氣氛卻相差甚大，我至今還是很喜愛那一個生活區域，那才叫生活啊，街坊是喊得出名字的，行道樹、馬路、街邊，沒有一般常見的雜亂，可能是社區意識比較高吧，總是整理得乾乾淨淨的，連鐵窗大家也都很有共識地蓋得挺整齊，鐵皮加蓋的情況很少，即使有，也都很克制，不像後來咖啡店這一帶，簡直是無政府，真的，我看過在死巷底兩棟樓房直角二樓住戶直接把陽台搭建成一個空中屋，不用說每一戶一樓鐵定加蓋到不能夠為止，每條巷弄都窄得讓人害怕消防車進不來。還有這道路到底當初是怎麼規畫的，到處都是死巷，這個路那個路彎來拐去，開店三年，我到現在只要到附近巷子還是會迷路。

因我阿姨住那，爸媽去作客看了就喜歡，特別買來置產，有了那房子存下第一桶金，以後慢慢就發達了。我是讀專科學校時在男生宿舍有了性啟蒙，很奇怪一種不用言說的情感，也難以定義。我們四人同房，我與上鋪的王鐵男特別好，五專時我還算俊秀吧，瘦伶伶的，喜歡畫畫，讀文藝書，是班上的美術股長，舉凡書法、國畫、西畫、作文，甚至朗誦、演講，都是我包辦，老師也都對我另眼相看。鐵男擅長體育，安靜不說話那種人，我們都是外地來，住宿舍，到底怎麼開始我也弄不清。暑假時大家都回家，他要練球，我得趕比賽，我們倆沒回去，他就到我的鋪位來了，一切都在黑夜裡發生，於晨霧來臨時消失。好幾個星期的時間，我們就這樣度過，黑暗的床鋪裡，他磨蹭著我，我們相互手淫，氣血充沛的我們，有時一夜好幾回，盡興方歇。

白日裡我們各自忙碌，傍晚時會在食堂遇見，都沒事人一般，誰也不提夜晚的活動。那個月過去，我們繼續讀書，人生沒什麼變動，我只當暑氣旺盛做了一場很長的夢。畢業後他當兵去，我開始找工作，人更就此殊途。再相見時，是他的婚禮，在高雄舉辦，他二十八歲結的婚，我與當時的女友同行，我也快結婚了，房子都買好裝潢好，一切順理成章。婚禮前夕一群同學告別單身派對，鄉下海產攤上大家都喝多，我扶著爛醉的他回家，港都悶熱的夏天夜晚，他身上的汗臭、酒腥，十七歲的夏天回來了，我們倆沒多說什麼，我知道他記得，有著什麼不容忽視的變化，只存在一念之間。隔天我與女友離去前，他來送行，我們重重地擁抱，有許多事不宜言說，也找不到語言可說，我對他所知不多，他似乎已經變成一個道地的大男人了，然而我體內有什麼被喚醒了。

回到與女友的新家中，我將高中時代的故事和盤拖出，女友鎮定，苦思良久，竟問我，婚期要不要延後？我永遠忘不了她說：「如果結婚後才發現你愛男人，我會受不了。」

後來取消了婚事，我還繼續保留那個新房，女友豁達，安慰我說：「至少你還沒愛上任何人，沒有變心。」摸索之路漫長，她陪了我好長一段，對其他人來說，生命只要照著原來的節奏，走得穩穩當當，但我卻岔開了道路，另尋他徑了。

我一直在做廣告，當主管，我天生是帶人的料。後來遇上那個餐飲界天后，大媽媽，一起開了第一家夜店。我也有機會交往第一位男友，雖然情路坎坷，斷斷續續被辜負也辜負人，總算也活到四十五歲，有房有產，小男友又帥，我開那家咖啡店是為了紀念一次一夜情。那一年我剛失戀，網路交友一夜情玩得凶，一次約炮約到這棟樓，我永生忘不了那場景，空大的屋內，只有一張桌子和一張床，男人是中葡混血，一張狂野的臉，屋裡暗暗的，只有枱燈亮著，偌大桌子上，擺著筆記電腦與地球儀，床邊都是保險套。

男人使我欲死欲仙，他身上有種末日氣息，完事後他抱我在膝上，落坐於寬大辦公椅，指著地球儀上的故鄉給我看，他說自己是母親出差外遇的產物，於是一生漂流，沒法安定。他悲傷得要死，性感得要命，我又央著他做了一次，夜裡沒入睡，天沒亮他就要我走，說不習慣有人在身旁，天明後不想見人。

鬼故事。我前女友說。「你愛上鬼魂了。」

事後我再也找不著他，鬼迷心竅，我立刻在這棟樓租了一個套房，每天各樓層尋著找著，不見人。後來我索性租了個店鋪，那時手上錢多，也想投資，大媽媽覺得我笨透，前女友也覺得此錢有去無回，我不在意，那年我滿四十二了，真愛難尋。美寶漂亮可靠，手藝好，就缺錢，我讓她當店長，什麼都由她作主，我光出錢，每天下午去店裡呆著，我找人幫我畫了那男人的畫像，說正格，相貌我都記不清楚了，模糊一團人影，畫師畫不出他的落拓與瀟灑，他的悲傷與飄無。吩咐美寶留意著，後來美寶幫我拿去問過大樓的仲介，是個萬事通，那人說，好像見過這個外國人，是外派公司的，不到半個月就走了。

好天真，我以為守著那家店可以再見那男人一面，後來發現不可能，就把店交給美寶了。

說起這故事，美寶的死變得更可悲，有錢人可以開家店為了找一個砲友，沒錢的人做到死也無法擁有自己的店。追她的人很多，她要是肯點頭，乾爹拜不完，走正途，也能找個小開，再不濟，某個收入頗豐的白領上班族，也能讓她過上好日子。但是我理解她，她沒那種命，大媽媽說，美寶是天生勞碌命，別看那一雙手又白又嫩，洗再多杯子也不起皺。她說美寶掌心薄，手心幾乎都沒紋路，乍看之下是一雙美手，懂的人就知道，這種手心，一輩子勞苦。

6——小紅樓

王斯博　38歲　房仲人員　咖啡店常客

找上我幹嘛？我能有什麼線索？阿布叫你來問我？我算是阿布咖啡的常客吧，是VIP有包廂固定座位可坐。這裡常客多，蒼蠅多，過路客也不少，聽起來好像生意很夯，不過一到晚上，就清淡很多，後來開始賣起啤酒跟下酒菜，才有起色。晚班會有個叫阿夏的調酒師過來，阿夏是天菜，看來就是阿布的小狼狗，反正晚上就會有些熊啊猴啊的年輕人聚集，我笑說這裡是小紅樓，大家就開始喊我小紅樓。你不知道紅樓是什麼啊，西門町小熊村啊，也不知道政府哪來的點子把老古蹟改成老屁股，哈，不是啦，就是屁了一區。你看我滿嘴屁的，真是老不羞。老建築整修社區再造，搞了展覽館、藝文中心、文創商店，也是有一搭沒一搭快倒店的樣子。後來商店街進駐，起初都是什麼賣紅茶啦、豆花、爆米花、服裝店，有陣子還開起九十九元快炒店，都快混不下去，不知哪個天兵，開起了小熊村酒吧，gaybar，生意可好了，然後就一家一家開下去。那個露天座位區，越夜越美麗，到了深夜，簡直是放大版的Funky。我知道你也不懂什麼叫Funky，就是我們這種人的媽祖廟天后宮，要像我這種快四十歲的老屁股才知道這種老地方的趣味跟重要性。不管啦，總之阿布咖啡白天主打正妹蛋糕，晚上就是天菜調酒，走的也是怪奇路線，這種店啊如果開在城裡，不早就成了排隊名店嗎，可阿布偏偏選在這種鄉下地方，跟外界全然不搭，不過過個橋就到啊，也是吸引不少人來朝聖。房租便宜，空間又大，生意愛做不做，想改就改。阿布在城裡那家夜店做起來就辛苦多了，開銷重，業績壓力大得很。

我是常客啊，又是個包打聽，什麼事都多少知道一點。像我們這種跑業務的，耳聰目明，手腳靈活，「目色好」，情報就是我們的資源，所以要泡社區咖啡店。我這一年主打就是這三棟摩天樓，整個人就該浸泡在這裡感受周遭的氣息，把每一條巷子摸熟，認識每一個店家，分析住戶結構，生態作息，我賣房子靠的就是這點訣竅。有些客人買房子，對於周遭環境很講究，主要就是想建立安全感吧，有時是跨區、跨城來買。離開自己熟悉的生活圈，你如果可以馬上幫她建立起方便簡潔的生活圈，最好介紹她認識幾個在地的朋友、店家，那距離成交就不遠啦。這種客人多半是女人，男人不管這些，反正開了車就去城裡上班，也不買菜、洗頭、吃甜點。阿布咖啡附近有家精品服飾店，你才該去跑跑呢，那個女老闆小綠，二十五歲，簡直是這一區的里長，無所不知無所不曉，這一帶所有稍有財力的女人、老闆娘、董娘、情婦、女強人、酒店小姐，都吃她那一套。你知道她多厲害？開服飾店，後面還闢一個小間做美容spa，不知哪裡找來一個也是天菜級的按摩師，男的按摩師耶，好像是她男人，誰曉得啦，總之，就是哪種衣服隨你試，咖啡蛋糕任你吃，幸好蛋糕是跟阿布咖啡叫的，不然真會被她弄到倒店。店裡有個休息區，豪華大沙發，擱腳椅，小綠還會幫你修指甲，桌上水果隨你吃，吃吃喝喝看雜誌扯八卦談心事，感情顧問、婚姻諮詢，什麼話題她都應付得了。小綠又是個嘴甜記性好手腳俐落、超會看人臉色的女孩，富太太熟悉了，就預約到後面小間做SPA，然後再賣賣美容護膚產品，削翻！我曾聽一個太太神祕兮兮說，男師傅按摩有偏方，用道具，我再問她就摀著嘴笑，說「你自己去試試啦」。「男客他也接嗎？」我大驚，太太沒回答，我去問小綠，小綠搖搖手說：「聽她亂講。」可是我覺得有玄機，那個男師傅阿龍我看就是圈內人，要是叫我幫那些婆媽按摩我真的做不到。話說五年前我剛上台北，那時姿色還很好，被朋友拉去應徵牛郎店，我真的幻想說媽的咬著牙閉著眼睛跟那些大媽尬，趕快存到一百萬贖身費，就可以回去跟阿國雙宿雙飛。沒想到一進公司先交五萬治裝費，媽的根本是一套八千的西裝，材質有夠差，然後學跳舞再交一萬五，老娘不幹了，我有這麼多錢還當牛郎幹嘛，後來聽說是詐騙集團。等我自己當仲介，富太太也認識不少，還真的陪去過林森北路牛郎店，跳舞喝酒喊拳，我也做得到啦，可是，我已經沒那興致了，賣屁股跟賣房子，我老實賣房子比較長久。

我曾有個心願是在大樓裡開一家gay的按摩院，這個在台中超紅的，我自己每次出差都要去。當然有做S啦，我都覺得小綠的養生美容那個帥哥也有做S，至少調個情愛撫一下也有，不然價錢拉那麼高。不過這邊的gay市場，唉，我不樂觀，賣賣衣服可能還行吧，前幾年這裡可是知名的趴場，每週末都開趴，那時候的趴主是圈子裡的紅牌K姨，經營得有聲有色，後來K姨中風掛了，警察又抄得凶，這一帶的gay市場就沒落了。

不然我還賣什麼房子，真是賣到都神經麻痺了。

言歸正傳。

我一星期有三、四天會來這裡，離公司有點近又不會太近，客人喜歡這裡，我就約這裡。咖啡便宜，蛋糕好吃，店長漂亮，音樂好聽，你說還有什麼不滿足。無線上網、看漫畫、翻雜誌，肚子餓了有簡餐，咖啡第二杯起半價，可惜不能抽菸，不過也可以到外頭去抽，簷下寬敞，還裝置了電風扇，菸灰缸總是清理得好乾淨。

一天花不到三百元，咖啡館就是我的辦公室。

我不是為了正妹店長而來，我對女人不感興趣，如果要說對店長有什麼興趣的話，我真希望像她這麼媚，有這麼多男人哈我，知道滿屋子的男人都為自己變得硬邦邦的，那感覺不知有多爽。所以週五晚上有時我會來一下，感受一下店裡gay味瀰漫的氣氛。在那種燈光底下，也有人來跟我搭訕，媽的，都是老頭子。

拍謝，我這人講話就這樣，嘴巴犯賤。說實話我現在也就靠張嘴了，以前老娘叱吒風雲的時候，鍾美寶跟阿夏還在流鼻涕呢！

我十八歲出道，就是網路有名的小妖精了。好漢不提當年勇，可是好女要是不賣當年騷，還有什麼可以聊。

我高中就出道了，混公園，跑三溫暖，然後就是gay bar。我還是喜歡三溫暖，直接，乾脆，爽。那時年輕啊，多搶手。我現在臉還可以，身材走樣了，不能脫，一脫就現形。三層肉，水桶腰，肥油肚，只有兩條腿還是瘦巴巴。

想我二十歲出頭時，皮膚白嫩嫩，屁股翹高高，不用練也有胸肌。屌大人騷，三溫暖吃到飽，真是玩瘋了。想收山的時候，遇到阿國，也是眉清目秀，在百貨公司男裝站櫃，活生生就是個CK男孩。那時他多少，二十六？我也二十六，三溫暖也有春天，我們真的戀愛了。不像後來啊，那些三溫暖什麼玩法都有。前陣子網友約我去看KY秀，浴缸裡放滿KY，天龍三溫暖老闆跟他BF真人性交秀啊，什麼都敢玩。最好笑的是「大屌日」，真的在門口量尺寸，超過十八公分就給你一個螢光手環，我是有啦，可是那不是很淒涼嗎？沒有的人，還有個什麼搞頭？不就一堆小屌男哈著一小撮大屌哥嗎？噱頭！我看根本手環可以用買的，造假吧！我保證不造假，沒用的東西還長這麼大，煩死我了。

說真話，我早就落魄，從骨子裡蒼老了。結束跟阿國七年感情，也是為了錢，我在嘉義當了六年的老闆娘啊，最終我們還是得分開，服飾店收掉，各自背了一百萬的債。我們兩、三年後就沒性生活啦，可是還是夫妻情分啊，有個人同床共枕，同甘共苦，總比每天換床伴要強。當然我年輕的時候不會這樣想啦，才會玩得那麼野，把身體都搞壞了，其實我心裡是良家婦女，死心眼一個，所以才會全年無休沒日沒夜跟阿國蹲在鄉下地方開女裝店，真是要把命都賣掉了。阿國他爸媽都喜歡我，誇我俐落、精明，但如果我說給你們家當媳婦呢，他們倆會變臉吧。說到底，阿國還是會娶老婆，我想就是因為這樣，他才會把債都扛下，叫我到台北來發展。

有什麼好發展？一開始，跟其他上班族分租一個公寓，下班窩在小房間裡看電視上網，一早就騎著摩托車到處跑，換了幾種工作逼得沒辦法才進房仲界，就圖頭三個月有保障底薪。可是沒成交，沒成交啊比死還慘，貼紙條、發傳單、釘看板，什麼我都做了。賣房子有訣竅，剛入行就是靠運氣，我是熬到第四個月，才成交第一個套房，在古亭捷運站。我永遠不會忘記，真是要放鞭炮了，往後就是地獄經驗輪迴，成交了就開心，沒成交就擔憂，擔心到快死了，就會成交。勉強度過兩個月，第一年真的不是人過的日子，吃也吃不好，騎摩托車彎來繞去，夏天每天中暑，冬天冷得感冒，最可怕就是下雨天，我鼻子不好，鼻涕都垂到下巴了。可是怎麼辦？我有什麼專長。以前在圈子裡賣騷幹砲，老想嫁個有錢人，我還做過同志廣播電台，那時有點理想吧，跟人家搞運動，我也還相信那一套，消滅歧視，改善處境，人人出頭天。後來我沒搞那些了，生活磨死人，真的，扛債以後，我都不買衣服了，以前我沒有名牌不穿的，後來一套襯衫西裝褲穿一年，皮鞋都買夜市兩百九。阿國說不要我扛債，可是我想乾乾淨淨做人，互不相欠，而且我聽說他日子不好，後來真的娶了老婆，孩子也生了。我還到五十萬，他就不再收我錢了，可能想一刀兩斷吧，我也沒再見過他，人生幻夢一場，我真的愛過他，他也愛過我，夠了啦！

算命的說我三十五歲才會轉運，我現在三十八了，轉個屁。進房仲業兩年半，總算熬出個頭，業績穩定，可是賣那些大安區信義區的房子，會氣到吐血。我天生懂女人，成交兩戶五千萬豪宅，夠我一年閒散，但是那只會讓我更覺得自己悲慘，平平是人，人家住豪宅，我住他媽爛國宅，什麼道理。我才調到雙和城來，我自己租了個兩房電梯公寓，屋主有裝潢，住起來還有點像人，房租也是一萬五啊，貴森森。現在中永和房子也都碰不得了，媽的一間二十坪老公寓叫價一千兩百萬，以前我們在嘉義那棟透天店面才三百萬，什麼世界啊，我不知道啦，怨天尤人也沒什麼意思，我就是賣賣中古屋，每月省吃儉用，想攢點頭期款，看能不能找到個穩定的伴。我債都還完了，買個靠公園的兩房兩廳，過點像樣的生活，我就這點奢求。

難過的時候，我想起的不是阿國，不是以前每天換伴的那些男人，我想起的是第一次把我破處的男生。那是在高中的理科教室，放學後校園都暗了，學長把我約到教室去，我知道他要做什麼，我也一直期待著，沒想到他那麼粗暴，根本不是真心愛我，隨便抹點口水，就把我破了，事後就再也不跟我說話，全當沒這回事。那天夜裡，我在教室裡冷得發抖，想過一死了之，我走出教室外，天上星星大得嚇人，好像整個宇宙都醒來看著我的悲劇，一個瘦小的男孩，屁眼痛死了，心已破碎，星星那麼亮，像把人內在最不堪的東西都照亮了。我需要愛，我想要被愛，我大聲喊著學長的名字，校工跑出來追我，我一邊跑一邊喊，愛我啊李永漢，我愛你啊李永漢！我愛你到死啊！

我覺得阿國也是我的李永漢，我這樣半陰陽的男人注定不會幸福，但我現在只期待賣出手上這戶房子，每天穿著白涮涮的襯衫來這裡喝咖啡。我這張臉還像二十八歲那麼細白，每個星期敷兩次面膜，現在我也上得起美容沙龍，又可以穿CK了。名牌襯衫西裝褲，名牌手錶，尤其是名牌皮鞋球鞋，這幾樣細節不注意，你就只能跟些喜歡看房子壓根買不起的客人打交道。客戶眼睛尖得很，業務員啊，她也看你行頭。我是對衣服保養鞋子珠寶都有點興趣，女客戶成交得多，尤其是投資客，那些媽的有錢沒處花，買房子像買菜一樣投資眼光精準的死八婆，我當然得遮掩我的美貌以免她們心生妒恨。還有要戴上黑框眼鏡增加我的穩重感，講話聲音壓低，才有點型男魅力。想不到我到中年了還在扮裝，扮死異性戀雅痞兼聽心事新好男人，就是這樣才能賣掉這種動輒兩、三千萬的房子，培養一些積極炒作的小公司董娘。唉，現在就是鎖定這幾棟樓，尤其是南勢角景安站那幾棟捷運共構，當初我的客人都發了。不過我還是偏愛這棟樓，很台吧，粉紅色摩天樓，去哪都找不到，這棟大樓是我第一次拉K的地方，我曾經暗戀過一個短暫外派的LA BOY，就住在二十三樓。我也有過短暫一夜情兩次，在不同樓層，跟不同男人。我這忙碌而無趣的房仲員生活，這棟大樓不但給我生意做，還給我砲打。這幾年有過短暫的戀愛幻夢，雖然都破滅了，人去樓空，但我對這棟怪異的大樓有感情，我對這家風格亂的咖啡店也有感情，我跟店老闆阿布有過一點小曖昧，但我們撞號，始終成不了事，就是個互相照應，他有心事，我有麻煩，會約來咖啡店小聊一下。這兩年過去，人生如夢，什麼都發生了，也像什麼都沒發生，正妹店長鍾美寶死了，死得那麼離奇，那麼慘，都還沒破案啊，休息半個月，阿布還不是繼續開店，我也繼續來喝咖啡，電視新聞效應，客人好像變多了，都是些湊熱鬧的，以前的阿布咖啡已經死了。我不知道那些喜歡美寶的蒼蠅感覺有沒有一樣，但我沒差，我看世事如浮雲，我內心已經是個老查某了。

像我跟阿國這樣的人，再怎麼學怎麼裝，還是台妹啦，骨子裡就是有一股土味，可是我喜歡，即使不像我來台北之後認識的那些有錢gay，他們是空少、教授、工程師、牙醫，若不是自己事業有成，就是家有恆產。我們倆都是鄉下孩子，爸媽都沒讀多少書，不可能懂得什麼同志不同志。我們倆都是五專畢業，不愛讀書，也沒什麼專長，只能做服務業。都是從中南部上來的，背景相似，有點惺惺相惜吧。我當初因為跟學長同居，被我爸轟出家門，就沒打算再回去了，後來我爸掛掉，我有回去看我媽，她都跟我大哥大嫂住，就當沒有我這個兒子了，悲。算了，這樣無牽無掛也好，我的父母緣夫妻宮更是悽慘，好像田宅宮不錯，可是算命的又說我的子女宮也很好，哪來的子女啊，說實話在這個大城市裡求生，靠的就是自己。鍾美寶好像也是鄉下來的苦命女，阿布也是，這就是命運交織啊。美寶死了以後，我心裡更是虛無了，算了啦，人生啊，還活著就好，如果不幸掛掉，但願我了無遺憾。

大哥，我們就聊到這吧，我等的客人來了，你看這個假貴婦扭得跟什麼似的，等會我們就會上樓，去看B棟那戶四十六坪公寓，開價二三五〇萬，這娘們以為自己就是豪門了，隨她去。哀哉鍾美寶，你瞧別人這麼個假貨也能嫁給有錢人，真正的美人鍾美寶卻成了刀下冤魂，真的紅顏薄命啊，我們都是如此。

你要我講實話，我覺得鍾美寶沒有外表單純，她命帶桃花，朵朵都不是正果。我看過她的正牌男友，我也看過她的地下男友，很奇怪吧我就是看過。那個自稱她弟弟的男人，帥到沒人性，除非他是gay，但他不是，我的雷達最準。我看過那個帥哥拉著美寶的手，一臉神魂顛倒的樣子，我就是知道，他們倆關係不單純。你想破案，先去找那個天菜出來看看，問問他，有沒有摸上過美寶的床？不要說我粗俗，這種事，靠直覺，我敢打包票那個天菜哈死鍾美寶，說不定就是她那個宅男男友發現地下姦情一怒之下動手殺人，別說我亂講，你再去查查看就知道。殺人案啊，不是為了愛，就是為了錢。

7——吳明月

謝謝你願意來，很抱歉我無法親自到你們辦公室去，電話裡沒辦法講清楚。案發前幾天我有聽見吵架，那時我就該報案的，現在後悔也來不及。

謝謝你還在關心這命案，起初鬧烘烘的，警察、媒體、記者多得恨不得每個人都挖出來問清楚。「美女店長陳屍摩天樓」，「天空城市，美女斷魂」，後來媒體把命案現場的照片流出，又被取名叫「洋娃娃命案」，當時都是頭版的新聞。十天過去了，樓下的記者變少了，警察還在追，他們說破案在即，選舉壓力吧，我們這裡有一千多票，里長壓力很大。

你看我住這麼大的房子，相隔一層牆壁，就是美寶的住處，就一個小房間而已。有時我在想，搞不好會被殺的人是我，如果是隨機殺人，或是竊盜行凶，從陽台跑進我屋子來還比較容易，不過我們住這麼高，小偷從陽台跳進來的可能性太低了。

你看這屋子，如果當初我把美寶找來一起住，或許她就不會死。我每天都想著這些可能性，但就是想不出誰可能殺了她？以前我病得嚴重時，連在屋子裡都沒有安全感，一點風吹草動，也能讓我聯想到死亡。

事發多日，我到現在依然很震驚，心情完全無法平靜，每天都要吃安眠藥才能入睡。這樣的時候，只能待在屋子裡就成了酷刑，因為緊隔著一片牆，就是美寶的屋子，但我就是無法踏出家門，到她那兒看看。

我沒告訴任何人，連我生活裡最依賴的人，每週來幫我打掃煮飯採購的葉小姐，我也沒對她說，「美寶把她家備用鑰匙放我這兒，還放了一盒私密的物品，是一個褐色文件箱」。我真的很希望可以對某個值得信賴的人這麼說，美寶的祕密一定藏在其中。

那時她慎重地把東西交到我手裡，我就隱隱不安，她笑說：「放在你家比我家安全，因為你都不出門，等於二十四小時保全。」我苦笑著說，我們這大樓本就有二十四小時保全，怕什麼？她還是堅持要我幫忙保管，說年底就會取回。「不怕我偷走啊！」我問，她笑了：「如果那一袋東西可以讓你走出房門逃掉，我很樂意貢獻出來。」

談談笑笑，她就是那樣子，有人說那是淡定，有人說那叫城府，在我看來，那應該正名為「苦衷」，她一定不情願如此生活，但確實又生活在種種苦衷裡。

我們倆很親，但她不會什麼都告訴我，反而是我比較依賴她。前陣子我感覺她有心事，她提到要搬家，我都要哭了。「有非離開不可的理由。」她安慰我，說安定下來就會來看我。案發前一週，她突然拿了一箱東西過來，要我幫她保管，說是她的貴重物品，不想搬來搬去，等屋子安頓好，她會過來取。莫非她知道自己會遇害？或者只是因為她還無法擺脫兩個號稱愛她的男人，以及深愛她的弟弟，以至於連自己家裡都成了不安全的地方？這幾天我一直想著要打開箱子來看，說不定裡面就藏有美寶遇害的線索。我知道美寶有祕密，如今她死了，我得保護她。

我有懼曠症，沒有辦法出門。我沒有看到美寶的遺體，也沒有能力去參加她的葬禮，這是我人生最大的遺憾。但願有一天我能走出家門，親自去看看美寶的墓。

打開電視，播放的全都是命案的新聞，我既害怕去看，卻又拚命地看，遙控器在手上不斷按鈕轉台，都停不下來，我也上網到處搜尋，不放過一點蛛絲馬跡。然而這樣做，絲毫也無法安撫或減輕我的愧疚，畢竟美寶死了。把耳朵貼在牆上，彷彿還能聽聞隔壁房內傳來的聲響，但那兒除了幾次檢方搜索，已經沒有任何聲音了，想必是貼上黃色封條，封鎖現場不許任何人進入。

美寶的房子，她的家，已經變成命案現場。我真的無法接受。

而且阿俊也被帶走了。比起美寶的死，更讓我無法置信的是他們說阿俊涉嫌殺害美寶，只因為那晚他曾到美寶家。但這是不可能的，你只要見過他們兩人，就會知道那樣恐怖的事不可能發生。然而發生了，至今阿俊都沒有做任何的反駁，新聞報導說道，他除了第一天曾開口說過「是我害的！」，之後就不肯再說一句話，只是不停地哀嚎，醫生只好對他施打鎮定劑。那天阿俊到過美寶家，這是真的，那晚大黑也來過。真奇怪，大黑跟顏俊一起出現是很少見的事，他們倆不合。

媒體挖出那麼多問題，父母的賭債啦、銀行法拍、地下錢莊、酗酒，我才知道美寶一個人承擔那麼多事，真的很想哭。她早跟我說，我可以幫她的，但她誰也不說，現在又謠傳說她曾經當伴遊女郎，我心都要碎了，以後還不知道會被傳成怎樣。人死了，也不放她清靜，拜託你們查清楚，還美寶一個公道。

認識美寶是因為她在電梯裡遇見葉小姐，攀談間聽說她來幫我煮飯，央請葉小姐去咖啡店幫忙做簡餐，算是救火吧。咖啡店的廚師突然辭職了，一時間也找不到人，葉小姐問我意見，我沒意見啊，葉小姐以前是開餐廳的，能做這個工作，她一定很有成就感。她說美寶看起來跟我長得好像，我心生好奇，就說改天可以請她到家裡坐坐。有日她來按門鈴，捧著蛋糕來送我，我也覺得她像姊姊，有點一見如故吧。因為我沒辦法出門，都是她來看我。我沒什麼朋友，她幫我很多事。

這半年來，美寶幾乎有時間就會來看我，總是帶著她做的蛋糕，帶著鮮花，我負責準備咖啡跟紅茶，我笑說：「就像情人約會一樣。」她真就那麼慎重其事，時常是在早上十點鐘過來，我會做簡單的早餐，我們談著各種事情，簡直就像情侶似的。她總是對我說昨天店裡來了什麼客人，發生了什麼有趣的事物。比如大樓的仲介先生，我也認識的，他最八卦了，講話又誇張，大樓裡什麼風吹草動，他都要說給美寶聽。比如有個附近開韓國泡菜鍋的年輕人，招待美寶去他們店裡吃飯，結果店裡滿滿都是航海王的公仔啊，連幫忙煮飯的媽媽都是一身勁裝，店裡總是播放著熱門的日文歌曲，但賣的卻是韓國料理，你說逗不逗？她最喜歡說的是一個做房仲的gay，是老闆阿布的朋友，很三八一個人，喜歡吹噓以前有多搶手，喜歡大剌剌講自己的性冒險，我每次聽了都臉紅。

我想起美寶描述那些人事物的話語和她的表情，可以模仿得維妙維肖，我總是呵呵大笑。即使這麼悲傷，我還可以感覺到透過回憶她。就能體會到的溫暖。她從不說別人是非，不批評誰，從不抱怨工作忙，她嘴裡說出來的，永遠都是美好、快樂、幽默、好玩的事，無論是誰，被她描述起來，都像是值得認識的人。

當鄰居這麼久，我們都不認識對方，一旦相識，卻相見恨晚，不僅是我們年齡、外表、長相相似，而是，她就像是一個正常版的我，看著她，我就想像著自己如果有能力到外面去，可以過著怎樣的生活。我生活優渥，她卻辛勤勞苦，背負著沉重的家計負擔，以及連我都無法探知的心靈重擔。而我對她來說，則是一個簡單版「理想的自己」，許多次她都說羨慕我的生活，她羨慕的是「完全不需要為別人而活」的我，說真的，我覺得我們兩個如果融合起來，一定是很棒的人。可惜人無法與他人融合再分解，我們只能各自背負著自己的重擔，互相陪伴。

我不知美寶為何會願意跟我做朋友，我雖然經濟寬裕，現實上卻沒有可以為她付出的事物，她過著儉樸的生活，我時常會把失手在網路上亂買的各種服飾送給她。我每天待在家，只要穿運動服就夠了，但，我真的沒有其他事可做啊，網路上的各種商店，或者知名品牌可以用網路訂購的，從手錶、服裝、牛仔褲、球鞋甚至到內衣褲，我買了一箱又一箱。以前我會自己在穿衣間裡試穿，回想著以前當上班族時，每當領了薪水，偶爾犒賞自己購買的新衣，我總是迫不及待，衣服還沒下水，當晚就要穿去約會。那時的男朋友喜歡看我穿新衣，戀愛第三年，感情正濃，我們偶爾會相約在餐廳或酒吧，我穿著他沒見過的新衣，他會像陌生人一樣覺得驚豔，過來跟我搭訕，想起這些我仍會臉紅。我生命裡第一個真正親密的男人就是他了，可以說我唯一認真愛過的人，我唯一看過的男子肉體，只有他。那些夜晚，他挽著我的手，我穿上柔軟的、材質舒服得令人感覺像是另一層皮膚的洋裝、高跟鞋，甚至連化妝我都是因為他才學會的，他讓我知道我的美麗，我身材的姣好，所有我這個人作為「女人」最美好的地方，然而，他的辜負，最後他厭棄地離開我的神情，將這一切都毀滅了。

我還是喜歡買衣服，但早已失去「悅己者容」的對象，我後來唯一的嗜好，就是找美寶來我家，一起學習穿搭，在穿衣間裡互相交換衣服，然後穿出去給葉小姐看，凡是我覺得美寶穿起來漂亮的，都送給她。以前美寶的打扮很中性，就是白襯衫、簡單T恤、牛仔褲、球鞋，長髮夏天梳成馬尾，冬天垂下，除了護唇膏跟乳液，臉上一點妝彩也沒有。她是非常適合素顏的女生，但自從我送給她幾套化妝品，李愛米教會她彩妝之後，她簡直像明星一樣，變得明豔動人，真的是只要一點點色彩，她就可以是吸引所有人目光的大美人。她天生有那樣的資質，即使化了妝，穿上性感的衣裳，還是有一種說不出的清新氣質。或許因為她沒什麼嬌滴滴的氣息，反倒有些男孩子氣吧，很奇妙，她越是忽略自己的女性特質，她身上散發的性感就更加渾然天成，如果我是男人，我會愛上這樣毫不看重自己的她，不，即使身為女人，某個部分來說，我也是愛她的，這不是同志情愛，是一種難以言傳的感情。她身上攜帶著什麼，某種或許我也分擔不了的重量，感覺她整個人，根都被淘空了，或者說，從蕊芯開始就被某種毒藤之類的東西纏繞著，但人卻還可以那麼清爽，如此善良，簡直不可思議。

有時，我會要求她在我家陪我一起睡覺，但她總是說在外面睡覺會失眠，就像哄小孩那樣哄著我睡。我們會在床上說好多話，穿著一模一樣的睡衣，我看著她時，會有看見自己的錯覺。當然，她比我漂亮，她就像是夢裡的我，我想像中自己可以擁有的樣子。我喜歡撫摸她的臂膀，瘦而結實，我即使已經做很多室內運動，也沒有她那種「因為攪拌蛋糕練就的肌力」，她的身體就是充滿了生命力。

這樣一個生命，為什麼有人非得置她於死地不可呢？那個人不知道美寶對於我們大家，不知道有多少人像我一樣，把她當作生命裡最美好的事物，那樣愛惜，那樣地帶給自己力量。那個人無論是誰，他若不是愛美寶至深，就是恨她入骨，或者壓根完全不認識她。然而是誰呢？我無法想像。

然而，即使是這樣千瘡百孔的生命，也沒有悲慘到必須死在他人的刀下啊，即使像我這樣時常編寫小說，創造劇情，我也編不出她這種人生故事。

*

事發的前幾天晚上，我確實聽到怪聲了，像是吵架，也有摔東西。我打電話給她，她沒接，後來她回電話，說沒事，吵架而已。

但那晚有點不尋常，因為已經凌晨一點了，我還刻意看了時鐘。因為牆很薄，爭吵的聲音聽得見，不過聽不到內容，知道有男人的聲音，一直在罵，美寶只說了幾句話，後來嚴重的時候，我聽見摔東西，應該是玻璃杯之類的，但只有一聲，後來就都安靜了。

我很後悔沒有跑過去敲門，但我有病不能踏出房門，這也是沒辦法的事。但我更懊惱的是，我應該打電話叫警衛的，為什麼我沒這樣做？因為我了解美寶啊，她是個有很多祕密的人，況且後來安靜了，我等了好一會，什麼聲音也沒有，我打電話過去，沒人接聽，手機也關機了。我因為吃了安眠藥，頭很昏，沒多久就睡著了。這些天醒著的每分鐘我都在懊悔，我的懼曠症已經將我變成一個自私無情的人，美寶可以為了我每天來探望，我卻無法為了她，深夜去探看，我甚至沒有打一通電話給她。雖然不是發生在那一天晚上，後來我遇到美寶，她也只說是跟男朋友吵架，但我依然覺得那晚在她房裡的應該就是嫌犯，至於嫌犯是不是大黑，我直覺不是，大黑太老實了，而你只要見過顏俊就會知道，他是個文弱害羞的好孩子，我後來才知道顏俊是美寶的弟弟，同母異父，卻長得很相像。阿俊待過很久的療養院，但我卻不感覺他除了害羞還有什麼奇怪的問題。每次過來，美寶會給他一些生活費，陪他吃飯，夜裡也在美寶家過夜，但阿俊來無影去無蹤，有時也很長時間沒看到他。

我很喜歡顏俊，美寶幾次想要撮合我們，但我知道阿俊對我沒有那種意思，這讓我難過，卻也讓我更喜愛他了。如果他們不是姊弟，該是多麼登對的情侶啊！生病之後，我很少跟誰深交，因為懶得解釋我的病，而且大多數的人總會以怪異的眼光看我，好像我只是不努力，不想好起來。美寶和顏俊從不這樣，沒有用特別的態度看待我不出門的事，但卻默默地幫助我，他們跟葉小姐都不是我的家人，但卻是我最親近的人了。

美寶男朋友大黑在科學園區上班，工程師吧，很少見面，很禮貌，長相也不差的男人，每次來找她都會帶一大束花，美寶就會分一半給我。大黑人挺好的，不黏人，給美寶很大的自由，我想這附近很多人在追求她，她似乎一直拿不定主意。她跟我說她有家累，不想拖累對方，所以不結婚，我問她怎樣的家累，她說母親身體不好，一直在洗腎，很花錢，繼父是酒鬼、賭徒，總是打她媽，伸手要錢，偷東西去賣。新聞報導另一個嫌犯，是美寶的地下男友，型男大叔，電視上看到時只見他用外套包裹著頭，看不見長相，但身形高大，總覺得是個好看的人。我只看過照片，美寶把他們倆的合照放在我家，本人倒是很神祕，美寶說大叔有老婆了，她說自己是大叔控。長得很帥，穿著打扮也都很好，看起來像是事業有成的男人，她想看時就會過來看，很寶貝的一張照片。我私下問過她，有太太的人還是不好吧，美寶說她反正不結婚，也不打算生小孩，我問她，那大黑怎麼辦？她紅著眼睛不回答。

那個大叔，我沒看過本人，也不敢多問，非常神祕的感覺，但我認為美寶真正愛的人就是他，因為一次我們倆都喝醉了，美寶抱著我哭起來，她問我：「人生為什麼這麼苦，想要的總是不能要，而想拋棄的也拋不下。」我以為她會對我交心，但最終她還是沒說出關於那男人的事，她只是說：「某些事真的發生了，才知道沒有什麼不可能。」

關於我們大樓保全謝保羅的事，她一次也沒對我提過，倒是葉小姐說見過他們一起出入。謝先生是很好的人，幫過我很多忙，如今跟美寶有關的男人都有涉嫌，這真是令人悲傷的事，或許大家會覺得美寶私生活很亂，但在我眼中，她也不過是想要擁有一份屬於自己的愛情，這並不容易，即使她是個美女，也不是想要什麼都可以擁有。

8——萬能便利商店

研究生黃浩武　25歲　大樓便利商店店員

便利商店賣咖啡，「整個城市都是我的咖啡館」，多好的廣告。美式咖啡一杯二十五元，小杯拿鐵三十元，有時還買一送一，買大送小，不用本錢似的。可是還是有人偏偏要去店裡喝一杯九十元、一百一的拿鐵、卡布其諾，尤其是焦糖拿鐵，據說是招牌，我知道為什麼，不是因為店長漂亮啦，又不是每個人都是豬哥。我們有個店員也很漂亮啊，上班不到三個月就被把走了。我覺得阿布咖啡這種店賣的是氣氛，你看我們就這麼緊鄰著，我有時也會聞到咖啡香，烘焙蛋糕的氣味會從後面防火巷傳過來，我去後頭倉庫整理貨的時候，會流口水，真的止都止不住，交換班的時候，我也會晃過去往裡頭瞧，隔著一層玻璃，像隔開一個世界，我們在這邊叮咚，歡迎光臨，跑斷腿在那裡結帳、收銀、煮咖啡、賣霜淇淋、影印、傳真、收包裹、發傳真、收水電費、拿演唱會的票、收宅配，簡直像是萬事通，我媽都笑我說以前啥都不會，現在什麼都會，如果店裡開始賣牛肉麵，我一點也不會覺得奇怪，真的，便利商店，早晚會把雜貨店、超市、郵局、洗衣店、快餐店、咖啡店，這個那個所有的店都取代了，那時我們的生活就完了，微波、速食、廉價，什麼都變得廉價淺薄了，就像我們這種員工一樣，我啥都會，可是出去其他地方，也等於什麼都不會，我們學的這些，真的到專業的店裡，也用不上。

真悲哀。

玻璃窗後面的世界，對啊店長真漂亮，從外頭聽不到她的聲音，但我聽過，也跟她講過話，聲音不是甜美那種，但是很乾淨。有時我經過，她會抬頭跟我點個頭，唉呀，那種點頭的方式，一點也不怕我們二十五元咖啡搶走她生意，好像在說，沒關係，有生意大家做啊，有時我會多想，覺得她好像在跟我說「加油喔」或「辛苦了」之類的。你會說我這是標準宅男幻想，好啦，沒關係，我長得就像宅男，一頭亂髮齊劉海，黑框眼鏡，其實我這是文青風，沒看到我腳上的All Star嗎？有時也會換成Vans，有時是富發牌，有時也會輪到愛迪達、NIKE，怎樣，都對吧。褲子是Levis，上衣我都去網上淘，也有買古著，這你不了了吧，二手市場，行家才找得到啦，就是些老衣服，花花的襯衫，大一點沒關係。有人會玩牌子，我是沒有，喜歡就買，上衣我預算都兩百左右，褲子可以買貴一點，不過我買的是我室友穿過的二手褲，是室友阿SAM，每季買六條牛仔褲，有病，有錢幹嘛跟我擠頂加老公寓。他不喜歡住家裡，錢都買衣服吃東西花光，褲子二手半價賣我，我算撿便宜，我們尺寸一樣，可惜我腳大，不然他那些Camper、Trippen，夠我穿的了，那我就得再去打個工才行。

對啊，宅男就宅男，裝什麼文青，我都不是啦。研究所肄業，近視太深不用當兵，不想回台中接我爸的鐵工廠，文化研究所進了社會能幹嘛，便利商店有吃有喝不用動腦就耗時間，先窩著再說。

其實我想拍電影，至少也先拍部紀錄片，得先累積人生經驗吧。在便利商店看到的人生百態就不錯，真的，我想拍一部「深夜便利店」或者「隔壁的咖啡館」還是「頂上的摩天樓」，靈感都來自這一帶。我研究所讀的是文化研究，還不如我待一年便利店看到的多。我的論文應該寫「便利商店與城市生活」、「摩天樓的地下經濟」、「咖啡館人類學」。好啦我扯遠了，我當初想做的是什麼，「村上春樹其小說與料理之關聯」，媽的爛爆，我一定是瘋了，我對村上春樹真的沒有特別喜歡，那時就在把妹啊，我把的那個學妹是標準村上迷，為了她我鐵了心把那傢伙的作品讀到爛，也算讀出點心得。學妹勒，不是真愛啦，她去英國了，我從頭到尾沒跟她表白過。媽的，弱爆了。

不過我更喜歡鍾美寶，她每天會來買兩份報紙，如果我上早班，會遇見她，只買報紙，零食甜點御飯糰什麼都不買，感覺她喝咖啡就會飽吧。很瘦，但人家店裡有賣餐，員工餐一定也有供應吧，她那種瘦法，很健康，感覺就是不吃垃圾食物，每天都慢跑，會練瑜珈那類型的。

安靜，甜美，愛笑，有禮貌，人家掃騎樓都掃到我們這邊一半超過，就是掃個地，也像做什麼美事似的。當然不是天天都她掃地，可是輪到她掃地，我就可以看上五分鐘不轉開眼睛，真是奇景，她就在那兒掃地，外頭熱得要死，可是你覺得有陣微風吹過來了，所以她很悠哉很舒服地在那兒彎著腰掃地，一點也不會累似的。你知道我們這騎樓最多什麼嗎？屎。狗屎。到處都是狗屎你相信嗎？我沒看過這世上會有這麼多狗屎聚集在一起的奇景，但是人家鍾美寶眉頭不皺一下，就在那兒掃狗屎，真是天兵。

這城市，真能把人逼出躁鬱症，我們店長就為了這些狗屎跟樓上的住戶、社區管委會都吵過架，大概就是這樣，鍾美寶掃地就掃過我們這邊來了。養狗的那個愛心媽媽我見過，瘋婆子一個，可能是養狗把腦子都養壞了。不過輪我大夜班，會給她一些過期的御飯糰跟麵包，店長說可以帶走，我帶那麼多幹嘛，可能是受到鍾美寶影響，不能撿狗屎，給點御飯糰行吧。早上要離開時我就把飯糰包好，塞在咖啡店信箱裡，鍾美寶會拿給愛心媽媽。我能做的就是這樣，而且我知道那些狗屎不是黎媽媽的狗拉的，人家每天遛十四隻狗，狗屎狗屎都弄得乾乾淨淨。是那些穿得美美的貴婦，遛她們的名種狗，光顧著展示她們醜爆了的衣服跟造型，眼睛長在頭頂上，才看不見她們的狗也會拉屎撒尿，反正什麼都賴給黎媽媽，大家都想把她趕走。欲加之罪，還不容易嗎？

算了啦，在這種地方討生活，過一天算一天，我是不會去幫黎媽媽遛狗，不然店長鐵把我炒掉，她會讓我想起我媽，也是養狗，養到天怒人怨。

幹嘛扯到黎媽媽，我是要講鍾美寶的好，你懂嗎？我不是只是看美色，像其他人看她胸啊腿啊，像看一塊好吃的肉。人家是有靈魂的，所以煮出來的咖啡不會像我們的這樣，都是銅臭味。

但是鍾美寶死了。

唉。

案子沒破，這一帶都籠罩奇怪的陰影，感覺夜裡更荒涼了。當然，無論是住戶還是像我這樣的過客，偌大一棟樓，吞噬了一切，再將這一切消化吐出，人們很快就會把她遺忘，咖啡店休息幾天就會繼續營業，櫃枱站著誰好像都可以替換。我們這行最清楚，店員換來換去很正常，服務業，像我們這樣的店員，不論你顧的是超市、咖啡店、麵包房，還是便利商店，都只是工蟻，辛苦地幫資本家搬錢吧。但你不做這些，當上班族吧，辦公椅坐到天荒地老，開會開到死以為有好些嗎？沒有，一樣為人作嫁，替老闆賣命，多賺點錢，犧牲健康、青春、才能，換算成一個月到底也會用光的薪水，這一切所為何來？

我二十七歲了，不回台中的話，就算讓我當到店長，我一輩子也買不起房子，連樓上的小套房我也買不起，我也沒這想望了。你別以為我很悲觀，其實我沒有，因為我們家好歹在台中市有透天厝的，爸媽養老也不用靠我，真混不下去了，我就回台中，不做鐵工廠，也能找到一份混飯吃的工作，但，我們從小讀書，要學的是什麼？我爸有次生氣就罵我：「你喜歡顧便利商店，我就開一間給你顧啊，當什麼店員，沒出息？」他不知道我就是想要有出息，才還要拚一拚，不想掉進上班族的世界裡。但或許我錯了，不當上班族，當打工仔就能參透什麼人間道理？現在這世道，就是錢、消費、日子過得爽快，沒什麼可圖的了。嘴巴裡舔根霜淇淋，就把生活裡的苦仝都忘光了。

我想要什麼？怎樣的生活才會讓人感覺有希望？我得想一想，全人類的命運都與我息息相關。

所以鍾美寶的死，我也有參與感，我每天在這裡繼續顧著，或許能讓我挨到破案那天，好歹，我記得她，我還為她的死哭泣過，不像這個冰冷無情的城市，時間吞噬所有，對誰的死去或消失都不掉一滴眼淚。

9——乾燥的夢

丁美琪　41歲　大樓住戶　仲介林夢宇之妻

我知道夢宇有外遇，幾年了吧，大概是從我生病第二年開始，或許更早前就開始也說不定。但我不打算追究，至於他外遇的對象是誰，我不想知道，也無意探查，所以他到底跟鍾美寶是什麼關係，我一點頭緒都沒有。

知道他外遇是一回事，但外遇的場所在大樓待租的空屋裡，這我有點匪夷所思，但這可能是他的怪癖吧，誰沒有那麼些奇怪的癖好？可是如果你說他會跑到鍾美寶的天花板上偷窺，所以涉嫌殺害她，真的，我不相信。夢宇是個軟弱的男人，好色也好奇，那我也要負點責任，畢竟這五年來，我幾乎不與他上床了，但這也還不至於讓他變成個變態。結婚前我就知道他幾乎可說是個「奇怪」的男人，像是隱藏了什麼祕密在心中，卻又努力做個老好人，於是內在與外在的衝突會在性格裡呈現一種奇怪的扭曲，這種扭曲不會顯現在旁人面前，只有很親近的人才會在他放鬆的時刻察覺。某種程度來說，我也是這樣的人吧，怎麼看都是個乖乖牌，從小到大沒讓父母操心，畢業後也找到好工作，結婚對象也是看來很有前途的有為青年。但我是那種只要一閉上眼睛，心裡想的總是放下一切，遠走高飛。我會想著最危險的旅行，毫無目的的流浪，淫亂的性愛，奢侈的亂買……但我會殺人嗎？夢宇會殺人嗎？像我們這種程度的普通人，做不出這樣真正大膽的事。

漸漸地，我越來越相信警方的說法，他們在鍾美寶隔壁的房間發現夢宇的指紋，那個空屋我知道，正對著電梯前的空地，與對面的住處門對門。這種風水最不好，所以那個套房老租不久，都是些怪人，時常被投訴，每次搬走都會遭到破壞，每次退租後，要很長時間才租得出去。房東是個老太太，有陣子她搬回來住，自己也住不下去，說有鬼。後來出面的都是她兒子，含全套家具只租八千塊，還是會有上班族來租。上一個搬走的人總算沒有出什麼問題，沒想到夢宇會挑上那間屋。

我想像著那景象，白天或晚上，空檔時間，可能是我去買菜、上健身房，或帶小孩去安親班、去學校等，甚至是晚上我入睡後，總之，在我不知道的時間，夢宇獨處的機會很多，我完全不管他，反倒是他自己常會用line報告行蹤。現在想想有點好笑，這就是作賊心虛吧，他根本不知道我對他的放任是真心的，如果我能讓他理解，或許他可以穩定交個女朋友，也不會鬧出這些事。

我想像他帶著客戶（砲友、女友？）去看屋，然後在空屋裡做愛，心裡那種緊張、忐忑，或者，那份緊張忐忑才是他冒險選擇空屋的原因。我其實有點生氣的是，以前我們感情好、性生活頻繁時，他從沒提議過要帶我去那些待租的屋子，這麼好的點子，卻不肯用在我身上，或許他對我也諸多誤解吧，他認定我就是個保守的好太太。

他是個好人，結婚之前我就這麼認定。十五年前，我們在同一家公司上班，就是這棟大樓原先的建商，他是銷售部門，我是企畫部的，我們是因這座樓而相識，會不會因為這座樓而分離呢？至少，目前我還沒有離婚的打算，生活在一起這麼久，我很難想像自己再去接受其他男人，考慮孩子的因素也有，但如果我說我還愛著他呢？即使發生如此奇怪的事，在我來說都不離奇了，因為最離奇的事五年前已經發生在我身上，之後所有一切都只是往下滑，走下坡，因為對人生沒有任何期待，也不會失望了。

我得的是乾燥症，一種免疫系統的疾病，剛開始是一場小車禍，我騎摩托車去買東西，被後面的汽車擦撞，最初只是些皮肉傷，腰椎有點受傷，休息了一段時間，那時中醫西醫看得很多，可能也亂吃了補藥吧，不知道正確原因。發作初期我三十八歲，就是四肢痠痛，關節痛，後來是膀胱發炎，尿道感染，有一次嚴重起來發燒到快四十度，送急診。因為一直沒有退燒，醫院幫我做了很多檢查，結果竟然是「乾燥症」。太奇怪了，壓根沒想過也沒聽過的病，後來就反反覆覆看醫就診。第一年我很受打擊，身體不適的情況使我變得非常神經質，把工作辭掉，在夢宇的辦公室幫點忙，後來一大段時間我實在記不清發生什麼事，反正等反應過來時，就是乾眼症，唾液腺只剩下百分之二十有作用。現在說起來沒什麼丟臉的，但因為乾燥的問題，我完全無法性交。很奇怪的說法，性交，但就是性交，誰能想到唾液跟性交的關係呢？我倒是記得年輕時在性愛過程裡會習慣抹一點口水，就是唾液，興奮的時候嘴裡都是口水，為了增加快感，用手指沾取，抹在自己的陰部，這動作無論是我自己或我丈夫都覺得很色情。那時我們還是年輕的夫妻，熱戀期拖得很長，生了第二個小孩也都還很常做愛，我一直是很熱中性愛的，沒有受過什麼性解放的思想，純粹喜歡身體接觸，覺得性愛很美，有一個很棒的性器官。如今我才知道過去自己有多幸運，容易潮濕、有彈性、易於高潮，又可以反覆高潮。我們時常一整個晚上在床上嬉戲，嘗試各種體位，開發做愛方式，當時我不覺得那是什麼特殊能力，後來我才知道許多女人對性沒有辦法那樣享受，我卻是身體心理各方面條件俱全，那時候沒有好好利用，增加各種性經驗，真的很可惜。

現在那個東西完全損壞了，好奇怪，五年來我第一次可以這樣侃侃而談，之前覺得羞恥、難堪、無法啟齒，現在說起來都沒什麼了。剛開始，我們使用潤滑劑，但真正問題不在開口，而是裡面的組織總在輕微發炎，使陰部腫脹、疼痛，那種情況下要將陰莖放進去成了莫大的痛苦，一個月有半個月都在反覆地膀胱發炎，以及尿道甚至陰道發炎。我無法穿牛仔褲或任何緊身褲，長年都穿著寬大的褲子或裙子，有一大段時間，我沉迷於各種養生方法，勤跑中醫院，那時連照顧小孩都覺得沒意思，所有心思都集中在對付我自己的病。唾液減少是一種慢性折磨，它會慢慢影響你的消化、排泄，甚至連牙齒都變得不好，開始有牙周病，怎麼刷牙都會蛀牙。乾眼症使我無法戴隱形眼鏡，我近視有一千多度啊，臉上戴著厚厚的鏡片，穿寬大的衣褲，因為眼瞼長期發炎，睫毛幾乎掉光，一上妝就過敏，喉嚨總是乾癢，吃東西味覺也不一樣了。我不再做菜，都買微波食物回家，或者叫夢宇去後面的自助餐打菜回來大家吃。我想，前三年，我真是醜怪得不像話，神經質到極點，全家人都吃了很多苦頭，夢宇沒跟我離婚算他有情義了。

從小我就是那種容易專注的個性，也可以說很鑽牛角尖，一旦鑽進什麼裡面，非得研究個透徹不肯出來。那時我瘋狂研讀各種「自體免疫系統」的書籍，有一陣子還跟朋友學了氣功，但總是覺得不對勁，後來去練瑜珈，也練不好，第三年過後，可能病況穩定，很少叫急診，就是每兩個月固定看診，吃一樣的藥。乾眼症也習慣了，眼瞼炎減緩，我可以上一點淡妝，日子漸漸上軌道，我姊說他們家附近開了健身中心，有體驗券送我，我就去啊。教練幫我做體適能檢測，體力不佳，體脂肪高達三十四，內臟脂肪也破表，我站在全身鏡前才知道自己已經變成歐巴桑了。我一直都是身體嬌弱的、纖瘦型的女生，沒想到一病幾年，胖了五公斤，腰臀贅肉肥大，肩頸寬厚，顯得頭很小，整個都不是我了。

我立刻加入健身房，買了私人教練課程，開始一週兩次的訓練。

這半年吧，我都瘋狂在健身，後來買了腳踏車，都直接騎車去上課，教練課一週上兩次，每個月就要花一萬多。起初夢宇看我每次訓練完都全身痠痛，費用也很高，就抱怨我「花錢找罪受」，但三個月後，看我日漸開朗健康起來，他就沒話說了，這方面他算是很寵我，給錢給得很大方。

我的教練是女人，卻比男人還要帥，真奇怪，這種人我讀高中時就遇過，現在大家都說是T，以前就是同學啊，校隊的，籃球隊的，學校裡有好幾個風雲人物，超帥氣。我們讀的是女校，每一屆都有幾個美女跟王子，我的教練Joe就是可以當王子那種。嚴格算來四十二歲的我都快可以當她媽了。Joe二十七歲，金色短髮，強壯的二頭肌，穿著合身的運動衣，看來幾乎平胸（胸部都練成胸肌），黝黑的臉，深刻的五官，睫毛好長，不笑的時候很嚴肅，笑起來臉上有酒渦好可愛。她為我設計許多課程，無論多辛苦，我都認真執行，每次訓練完，她會為我按摩、鬆筋，那是我最喜歡的時刻，身上的痠痛都變成一種難以言喻的快感，疼痛與快樂相連，在她的拉扯、按壓、推拉之中，我這連自己都不愛的身體，重新回歸到純粹的身體感官，肉體的各種功能、感受以及生長變化。從重量訓練時身體哪一塊肌肉該如何訓練，以及運動後如何相反方向拉筋放鬆，運動回家後隔天會有何處痠疼，肌肉如何慢慢改變形狀，要如何飲食，吃什麼食物，經過一個月兩個月三個月，因為體脂減少，身形很迅速變化。日復一日，這是我一生中最接近自己肉體的時刻，與生病時到處求醫，針灸、按摩、推拿、復健不同的是，肌肉訓練這種經過破壞再建設的過程，可以看見身體形狀的變化。我貨真價實在半年內瘦了五公斤，體脂減到百分之二十六，腰圍從二十八吋減到二十四吋，又能穿上年輕時的牛仔褲，小腹上柔軟的贅肉不見，變成平坦的腹肌。我感覺自己好漂亮，我突然發現我又有性慾了，健身過後的日子裡，身體保持著溫度，夜裡我時常想要跳上夢宇的床（生病後我們分床睡），向他求歡，無奈我已經拒絕他太長太久的時間，我自己也不知如何開始。有些夜晚，我春夢頻頻，有時是跟夢宇，有時跟Joe，更多時候是不認識的男人，各種光怪陸離、匪夷所思的性幻想在春夢裡實現，醒來我大汗，感覺已經激烈做過一場。

痛快淋漓。

人生走了一大圈。對啊，我都結婚了，卻對自己的女教練心生幻想，辦家家酒似的搞曖昧，所以我的丈夫喜歡跟客戶在空屋裡約會，這些事想一想也都不離奇了，我們本就是這樣的人，被婚姻規訓之後，找個空隙又鑽出去了。

走過生死一遭，如今還能穿上三十歲時的衣裙，重新化妝、打扮，身體散發潔淨與香氣，我感覺自己重獲新生。來到這棟樓之前，我曾想像過的未來，無論是結婚或單身，都不是現在這樣子，我以為我會住在有院子的屋子，就像我自小一直生活的那樣，獨棟樓房或公寓一樓，院子裡栽著花跟樹，巷弄裡可以聽見人家的吵架、電視、孩童彈鋼琴，一入夜巷子裡靜得很，早晨會聽見鳥叫聲。

我父親與夢宇的父親都是外省人，我們都是這附近的眷村長大的孩子，奇怪卻不曾見過面。父親的眷村後來改建成社區大樓，我們分配到的也是一樓，但那兒就有社區花園、運動場、圖書室等公共設施，但還不是摩天樓這種規模，是一棟一棟，像小森林似的，每棟十樓，一整個社區有十二棟這樣的樓房，佔地很廣。父親搬到社區後，常跟鄰居來往，母親死後，他幾乎都泡在社區的圖書室，在那兒下棋、看報，後來社區開辦老人食堂，他幾乎整天都在那兒幫忙，一直健康地活到八十五，突然心肌梗塞死去。

說了這麼多，我只是要重申，我相信我丈夫，他不會殺人，拜託你們一定要查清楚，不要冤枉了他。最後我要說，我愛他，因為我的怪病與執拗，使他變得孤獨，我有責任，我不會離棄他。

10——完美的空洞

陸小孟　26歲　阿布咖啡店工讀生

最初，我們都覺得美寶「拉拉的」，雖然她很漂亮也很性感，但那種美貌卻一點也不張揚，甚至是刻意地低調。她就是紮個馬尾（但她的馬尾特別漂亮，頭髮又黑又亮，露出光而圓的前額，像洋娃娃一樣），穿上白襯衫或白T恤、牛仔褲，上班時圍著店裡的黑色圍裙，身上經常什麼首飾也沒有，出門就是一個雙肩後背包，一雙球鞋，幾乎可以說是中性打扮，如果剪短頭髮，可能比我還帥氣。拉拉的，就是說她有lesbian的氣質，或者說，至少也是bi吧，這種東西很難界定，是一種氣質，至少表示她沒那麼在意自己的女性特質，不想吸引太多異性的眼光，這樣的女人，多半有些同性戀傾向。

我始終無法確定她有沒有，或者該說，她是不是。

然而這一年她外貌改變很多，有時會化妝，身上甚至飄散香水味。放假的日子，偶爾見到她，她甚至穿過短裙跟洋裝，連高跟鞋也套上了，這一切真不可思議，即使這樣的她顯得更美了，但我不能不說，我不那麼喜歡這樣的她，就像是我高中時為了怕女友的父母發現我們是情侶，我會刻意穿上女性化的衣服。我並不是說美寶是T，而是，我總覺得她這樣刻意打扮，是一種扮裝，好像是有誰喜歡她這麼穿，她才刻意打扮。我想她是戀愛了吧，可是她早就有男友啦，但是她身上瀰漫一種矛盾的氣氛，不能說她呈現某種熱戀的幸福，我只能說，她彷佛身陷困擾，當然，這是她一直給我的感受，既是歡快、亢奮的，卻又飽受困擾，無限苦惱。

即使如此，我也沒想過她會惹上任何殺身之禍，這是無論如何都沒法想像的。即使活在這樣亂糟糟的台北，覺得一切都越來越糟，世界要毀滅了，但等到身邊有人就這麼死去，才知道自己以往的災難感，還都是太幼稚了。

你知道最令人痛苦的是什麼嗎？就是你以為今天是最痛苦的，但永遠有更新的痛苦在後面等著你。

我一直以為被美寶拒絕是最悲慘的事，後來發現還愛著她卻要跟她一起工作更加痛苦，但如果為了躲避那份痛苦而離職，無法見到她是另一種難以想像的恐怖。結果，如今她就這麼死了，每天我仍舊來到這個我們一起相處了兩年的咖啡店，就像她還在的時候那樣開店關店，卻再也見不到她了，這樣的痛楚簡直是寒冰徹骨。然而，我想到往後的日子裡，我會從極度悲傷，變得逐漸習慣，然後有一天不再難過，這個過程，就是遺忘的過程，想到這些，我寧願忍受現在的痛苦，至少我的記憶裡還是鮮明地擁有她，我還能為她感到悲傷。

我知道你們想知道的只是關於美寶的死，我可能的涉嫌，或幫助案情的任何線索，可惜，我雖然默默愛了她這麼久，卻既沒有嫌疑，也無助於破案，我對美寶的人生而言，只是個不重要的工讀生。幸運或可悲的是，她死去十個小時，第一個發現異樣的人是我。那麼多人愛她，而真正衝進她家的人是我。

然而我還是知道一些事的，畢竟我們每個星期相處五天。週日公休，另一天排休，早晚班輪流，我們一起上班的時間還是很長，有時碰上節日，以前的室友嘟嘟會過來幫忙，中午時間最可怕，那三小時挨過就好了。

我總是不能遏止地關注她的一舉一動，我們偶爾也會傳訊息互動，只要她在我的視線裡，我總是特別留神，不想錯過任何一個她的動作，當她離開我的視線，我就揣想著她如何生活，做些什麼，但是，正如她的臉書也只是阿布咖啡粉絲頁的延伸，她不曾寫過任何「真正」的個人訊息，她可能會寫今天烤了什麼蛋糕，下午有什麼樣客人，天氣如何，某些可愛的、傷感的、帶有文青氣質的發言，但我知道那都不是她，她只是在「演出」，演出阿布咖啡裡的人氣美女店長

「咖啡貓」這個角色，真正的她不是那樣可愛的，甚至我也不敢確定真正的她是怎樣的，但在偶爾，某些一閃而逝的，某些在緊張、混亂的工作時刻她閃神現露的，一種纖細脆弱卻尖銳的，似乎可以聽見她腦子裡繃緊的弦快要斷裂的嚎叫，像指甲刮過黑板的刺耳聲音，這些是我感受到的，也是使我真正愛上她的原因。她不是個一般美女，正如她的長相，看起來五官都非常正，她的皮膚、頭髮、身材，都像是為了「美麗」這個詞而打造的，但全部的細節結合起來，卻透露出一種緊張，一種像是「畫皮」那樣的違和感，不像是一個從小就比同齡人都美麗、理當因這份美麗而享受特權、得到關愛那種確認與安心，甚至產生傲嬌；卻像是她將自己隱藏在這張皮背後，有什麼正要努力衝破這份美，或者努力不使這張皮破損，是那樣一份顫巍巍的美，在她看來優雅從容的儀態神情底下，是筋疲力竭的意志。

我一直是這棟大樓的住戶，搬到這邊三年半了，也伴隨著我研究所的後三年生活，我的劇本沒寫完，延畢，我沒去找工作，也沒出國念書，就在咖啡店打工，朋友笑說，暗戀才是我的正職。鍾美寶就是我的論文的主題。

這房子是我爸媽的投資，當初預售的時候一坪二十七萬，光是蓋就蓋了八年，加上交屋後這十多年，若要說這大樓跟我一起「長大」，也很貼切吧。母親喜歡投資房地產，老市區的舊公寓她手上有一堆，金融風暴時賠掉一些，但這幾年又增加不少，因此之故，我得以「二房東」的名義，與幾個好友分租這個四房的大公寓。當初父母本想讓我們全搬到這棟樓，所以買了四房的格局，但後來姊姊嫁到美國，哥哥到上海發展，爺爺奶奶又執意留在鄉下，父母倆就住在山上的別墅，方便父親每天早晨爬山。他們已經過著優渥的退休生活，大家離得遠遠的，我覺得很好。

認識鍾美寶的時候我二十四歲，如今我也二十六了，最初我們只是單純的室友，後來變成同事，而我不自禁愛上她，之後對她告白，然後就是漫長的等待。不知為什麼，即使美寶有男朋友，我還是愛著她，即使她說自己不是拉子，我也不願放下她，我對她一無所求，只願她能繼續讓我在店裡工作，陪在她身旁，看著她的一顰一笑，看她隱藏起來那些幽微的悲傷。

同居時代，四個房間裡，美寶住的單人雅房最容易出缺，有幾個朋友來住過，後來都跟女友同居所以搬出去，我們都笑稱那間是「桃花房」。房間不大，有一小扇對外窗，風景很好，當初爸媽地板跟衣櫃都訂製，小雅房沒有床，和式地板鋪榻榻米，加上記憶床墊，不用時收起來放在地板掀開的夾層裡，屋子可以收納得很整潔。大房間本來是我住，後來租給好友與她的女朋友，她們是劇場演員，另外兩間都是大雅房，長期租給一個舞蹈老師，另一間就我住了。我們這裡都是拉子，沒特意安排，自然就聚在一起，公共空間都收拾得很好，我們常輪流下廚，這邊收送垃圾很方便，房租也算得便宜，住戶都是長期。當初有人介紹美寶來住，一開始大家也覺得她就像圈裡人，那段時間，咖啡店剛開幕，她早出晚歸，夜裡回家，偶爾遇上我，會煮麵給她吃，就是那短暫的一小時，我們在客廳暢談許多事。我大學時期就喜歡做菜，自己看食譜也學了不少西餐，她問我要不要去打工，我想我是衝著可以跟她一起上班才去的。但咖啡店氣氛很好，工作單純，只要反覆操作，勞力而已。一開始我只做工讀，一週上班兩天，慢慢時間加長，工作量越多，有班我就上，可以跟她在一起，領多少錢都不在意。

或許因為自我認同是T，高中時代我就會煮東西了，照顧女孩子啊，誰要我總是喜歡上漂亮女生，要人疼惜那種。以前不懂得追求，就是一味地對人好。我的第一個女朋友，是大學學姊，我總是去窩在她租的套房裡，電磁爐、大同電鍋，看著食譜，我就能變出三餐，手藝不能說多精湛，但後來咖啡店廚師不做了，我也勉強可以幫上忙。美寶教我做了幾種蛋糕，在店裡幾乎沒有停下來的時間。我喜歡忙，忙碌讓我不會一直沉溺在痛苦裡，忙碌讓我感覺跟美寶親近，忙碌是我唯一可以為她做的事。

我知道她在戀愛，男朋友是工程師，他們是朋友介紹認識的，但我不認為美寶真的會愛上那個工程師，他們的相處方式太奇怪了。大黑每次星期六來店裡，就是抱著電腦不知在做什麼，他們倆很少互動，大黑很沉默，看起來是好人沒錯，但總是讓人覺得有點控制欲，不知該怎麼說。他每次來店裡，東摸摸西看看，什麼東西壞了都要修沒壞也想保養，有時音響好好的，他也要拆下來看，弄得我們很困擾。但我又知道那也是他在表達對美寶的愛，大黑對我好像有點敵意，又好像跟我很哥們，這種男人我受不了，心裡有些什麼地方卡住了吧，或許，交到這麼漂亮的女朋友，心理壓力很大吧，最重要的是，當你自覺配不上她，你明知道她不可能為你瘋狂，她對你的愛頂多就只是喜歡，這種感受，會讓人抓狂。

像我是已經死心了，美寶不愛我沒關係，不讓我愛的話，我就要瘋了。

但同住不到一年，她就搬走了，搬到套房去住，我們還是同一棟樓，但除了上班，其他時間就很難看見她了，她開始改變是從搬到套房之後。

靜夜裡，我會想起她美麗的臉，她柔軟的身體，同居時代，那些生活的點滴。我依然覺得我們是交往過的，以某種程度在愛著彼此，不這樣想我受不了，因為我可能還會一直愛著她，我這一生可能都會困在這份無望的愛情裡。想到自己並不為自己愛的人所愛，那份無論多麼親近熟悉的感情，永遠也不會變成愛情，有時，會讓我絕望得想一死了之。

命案發生那天，就是我請管理員撬開美寶房間鎖頭的前一天，店裡非常忙，有很多蛋糕訂單，美寶幾乎都關在烘焙室裡，外頭也是鬧烘烘的，這可能是馬後砲了，但我覺得美寶那一陣子都處在強烈焦慮中，焦慮到心神不定，工作上時有差錯，這在她是絕對不尋常的。她對自己工作的要求百分百，即使感冒發燒也會準時來開門，即使沒辦法上班，她也會打電話給我，請我過來先開門。營業時間到了，店門卻是關著的，在美寶的信念裡，這就是「不敬業」。

某個程度來說，她對人的過度親切與對自己的過分嚴格，似乎是一體兩面的事，就是「自貶」。我敢說無論在她童年生長的小鎮或是來到都市，她都算是個美女，即使在五光十色的大台北，女孩子多會打扮，穿著如何時髦，髮妝怎麼厲害，美寶的臉孔，比起經過完美化妝術包裝過的臉，依然不遜色。很難想像她過著艱辛的童年，很小的時候就出來打工，或許那些辛苦勞頓還來不及摧毀她的外在吧。瓜子臉，皮膚細緻，尤其是一雙清澈大眼，特別漆黑的眼瞳，兩頰有淡淡的雀斑。就比例來說，眉形如遠山，鼻樑雖不夠挺，但小小的鼻頭微翹，卻顯得調皮，嘴唇小巧淡薄弧度美好，使她的美貌帶有一點童稚的氣息，不那麼迫人。或許因為長期不化妝，而且一直保持著運動的習慣，吃喝都清淡，她身上整個散發的就是所謂的「療癒系清新美感」，跟她做的蛋糕很像，看起來很樸素，吃起來沒負擔，還會讓你感覺自己內在有什麼很空寂的東西被撫慰了，而且會上癮。好啦，我說的可能都是我自己的感受。

以前我對美女很感冒的，覺得都是些公主病，躲都來不及。我交過幾個女朋友，都是屬於女強人型的，不過女強人跟公主病都很難相處。我不知道私底下的美寶如何，但工作上，或早期我們當室友的時候，沒話說，她真是個非常好的生活伴侶，完全替他人著想，甚至到了過度有禮的地步，缺點是，你就是覺得她依然無法親近，即使她看起來已經毫無防備了，認識她這麼久，我還是覺得她總是把自己收藏完整，或許因為收得太好了，自己想要把那個東西找出來，也找不到。

話說那天，到了晚飯過後，我們都筋疲力竭了，那個星期五晚上是「阿布之夜」，有人包場了，我倆都可以提早下班。我問美寶晚上做什麼，真希望她可以說「沒事」，那我就會約她去看電影。但她說「弟弟要來找我」，眼神就又不知飄到哪了。

顏俊這次出院，似乎讓她很苦惱，之前與我商量過是否讓顏俊到我們的公寓住，但公寓裡沒有辦法加入男室友，我想美寶那兒畢竟是套房，兩個人住也不妥當。美寶說：「很怕阿俊在家裡跟我媽住一段時間又會發病。」找了一些房子都不合適，主要是美寶經濟負擔太重了。

這是她唯一對我吐露的心事，雖然不至於向我借錢，只是在商量租屋的過程提過母親常向她要錢，她還背著三百多萬銀行貸款。她說如果有人到店裡來找她，或問她住戶地址電話，絕對不要說出去。美寶提過以前每一、兩年就要換工作，都是因為被母親找到了，或者銀行來催討欠款，也有地下錢莊找上門的。阿俊長期住在療養院，是精神分裂症，外觀看起來都沒事，但發作的時候有幻覺，說腦中那聲音叫他殺死自己，會自殘，也自殺過很多次，後來我跟幾個做社運的朋友打聽，找到了一個臨時照護之家，專門收容精障人士，還有工作坊，可以學習技能，阿俊就住那兒，每一、兩個星期會來找美寶，時間跟大黑錯開，是星期五來，星期六離開。不知情的人，一定以為美寶有兩個男朋友。

那個週五，美寶的電話很多，平時很少見她看手機，除非是在休息室裡。只要在店裡，她手機一律關無聲震動，我們也都有默契，上班不滑手機，有電話就到外面或後頭去接。但那天美寶的電話之多，使她頻頻到後面小廚房講話，臉色一陣青一陣白的，我猜可能是阿俊的事，不然就是跟大黑吵架，但這怎麼可能？你如果見過她跟大黑相處的狀況，就知道兩人不可能吵架，倒不是多恩愛什麼的，而是大黑很尊重她，那種尊重法，簡直叫做崇拜。

但七點之後我們都下班了，晚班工讀生美美跟晚上的吧枱顧店，阿布會帶人過來。派對八點半開始。

美寶沒說晚上去哪，但阿俊七點前就到了，一樣是一臉憂鬱坐在一旁，他們倆湊在一起說話，美寶像是一直在安撫他，也像兩個人在討論什麼，我沒多問，我先離開，臨走前美寶跟我說：「好好休息。」語調是那麼溫柔，我沒想到那會是她對我說的最後一句話了，只是習慣性地回頭再看她，隔著玻璃窗，她跟阿俊嚴肅地說話，眉頭深鎖，即使是那樣的她，也是美麗的。

美寶還跟我們住的時候，有一回我在客廳的大餐桌上趕報告（臥室的書桌太小），美寶突然跑出來，以為她在夢遊，卻是還沒睡。那時的她看來無助，與白日大不相同，客廳靜靜的，無聲電視播放著，她裹著毯子，窩在沙發上，模樣令人疼惜。我放下手中的書本，到她旁邊去，她沒來由地說起很多話，我不知怎地膽大起來，握住了她的手，她似乎沒感覺，繼續說話，我猛地抱住她，她完全沒掙扎，像是全身沒有力氣一般，靜靜地依靠著我，我想進一步動作，但卻發覺她似乎神智不清楚，覺得這樣做太趁人之危。她在我懷裡。就那麼緊緊地，像抓住什麼不然就會沉沒一般，「生命一直沒完沒了的，簡直可怕」，她輕聲地說，就安靜了。

不知怎地，我開始哭起來，其實我很好命，一輩子沒遇過什麼困難，爸媽都是公務員，不曾讓我為錢煩惱，想做什麼就可以做什麼。然而，擁抱著美寶時，我知道自己的生命是空洞的，我如此地愛她，渴望她，但可能連她也無法使我感到充實。為什麼我就是不愛生命？我無法感受到活著的喜悅、生命的熱度，任何事物，都只是經過我，輕飄飄地，我不斷拾掇他人的痛苦，拚命地進入那些受難的現場，為的只是我的愧疚感，我為自己如此幸運地活著卻毫無快樂可言，感到愧疚。

然而愧疚感無法彌補什麼，拚命地搞社運，一次一次上街抗爭，想要用自己微薄的力量為他人爭取權益，以為只要可以為別人做點什麼，就可以阻止我生命那種不斷流失的感覺。但其實沒辦法，我內心裡有什麼不斷崩塌著，是所謂的信念，我沒有這個，沒有任何我必須、非做不可的事，我離開了那些現場，依然感到空洞。

第三部

1——林大森

可笑吧，一個男人把老婆跟情婦放在同一棟大樓裡，只為了圖個方便，簡直是愚蠢。說來你們也許不信，我是搬來這邊才遇見美寶的，之後我一直想搬走，沒找到更合適的房子。我妻子有孕，搬家怕動了胎氣，我也不能要求美寶搬家，畢竟她工作的地方就在樓下，但上週美寶突然對我提出分手，毫無預警，或許是因她也知道我的為難、我的膽怯，想幫我一把，讓事情在曝光前安全落幕。

是在案發前那週的週一早晨，我們固定會面的時間，我按門鈴，她隔了很久才開門，她已經穿戴完整，好像要出去跑步或赴約，或是剛回到家？看起來就像是忘了我們的約會，或者不準備跟我見面，氣氛非常尷尬。我不懂為何幾天前還深愛著我的她，會突然變得如此冷漠？

她並非冷淡待我，反而是客氣有加，倒了茶給我喝，端坐在沙發上。她說：「有事想跟你談一談。」

之前我一直害怕有這麼一天，怕她想攤牌，要我離婚，或她有了孩子，或其他需要，雖然這可能性很小，有時我害怕的是茉莉想要跟我談一談，總之這不是一句好話，背後總帶著你無法抗拒或不喜歡的選擇。

「我們分手吧！」她直截了當地說。

我當場愣住。

我伸手去拉她，抱著她，她似乎已經下定決心，不做任何說明，也不給我緩衝或商量的餘地。「為什麼要分手？」我艱難地說著，腦中依然難以理解她的話語，好像有嗡嗡的回音在腦子裡迴盪。

「請給我兩個星期的時間，我會搬走。」她又說。

「到底發生什麼事？」我吼叫起來。

「我有喜歡的人了，我們準備搬到鄉下開個小店。」她說。

不要用這種膚淺的藉口打發我。難道是想激我離婚嗎？但美寶不是這樣的性格。

「如果我離婚呢？你還會走嗎？」我問。那時我確實想到，我也可以離婚，跟她搬到外地，開個小公司，一切就都解決了。

「不用了，真的，謝謝你的照顧。」她很禮貌地欠身，做出感謝的樣子，我嘩的伸起手打了她一巴掌。為什麼會這麼憤怒，我不知道。

我又把她壓在地板上，剝光了她的衣服。這時，有人來按門鈴。

「就是他嗎？你說的那個人？」我問。

美寶滿臉是淚，沒有說話，我站起身要去開門，她跳起來擋住了門。「不干他的事，我沒別的選擇，我必須離開這裡，否則你的家就毀了，我們的愛也會毀滅的，你會恨我的。」她低聲地說，好像害怕聲音太大會激怒我。

敲門聲繼續。

過了許久，我聽見腳步聲，那人離開了。

我望著她紅腫的臉頰，才整個清醒過來。我到底做了什麼？前段時間不是我自己冷落她，矛盾於分手不分手，誰該搬走誰不該搬走？如何善後？如何善了？美寶主動提分手，對我不是解套嗎？我憑什麼打她？

美寶赤裸著身體，臉上還有淚痕，被打過的臉頰又紅又腫，我趕緊拿毯子給她蓋，又到冰箱拿了些冰塊，包在毛巾裡給她敷，我安慰她，向她道歉：「我們好好談談，我不會勉強你。」

她一直哭個不停。

童年時的美寶，我一次也沒見她哭過，相較於同齡的孩子，她的神情總是過分成熟了，只是因為長得甜美，顯得稚氣，當時的我總為她那樣近乎冷漠或自外於世界的神情所吸引，確認我們是同一種人，對於所處的環境、身邊的人，都感到一層隔閡；對於自己的命運，發生於自己身上的種種，無奈地一一承受，好像唯有不露出哀傷或快樂，才得以讓自己繼續存活。然而，每次我們三人去游泳，當海水托著她，或是我用手與身體托著她漂浮，她會露出很罕見的，完全放鬆的愉悅神情，那種放鬆的愉快，也是超齡的，是唯有長期負擔著過重的包袱的人才會有的那種突然「鬆了口氣」的釋然。我不知道美寶這些年發生什麼事，她到底如何跟著那樣瘋狂的父母長大成人，但自從我們相遇以來，她笑得多，哭得也多，即使她說要與我分手的時刻，我也還知道她是愛我的，而我有多麼自私。

我們相擁而泣。

或許這是最後一次像戀人一樣相擁，我對她的慾望高張，恨不能再一次一次深入她，永遠待在她溫暖的內裡，不讓任何人佔據，不讓其他人碰觸她美麗的身體。但我只是抱著她，感到她的脆弱與堅毅。「這房子給你。」「你不用搬家，我會搬走。」我說。

「我真的要離開這裡了。」她說，「我想要重新生活。」她又說。

我問她為什麼，她不回答。「我永遠不會忘記你的，大森哥哥。」她又一次喊我大森哥哥，我知道，我們的愛情結束了。

那天衝突的過程就是這樣，大約半小時後，我離開美寶住處去上班，我就沒再去找她了。最後一次，就是週五晚上，那天我應酬到很晚，十一點多吧，在停車場一停好車，可能醉了，也可能過度思念，我不自覺就摸出磁卡上到她的樓層，但我按了很久的電鈴，沒人應門。

你們怎麼說我，我都不在意，事到如今，我太太也知道了，所有一切都被攤在陽光下，過程似乎也沒那麼可怕，可怕的是，美寶死了，無論我有沒有罪，她都已經死了，死了就是沒有了，我不曾想過真正完全地失去她，若知道會如此，我寧願我們不曾重逢。

如今，美寶死了，我成為嫌犯，只是內心哀傷是否因為自己的出現將美寶的生命翻轉，使她走上絕路，我知道人不是我殺的，然而，或許在另一義的世界裡，當我卸下她的衣裙分開她的腿進入她時，我已經將過去的美寶殺死了。

2——林夢宇

有時你不會感覺自己其實並不是自己嗎？或者該怎麼說？自己其實有很多樣子，大多數的面孔是被遮蔽的，被好先生、好爸爸、好兒子、好情人的面孔蓋住，以至於深夜裡你洗完澡望著自己憔悴的臉，會突然不認得那個沒帶著微笑的人，你的臉如此之垮，法令紋深得像被刀切過。

一張臉底下有另一張臉。

我為何要躲在出租的空屋裡？這是一種個人偏好吧，雖然此種作為有負委託的房東，對將來的房客也不夠尊重，但，當屋子尚未有人租賃、購入，屋子還是一種空白的狀態，產權上屬於房東，但空間意義上，也算屬於我的吧（某種意義上來說）。我擁有這些鑰匙，也短暫地擁有了這個空屋的使用權，這麼多年來，我只是逐一地，不厭其煩，重複又重複地，帶人去看房子。我想要與這些年復一年不斷更換主人的空屋進行更深度的交流，不，扯遠了，心態無須研究，就是怪癖而已。

但是，當我與某個女人，唉，現在已經沒有女人了，但過去有，那幾年的獵豔時光裡，我不是為了省旅館錢，而是在旅館我就沒辦法，我自己清楚。激起我慾望的，不只是這些女人，更是這種在空屋裡的刺激。準確來說，我平凡乏味不斷重複的人生，已經無法有所改變，唯一可以改變的，僅有在攜同某位女子假借看屋之名，或者在看屋的過程裡一時興起，或，早就相約只是在等待一個合適的空屋，這樣的過程，使得我這充滿租售買賣的淺薄人生，有了山高水深，有風景變換，有類似於白日夢，那樣的風光綺旎，無限可能。

偷窺？

我不只是偷窺，我還偷偷潛入。有一天我終於鋸開了隔板，從回風口進入她屋內，所以屋裡有我的指紋。在鍾美寶去上班的時候，我像一個小偷似的潛入，躺臥她的沙發，鑽進她的睡房，這是孬種的我，唯一敢做的事。

待在鍾美寶房間，我想起許多事，記得以前有部電影叫《重慶森林》，對，我以前可也是文青，一九九五年，我在幹嘛？大學畢業第一份工作是賣兒童百科全書，真是挨家挨戶推銷，我負責的就是雙和區跟新店、三重。騎著摩托車，到處跑，夜裡我就去窩在MTV看電影，那部戲，王菲剛出道，剪個小平頭好酷樣，她暗戀梁朝偉，偷溜進人家屋裡，換毛巾、肥皂，打掃，缸裡倒金魚，就是這些事。當然我沒打掃，我只是想像著美寶那漂亮的身影，我穿梭在她屋裡，卻不動她任何東西，不曾對著她晾掛在浴室的內衣褲手淫，我不用做這些事，光是她殘留在屋裡的香味，她擺設屋子的方式，甚至，只要待在知道她曾經待過的房間裡，我就興奮到無法自已。那種快樂，無須任何其他具體行為來表達，我只是靜靜地沉醉。

當然不是我殺的，我恨不得她能活到天長地久，讓我永遠可以下樓就看見她，讓她對我微笑，煮咖啡給我喝，我是個變態，但我可沒犯罪。

3——李茉莉

早上九點鐘，門鈴響了。

兩個警察在門口，接下來的一切就像失控的列車，完全駛離我的想像。他們說大森涉及一樁謀殺案，他們在辦公室直接帶走了他。三天前有個二十九歲的女人就死在我們住的這棟樓裡，就在大森描述的「很亂那邊的C棟」，女人手機裡有大森的電話號碼，案發傍晚兩人通過電話，是由大森這邊撥出。屋裡酒杯上留有大森的指紋，女人體內檢驗出他的精液，女人被枕頭悶死在床上。大森是頭號嫌疑人。

我被這一連串的說法震住了，無法想像大森這麼嚴謹的人，會把女人藏在同一棟大樓裡？偷情？殺人？到底哪一樣比較不讓人吃驚？

警察給我看死者的照片與身分介紹，才知道死者就是我常去的咖啡店的店長，那個每次都細心幫我製作貓爪子拉花咖啡的漂亮女孩，鍾美寶。

別管這麼多，交保要緊。我抓上包包，準備跟警察到警局，出發前，給父親的律師打了電話。

*

從警局做完筆錄回家，屋裡太靜了，大森還關押在看守所，也不過是兩天的事，這個曾經叫做「家」的地方，就完全變成一處空殼，唯有我肚裡的胎兒不斷踢蹬著，好似要提醒我自己的責任，不任我迷途走進黑暗的迷宮中。

或許是我殺的。

我在燈光全黑的客廳想著，是我殺的。我本該去洗米煮飯，但大森不在，這一切顯得沒有意義，我們已經失去了應該遵守某些規則、使生活易於運轉的理由，因為「生活已經被摧毀了」。可能是我。我搖晃米桶，聽見沙沙米粒撞擊塑膠桶的聲音，沙沙的，像是殺戮之聲。

會不會是我？是我偷了鑰匙去複製，等美寶上班時潛入屋內，拿家裡大森用過的紅酒杯去屋裡調包，第二天晚上，在美寶下班前潛入屋內，在冷水壺裡加入磨成粉末的安眠藥，等她一昏睡我就勒殺了她。用的是大森的領帶。

劇情都對，細節也相符，如果不是我，怎麼可能知道這麼多？為什麼我殺人還要嫁禍給大森？因為我不能放過他們倆，我要讓他知道，把我當成有錢人家的傻妹戲弄，要付出多少代價。

我不是如他想像中那樣純真以及白痴的，不如他想像地快樂，也沒那麼愚蠢。大森瞧不起、又懼怕著像我這樣的女人，智商低，閱歷少，但家境富裕，出身好，不夠漂亮，卻足以吸引各種男人，輕易可以得到幸福，即使婚姻不幸，也可以回娘家避難。唯一可以使我痛苦的，就只有他。

或許是我殺的，我越來越肯定這種可能，儘管我也不確定自己怎麼發現大森與鍾美寶的關係，但我早就知道他延後上班時間的事，我也曾在他的皮夾裡發現另一張磁卡，我曾在他帶多多去遛狗時跟隨過他，他只是把多多放在中庭裡隨意讓牠撒尿，就搭上另一部電梯離開了。每天早晨他都心不在焉地看報、吃早餐，像在計算什麼一樣加快吃早餐的速度。我沒有跟他去，可是我知道他有女人，他西裝上不止一次黏附著長長的頭髮，他身上有洗不掉的女人香味，而且，他看起來前所未有地瘋狂，似乎非常快樂，也極度苦惱。

我相信大森還是愛我的，他可以離開我，但是他沒有，即使，他捨不得的是因我而擁有的這份生活，但這只是他的不安全感作祟，他憑自己的力量，也可以得到這樣的生活，我不由得相信，即使有了那個女人，他還是離不開我，捨不得我。

然而，他卻讓我置身於地獄裡。

我是在咖啡店女人的身上看見她戴的項鍊，才串起了所有一切。那條大森到巴黎出差買回來的名牌水晶項鍊，就在同一時間，我看見美寶頸子上也戴了一條，我的是粉色，她的是藍色的，這是限定款，太過巧合。直覺讓我突然領悟一切，我無法原諒他的愚笨，如果願意花這麼多心思費神來騙我，為何要在這麼小的事情上出錯？我直接問她住哪樓幾號，說改天要去拜訪她，美寶一直不知道我就是大森的老婆吧，或者她知道？那就更不可饒恕。

她讓我去了她家，在某個大森出差的星期六上午。店開門前，她送我自己做的果醬，我送她珠寶盒的麵包。臥室那邊我沒進去看，木頭拉門隔開了一切，但那張沙發我認得，我跟大森一起去選家具時，我脫口說這張兩人座很漂亮，一張十三萬的黑色皮沙發，經典復刻版，大森根本沒有這麼好的品味，我看這個女孩也沒有，我為她感到可憐，連禮物，都是我替她挑的。

為什麼要殺死她？如果是我殺的，那麼，一定是為了恨。我恨什麼呢？不知道，從小，我就容易恨，我恨長得美麗的女人，大森或許覺得像我這樣出身的女孩，心中只有快樂吧，但我心裡種滿了恨，那是金錢無法挽救的。不是普通的美貌，而是一種妖魔般的美，就像我姊姊，美得像天仙的女人，智商卻低得跟狗一樣，但是美得令人顫抖。在我還是個小女孩時，成天跟前跟後繞著姊姊轉，她比媽媽給我買的任何洋娃娃都漂亮。美麗是一種彷彿刀刃一般的事物，在年幼的我眼中，我看見許多男人到我們家客廳，因為姊姊的美貌而打翻了茶水，看見姊姊眼神顧盼之間可以傾覆的事物，看見擁有五個孩子的父親，卻只顧著寵愛美麗的大女兒，眼神裡有著露骨的親暱。在我們家，甚至連媽媽都怕大姊，她的一舉一動，都牽動著父親的喜樂，而她偏又喜歡操弄人心，總把大家弄得七上八下，為她奔走、爭執才肯罷休。姊姊生來戲劇性，如果不是父親阻止，她應該去當演員的，一般強度的人生於她已經不夠，我看著父親母親因她眼神發亮或黯淡，因她狂喜或悲傷，另外兩個姊姊只顧著買衣服、打扮、交男友，只有我，始終睜著清亮的眼睛看見家裡荒謬的一切。

我們本就是有錢人家，金錢加上美貌，使她無所不能。但我姊那個白痴，越大越笨，除了操弄父親，使母親悲傷，只喜歡吃喝玩樂，只願意當醫生太太，完全沒有找到足以匹配她的美貌的男人，她只想找個聽話的丈夫，繼續任性度日。姊姊滿十六歲之後，父親也不再那樣迷戀她了，轉而疼愛小姊姊六歲的我，然而父親總是在眼中流露失望的神情，他看著我時，就像看著一個劣質的複製品。

聽說姊姊婚後一直劈腿不斷，我才稍感安慰，姊夫始終沒離婚，姊姊產後也還是貌美，那股子白痴般的幸福感大概就是大森從我身上感受到的。但他錯了，我並不快樂，當你見識過極光，知道自己只不過是個幸運的平凡人，所有一切都令人感到無味。

我會拒絕父親安排的婚事反而嫁給大森，是因為他是與這一切悖德與瘋狂無關的事，啊，我終於說出了那個字眼，悖德。我們那個金玉滿堂的家，活脫脫是個悖德之家，高中時發現母親沉迷於牛郎店，被父親抓到之後，她卻又迷上某神祕宗教，在我看來兩者是一樣性質，瘋狂、花錢、熬夜、傷身。而父親在女兒都離家後，女友一個比一個年輕，後來的對象甚至都比我還小三歲的女模特兒，父親甚至因此投資了一家連鎖服飾品牌，讓她當品牌代言人。

那個咖啡店的女人，擁有的也是那種令人憎恨的美貌。看見她的臉時我感到全身顫慄，如果大森第一時間就對我承認他的婚外情，我可以諒解的，真的，那樣的女人，生來是要讓男人瘋狂的。為了擁有把那張臉細捧著到眼前聞嗅、舔舐、親吻、撫愛甚至佔有，付出再多代價亦無能阻止，男人是這樣的生物。

我恨什麼呢？恨到必須殺人？嫁禍？我自己亦不知情了，肚子裡懷著的嬰孩，還未鑑定性別，但願是貌美或英俊，卻又不足以傾國傾城，為自己帶來災難。我第一次去阿布咖啡，看見鍾美寶，我心中是同情她的。不知何故，應該嫁給有錢人，過著更舒適的生活，她有這樣的條件，卻在那兒日復一日地洗杯子。然而有一部分的我也是羨慕她的，我知道有人會愛她，會捨命愛她，只是那時我還不知，那人就是我的丈夫。

4——李有文（大黑）

我永遠不會忘記第一次看見她的樣子，及肩中長髮，散落覆額的劉海，底下是一張小巧的瓜子臉，幾乎沒上妝，眉形如遠山淡影，臉頰散落幾點細細的雀斑，更顯得白皙，右頰有個酒渦，五官靈秀。她穿著白色七分袖素T，牛仔褲，身上沒有其他色彩，好潔淨，該怎麼形容呢？就是清新，即使那是個燈光昏暗的酒吧，她一站在那兒，好像有盞燈往她臉上照似的，整個角落就緩緩亮起來了。沒誇張，見過她的人第一印象應該都是如此，不是美豔動人，也不是光彩奪目，而是皎潔月光一般，靜靜地，掃亮一切，把她周邊的事物都變得柔和溫煦，真的是讓看的人都詩意了起來，會覺得自己手腳笨拙，目光粗礪，好像光是用眼光凝視她，都會將她弄髒了。她像是習慣被注視，卻也還是會害羞那樣，我望了她一會，她欠身一笑，那微笑就像是說，真是不好意思，讓你費心了，沒什麼呦，只是一張臉而已。她的神情既不張狂，也不自戀，眼光直直望進你心裡，非常坦率自然。

她那樣淺淺一笑，好像我們就認識了，我不知道她是不是對誰都這樣微笑，但那是誰都無法抗拒的笑容，好像很久以前我就在等待著有個女人這樣對我一笑，讓我知道，整顆心像奶油那樣融化，是什麼滋味。

三年前，我只是去參加朋友的生日慶祝會，地點是一家酒吧。晚上八點鐘，我到得晚了，一進門，大夥已經鬧開，她站在吧枱，就是我看見她的地方，我呆立了一會，朋友來拉我，我還回頭看了她。

本以為沒機會跟她說話，大夥鬧得厲害，壽星是我們公司同事的女友，慶生兼聯誼，席上都是單身男女，玩起相親遊戲。我對這種熱絡亂鬧沒興趣，就躲在一旁的自助吧前猛吃生菜，吃著吃著，才發現吧枱的女孩也來吃生菜，好像很喜歡紅蘿蔔條，「我喜歡吃蔬菜。」她大方地說，「我也是。」我說。其實不是，我只是在躲人而已，但跟她一起吃，覺得蔬菜也特別甜，很自然地說起自己的工作。說她叫做鍾美寶，我也說自己，我們聊了五分鐘之久吧，我得知她二十六歲，比我小一歲，其他時間我們在聊什麼呢？忘了，好像很自然地你一言我一語，我想她一定是很擅長應付陌生人，可能是吧枱的工作訓練的。她說平時在附近的咖啡店工作，酒吧是同一個老闆開的，有人包場所以來幫忙。我說，朋友為了湊人數又把我拉來，才發現是聯誼活動啊，她又聳肩笑笑，好像說了很多，又好像什麼也沒聊。如果不是有人喊我我根本不想離開那張桌子。即使回到座位，她的神情、笑容、說話的聲音一直盤旋在我腦中，真是如影隨形，我隔著桌子望她，她回去吧枱忙碌了，偶爾看向我這邊，會給我一個很有默契的笑容，天啊，我頭一次體會到什麼叫做「神魂顛倒」。

朋友看我失神，問我是不是喜歡鍾美寶，我搖搖頭說，不可能啦，像她這麼漂亮的女生就算沒有男朋友，追求者也一定很多。朋友笑說，不試怎麼知道，大家都像你這麼想，美寶永遠嫁不掉。「偷偷告訴你，她目前單身，要追趁早。」

在朋友的鼓勵下，第二天我就去美寶上班的咖啡店報到了。說起追求女孩子我真的沒什麼絕招，就是等待跟守候。以前從不喝咖啡的我，就此守候那家咖啡店，每天下班都會趕過去，就在店裡吃三明治，喝黑糖拿鐵，有時也會吃蛋糕，店裡賣加值卡我一儲值就是兩千元，以示決心。我這人大凡一旦下了決心，會做到不能夠為止。我倒不是覺得自己一定追得到，但每天下班之後，可以在店裡看見她，一整天的疲憊都消散了，即使從公司到咖啡店路程要四十分鐘，就算颳風下雨，只要店開著我就去。美寶也住得遠，她家離我家更遠了，後來我去買了輛小車，打烊的時候就送她回家。她起初推卻，後來很自然地接受了。

大概這樣等了半年左右，有天美寶問我：「是不是喜歡我？想跟我交往嗎？」我嚇了一跳，因為這該是我提出來的，但由她來說，也很好。我使勁點頭，她笑說：「真不知道你會等多久才開口，傻瓜。」或許一開始，她就把我當成傻瓜了。

愛一個人不一定非得跟她在一起，我是從二次元的世界裡學會這個道理。我以前只愛平面的人物，現實生活裡的女性，對我來說，該怎麼形容？心思太複雜了。大學時我交往過班上的女生，公主病啊，要你猜這猜那，簡直是算命比賽，我輸了，被當作不解風情，粗心大意，只活在虛擬世界的臭男人，我也就繼續不解風情下去。但跟美寶在一起，我很注意不要再犯這種錯誤，她不是要求很多的人，幾乎可以說沒什麼要求。後來她換到這棟大樓上班，也搬家了，工作很忙，就希望我們只在假日見面，平時打電話傳訊息即可。我們感情穩定了，我自己工作也忙，買了房子，經濟壓力變大了，我有跟她結婚的打算，先拚個幾年，這樣的安排也算合理。

相處的時間裡，大多是我週六去咖啡店找她，夜裡住在那邊，週日傍晚我再回內湖，偶爾，她也會到我的住處來。今年六月房子交屋後，還很空，美寶總是說慢慢整理，似乎不急的樣子。我自己對住的沒講究，她說要請人來設計，都需要錢，所以房子一直空著，碰上她二十九歲，不宜結婚，就想等到明年，把屋子裝潢好，接她過來住。婚禮的事跟她商量過，我才知道她家境不好，媽媽在洗腎，弟弟身體不好，真要結婚也是公證吧，低調點，但我知道她對於搬到內湖感覺很不安，因為離家人太遠了。這些我都考慮過了，真不行，就把內湖的房子賣了，換到雙和去，同樣坪數的公寓，幾乎不用貸款。我說也可以一起照顧她媽媽跟弟弟，不用擔心，婚後工作還是可以繼續，不想做的話辭掉也沒關係，我是暗示她可以生小孩，這些事我也沒有特別想要，但我想我爸媽會想抱孫子，不過我都可有可無，只要能跟美寶一起生活就好。結婚大概就是這樣，把平時週休二日的生活延長，跟她在一起，我覺得平靜而幸福。

這只是我個人的感覺，我總覺得她沒有跟我同步的快樂，這是我覺得歉疚的地方，她可以為我帶來好多，我能為她做的卻很少。約會的日子，週六她都在上班，偶爾排休，我就開車帶她出去逛逛，但她總是很累的樣子，說寧願在家休息。她平時睡眠不好，放假可以睡上一整天，去練瑜珈、慢跑，我們倆可以一起做的事大概就是慢跑吧。她不下廚，我偶爾會做點東西給她吃，我是努力上網查過食譜練的，但真的是不怎樣吧，美寶吃得清淡，只要買有機蔬菜、豆腐、新鮮的魚、有機糙米，真的是隨便煮一煮，她也吃得很開心。認識她之後我也吃得清淡了，光是體重都少了五公斤。很健康。

大家都喜歡美寶，男人都圍繞著她轉，我也思考過為什麼她會選擇我。我長得算端正，父親公職退休，母親是家庭主婦，有一個妹妹，我們全家人都很喜歡美寶，沒話講，她就是那種帶回家時自己都覺得好驕傲啊的女生。完全沒有漂亮女生的傲氣，吃完飯立刻會幫忙洗碗做家事，陪我爸聊天，連我妹都說，「一朵鮮花插牛頭上」。我就是牛個性、死心眼，從小做什麼都一板一眼的，認定了的事物絕不輕易改變，比如我認定美寶，我就不再看別的女人一眼，連虛擬的女孩我也不看了。打手槍，都用想像的。

這樣的生活是她要的嗎？我常問自己，她很少說自己，總是會談論店裡的客人，沒什麼抱怨，都是些好笑的事。她交了很多朋友，店裡的工讀生也都很乖，見面的時候，她就像微風一樣，除了比較喜歡睡覺，沒什麼問題。我覺得她有點過瘦，不知是什麼原因，她說夜裡睡眠不好，工作壓力大，所以假日要多睡。我知道她弟弟常來找她，有時半夜也會來，因為家裡鬧烘烘，繼父在家裡設麻將間，吸毒的、聚賭的，什麼人都有。她媽整天喝酒麻痺自己，一張臉黃得像隨時會死。交往一年之後我才知道，她弟弟跟她不同父親，她現在的繼父跟她沒血緣關係，據說才四十五歲而已，比她媽媽年輕五歲。這些事有點複雜，我也不是不能理解，主要是不太在乎，美寶喜歡的人我就喜歡，她想疏遠的人我就疏遠，至於連她都掌握不好距離的人，我就靜觀其變。

大家都叫我大黑，我個子高，皮膚黑，以前有女同事說我長得像織田裕二，我問美寶她也說像，有時她會很溫柔地說「好喜歡你的臉」，我就臉紅了。我對長相這種事不知該怎麼處理，讚美也是，我們家很少有讚美，爸媽都是比較內斂的個性，大概不闖禍就是對的，沒挨罵就是好事。我從小到大，功課、考試、就業，沒一件事讓他們操心。從小到大就是一個人靜靜地看書、聽音樂、打電動，母親是個鋼琴教師，我從小也會彈鋼琴，後來荒廢了，但一直都聽古典音樂，這個部分美寶也很喜歡。他們店裡的音樂都是我帶去的CD，每個月我們倆會去聽一次音樂會，那個時候，大概是美寶感覺最愛我的時刻吧，她對自己沒什麼自信，聽音樂我覺得很自然，喜歡聽的就反覆聽，但她好像認為這是件大事，找了很多書來看，每次去聽音樂會都像上學一樣，所以她進步得很快。我完全不碰流行樂跟爵士樂，店裡的工讀生有個小孟好像搞過樂團，他們對聽團很有興趣，美寶也會跟著去，那樣的日子，我就一個人在她的住處等她回家。

所以後來我知道了，要送她禮物，就送CD，再多也不嫌多的。去年生日，我找了一台舊唱機給她，是我爸媽放在老家堆灰塵二十年了，音質還是很棒，我爸爸很慷慨，把一百多張黑膠也都送她了，這些唱片我有記憶，童年時家裡氣氛最好的時刻就是母親放唱片的時候，客廳裡安安靜靜的，音樂像神一樣降臨。

我跟美寶就是這樣簡單而美好的關係，我不敢說自己多麼了解她，也沒把握我可以給她多少幸福，但是，任何問題我都願意跟她一起解決，這是我多次對她重申的。如今我知道她竟背負那麼龐大的債務，獨自面對那麼可怕的勒索，我覺得自責，也感到慚愧，最終，她依然沒有對我敞開自己，我想，是她把我想錯了，她以為像我這樣正常家庭出來的孩子，一切都很順遂，無法理解她背負與承受的世界，其實我理解，或者說，這不需要理解，只要承擔就可以了，但我願意承擔，她卻不給我這個機會。

有時我真希望人是我殺的，如果我有勇氣殺人，我也該有勇氣面對她不愛我的事實。這是事實，即使她可能會對我說：「不要說我對你的不是愛，這也是一種愛。」但我知道不是，然而，什麼才是愛呢？其他男人，就是她的愛嗎？她心中真有什麼可以稱為愛的東西嗎？

有時，我會發狂了似的反覆查看那些錄影畫面，即使那些畫面，每一秒都可以讓我發狂，恨不得挖出自己的眼珠，畫質如此清晰，彷彿就在眼前上演。可是我必須看，好像這樣反覆察看，我就能把我失去的美寶叫喚回來，即使，我一直認為那畫面裡的女人不是她，那些神情、動作、眼光、聲音，都不是我所認識的她，到了此時此刻，我也可以從那些貌似她卻不是她的畫面裡，辨認出，某些，我所知道的美寶。真正的美寶隱藏在那些不斷變貌的女人之中，那些彷彿千面女郎，忽而嬌癡、忽而狂野、忽而冷峻、忽而醜怪的臉，總有一分鐘，會是我所認識的她。

沒錯，是我，一個月前我在美寶的房間裡裝了高畫質攝影鏡頭，音像俱全，鏡頭由電腦監控，都接收在我的電腦裡，就是警方查獲的那一套設備，這對我是小case，我還可以遙控監視美寶的電腦、手機，這就是我的專長。

我沒想到自己會變成這樣，原本一切都很順當照著我們希望的節奏，一點一點前進著。我從不懷疑她，甚至到了後期她變得很奇怪的時候，我依然努力不去懷疑，然而懷疑就像天空飄下的種子，一旦落地，生了根就是無法控制地亂生長。

美寶太奇怪了，她好像已經在失控邊緣。她上班的時候，心不在焉，時常被烤箱燙傷；她總是打瞌睡，身上有不知名的傷口，她推說夜裡失眠，有時會絆倒。但是不可能，她運動那麼多年了，體能超好，以前也沒見過她有容易瘀青的體質，即使傻笨如我也知道有些部位不可能單靠自己跌倒受傷，那些，一定是性愛的時候弄的，而我不可能造成那種痕跡。

這種懷疑令我心痛，我千百個不願意往那邊想去，但一旦開始，就停止不了，太多跡象，朝著劈腿的方向走，即使我弄不懂，她哪來的時間劈腿，她若想跟別人交往，直接告訴我就可以，我絕不攔她，這點我們交往前就說清楚了。我父親長期外遇，使母親痛苦不堪，我的大學時代整個都在面對這這些事，我太清楚這種事會對家庭造成什麼損傷，雖說後來父親回頭了，我母親卻總是惶惶不安，我不願意讓自己過著這種生活。美寶漂亮，有人追求很自然，她若想要其他人，想追求更好、更豐富的生活，我絕不攔阻。但恐怕我這種心思她是不會相信的，她有些很根深柢固的念頭，都是很老套的，很像連續劇。人跟人之間的感情，她看得很黏稠，或許跟她母親對待她的方式有關。她曾跟我提過，自小，母親要求她任何事，都是「以性命要求」，動不動就是

「我要去死」、「你是不是希望我死掉」這類的話。她弟弟也是，成天都是「我快瘋了」、「我已經瘋了」這些恐怖的話語掛嘴邊。我想，美寶腦中已經深植這些你死我活的劇碼，她大概認定跟我提出分手，我會自殺吧，這是一種自戀人格，把自己看做世界的重心卻又貶抑自己的能力，非常詭異的。

這種通俗劇的力量如此強大，最後我也落入了這窠臼裡，我大可以明確跟她說，「我懷疑你有外遇，我們分手吧」，放她自由，不讓她活在說謊造假的壓力之下。但為了某種我自己也不清楚的原因，或許就是眷戀吧，或許，我也還殘留著對她的佔有，或許我只是捨不得。我會想著，不是那樣，沒有其他人，用這樣的幻想安撫自己，我根本沒有自己想像中理性，這是美寶看得比我透徹的地方。或許她欺騙我，是一種善意，是她唯一可以為我做的。

我已經懷疑很久，後來才決心監視她，雖然我知道這樣做的下場，也只是讓自己難堪痛苦，但卻無法忍住不去探看，結果卻比我想像的更加嚴重。

那個男人，還有美寶的弟弟，以及其他人，這些事我幾乎無法開口說出來。我曾懷疑美寶還有其他男人，但沒想到竟有三個，甚至更多，我不能確定。我只監看了十天不到，她竟可以過著如此複雜的生活，這幾乎是不可能的，如果你認識她，你見過她，你不可能將畫面裡呈現的那個淫蕩的女人，那個在床上放浪形骸、做出各種匪夷所思的性愛動作的女人，與我心愛的美寶畫上等號。不，那根本不是她，那簡直是被魔鬼附身了，所以我殺死的並不是美寶，只是那個魔鬼而已。

但我對她所知又有多深呢？我甚至不知道她跟顏俊不是同一個父親的小孩，我也不知在同一個城市裡，距離她住處不到幾公里的地方就住著她那對吸血鬼般的父母，我不知她背負如此沉重的經濟壓力，我不知她弟弟根本是個神經病。

關於她的一切，我所知甚少。

在她心中，或在她店裡的同事，甚至樓下大廳的管理員眼中，她只是個尋常的美女吧。我的天啊，我最無法接受的是，其中竟然有一個男人就是那個管理員，就在這短短一週時間，我就見到三個男人出入她的房間，我該在發生的第一天就提著刀衝到她家把她殺了，以免她繼續墮落，只能摔到地獄。我沒有這麼做，我竟如收集資料那樣，耐心地，持續地，繼續收看，我竟還能若無其事，到了週六依然到咖啡店去找她。

那些畫面，我應該早有預感嗎？我該是早有懷疑才會去採購這些設備，裝設這一些監聽查看，可是，我並沒有預感，我本意也只是嫉妒心作祟，只是因為她身上偶爾出現的奇怪瘀紫、紅腫，使我納悶。我只是從她最近越來越恍惚，感覺睡眠不足，或心神不寧的狀態，察覺，她該不會是有什麼，瞞著我的事，即使她這麼美，這麼與我不相稱，即使我在其他人眼中不過就是個呆瓜工程師，科技宅男，除了公司的配股，除了科學園區裡還在繳貸款的那個公寓，沒有什麼配得上她的地方。我甚至不夠呆，不夠痴傻，竟還會想到監視她這一招。我作為一個合適的戀人，不可能，作為一個失敗的戀人，卻也不夠格。

但是，在這三年的時光裡，總也有些時候，我真的感覺她愛著我，她身上流露出的氣息，她曾在我懷中展露的笑顏，真有那麼一點可以稱得上「幸福」的成分。然而，在那些錄像畫面裡，無論是早晨來的那個男人，那個中年色情狂，或者，唉，我不想說出口，那個管理員，雖然我必須承認，即使他是個管理員，卻長得穩重，脫掉那身藍色的制服，是一身精壯的肉身，摘掉近視眼鏡，他甚至還有幾分書卷味，他與美寶互動的方式好像他們已是多年好友，我無法描述他們互動的過程裡，那種令人感到心碎的親密。還有，這是最令我心痛的，我看著那個喊著美寶姊姊的男人，顏俊，一張臉俊秀近乎妖異，當他們赤裸躺在被褥裡，兩張絕美的臉彷彿雙胞胎，以一種像是植物般的方式互相攀附、拉扯、延伸，變成像是一株雙生的花，你不能說那是性交，卻也無法說那不是，那樣的畫面卻邪惡得讓人發狂，美麗得令人想哀嚎，那鏡頭裡的愛情滿溢，幾乎流露到畫面之外。

在那些時光，美寶展露的，都是我所沒見過的樣子，我不免會怪罪自己，從來也沒有一分鐘讓她如此癡迷，可以令她變得如此之美。

美寶到底要什麼呢？如果我們都不是她真正所愛，她如此辛苦到底在追求什麼？她原可以過著更好的生活，她可以離開這個混亂的地方，結婚生子，不再需要如此辛勤地工作。以她的條件，她的美貌，她真可以早早就在追求她的男人中，挑選一個條件更好的人，帶給她幸福的生活。我不能相信美寶之所以周旋於這些男人之間是為了追逐慾望，滿足快感，或者什麼變態的想像，她不是這樣的人。我幾乎可以確定，她只是太過悲傷太無助，或者，是因為我們給的愛都不夠好，沒有能力幫助她逃出她所要逃避的，好像有什麼一直在她身後追趕，而她必須透過這每一個來到她身邊的男人索求一點點依靠。我真恨自己從來也沒有看懂，聽懂，沒有理解她真正想要的，只是循著本能，習慣，日復一日地，以為這樣就是愛情，以為我們會結婚，以為，自己的存在可以為她帶來幸福。我憑什麼如此自信？光就我完全不理解她這點，我沒有資格說愛她。

你問我恨她嗎？是否恨得如此把她殺了？我不想脫罪，我寧願要一個簡單的答案，對，是我殺的，我就像一個尋常的、嫉妒的情人，在發現美寶與其他人的不軌之後，與她爭論，盛怒，或為了報復，殺了她。

是這樣的。盛怒之下勒死她，幫她化妝、換上新衣，擺成洋娃娃的形狀，那件衣服是我買給她的，我家裡還有收據。這場死亡就是我們的婚禮。

畫面是我錄的，看過那樣的畫面，殺人很合理吧。

為什麼最後兩週沒有監視畫面？是我洗掉的嗎？洗掉也能從電腦裡救回來吧，沒畫面是因為我跟美寶見過面之後，就決定不再監視她，我知道就可以了，我不忍再去探問她的私密生活，我愛她，即使她不愛我，即使她愛很多人使我痛苦，但我沒辦法不愛她。我把錄影設備關掉，但器材來不及拆掉，美寶說要跟我分手，我更沒機會去拆設備，就一直留著，沒想到美寶就死了。我恨自己為何不繼續監看，那麼我就可以把殺她的人找出來，然而，這世界有許多事都不從人願，至今我都不知道，往後我也沒機會問她，到底為什麼，必須要跟那些人上床。

但倘若可以選擇，只要她還活著，我寧願什麼也不干涉她，要分手也沒關係，只要她仍活著，我會竭盡所能讓她快樂，即使那會讓我失去她，我願意放手。

5——謝保羅

最終，我總是會害死人的。

所以不能說，人不是我殺的，若不靠近我，美寶一定不會死，我就是這麼確定，我身邊已經死了兩個女人。

這一切是怎麼發生的？我與她是如何從客人與店長之間、從管理員與住戶之間變成如此的關係？我們是如何跨越那條線，如何掀開那道門，如何在眾目睽睽之下，刷開磁卡，進入電梯，再刷一次磁卡，啟動電梯，通達二十八樓，在每一個可能認出我的人面前，堂皇進入她家門？想來我依然覺得不可思議，我們竟真的這麼做了。

最初，我也像其他人那樣，點一杯咖啡，一份貝果，消耗一整個下午。咖啡店晚上總有段時間，美寶獨自顧吧枱，小孟進去做餅乾或外出採購，店裡空閒得奇怪。以前總是我對著美寶喃喃自語，後來，是她對我傾吐心聲，我猜，那時的她，已經到了崩潰邊緣，如果不對其他人說點什麼，就會在公共場所失控。為什麼挑選了我？我不知道，或許，因為她知道我撞死人的事故，因為我也是個罪人，是一步步跌入深淵，再也爬不起來的人，某種程度來說，美寶也活在深淵裡。

我不問原因，不求解答，曾經，她站在吧枱後面擦杯子，像一個樹洞，陪我說了好久好久的話，讓我傾吐一生所有，直到我變得幾乎透明，不再保有任何祕密，換她將我當成樹洞，在那些店裡空無一人的時光，低低的聲音，緩慢地，像總是必須努力尋找才能找到正確的字眼，她對我訴說她的人生。

我們倆的對話，就像空中降下的雨那樣自然，沒有開始，無法結束。她一對我開口，神情就像個夢遊者，她不再是那個永遠漂亮、體貼、親切可人的正妹店長，她的神情甚至有些瘋狂，她說出的那些事匪夷所思，卻又合情合理，我幾乎可以碰觸到她，那原本被美麗的外表隔絕起來的，脆弱而瘋狂的內心。我就是在那一天愛上她的，我已經不知什麼是愛很久了，或許，即使連對我的未婚妻，也不曾產生過這樣的情感，我感覺那就是美寶對我索求的，絕對的愛。那樣的愛，可能必須強烈、絕對到，即使她要我殺了她再自殺，我也得做，因為只有我可以為她做到。

即使她對我說著林大森的事，說著她過去逃亡的生活，說著她弟弟對她的癡迷，她對弟弟的寵愛，我絲毫不感覺嫉妒，只感覺她又向我開放了些，這樣的開放，使我感動。我是個一無所有的男人，內心枯槁空虛，過去幾年什麼也裝不進來，我似乎愛過那個輪椅女孩，但對她卻一無所知，沒有勇氣對她求愛，不敢上前與她攀談，我以為人生已經與愛無關，美寶如此把自己攤開給我，我唯有勇敢接受。

「我以為我愛大森哥哥，我也認為他愛我，然而，愛是什麼呢？愛就是那樣一次一次地做愛，把彼此搞得遍體鱗傷嗎？我不知道，我不確定。

「保羅，我曾看過自己的死，許多次，有很長一段時間，睡眠等同與死亡，我一旦把頭靠向枕頭，總希望自己不會再清醒了。

「從前，每次繼父摸進我房間我就會死去一次。使我痛苦的，不僅是他在我身上胡亂的摩蹭，還有他刻意把顏俊綁在一旁，讓他看著我被凌辱，那總會讓阿俊發狂似的亂喊，他總漲著臉說：『等你再長大一點，絕不讓別的男人先享受……』那種非人的神情，讓人從內心裡荒寒。這些母親都知道嗎？我想她是知道的，但為了留住這個男人，她裝聾作啞。

「後來，繼父入獄了，母親帶著我們到處躲債，到了夜裡，母親總是哭泣不斷，她總嚎叫著我是魔鬼轉世，毀掉了一個家，母親會號哭著她要殺了我再自殺，否則就說要帶著阿俊去跳海。那樣的時刻，我會立刻進入靈魂凍結狀態，看起來很正常，能呼吸會說話，但此身非我身，我立刻不在此時此地，任何痛苦都與我無關。

「我想像中的死亡，之前會有一段昏迷的時光，是慢慢死去的。死的過程除了身體的疼痛，還有一種被剝離的痛苦，像是氣球被吹到最漲最漲，突然從頭頂裂開，整個『我』就像一股氣體突破身體而出，有一陣子沒什麼意識，等意識恢復的時刻，就變成現在這狀態了，我想，這就是『肉體死』。我這個人在現實界的存在已被歸入了『死亡』。

「我想像死亡可能是這樣，突然心思都清明了，再沒有任何時間追趕於後，沒有待辦事項，沒有人生責任，無須吃喝拉撒，不必跟誰回應，所有言行舉止都可以暫停。

「可以從容回顧自己的一生。什麼都做不了，什麼也不用做。

「我不知自己身在何處，也無法看見自己的肉身，更不像一般人以為的『鬼魂』可以無所不在，我想我只賸一縷魂魄，只是一個死前還不肯離去的靈魂，最後的意識吧。我知道我死了，因為現在我所擁有的這種感覺是活人不會有的，沒有任何『存在』感，但卻可以清楚感知、記憶、回想、思考，我不知道如何驅動、啟動，這些意識到底寄存在什麼地方，我只知道自己的訊號越來越弱，我必須在還能夠之前，把自己斑駁的一生整理清楚，才有辦法進入下一個階段吧。天國或地獄，或是徹底地消失，不再輪迴？我不清楚，目前，也管不了這許多。

「我的肉體，應該是在死去後快速被火化、下葬了，生前沒想過可以跟誰好好討論我想要安排的葬禮，希望可以火化，漂撒在我與阿俊跟大森認識的那個海邊小鎮，在我們去游泳的海邊，讓變成骨灰的我，由他的手，一點一點從之間洩漏，撒進海水裡，由浪漂走。這是不可能實現的夢想，我有葬禮嗎？大森會來參加嗎？我的生與我的死對他來說，改變了什麼呢？有時你對一個人的愛如此之深，你期盼他永遠都不忘記你，卻又不忍心他為了你的死去而受苦，這真矛盾。

「但那是認識你之前，現在有了你，或者我誰都不要管，就讓你帶著我走吧，最後的時光，我想與你安靜相對。

「死去的我，那逐漸冰冷、僵硬、敗壞的肉身，是什麼模樣呢？奇怪地，我對死前與死後那段記憶全不存在，彷彿與我無關似的，使我既無法理解自己的生，更無能參透自己的死。我好像只是被寄存在一個地方，肉身完全消逝之後，我慢慢地甦醒了。

「我生身至今二十九年，都受困於這個人們眼中『美麗的肉身』，這個從不為我個人帶來任何快樂的軀殼，主宰了我的命運。

「當我歡快地感受這不再受限於肉體束縛的靈魂之自由時，我突然感受到清醒，像是夢中之夢，醒了又醒，我突然從剛才的感受脫離，醒在自己的床上，潔白床單如舊，方才那一段全然無名無狀的自由，那純粹意識的轉動與飄移，突然沉重地跌落在躺臥於這片白色床單的身軀，這個實然的『我』上頭，深刻的『存在感』打擊得我在床上晃了晃，我沒死，沒離開，只是進入了一個『假死』的夢，正如我曾經想望的那樣。會不會當一個人真心求死，或你已心死，就有機會經歷那樣短暫的一個死亡過程，或者，你會把任何類似於想像中的死亡都當成是死。我再度清醒過來，早晨九點鐘，週六早晨，再過一會我就拿著鑰匙打開店門去上班，如過往兩、三年的每個上班日，有些日子對我是美好的，比如大森來的時候，有些日子，連大森的到來都無法使我感到輕鬆，好像連他也把痛苦帶到我這兒了，要求我給予安慰。許多許多人來到我面前，對我索取的，都是那樣的東西，但那卻是最困難的。他們要求安慰、理解、撫慰、包容，甚至是愛，那是愛才做得到的，但我又有什麼能力去愛呢？

「身體好沉重，即使我只有四十六公斤，有著一般人宣稱過於纖瘦而且美麗的肉身。白色床褥裡我望著自己，窗簾縫隙透進光，手臂有細細的寒毛發亮，我覺得很男孩子氣，我將手臂鍛鍊得肌肉結實，這樣的身體應該與性感無緣，我渴望的是全然的『力量』，讓這具身體展現力量而不是展現誘惑吧。我這麼想，既然無法從生命裡脫離，我還是要努力去活，但真正想要『活著』，卻也感受不到活著的喜悅。生命像是最遠處吹來的風，吹不動我，無法搖晃我穩定如固體的心，如果我軀體裡還有這樣的事物的話，如果我還可以稱之為一個人，而不是一具機器。

「我為自己準備了一整套完整的儀式以便逃離自己，逃離我的荒唐、怠惰、淫蕩、痴愚，如今的我真的比較好嗎？快樂的？愚蠢的？無法感受到不幸，拒絕體驗痛苦？我已經走過邊界，直接走進絕境裡了。

「或者，不是如此，那些都是舊的描述，舊的聯想，舊世界裡殘存、用來描述我的形容，是那些將我當作賤人的人強加給我的印象，把我洗腦。

「大森週間幾乎每個早上都會來，但週休二日的假期、過年、春節、中秋、父親節、母親節，所有節日他都不會出現，重要嗎？我真的必須天天見到他嗎？

「性快感？愛情？溫情？回憶？

「我幾乎都無法分辨了，那種一接觸就使人腦漿炸裂、渾身酥軟無法思考的感受是什麼，是對性愛上癮了嗎？對於他所能帶給我的，僅有的，唯一的具體事物，打開我的房門，走向我，貪婪地，近乎博命似的，與我性交，那是愛嗎？當我因為激烈快感而歪斜眼睛，口中不能控制喊叫、哀嚎、求饒，喊發出所有淫蕩色情的話語，腦中想像那些最邪惡的念頭，為了將高潮推到最高，我們反覆演練的，將之發揮到極致的，綑綁、抽打、窒息、折彎，讓性器幾乎都滲血、腫脹，痛楚與快感交替，感到性命垂危，死亡就在眼前，好像不如此就無法愛到對方。然而，當一切激烈的行為結束，當保險套滑出體外，那些我曾擁有，每一個讓我受孕的機會，都變成一攤任意丟棄的垃圾。我們癱瘓在彼此身旁，就像從前那樣，不，從前我們多麼純潔啊！我記得的大森哥哥，身上總散發潔淨的香味，總是體貼地、溫柔地，就像永遠會守護我們那樣，陪著我踏過溫暖海水，在海面上漂浮著。我記得那些時光，即使那時，我也已經渴望著他的碰觸，我知道那是什麼，幸運或不幸的是，我從小就一直知道那就是性。

「有些美好的時刻，某些早晨，他好像體力不繼，他似乎不那麼飢渴地向我索取，可能昨晚喝掛了，可能昨晚已經與妻子性交所以不飢渴，我不清楚，時光倦懶地，我只是躺在他身旁，看他以平時十分之一的精力撫摸我，好像另一個真實的他要在不飢餓的時候才會出現，有那麼一會兒時間，我覺得他將我當成了妻子，性變得尋常無味，可有可無，他只是想在我身邊躺一會，讓陰莖在我體內待一下，好像交合只是一個習慣，不是致命的危機，那樣的好時光裡，他安靜得令我感傷。我們本該是這樣一對尋常的情侶、夫妻、兄妹，我們卻令自己走到無可挽回的局面。

「我蛋糕做得好，是拚了命學習的。在蛋糕店最忙的時候，晚上只睡三小時，別人不做的工作我都搶來做，除了外表，我想要有些什麼，是誰也帶不走的東西。知道自己漂亮是危險的，但那至少可以帶給人信心。然而我卻沒有，自小母親痛恨我的長相，即使我長得與她十分相似，或許，她認為生育了我，使她的美貌遞減，使她從女人變成婦人。母親愛著的每個男人都很瘋狂，嗜賭、飲酒、吸毒、打架鬧事，入獄是家常便飯，她就像個罪惡的磁鐵，專門吸附罪犯，而她喜愛的男人，通常都長相英俊，性格邪惡。直到現在，母親拖著一副破爛的身體，還是巴著繼父不肯鬆手，只要能留住他，不惜出賣一切，甚至包括我跟阿俊。那種飛蛾撲火的愛，好像也遺傳到了我跟阿俊身上。

「保羅，或許我也是瘋狂的，所以我與大森的重逢，造就我們倆都脫不了身的僵局。一個十一歲的少女，懂得什麼是愛嗎？但他從記憶裡走出來，就像那個夏天一樣，永遠都會在最恐怖的時刻，把我跟弟弟帶走，我們往天海最遠的地方走，最好永遠不要回頭。」

美寶持續說話，往事就回到了眼前，我好像已經看見了一切。像夢遊，像電影，無比清晰又如此夢幻，好像用力眨眼，就會消失不見。

「下班後在一樓中庭等我。」有一日她對我說，像一句咒語，我就帶著水壺去中庭小花園發呆。她那天是早班，七點就下班，星期三傍晚，我們去附近的韓國店吃了海鮮煎餅與烤肉飯，去國小操場走路，到超市買水果，簡直就像夫妻一樣。路途上她依然繼續跟我說話，好像停止不了似的，這大概是她開始說故事的第七天吧，所有細節她都不遺漏，她描述著孩童時、少女時、成人後，所有在她眼中的天光雲影，人世變換。十歲那年母親帶著她與弟弟沿著海線火車奔逃，逃避債主，短暫停留在那個濱臨海邊，有著遊樂場的小鎮，鎮上裁縫母子，那個教她游泳的青年，「那是我的初戀」。她生命中的男人陸續登場了。

我就像最有耐性的神父，聆聽她的告解，也像一隻溫和的老狗，側耳傾聽。我全神貫注，不遺漏任何細節，唯恐這如夢似幻的親密與信任，會隨著任何一個眼神飄忽散落。

我甚至連已經跟著她過閘門進電梯都沒發現，以至於櫃枱其他同事到底用什麼眼光看我，我根本沒發覺，等我回過神來，我們已經在她的房間裡。窗外是高遠的黑夜，點點燈光，魚群般出現在遠方，屋裡點著床頭燈，客廳那邊亮亮的，她像是要帶領我穿越什麼深山險谷一般，穿越了涼冷的木地板，引領我坐到床邊，老天我有多久不曾與女人相對了，回過神來我驚恐想逃，又意識到，這是美寶，我不能逃，她溫暖的手像帶著電流，從我的臉頰開始撫摸，她踮著腳尖，感覺好脆弱，我才攔腰將她抱起來。

過程裡我的眼淚一直沒停止，就算人生這是最後一天了，我已心滿意足，我在她身體裡，才知道自己過去孤獨脆弱，雖生猶死。她也是眼淚不斷，幾乎斷腸，我不知道這樣的親密是什麼，我們像兩個即將溺斃的人，拚命想從對方的身體裡找到出路，想要讓彼此都活下去。

我們幾乎沒什麼大動作，只是安靜地疊合著，像是稍微用力，這幻夢就會破碎，或者，這樣的疊合已經超過我們可以承受極限的邊緣，僅只這樣就足夠。我們性交，卻不像在性交，而只是把身體貼合起來，不想有什麼空隙，經由如此動作，可以確認對方的存在。

最後我到底射精了沒，美寶是否有達到高潮，都顯得曚曨，或者我們根本沒把動作做完，只是安靜諦聽彼此的氣息，感受著有什麼從身體裡湧出來，就全部接收過來，我想做的只是這樣，做一道可以任她浮沉的海浪，分擔一點她生命的重量。

什麼都沒關係，刀山火海我都願意去，接下來的一切讓我與你一起承擔，我想對她說，但我沒說。我們只是靜靜地啼哭、歡笑，然後進入黑夜一般的沉默，任沉默將往事碾碎，切割成適當的大小，可供愛人食用，但願天光不醒，永夜長存。

我知道了她的許多事，好像還不夠，她還想把自己腦中僅剩的什麼，都榨出來給我。她細細的手臂摟著我的頸子，她將額頭貼著我的，我好像可以從她落地那天開始回想，這樣一個女人，如何走到現在這裡，瀕臨瘋狂，即將毀滅，許多人愛她，現在又多加了一個我，但她卻不幸福。

我要沉靜地，不驚動任何人事物地，以細胞裡每一個可拂動的觸手，輕輕撫摸她。眼淚落下來，滲進記憶的沃土。

「我已經被淘空了。」美寶說，空洞的眼神彷彿已歷經重創。「我好疲憊。」

「我們離開這裡。」我握著她的手輕聲說，「我們可以從頭來過。」我說，「不管做任何工作，只要可以溫飽，我都願意，任何地方，只要能讓你逃離一切束縛，我都能夠住下。我們離開這一切，從頭來過。我對你一無所求，安頓之後，你想要我走開，我也會離開的。」我切切地說，彷彿未來已經向我們展開，只要跨步向前，就能到達。

「我不要你走，但我不知道如何離開。」她說。

接下來的兩週我非常幸福，但願她也是。無論早晚班，我們都會抽空見面，我們沒有約在大樓裡，而是穿上球鞋、或騎上摩托車，隨意到什麼地方去，去散步、吃飯、運動。我驚訝於美寶生活如此封閉，竟然只在大樓附近走動，她說以前不是這樣子，她很喜歡慢跑，假日會去爬山，那是單身的時候，工作很忙，但總會讓自己活動。「戀愛好累人。」她說，我知道她說的不是我，我們算是戀愛嗎？她指的是這一年多來彷彿被困在屋裡地等著林大森，為了早起見面，她時常睡眠不足。假日時她的正牌男友來了，她就窩在家裡睡覺。「真不知這些年過的什麼日子？都亂掉了。」

或許我自己這四年來也沒有生活了，值班、工作、吃飯、睡覺，幸好我仍維持跑步的習慣。高中時我是田徑隊的，養成習慣，腦袋一緊繃，就會去跑步，開心時跑，痛苦時跑，茫然時也跑，每週幾次在住家附近沿著河堤慢跑，那似乎是車禍之後我唯一可以感到放鬆的時刻，就這麼跑著，無論是溫暖的風，冷冽的風，甚至是帶有雨水的風，在跑步時吹拂、刺激、打磨著我的臉，讓雙腿從痠痛跑到麻痺，最後感到輕盈。我這麼告訴美寶，於是，我們都上早班的日子，下午七點，一起去慢跑。

「你想要什麼呢？」我問她。即使我可以給予她的不多，但我仍願意全力付出。

「我從沒想過自己要什麼，只是一直在應付別人對我要求與索取的。從小要照顧弟弟，稍大之後就忙著賺錢，這些年來，光應付債務、躲避家人的糾纏，已經筋疲力竭，我很怕有誰愛我，好像被愛就又增加了新的束縛，自己身上的包袱越來越重。」我們總是一邊跑步一邊說話，速度不快，但話語會隨著風自然地傳送，我感覺她好像在身體跑動時，越能開放自己，我當然也是。

「保羅，我總有不好的預感，我的生命即將失控，如果可以，我但願你我永遠不要上床，不要當戀人，你一直都是那個安安靜靜的好人保羅。只要你一走進店裡，世界就安靜下來，你灰白的頭髮，滄桑的臉，巨大的身體，像個男孩子似的笑容，我想我一定喜歡你很久了，只是我自己不知道。你喃喃對我說著那輪椅女孩，我心裡有些嫉妒，有輕微的酸楚，我認識她噢，你一定不知道，她也對你有好感呢，我收集了所有人的祕密啊。保羅，你問我為什麼是你，其實我也別無選擇。」那時我們停在河邊的座椅上休息，喝口水，擦擦汗，美寶說了那麼多話，似乎疲憊了，就在我以為她要休息的時候，她突然神色一正，嚴正對我說：「前幾天，我好像在咖啡店外頭看見我繼父了，我不確定那是不是他，或者只是一個臉上有疤痕的陌生人，或者根本連疤痕也沒有，只是一個尋常的路人。但那人的目光使我想起了繼父，無論是記憶裡的他，或者噩夢時刻，他貪婪凶惡地瞪視著我的模樣，要找到我並不難，而我確定，他很快就要找到了。」

「先別慌，我可以回去問李東林，如果有那樣帶著傷疤的人出現，他一定會記得，他見過誰都不會忘記。」

「或許一切是我的幻想，但我感覺越來越緊迫，我不知道是為了逃避大森，或者害怕繼父，或我只是累了，慌了，再沒有能力繼續這一切。前陣子顏俊來找我，說我給他的磁卡鑰匙弄丟了，後來母親拿去還他，說掉在換洗的外套裡，我有直覺，他快找到我了。家裡可能會有什麼關於我的信件寄到，說不定會有這邊的地址，或者，其他方法。我繼父以前找過徵信社查我，這次也可能繼續這樣做，再不走就來不及。」美寶說。

我們立刻談定離開的計畫。「我們去台南。」我說。以前一個銀行的同事在台南開手工麵包店，曾聯絡我過去幫忙，我跟朋友聯繫，工作仍在等我，他說麵包店附近老社區看到幾個空房子，租金便宜的兩樓透天厝，租金只要七、八千。無論是工作或住處，都很適合我們，只要離開台北，做什麼，住哪，都可以解決。不再匯錢給那家人之後，我身上攢了幾萬元，去到台南，即使不去麵包店，我也可以找工地的工作，或者任何粗工、臨時工，我想市區裡也找得到管理員的工作，至於美寶的部分，再慢慢想，主要先逃離這裡，安頓下來。

「我們從頭來過。」我說。從頭來過，我第一次萌生如此強烈的念頭，人倘若不願被往事束縛，渴望脫離自己的罪惡感與負疚，必須從頭來過，無論何時開始都不算晚。

接下來的日子，我下了班會去網咖上網找工作找房子，美寶好像也終於下定決心，開始行動。她說她跟大森分手了，也對大黑提出了分手的要求，但林大森跟大黑都還不願放手，「需要一些時間處理」。美寶也跟阿布請辭，將家裡與繼父的事全都說出，阿布雖然不捨，卻也願意讓她離職，只要找到新的人員，就讓她離職。阿布建議她先報警，以防萬一，因為工作上的交接需要時間，需要兩、三個星期，月底前一定要走。美寶說阿布幫她存了錢，有二十萬，如果她想到台南開店，甚至願意幫她出資，還找了在地的朋友幫忙照顧她。一切看來都很有希望，唯一的問題在顏俊，我們倆決定一安頓好，就把顏俊接過來住，這才能杜絕後患。報警恐怕只是更加暴露美寶的行蹤，警察無法遏止繼父的瘋狂。我建議美寶下班後先到我的住處住一陣子，但她說得收拾行李，大樓裡安全，在店裡反而要小心。她說。

說來，不是為了色心，我們第一次之後，根本沒再上過床，是美寶說的，「我想把一切都處理好，再跟你交往」。我不怕等，我也沒在等待什麼，對我來說，除了安全帶她走，我一無所求。我在大樓櫃枱的時間，會特別留意咖啡店那邊的監視器，晚上美寶下了班，我不方便上去找她，但至少我守著大門，不可能讓那個有疤痕的男人走進來。

事發前幾天，她臉上帶著瘀青來上班。上次跟大黑談分手，他差點動手，沒想到她要跟林大森分手，他竟打了她。「只要可以分手，受點傷不要緊，畢竟是我辜負了他。」這是美寶處理事情的方式，但到底她的死亡與這兩個男人有無關係，我無法確認。

我們什麼都想到了，每一個細節都不遺漏，但還是來不及，不知道是誰，在我們離開前，奪走了她。

我知道我有嫌疑，因為屋裡到處有我的指紋，那天早上我還去過她家，我不會推拖卸責，無論如何，沒能來得及帶她走，就等於害死了她。我不知道凶手是誰，但我也是有罪的，任何事，我都願意承擔，然而，我這番自白只希望你們快點找出鍾美寶的繼父，他一定與美寶的死有關。

6——顏俊

以下是我的自白，口說困難，請容我用紙筆書寫。

我認為美寶是我父親殺的。不是為自己脫罪，我離開時美寶確實還很平安。

這些年，我父親一直在追查美寶的下落，或許，這次就是被他找到了，但誰知道他如何找到地址，又如何能通過警衛上樓去？一個月前吧，母親來看我，幫我帶換季的衣服回家，美寶給我的鑰匙放在換洗的夾克裡忘了拿出來，事後母親還給我，當時我隱隱覺得有怪，說不定被他們拿去複製，我提醒過美寶，想不到一語成真。

這些年來，美寶幾次被父親找到，只能搬家換工作。我父親在監獄裡學到一身犯罪能力，改造手槍、改造證件、開鎖偷盜，可能還有更多，難以想像的惡行。母親知道父親對美寶有意，照理說會提防父親跟美寶接觸，但在父親的威脅利誘之下，也難保母親是否會順從。他們的關係始終存在矛盾，美寶就是他們矛盾的癥結。

可是，這些都是我的猜測，我父親是個魔鬼，無法以正常人的角度來衡量，但我沒想過他會把美寶殺了，這樣畢竟還是超過了我的理解。

童年時很長一段時間我都是不說話的，只有我與美寶單獨相處時，我們會用紙筆談話，甚至，在深夜裡，偶爾，我伏身在她的小肚子上，夜裡好靜，可以聽見窗外的蟋蟀與蛙鳴。我會低低與她說話，聲音之低，可能近乎腹語，但美寶總是懂得我的，說與不說，是我選擇的方式，面對如此世界，我無言以對。

那時在海邊小鎮裡住，也住過更偏遠的小村莊，母親帶著我們倆到處流竄，居無定所，那一大段日子，我記憶不深，對於身邊的人事物，經過的村鎮、鄰里，都沒太多印象。母親總是在換工作，留我與美寶在租屋裡，時常轉學。我跟美寶不是同一個父親，但願我們也非同母而生，那我們就能自由地相戀，結合，毋需為世俗道德所困。不幸的是，我們確實是由那個罪惡的子宮誕生，同樣從那個軟弱悲哀的女人身體裡分生出來的。一開始我不知道自己的父親是誰，來不及對他有印象，我好像一直在尋找，也像是不斷地躲避，在我心裡，我記得那是一閃而逝的印象，是那樣的畫面，使我無法言語。

母親總是愛上相同類型的男人，落拓、潦倒、英俊、自私，而且那些男人都愛上我母親的女兒，我的姊姊，像飛蛾撲火，終將引火自焚。

很少女人會因為自己的女兒而心生嫉妒，但我母親卻是這樣的人，一切都像鬼打牆似的不斷重演，我甚至懷疑那些男人接近她，就是為了我姊姊。至於生下我姊姊的那個父親，可能也是為了複製一個年幼的母親而願意結婚生子，他們通常在盜用或盜用不成姊姊天仙般的美貌之後，離家而去，我的生身父親最後還是找到我們，我猜想，他真正想要的，是成年後的姊姊。

父親回家後，在我來說，那只是個野獸，而非有血緣關係之人。但我與他的臉孔相似，是令人恐懼、照鏡子般的相像，正如姊姊是進化版的母親，而我則是柔光過的父親。生活將他們的臉面全部摧毀，或者慾望打碎了他們的面容，變得醜怪。父親每次酒後打我，我總是死命護住自己的臉，他卻更是要打，嘲笑我「娘娘腔，愛漂亮」，他不知我愛護的，是姊姊多少次親吻撫摸過的，喃喃讚嘆「你是天使」的這張如圖畫的臉孔，我要守護的，是屬於我們的美善。

很多人揣測我愛男人，是同性戀。中學時那些男孩凌辱我，在公廁裡脫下我褲子看看我有沒有「那東西」。我在醫院裡曾與一名男醫師有身體接觸，也曾有護士對我投懷送抱，但真正的我到底慾望誰，是什麼性別，已經無從得知。我碎裂的腦袋壞毀之前，只愛慕過我姊姊一人，她非男非女、亦男亦女，在我心中，她是絕對、唯一，世間其他男女都不可取代的存在。

我拚了命才從那家療養院裡出來，即使，待在那兒，比在家裡好得多，但其他人的自言自語使我心慌，彷彿脆弱的現實只存於他們的聲量之中，再調高一點音量，世界就會為之粉碎。

我知道自己有病，但那是因為有怪物住在我的腦子裡，我是兩個怪物結合而生的孩子，即使有姊姊這樣純美的天使守護，也無法避免我趨近瘋狂。

這世間，我只愛她一人。

即使不能說出口，即使我倆誰也不說，對彼此也不談，然而她是我唯一所愛，我想我也是她所愛的。出院之後的我，拚命想要讓自己好起來，我去探望姊姊，捧著小花束，起初還要管理員幫我開電梯，久而久之，我也擁有自己的磁卡跟鑰匙了。那個年歲與我差不多，或長我許多歲的管理員，總用奇異的眼光看我，因為我與美寶不同姓，他們不知我是美寶的弟弟，反正我也從不喊她姊姊，人前人後都是，我不願意只是她的弟弟。美寶死後我有時會想，或許我跟那些男人沒有兩樣，都是因為貪慾，因為佔有，因為想要獨吞她的美麗，想要擁有她水晶般的內在，而揉碎了她。

每週一、兩次，我到美寶的住家去，窩在沙發上一夜，是生命中最安心的時刻了。小小的屋子非常潔淨，到處都發散著美寶的氣息，我只要想著她那纖細的手指撫摸過每一件物品，即使她擁有的不多，那些小杯盤、仙人掌、衣帽架上儉樸的帆布包、遮陽帽、玄關處整齊擺放的鞋，她有七雙鞋，永遠是七雙，就像她生命裡不可能容納更多的情人了。

我也是她的情人之一，當我們赤身裸體，在床鋪上相擁，我幾乎捨不得發出一點聲音，渴望時間緩慢移動，讓世界為我們靜止。我已經是廢人了，不知是藥物使我無能，或者是對姊姊的愛慕使我不敢激動，我們從不曾真正性器交合，我們另有親密的方式。那樣的時刻裡，所有一切喧囂都停止，最深的沉默才能傳達我們對彼此的情感，什麼都不說才是真正的永恆。只有姊姊美麗的身體是唯一發光的，可以照亮我黑暗的靈魂，唯有我的撫觸，可以溫暖她被醜惡世界玷污過的冰冷。雖然，這該是禁忌與罪惡的，但誰能阻止我們相愛呢？即使美寶也不能，當我們一同從那個死境裡出走，我們就是同根同命的了，誰也不能拋棄對方。

我記憶中靜好的時光，都是「父親不在場」的時刻，比如「在大森哥哥家」那一年，或者父親因吸毒被關押監獄的幾年，或我與姊姊搬到大學附近的小雅房陪她打工的那段時間。我不知姊姊如何看待過往，但一年前她突然告訴我「我遇見大森哥哥了」，那關鍵的時刻，或許就是導致她死亡的訊號。

我對大森的記憶很深，他對我而言，是那個奇怪的小鎮裡，最和善的人。他不像旁人，總是拿我當怪異人物看，他不隨著那些貪婪的目光起舞，垂涎母親或美寶的美貌，雖然，我可以感受到他也為美寶而著迷，然而那是一種更深邃的，幾乎可以說相濡以沫的情感，可能與我對美寶的相似吧。我們三個在那段時間裡，真的就像相依為命的三個孤兒一樣。

與美寶這樣的女孩生活在一起，我可能比她自己更早意識到她的美貌，會在人間與她自己的生命掀起多麼巨大的波瀾，造成多麼危險或幸運的影響。我的感覺總是不祥的，就連美寶也清楚意識到了，這樣的美貌換作其他女人，或許是加分，但以我們這樣的家庭、身世，就像背負著詛咒似的，美麗，只讓她成為獵物。

姊姊告訴我林大森的事，我嫉妒得發狂，然而，林大森不可能娶她，這是我與她都深知的事實。「我不嫁人。」美寶說。即使她與大黑的婚事在即，她好像一直在逃避。「我嫁人你該怎麼辦？」美寶說。光是這句話，我就願意為她死。我知道美寶愛我，我們這樣的人，注定得不到幸福，所以無論美寶跟誰交往，有什麼男人出入她的住處，即使她做出更多荒唐的事，她也不過是在尋找一份有出口的愛，盼望這世間任何一個男子，為她所愛，又能給予她幸福。

即使我年紀比她小，我依然想要盡我全部的力量保護她，雖然，最終我還是什麼也沒做到。那天我到美寶家，大黑也在，美寶似乎要搬家了，屋裡有打包的紙箱。我跟美寶是約好的，美寶說有東西要給我，但大黑是自己跑來的，可能因為我在，他們關係很僵持，聽起來是美寶要分手而大黑想挽留。美寶要搬去哪，連我都沒說，這很不尋常。一整晚我們三個就這麼僵持著，我本就不喜說話，大黑也是寡言，美寶整理了一箱東西給大黑，好像都是他的生活用品。美寶說：「我下週就要搬家了，謝謝你這些年的照顧。」大黑眼睛紅紅的，也不知是憤怒還是傷心。

我知道那天我與大黑都在現場，都有嫌疑，但是我離開時美寶還是活生生的。十點半我曾打電話給美寶，我問她大黑走了沒，她說走了，我問美寶為何要搬家，她說好像看見父親出現在咖啡店附近徘徊，她這麼說我就懂了。這些年來，一直都是如此，摩天樓這幾年，是她最安定的時候，但也安定不了多久。住院之前，我曾跟父親起衝突，差點失手殺了他，我就是因為這樣才被強制就醫，醫生診斷是精神分裂症，我知道不是，是因為恨，我恨這個與我有血緣的男子，恨他對美寶與我母親的作為，恨他對我無情的打罵，更恨的是我無法取消我身上流著他血液的事實。以前美寶總是要我忍耐，說等我們長大就逃走，問題是，逃了這麼久，還是逃不開他，他坐牢的時候是我們最快樂的時光，然而那樣母親就不快樂。我與美寶是受到詛咒的一對，我們當不成戀人，也無法做一對平凡的姊弟。美寶離家之後，我迷失在自己記憶的深處，似乎只有讓藥物麻痺，才有可能活下去，我必須躲在瘋狂之中，才能逃過現實更加瘋狂的情狀。

我走了之後，大黑對美寶做了什麼嗎？我認為是沒有的，他太愛她了，不可能傷害她，這世上除了我父親，沒有人會忍心對美寶這樣的女孩下手。我恨自己無法如一般的男人給予美寶她渴望的愛情與婚姻，使得她迷失在尋求愛慾的過程裡。

至今我仍後悔，十六歲那年我企圖殺父，沒有殺得徹底。

7——林大森

半夜的電梯監視器看見我的畫面？是我嗎？不是幻覺嗎？不是鬼影嗎？同一個晚上出現在C棟的電梯裡兩次，在二十八樓出電梯，也不能證明人就是我殺的。

對，是我發現的。我但願不是我，但第一個看見美寶的屍體的人是我。我深夜到的時候她已經死了，真的，我太懦弱了，沒有立刻報警，也沒有立即逃離現場，我怔住了，躺在床上的美寶動也不動，看上去就已經死了。我花一些時間幫她做心肺復甦，口對口人工呼吸，她身體摸起來已經涼了，我知道做什麼都沒用。

昨晚我對我妻子坦承一切，她鼓勵我來自首，她說願意陪我度過一切，沒想到你們比她更快，果然人所做的一切天上有神在看，逃得過自己，逃不過無所不在的神。

我很軟弱吧，對啊，而我的妻子竟然不離開我，她也是軟弱的吧。當你有害怕失去的事物，你會變得軟弱，而當你軟弱時，你會清楚自己心中真正所愛。我沒有愛，我有的只是害怕變得一無所有的恐懼。

倘若我在第一時間報警，事情會不一樣嗎？那個殺美寶的凶手可以查出來嗎？或許可以快速破案，或者，還有什麼奇蹟出現，但我沒有，我腦子一片空白，我想起許多事，我想過各種可能，當我拿著房東才有的第二副鑰匙，我又變身成一個嫉妒的男人，在美寶不肯回應，不接電話，不開門許久之後，趁著妻子入睡，我睡不著，又在中庭裡抽菸亂走，我不管屋裡有什麼人在，我要進去找她，這念頭像發狂似的盤據我的腦子，我無法自制，就這麼開鎖進屋。

接下來就是我說的那樣了，我進去時，看見美寶的樣子就知道她死了。床鋪凌亂，好像經過一番扭打，她身上的衣服都破了，我不知道該說什麼，我知道不該移動現場，但我忍不住把她的衣服換了，她一定不願意這麼狼狽難堪的樣子被人發現。我小心翼翼拿出我送她的一套白色洋裝，原本是我想帶她去度假時穿的。小時候，她都打扮得像小男孩，但內心深處，她卻喜歡這種充滿蕾絲的洋裝，以前我沒有能力，我現在有能力，當然買最好的給她。我細心把她的衣服脫了，擺在一旁，但願我沒有破壞上面的跡證。我為她洗臉，簡單上妝，她從來也就是防曬蜜粉一撲，頂多畫一點口紅。為了遮掩臉上的青紫，我多上了一層粉，這些事我不擅長，但天天看著妻子做，程序也熟悉了。即使死去了，美寶還是那麼美，我知道此後我再也見不著她了，我抱著她的屍體很久，她一點也不像死了，我想像她還是那麼柔軟，像原來那樣窈窕，但其實她的身體已經開始僵硬，身上有臭味，但那好像是兩件事，已死的美寶，與未死的她，混雜在一處，我可能驚嚇過度神智不清了，但卻都還記得該怎麼做。我把她身上的織物去掉，她可能是窒息而死，我看到她頸上的勒痕。父親去世時，也是下身髒污，我處理過，知道怎麼做。我花了很長的時間在屋裡，在她身旁，我心亂如麻，不知如何是好，在她屋子裡待了很久。我想不出是誰殺了她，那個我們倆親手布置的屋子突然變得好陌生。我一度懷疑自己，會不會是十一點的時候我進來屋裡把她殺了？因為那時我在門外按電鈴時，確實萌生恨意，覺得她不為我開門是無情殘忍的，我心中響起許多不合理的聲音，叫罵著她，但我沒喊出聲，那時我甚至沒想過我家裡就有備用鑰匙，一直以來我都尊重她，總是讓她為我開門，但這門不再為我開啟了，我心中最黑暗的念頭升起，我們不該分手，我們應該一起自殺的。

這段時間我想了很久，對於自己是個怎樣的人，毫無頭緒。遇見美寶之後，時間一直催促著我，每日上班下班，早上趕著見美寶，晚上趕回家陪老婆，她肚子越來越大，孩子快要出世了，每一天都在提醒著我，「你做錯事了」。而無論哪一邊我都無法放棄，無論怎麼做，都會有人受傷。最絕望的時候，我確實想過，殺了美寶再自殺，茉莉與孩子有他們富有的家族照顧不會有問題，但如果要這樣，為什麼我跟美寶不逃走？或者，根本不用逃，直接提出離婚就可以，難道我軟弱到寧願死也不願意面對現實，處理問題？死是什麼呢？死不是痛苦與矛盾的終結，死，是徹底的離開。死是最深的背叛。

美寶死在我身旁，我坐在臥室地板上，一次次撫摸她已變冷發硬的身體，懷疑這一切都是夢境，這樣的事怎可能發生。我哭了一會，又覺得自己可鄙，與其在這裡哭，不如趕快叫警察，但我卻沒辦法打電話給警察，甚至按對講機到樓下。我只忙著擦掉自己的痕跡，把美寶安頓好，我希望天亮時有人發現她，還可以看見她美麗的樣子。做完這一切，我就溜走了。

回到屋裡，我洗了很久的澡。人會因為發現自己的可鄙而痛哭，是否代表他還有羞恥心？還有一點最後的人性？我的人生問題突然都解決了，美寶死了，而且不是我自己殺的，再也沒有什麼會危害我，使我不自覺墮入歧途，破壞我家庭的完整。我的人生將回到正軌，這不是我的期望嗎？愛為什麼這麼可怕？一點都不像想像中的美善。是否因為我壓根沒有愛過她，我誰也不愛，只是自私地想為自己脫罪，尋找出路。為什麼漫長時光過去，我變成了一個如此可悲的人？為何隱藏在記憶中最美的愛，卻引發出我心中最深的黑暗。

我殺人了嗎？某人死了，即使不是我所殺害，我也沒有救她，這個人曾經是我最深愛的人。如果，我心中還有所謂的愛，如果，我對她所做的，可以稱為是愛的話。如今，所有一切都破滅了，美寶死了，而我知道，我還會日復一日地，無所不用其極地，繼續苟活下去，我就是這樣的人。

第四部

十一月

傍晚吃飯時，媽媽對任蓉蓉說她昨晚上樓時，在電梯裡看見鬼影，是鍾姊姊的影子，她說得煞有其事，即使鍾姊姊已經死去一個月了，她卻說鍾姊姊陰魂不散，因為真凶還沒找到。

媽媽歇斯底里地吵著說要搬家，但是爸爸一直不付剩下的贍養費，他們沒錢搬家。這裡不能住了，發生這麼可怕的事，她不敢去中庭洗衣房，也不敢去垃圾間，一個人在家時會害怕，晚上總是睡不著。媽媽說下午她一個人在家，一直感覺屋裡有人，她不斷去陽台查看，覺得有小偷躲在那裡。她說命案沒破，誰能安心住在這裡？鍾小姐會被殺，那她也可能被殺，蓉蓉可能會被綁架。「這裡的房子不好，我們就是住在這裡才會離婚的！」媽媽大叫。

任蓉蓉安撫她，說報紙雜誌都沒再寫這件事，因為凶手已經抓到了，大樓管委會也進行幾次法會，爸爸說不要迷信，現在房子貴，搬離這裡，一下子要去住哪呢？

一旦開始把話題繞到爸爸身上，媽媽就會大聲哭鬧，然後打電話去給爸爸或打給爸爸的新太太，吵鬧至少半小時。但今天她沒打電話，只是把自己關在房間裡，拿出紙箱打包東西，後來好像是累了，就攤在地板上睡覺。

去年十一月命案發生之後，任蓉蓉跟媽媽到外婆家住了兩個月，後來媽媽跟舅媽吵架，一氣之下又搬回來，這中間一直聽說她要換房子，仲介公司也來看過，無奈媽媽想要同等級的大樓，換到台北去根本買不起。

任蓉蓉很習慣媽媽的脾氣，本就是神經質的人，回到這有夢魘的地方，真是辛苦。她自己卻不以為意，她覺得咖啡店的鍾姊姊是好人，好人即使變成鬼也會是好鬼，更何況，她認為世上沒有鬼，頂多，只是還未意識到自己已死的靈魂吧。在生死兩界之間徘徊，這樣的靈魂是最可憐的，就像她，徘徊在媽媽與爸爸之間，不管在哪兒都覺得不是自己的地方。

媽媽對她控管很嚴，只因她覺得凡是人類都會說謊。她沒有手機，家裡電腦放在客廳，媽媽答應的時間裡才可以上網，內容都要由她查核。每天早上到學校，她都會借用同學的手機上網看新聞，看同學的臉書。班上有一半的人有手機，學校有些地方可以無線上網，比如圖書館、老師的休息室，其他的時候，要靠3G吃到飽，不過這些都與任蓉蓉無關，她沒有手機，只有電話卡。公用電話雖然變少了，但學校跟便利商店還是找得到，而且用到的機會真的很少，媽媽如果要找她，會打給她的死黨王甄繹，她的名字很怪，是算命算的，她媽什麼都要算命，她才十五歲已經改過兩次名字了，真可憐，越改筆畫越多。比起來任媽媽算是不迷信的，不然蓉蓉會活得更累。

照理說她只是小孩，才國中二年級，大人要結婚、離婚、同居、分手，都不是她能決定的，她只是被安排的對象，接受父母的安排，設法讓自己在這些安排裡適應良好，是她作為小孩的人生態度。王甄繹常說她講話太深奧了，聽不懂，她倒是覺得像王這麼頭腦簡單的人很幸運，一定是因為她媽是用農民曆決定家人的作息與生活方式，至少有準則可遵循。任媽就不這樣，她是靠著她混亂的頭腦決定她對世界上所有事物的看法，不但沒有準則可遵循，也無法預料，唯一能做的就是盡可能不要反抗她、質疑她，但也不要因為她講的話而太過在意或認真。任蓉蓉早就學會了，讓那些話語像中庭的噴水池那樣，無論噴出多少水，都會回流到水池裡，反覆回收，她只要記住幾點，媽是善良的，她是個好人，她不會刻意要傷害自己，或使做孩子的她難過；倘若發生令人難過或有傷害性的事件，那一定是媽媽頭腦裡不好的東西在作怪，「沒有理智」、「理智發揮不了作用」、「理性崩潰了」，大約是這樣，這樣的人你不能太過怪罪他們，這也不是他們願意的。

*

任蓉蓉養成哼歌的習慣，柏油路上陽光反照，熱氣蒸騰，行人紛紛撐傘，她一路哼著歌，往小徑走去。

她閉上眼睛就能看見那棟建築，從雲霧裡淡淡浮出，輪廓逐漸清晰，那是佔地寬闊的樓房，外觀每次都不太相同，近來則固定為附有庭院的雙拼木造日式建築，其來源出自她上週讀過的日本小說。

這建築全憑想像，形貌時時更改，只存在她的白日夢中。說夢並不準確，因為她未曾入睡，把眼睛闔上只是習慣，經過練習，她已能睜著眼睛構想，但她仍喜愛在黑暗中讓那屋子慢慢浮現出來的感覺，像從海中或霧裡升起的，一座海市蜃樓，隱身於她個人才得以見識的幻夢中，非常安全。

她最喜歡的步驟是打開大門之後，看見玄關的剎那。在入口處先脫鞋，把皮鞋整齊擺進鞋櫃裡，換上藤編的室內拖。書中描述的屋子是一棟私人圖書館，企業家為了紀念並保存自家的藏書，開放給大眾閱讀。現實中的她時常到公立圖書館閱讀，卻從未去過任何私人圖書館。國一時她參加了學校的「讀書社」，每週末指導老師會帶大家去市立圖書館借書，因為借回來的圖書都得經過母親審核，她多半在館內閱讀，因為貪心，也因為時間有限，幸好小五時母親讓她去學了速讀，也參加過記憶訓練的課程，這些當時覺得痛苦的補習課卻成為如今對抗母親的才能。

她讀過許多十四歲少女不會閱讀的小說。她總是搭電梯到達七樓的翻譯書區，貪婪地一口氣拿下四、五本書，在閱讀桌上飛快地瀏覽，因為時間總是不夠，她至少能記得某一本書的故事大綱、文字氣氛、作者姓名，像是背誦什麼般，全部塞進她意識中屬於「小說」的這一區塊。為了有效運用她僅有的記憶力，她將預備記下的所有事物都加以區分，像圖書館收藏書籍那般分類，來不及閱讀的就以圖像方式瀏覽記憶，暫時存放起來，稍得空檔就反覆咀嚼，強逼自己記住。

她幾乎記下了想要記得的所有事物，只因記憶是她唯一可以收放心愛事物的地方。母親對她嚴格控管，從飲食起居、學校課業、朋友交往、作息安排、觀看電視、閱讀書本、上網瀏覽的網頁、手機發出的訊息、臉書的朋友數量、發表文章的內容、按讚的對象等，「所有文字紀錄」，母親緊隨在後，逐一加以檢視、分析、評價，並且過濾篩選，通過母親指縫「可以留下的」幾乎都已經是殘渣，是她不想要的東西。

八歲那年母親與父親離婚，爭鬧多時終於以「判賠一百萬並放棄女兒監護權」的條件，父親讓母親因高度自尊在盛怒失控底下簽字離婚，一年後迎娶了母親一直懷疑是外遇對象的阿姨。母親從一歇斯底里的失婚者，逐步邁向「祕密警察」的境界，失去對父親的控制權，她轉而控制年僅十歲的她，如此反覆四年，狀況不減反增，母親收束的手段隨著她年歲的增長日趨嚴格，她也因此反長成一個擁有一整座記憶圖書館的少女。

聽見母親的腳步聲，她從幻夢中轉身，迅速切換意識，將整座圖書館關閉。

夜裡九點鐘，母親準時朝她房間走了過來，她能用腳步聲來判斷母親今天心情好壞，會挨罵與否，當然，母親幾乎都活在壞情緒之中，但她不是每日都被處罰的，挨罵受打這種事有心理準備總是比較好。

步伐急促而沉重，砰砰砰，室內脫鞋尾端拍擊著木地板形成重重的砰聲，她火速把桌上的書本收好，耳機與手機都收拾妥當，但她不清理現場，以免增添母親的疑心。

母親沒有主動要求，但她總是把房門敞開，任母親自由進出。「妹妹，作業寫好了嗎？」母親神經質的聲音出現。「在幹嘛？」故作溫柔鎮定卻又忍不住氣急敗壞，她後悔自己把桌子清得太空，來不及翻開數學參考書。「今天的考卷呢？」母親走過來她立刻起身讓位，母親好自然逕自操作她的桌上型電腦。先檢查網頁瀏覽紀錄，然後兀自打開她的臉書頁面，聽同學們都說父母要求加入臉書朋友，覺得困擾，有人還因此申請兩個帳號，一個專門讓父母監管，然而她覺得那樣做也沒用，母親絲毫未覺不妥地要求她交出臉書帳號密碼，雖然沒有以她的名義發文，但逐一檢視她所有朋友的動態，使她對臉書已失去興趣，甚至有背叛朋友的感覺。即使如此，每日她仍上網瀏覽，每兩、三日就發表一篇「積極向上」、「甜美溫馨」的動態，她小心揀選著給朋友的讚，若無其事地改變習慣。後來她發現自己的e-mail密碼被母親破解了，雖然幾次試著更改密碼，也試著申請其他郵箱，但種種監視使她感覺這台電腦已無任何安全之地。據說，當年母親即以這些方式破解了父親的外遇。可是父親說，他與阿姨在離婚前一直都只是筆友。

母親無所不在。

為求安生，她為自己尋找的不是一個新的匿名臉書、免費e-mail帳號，或祕密部落格，甚至乾脆到網咖或朋友家上網。她不做這些會導致更大危險與麻煩的事，她要創造出這世上誰都找不到的祕密藏身之所，於是她日夜編織，反覆堆砌，在腦中為自己建造了一座可以存放任何知識，記憶、圖像、文字、心情與感受，任何「有形無形事物」的建築，僅屬於她自己的圖書館。

作文簿、考試卷、練習本，母親在一旁翻閱，眼神如鷹如電，她戰戰兢兢。上學期在學校得了作文比賽冠軍，母親收到國文老師親筆的讚美信，老師詢問母親是否願意讓孩子加入語文資優班，引發了母親喜悅與驚恐交織的複雜心情。母親讓她參加資優班一週兩次的加強輔導，為她買來老師指定的課外讀物，陪她上圖書館，帶她去逛書店，在日常的作文課以外，也遵照「師囑」特別加強課餘的「日常寫作」。母親帶著神氣又危疑的心情看待女兒的文學天分，半是鼓勵半是恫嚇地對她說：「書寫是一種背叛。」母親說，「小說都是謊言」。書房的牆上掛著作文比賽獎狀，母親找來書法名家寫上兩個字掛軸在旁：「誠實。」

她啞然失笑。

如果可以減少母親的痛苦，她願意誠實，但母親要求的是兩組背反的觀念同時的並存，她若事事據實以告，母親將會受傷。

她順著母親的思路，摸索出一種最安全的文風，所有見諸形式的文字思想都緊貼著眾人想像中十四歲的早慧少女，才華洋溢卻又不過分聰敏，慧黠而不機智，樂觀進取，正面思考，有些少年強說愁的必然青澀，卻又毫無晦澀陰鬱思想。她在嚴格的自我規訓下練就出兩種文字，一個用於母親可以觸及的世界，作文簿、日記本、臉書文章，另一種文字，全以記憶的方式存放在她私人的圖書館。

她總是反覆練習，為了不讓年少奔放的腦中滿溢的思緒流洩而出，她必須將它們化為文字，然現實世界沒有任何一處可以安全存放這些「真正想寫出的文字」，於是她將它們全都化為一篇一篇設有標題、欄目甚至編號的文章。她不寫任何一字，她只是反覆編造，重重撫摸，在思緒裡將那些文章形塑，並且仔細背誦下來。如若不這樣做，她就無法相對地有能力寫出那些母親與老師們都滿意安心的文章，如若不這樣生活，她將可能不是殺死自己，就會殺死母親。

那些足以構成所有真實自我的思想、感受，甚至想像，甚至無涉及任何他人只是少女對於世界的點滴看法，在她飽嘗驚嚇的生活裡，全都變成集中營裡倖存者得用蠅頭小字寫在紙片上藏匿於外套領口的「受難回憶」，成為流亡者、囚犯、政治受難者寫在衣服碎片、衛生紙、任何可以書寫的物品，藏匿於陰道或肛門裡偷運出來的「作品」。她讀過那些流亡者的故事，但如此悲傷的方法於她並不適用，根本的差異是，她無絲毫有朝一日必須公諸於世的期盼，那些會傷害到母親的想法她不願意使之真實存在，所以她不必寫下，也無須公開，她已經放棄去尋找任何一種世間真實存在的「地點」、「形式」、「容器」來安放這些東西，她只是要它們存在著，如落葉飄落水流，在葉片輕拍河面水滴附著葉面的瞬間，風吹物動，轉瞬即逝。但那短暫的存在即是存有，當想法如雲朵成形，即使最後化作雨滴落地，那即是她的真我存在過的證明。

不記錄下來，連她自己都會忘卻，連她自己都會融入那個她捏塑出來的母親所渴望見到的「她」，那她用以安全存活於世的假面，那被修改過的人生。她唯恐自己只要拋卻這座記憶裡的海市蜃樓，她就什麼都保留不了，不可避免地被她自己創造出來的那個怪物吞吃，再也無法回頭。

母親以子宮產生她，她用虛構產生自己。

父親離開後，母親總那麼沒有安全感，疑心早晚她也會離去，疑心身邊所有人事物都串通起來欺騙她，母親以驚人的意志將三年戀愛八年婚姻生活完全改寫，成為一個傷害歷歷的版本，作為孩童的她是母親受難的見證者。某個傍晚時分，她已經上國中了，在學校前站牌下看見久違的父親正等待著她，陪在一旁的阿姨與他們的寶寶，寶藍色的小MARCH停在一旁，柔和光影裡，阿姨臉上綻放的輕笑，她幾乎每次都會愛上那張永遠為她而微笑著的臉，也幾乎確信自己欣喜於父親如今過著這樣的生活。

她瑣碎記憶著父親完好的形貌、親切的笑容，以及幼年生活時一家三口靜好的回憶。她全然同情母親，卻又不可避免看見她的失敗，因為這份頹敗又更加同情她。作為那個後來不被愛的人，母親完全咎由自取，控制狂、佔有欲、不安全感，母親越陷越深，父親終於逃離。

她是最後一個還愛著母親的人了。

然而，現實中，在母親面前時，她必須遺忘那些溫情，且說出另外一整套使母親不至發狂或發怒的情節。她說阿姨很聒噪，小寶寶一直哭鬧，父親臉色很糟。母親哼哼說：「他現在知道苦了吧。」她點頭應和。「山上的房子很潮濕，爸爸氣喘常發作。」她說。母親冷笑說：「我不想知道這些。」

母親讓她每個月到父親家吃一次晚餐，為的只是收集更多父親新生活不快樂的證據。母親就像最老練的刑警，懂得用疲勞偵訊、恐嚇恫嚇、恩威並施、動之以情、拼湊挖掘，要她承認一種她並不想承認的真實。所謂自白，簽字畫押，深入你心，侵吞了真實。

所有檢查都做完，母親自書桌起身，傾斜背影像是負載沉重包袱，她也感到筋疲力竭。

母親離去後的房間，安靜得像是陷入真空，所有一切偽裝都已做完，一個女兒該盡的義務，該演的戲碼，全都完美落幕，她覺得疲憊而恍惚，此時唯有進入那個地方，才能感到自己的真實。她抖抖肩膀，搖晃腦袋，將這座已然歪斜的肉身扶起。她輕輕閉上眼睛，等待那陣雲霧來襲，光影散漫，圖書館浮升出來。

推門，脫鞋，上樓，有時手續繁雜，有時簡單。她沿著虛空中的樓梯，握著不存在的扶手，腳踏一級一級幻夢中的階梯，三樓，走進列陣高抵天花板書架的藏書區，她以指尖觸摸那些不可觸碰的藏書，她可以感覺指端皮膚傳來興奮的摩擦，書的香氣與潮濕感，閱讀者翻動書頁的聲音，某些空白的書背還沒來得及安上名字，只是虛懸在那兒，龐大的書海，足以吞噬生活裡所有乏味與不幸的字河，她的小宇宙。

藏書區有一面靠牆的書櫃藏有玄機，她輕易找到第三排書架第十七本書，如按鍵般輕推，書櫃整個後推變成一扇門，她開門走進，俄羅斯娃娃般重複三次以不同方式進入屋中屋，最後來到一個只有少女房間大小的空間，斜屋頂、天窗、單人床，陽光自窗口灑入，沉重得像是已有百年歷史的書櫃。她輕輕走到屬於自己的位置，天窗下的木製書桌，單人扶手椅，弧形靠背，木製窗櫺有簡單的雕飾，桌上有可調式綠色的枱燈。她拉開椅子端坐，抽出空無中的筆記本，旋開烏有的鋼珠筆，她振筆疾書，所有字跡在寫出的瞬間旋即消失。

斜窗外可以遠眺對面人家，清一色木造房屋，都比圖書館低矮，童話似的小鎮風光，路樹都是圓圓傘狀，更遠處有山，雲霧飄盪其間。她振動紙筆，沙沙刻下字句，像風吹向海灘，將岸邊細沙拂出形狀，潮起潮落，也能將痕跡全部撫平。她靜靜書寫著，將字句雋刻大腦皮質層、海馬迴，或任何記憶暫存區。她加碼壓印，使之成為永久記憶。

記憶準時如浪來襲，小姊姊將醒未醒，父親與繼母以及那新生的嬰兒在另一處，城市裡一個小小的樓中樓小屋，童話般刻苦地生活著。父親將房產留給她與母親，且繼續每月支付高昂贍養費，母親不時提告，從最早的「通姦官司」、監護權官司，到後來提高贍養費、申請女兒的教育信託基金，每隔一段時間就開始新的戲碼，使父親疲於奔命。

母親忙於摧毀父親的新生活並且嚴密控制她這象徵與父親連結的「家庭遺跡」，她則醉心於建造自己的堡壘，精密打造各種通關密語，將意識與記憶加封保密，甚至不惜再翻譯成其他語言，確保即使嚴刑逼供，即使意識昏亂，即使有人進入她的夢中，破解她的密語，也無法解讀那些她精心打造改寫過的記憶之書。

那是五歲生日，老唱片重複播放永遠也不毀壞的，父親為她在大樓庭院舉辦生日派對，社區裡的媽媽帶著孩子都來參加。那時他們一家三口就住這棟摩天大樓，六樓有泳池、水塘、小橋柳樹、洗衣間、撞球台。她生日就在兒童節，母親穿著白底藍點點洋裝，正在一旁擺弄蛋糕與茶點，那時的母親臉上柔柔的，還沒有被妄想侵蝕，父親仍深愛她以及母親，彼時世界完整，她只是個尋常的孩童。

幾個跟他們熟識的家庭幾乎都在這中庭花園聚集，陽光下泳池水光粼粼，父親還沒教會她蛙式。

她看見自己起身，走向屬於她的書架一層，那些書背上孩子氣地寫著她的名字，儘管用的是如密碼般難以辨識的文字。母親如空氣無所不在，但那兒是安全的，她將自己少女的一生，濃縮於圖書館中的密室，書櫃一層，架中一格，幾本書間，陽光斜照，款款落在所有儲放記憶的圖艙，遙遠隱約。彷彿聽見母親喊她，她捨不得張開眼睛，有一些字浮現出來，預兆似的，促使她關掉視窗，回到真實。

她微笑著轉頭，母親的雙手落在她肩上。

她不害怕，母親看不見那個，其實更真實的母親，她收藏妥當，連母親本人也無法摧毀。

十二月

「我要打電話到環保局！」王麗萍對著隔壁的洗衣店老闆咆哮，「你們的熱氣都吹到我屋裡，臭死了。」她又吼。洗衣店幾十台機器熱風從風管往門外排出，就在門口盤旋。熱颱風似的。

「那麼臭，一定有毒。」她把玻璃門關上了。十月底，有點涼，但只好吹冷氣了。

她也不想語氣這麼壞，是好好溝通過，都沒人理會，她才決定開始反制的。

王麗萍開設一間房屋仲介，二十年房屋仲介經驗，就設在大樓中庭花園少數幾間店面裡。她開店的時候，隔壁還是髮廊，誰曉得做沒半年就倒了，空了很久，這兩年才開了洗衣店。社區中心有三家洗衣店，一家私人開設的自助洗，一家公用的投幣自助，公用的器材老舊，管理不善，但是便宜，只有一些窮學生或「窮人」才去那兒洗。五年前跟她男友看上這棟摩天樓，投資了兩戶，男友也是仲介業的。看上這裡戶數多，可自立門戶，她就來開店了。

他們自己住在十七樓的兩房，男友有老婆，一星期來過夜兩次，習慣也就好了。四十二歲的女人，跟他都八年了，他們已經不會聊什麼離婚的話題，性生活也不多，更像是工作伙伴，有空時一起去公園慢跑，附近館子吃飯，久久才有一次性。男人後來還是回到大公司去做，專跑捷運共構與新興建案，這兩年房價火箭似的上竄，偏她這裡的生意不上不下，來到這邊才知道這裡分地盤吶。地盤老大是林夢宇，真是死對頭了，老林辦公室也設在中庭，高爾夫球場那邊，清靜得很，聽說當初租得特別便宜，就在管理室旁邊啊，誰曉得管理室會改位置呢，本來還是離她這邊近些，哪知後來決意把一處閒置空間搭建成管理室，這下大家繳交管理費都會看到老林辦公室了，這邊百分之七十生意都在他手上。另外一成，那個金髮辣媽，她看了就有氣，什麼房屋仲介，根本是黑道世家吧，兩夫妻凶神惡煞型的，辦公室在十四樓，也不知他們哪來門路，有生意就是搶，看來應該是賄賂了管理員。

王麗萍意興闌珊，一星期有三天店門都是拉下的，全怪這洗衣店，熱風毒氣吵鬧聲，門口等候洗衣的客人喧譁，最吵的還是那對看店老夫妻，這房子還是她租給他們的，哪想是這麼刻薄的生意人，塑膠桌椅都擺到通道上了，老先生日日在那兒喝茶磕瓜子，老太太大嗓門，又喜歡串門。起初她還耐心對他們，誰曉得他們就在店鋪後頭買了一間套房，也沒跟她買，店鋪通住家，把走道都擋了。老太太的堂妹是管委會主委的老婆，你說這世道，正經人受累，就便宜了這些雞鳴狗盜之徒。

或許也不是因為洗衣店，不知為何，漸漸的疲憊就像緊身褲子，穿上身就難脫下，一到下午她就累極了，一個人守著小店，望向中庭那些因為日照不充足而顯得色彩黯淡的植物，她這塊地方就是曬不到太陽，但不遠處就是游泳池。夏日，泳池開放了，公共更衣間就在她店旁邊，父母帶著孩子，唏哩嘩啦地，走進走出，那些孩子或腰上提著浮圈，頭上戴著泳帽，身上的泳衣千奇百怪，有的一下水就翹起屁股變成黃色小鴨，池水裡鬧烘烘的，陽光都落在那塊地，她從屋裡都可以看見日光在水珠上形成的折射，無論心情多壞，都不免莞爾。

難道是更年期？但她才四十二。

她想要有個孩子，這年紀再不生就不可能了，但男友有妻有子，能穩定交往七、八年已經是奇蹟，且他早做過結紮了。

為此，她很想分手。但她太寂寞了，跟男友分手後，在這裡工作啊，沒同事沒老闆，現在連客戶也沒啦。

沒事做，店門一拉，成天就泡在健身房裡，活動中心每週四的瑜珈課她也報名。中庭早上練八段錦，傍晚跳健身操，晚上學社交舞，樣樣她都跟。中心有老師義教，學書法、烏克麗麗、編織、拼布，甚至讀佛經，有什麼學什麼，就是打發時間，排遣寂寞，但每一項都熱一陣就冷，持續不了。除了培養興趣，當然也希望可以交些朋友。這一年下來她懷疑自己得了憂鬱症，越來越退縮，除了男友、客戶，生活裡會見面的人越來越少，以前還會跟大學好友聚餐，如今大家生養孩子、移民、大陸工作，一年能碰上一面算是難得，總之，她一直懷疑是搬到這棟大樓才變這樣，這大樓太方便了，什麼都可以外送，碰上下雨天，可以一星期不走出大樓也活得下去。發現自己宅掉之後，她努力讓自己活躍起來。一個人離鄉背井，到台北打拚十二年，竟落得變成別人情婦，工作有氣無力，身材也日漸走樣，這不是號稱「王班長」的她。三十五歲之前，她是職場女強人，已經攢下一棟公寓，股票市值上百萬，後來股票腰斬，公寓脫手，都在低點，因為跟同公司的已婚男人戀情曝光，他們倆只好離開原本的公司，獨自來這裡開業，來這棟樓真是重起爐灶了。

想來心酸，不想也罷。

整棟大樓，她唯一的朋友，或還稱得上朋友的，是樓下咖啡店的店長鍾美寶，倒不是因為喝咖啡，而是在中庭健身房相識。那陣子她很瘋騎飛輪，簡陋的社區健身房不知為何有人捐了兩台飛輪腳踏車三台跑步機，可能是選舉吧，其他健身設備陸續到齊，甚至還有教練義務教學。那陣子健身房可熱鬧了，她當然是天天報到，而鍾美寶則是每週一下午三點會到，這時間冷清些，有時裡面只有她們倆。是鍾美寶先跟她打招呼。這女孩好像天生懂得如何跟人交朋友，運動完在瑜珈墊上拉筋收操，她們也彼此交換各自學來的拉筋招式，每次運動完大汗淋漓，她就邀美寶就近到她店裡喝杯飲料，冰箱裡永遠擺滿了茶裏王，客人少，不喝會過期。

是一種嗅覺嗎？或者直覺，她總覺得這個年輕貌美、看來親切可人的女孩，也是人家的情婦。倒不是因為她漂亮，而是一種孤獨的氣味，與她相似。話題裡很自然她提起了男朋友，美寶說男友在科學園區上班，但那語氣真不像是男朋友，倒像是為了掩人耳目而編造的存在。她自己也做過這種事，隨意拿個男人來充數。她可以辨認，因為真正在熱戀中，或有論及婚嫁的對象，不可能還有那麼寂寞的神情。即使是如此漂亮的女人，那種難掩的孤寂，卻非單身的寂寞，那是一種難以言喻，無法對他人闡述，連對自己也解釋不了的心情。即使在最歡騰的話題裡，總是難掩失落，總是有什麼小小的缺憾，或者，大大的悲傷，而又有種「但我還是擁有愛情」的自信，「有人愛我」，只可惜「這件事無法對他人說」。

或許她想太多了，但王麗萍一直這麼認定著，於是對美寶說了自己的遭遇，說了她欲振乏力的生活、愛情、事業，但鍾美寶什麼體己話也沒對她說。

後來美寶不再來健身房了，換成她去咖啡店，有一度她曾經感覺自己快要可以攻克鍾美寶不對他人打開的封閉內心，但離開健身房之後，她覺得美寶更封閉了。每天笑容可掬，行禮如儀，製作美味的蛋糕，就像廣告裡「甜美生活」的樣板戲。

王麗萍想把仲介公司關了，回中部她起家的建設公司做房地產，以前的老闆還等著她回去再起爐灶。她與男人的戀情也終於要畫上句點。「總有人要喊停。」她說，「這些年真的謝謝你。」男人像是鬆了口氣，也像是另有隱情，她要離開這棟使她走不出去的大樓，竟有幾分不捨。

鍾美寶的死去，促使她決心離開這棟樓，卻也花費了她兩、三個月的時間。

當搬家公司清空她屋裡所有物品，她回頭再望一次這棟她居住、工作、愛恨的樓，突然什麼依戀都沒有了。

一月

當直升機撞毀大樓，爆炸引起大火時，連接兩座高樓的透明天梯玻璃屋頂炸碎了，烈火沿著風管竄燒，從外觀看，那兩座一〇二層樓的玻璃之塔脆弱得像要被攔腰折斷。

李錦福突然站起身來，感覺恐慌。

電視台播放的一部韓國電影，描述摩天樓遭遇火災的劇情太過逼真，引發了也住在摩天樓的李錦福心悸、胸悶，他慌忙走到櫥櫃拿了抗焦慮劑溫開水服下。

不該離開地面的。

李錦福想著，不該把三樓的老公寓讓給女兒跟女婿，不該收起水煎包攤子過什麼退休生活，住在這裡，十三樓，人懸在半空中，周身不寧。他腿腳不好，萬一停電，叫他怎麼爬十三層樓下去？

但也就是因這腿腳不好，女兒說服他搬到電梯大樓，說這裡什麼都便利，樓下就有商場，出入有管理，屋子每星期派阿姨來打掃，要回家的話也是五分鐘路程就到。「我們會常去看你。」女兒說，都是騙術。

這個女兒養大嫁人，心就都向著丈夫去了。沒聘金不說，男方連場像樣的婚禮也沒辦，公證結婚，兩人的結婚照竟然是去照相館拍的，一組三張，比他自己結婚時還陽春。女兒上班五年後買這小套房，還有一百萬貸款沒還，兩人結婚那男人竟就理所當然搬進來了，現在男人怎麼這麼厚臉皮，沒個住處也敢娶老婆？孩子出生後，女兒就慫恿著要跟他換屋，說帶著孩子住套房晚上一吵就睡不好，何況他們還有條狗，狗跟嬰兒同睡一床不好吧。她理由多，老父親也說了，不然看孩子或狗擇一帶到他這兒養吧，這不就解決了。半年過去，也不過因為他摔跤傷了腳，倒還不至於不能行走，老婆死後這十年他自己燒飯洗衣還顧著攤子，不也都過去了，可沒指望過女兒照顧，哪知人腿腳一不好，心就軟弱了，見不得女兒失望，怕她再不回來探顧，主要也是捨不得那金孫，多漂亮一個女娃子，像極女兒小時候。

於是就這麼半推半就，把公寓讓給了女兒一家住，他搬到這個小套房來。

人老了就難免荒唐事上身，但怎麼看一個老人單身住到這棟樓就是個不對勁。荒唐。

連個陽台也沒有，洗完衣服晾哪啊？女兒說，中庭有洗衣間，烘衣機好用得很！他活七十年了，還沒聽過衣服用機器烘乾比曬太陽好的。還有沒事花錢顧那些保全，做啥，過濾訪客？他一個訪客也沒，能不能不繳錢？

這樓住起來不踏實，隔壁住著誰，都不知道哇。每天電梯上上下下，鬧耳鳴，再說這個氣密窗戶一關，真是與世隔絕了，外頭半點聲音聽不到，這不是自閉了嗎？他老穿錯衣服，不是太冷就太熱，一下樓才發現下雨。樓上瞧著安靜，一下樓，馬路人車機械轟隆隆，把他鬧得都心悸了。血壓也高得不像話，頭暈，脖子緊，而且人一住進這種樓，就懶得下樓啦，說什麼便利，根本是關禁閉。套房隔成一房一廳，有個功能齊全的流理台，大同電鍋上頭蒸魚蒸蛋下頭煮飯，一鍋到底，瓦斯爐不給用，女兒買了什麼黑晶爐，不見火只發熱，平底鍋煎蛋、炒青菜還可以，也沒個排油煙機，反正他年紀大了，大多時候就是蒸個饅頭，吃點醬菜，蘸點豆瓣醬，也就一天。

唯一可喜就是每週到中庭的視聽室看電影，免費，所有免費事物他都愛。後來發現一年大節日都有免費吃喝聚會，中秋烤肉，元宵猜燈謎，中元普渡，聖誕節派對。看醫生也方便，署立醫院有接駁車每日兩趟經過，他愛吃的山東饅頭，每週一、三在樓下就有車送來，那可成了他的訪友時間。以前老戰友，眷村街坊那批老弟兄，時間一到就來搬饅頭，他也不改習性，一次買十二顆，冷凍庫塞滿滿。

「你好福氣。」阿滿姨這麼說，「大樓多氣派，也不怕颱風下雨的，連走廊都有人給你打掃。」這個阿滿常來他這樓撿回收，當然說大樓的好話。

習慣就好，他這麼對自己說，看女兒女婿把舊屋子整理得那麼漂亮，連小娃娃都有自己的房間，也該為他們開心，他這老爸也沒啥留下給她，就一個三十年破房子，他住這大樓，頂多也二十年吧，說不定過幾年他就搬去東部的安養院，逍遙自在了。要習慣這樓不容易，只是忍耐罷了。

沒想一日他去中庭洗衣房在花園空地遇見了林愛嬌。

六十幾歲也算老太婆了，可人家一點老氣也沒有，在那兒神清氣爽打八段錦，臉蛋身材保持得豐腴嬌美，真是愛嬌。以前在後面新村住的時候，林愛嬌開了間水餃店，二十年老店，他是常客了。他們倆是同鄉，可以談點依稀的往事，她老公是個湖北佬，凶得什麼似的。那時早晨大夥常在社區公園打太極，他們倆就是有話聊。當時他還有老婆，心裡啥也不敢想，只是每天見著就開心，有說不出的默契，後來突然不見林愛嬌出現，原來是搬走啦，這不見就是五年。李錦福搬到大樓來，一個月就讓他碰上林愛嬌，她好像變得更嬌美了。

愛嬌住在A棟十九樓之七，跟兒子媳婦一起，老頭子死後，他們把舊房子賣了，到這裡買公寓，林愛嬌倒是沒半點抱怨，組了個八段錦班，還開讀書會，假日時去附近登山步道，日子充實快樂。「老頭子死了我就重生啦！自由自在。」愛嬌說，「時間都不夠用啊！」林老師早上練功，下午在康樂室給幾個老人氣功治療，他每天報到，像混雜其中多少個好色老頭是衝著愛嬌而來，現在他單身，愛嬌沒伴，老交情還在。

怎麼開始？誰先開始？老到這地步，還可以愛嗎？人生還有機會找個老伴，做點什麼令人感到快樂的事嗎？他一直猶豫不決，反倒是林愛嬌起了頭，約他星期日陽明山健走。那段時間，大樓發生了命案，人心惶惶，愛嬌卻對他說：「命案發生之後，我突然覺得想做的事都要敞開心來，盡情去做，你說好端端的在屋裡都有人可以闖進來殺死你，人生還有什麼可以保證？但生命越是無常，我越是要把握生命。」他們在餐廳裡吃土雞、野菜，聊著旁人的生死，一點不忌諱。他對愛嬌說了住高樓不踏實的心情，愛嬌笑他：「什麼踏不踏實？踏實的人住哪都踏實。拐個彎想，腳上踏的就是地，安定下來就是家，住幾樓有什麼差別，我們都是逃過難的，吃過多少苦，現在可以有這樣的高樓看夜景，有人幫你收垃圾，樓梯間打掃得乾乾淨淨，跟住飯店一樣，操什麼心？」愛嬌幾句話，驚醒夢中人。

第二次，愛嬌說得到幾張烏來泡湯券，他心裡有底了，只是，怕得不得了，羞啊。

他心中沉積幾十年的熱情，突然被點燃，不就像那把摩天樓之火嗎？除了往上竄升，把所有一切都熔化，沒有消弭的可能。他驚訝地想到逃難的日子，想到多年前第一次回大陸探親，想到妻子的死去，自己的鰥寡孤獨，過去的人生好像並非是他親自走過的，太多劇痛，突如其來的轉折，太多電視電影才會搬演的曲折劇情，卻又在中年後突然陷入完全的平淡，日子重複又重複。起初還能靠著工作麻木，後來，他走進這座樓，真像是坐牢似的，斷絕了一切希望，他居住在一個跟自己全然不相稱的屋子，有點懼高的他往窗玻璃外看，會覺得恍惚，人生已經快要走到盡頭，卻連安穩地站在地面上，擁有一塊屬於自己的土地都做不到嗎？但為什麼愛嬌活得那麼好？為什麼一樣住摩天樓，他渾身不自在，愛嬌卻像重獲新生？他不知道，但僅僅是換好乾淨的衣裳，搭電梯下樓，在大廳等待愛嬌出現，他衰老的身體突然也硬朗起來。其實他一向身體好，膝蓋老毛病也沒太困擾他，這段日子打太極也有點效果，他從電梯走出來，第一次感到完全不暈眩，甚至覺得這麼快速很順暢，櫃枱管理員對他點頭，他也微笑回應。傻了吧，他想，都看得出來他在戀愛，枯木逢春，羞死人，可他沒臉紅，沒尷尬，直挺腰桿往前走。愛嬌已經在門口等待，她一身輕便，身材還是那麼豐美，站在門口，像春風似的對他笑。

就這樣吧，活到這歲數，還怕什麼，等著他的，除了死亡，也可能還有點盼想，胡思亂想也沒關係，老人嘛，他突然想通了似的，就該跟這棟樓一樣，不變應萬變，什麼都容納。

第一次各自泡湯，第二次就兩人共浴，出浴後在一旁的床鋪共度雲雨。他激動得像個青年，身上的玩意十多年沒用，還行啊。重點也不是那，愛嬌軟玉溫香，抱在懷裡人生像是從頭來過了。他們倆在日式湯屋裡，天南地北從老家聊到新家，從故鄉談到台北，談什麼都自然，快樂、感傷，無論什麼時光，都覺得是上輩子的事了，而這輩子他們倆的生活才要開始。「你搬過來跟我住吧。」李錦福說，愛嬌把頭靠在他肩膀，好像要睡著了。「屋子雖然小，也還能煮點菜。」他說，「人老了，不需要那麼大的地方。」他說。愛嬌還是不說話，他摟緊了她，感覺時光開始回走。「小孩子不知道怎麼看呢！」愛嬌說，「管他們看法，我們都這麼老啦，該活點自己的日子。」他說著突然胸中漲滿勇氣，明天就要開始去游泳、慢跑，他以前可是運動健將啊。愛嬌點點頭，他突然很感謝女兒把他騙到這棟樓來住，人生至此，沒啥可求的了，他只企求胸前這窩靠著的女人，如此溫香，如此解人，他認定這座樓了，突然覺得那小套房是自己最後的歸宿，不用再死命爬樓梯，讓他這一生結束在這棟高樓裡，如果還有這女人為伴。他閉上眼，想起電影裡那摩天樓之火，感覺自己體內也有火，熊熊地，把生命融開了。

二月

殺了牠們再自殺。這是唯一的路了。

近日每天都收到鄰居的投訴，身邊有三隻癱瘓的老狗，加上腰疼，椎間盤突出，自己夜裡輾轉難眠，病痛的老狗嗚嗚哀鳴，她總要起身幾次。有時大狗白白拉了一屁股屎尿，其他眾狗們都嗚嗚吹起狗螺，鄰居就跑來按門鈴。屎尿、眼淚、老狗的重量、自己的脊椎，每一件事都在崩潰邊緣，而每一天都是生死交關，黎安華疲於奔命。

有些時候，夜裡十一、二點，終於把十四隻狗的吃喝拉撒都處理好了，她窩在沙發沒有破損的那一角角，疲倦不堪地想著自己怎落到這步田地，她會突然懂得為何有人夜裡燒炭，或吃安眠藥自殺，不是不想活，是活得太累倦了。

有時，她會心生幻想，隨意搭上什麼車往南走，越遠越好，直走到聽不見狗叫，不可能聞嗅到狗臊味的那些地方。山林裡、雲海邊、岩石、沙灘、密林、平原、沃土，隨便什麼都好過一個小破屋讓她容身。她已經六十五歲啦，再活沒幾年，她要一直走一直走，絕不回頭。走進荒山野嶺，走到人跡罕至的地方，想到這兒，有點盼望，但繼而又想，以她這種命，說不定走到人煙絕跡的絕境，還是會遇上一條流浪狗。

啊。一切怎麼開始的？路邊撿到一隻幼犬，女兒說好可憐，那隻狗叫花花，養了十七年，去年死了。花花是一切的開端，其他狗就跟著來了，養了一隻，覺得第二隻來了彼此有伴，二口犬是哭，那三口好些，然後四狗就是也沒差那一口飯，突破五口之後，就沒禁忌了。那些年，街上到處都是癩痢狗，缺腿瞎眼或根本頭好壯壯四肢健全，沒人要的全收來，破十隻之後她就認命了，不能多，但總會有某隻狗在颱風天、暴雨裡，在最冷的寒流過境，在她最難抑制的黃昏，等在某一個角落，與她相逢。

帶進來容易，送出去難，她的狗非殘即老，即使壯年，也都是些花色怪異、白蹄黑眼的，她壓根不寄望有誰來領養。幾年前送養過一隻，被主人惡意遺棄，此後她再也不送人，都自己養。

那時她自己還年輕啦，喪夫，退休，五十來歲手上有點錢，多的是時間。隨著狗口增加，屋裡人口減少，孩子大了，各自婚嫁，沒人要回家，她也索性讓狗都霸佔一切，讓屋子成了狗屋。

不論白天黑夜，她總安不下心，睡得淺短，易醒，難入眠。她總是一點動靜就醒了，擔心那三隻病狗在睡眠中離世，這多矛盾！前一分鐘還想著燒炭啊，把安眠藥磨碎了加到狗飼料裡，全家十四隻狗跟她，一起嗚呼，後一分鐘卻又擔心起妞妞的心臟、白白的關節、斑斑的輸尿管。對啊，是不是取錯名字了？斑斑如今就是拖著條尿管，到處滴滴答答，斑斑尿跡啊。

所以並不是真想死，而是需要幫助。

一夜醒來，睡眠不足也得醒了，早上七點半開始新的一輪，遛狗遛狗遛狗，跑醫院跑醫院跑醫院，清理不完的狗大便，煮不完的狗食，日子還是繼續。

每天的開始都是黎安華下樓去遛狗。以前是狗兒最歡快的時光，她也愛牠們這麼歡騰地出門，但如今都是折磨。帶著四、五隻大狗進電梯，人人避而遠之，這些同樓層的鄰居，都將她視為仇敵。

還是搬了吧。她哀傷地想著。

但房子已經賣啦，誰知道房價這兩年一下飆得那麼高，再想買已經買不起了。眼下就只跟姊姊擠一擠，兩個孤獨老人，互相有個照應。原本各自有房有家，她的女兒嫁人，先生死十五年了，姊姊全家移民到加拿大，為何大姊不走？貪圖健保啊，把身上該修的修一修，或許也可以去加拿大安住，但那是後話了。

C棟十六樓之七，方位都是請命理風水師選過的，大姊說這是聚寶盆，他們一搬進來，十年不到，房價翻了兩倍不止，而且她操作股票也賺了三百多萬，無奈都寄去加拿大給她女兒花，她那女兒真會花，一年燒掉兩百萬，老公都喊痛。

安華好不容易把狗都帶出大樓，得留神別讓牠們尿在外頭的走道上，六十幾歲的人了，成天都感到疲憊，但還是得遛狗啊。一日六趟，情不情願都得去。她隨身都帶著包包，裡頭有水壺、報紙、塑膠袋、狗糧貓糧。以前都到公園遛狗，現在搬到這裡來，走回原來的公園得快半小時，她一天得遛七、八趟狗啊，只能在附近學校的外圍環繞。這段路可驚險了，狹窄車多，要過好多個紅綠燈，那邊很多人在健走，但這些人可不歡迎狗，可是大樓裡有個專賣臘腸狗的女孩，每天早上一行三人推著牽著抱著，共六隻長毛吉娃娃，電梯裡的大人小孩立刻喊著「好可愛啊」，她的狗一出門還沒上計程車就尿在地磚上了。

三年前，她的幾隻老狗同時發病，腎臟病、心臟病，還有一隻得了癌症。那年真是倒楣，病的病，傷的傷，碰上女兒要出嫁，說要老媽媽幫忙贊助房子頭期款。為了養狗，她早已把退休俸一次領出，花掉大半，為了醫治老狗，每回都是三千五千，動輒上萬的治療費，一年過去，她的老本全空了。

她把住了二十年的公寓賣掉，換間小房子，剩下的幾百萬，一半給女兒，一半留著養狗，哪知道，一房一廳還要兼廚房陽台的格局真難找，而且她不想離開這一帶，狗兒都熟悉了，離公園近遛狗也方便，公園裡幾個狗媽媽是她僅剩的朋友，雖則她們跟她不同，人家都是養一、兩隻，寶貝得要命，她則是越撿越多。白白是被捕獸夾夾住，後腳掌截斷半個，後來前腳膝蓋也壞掉，目前又瞎了。多多則是被車撞倒扔在路旁，鄰居叫她去救的，當初可是在台大醫院花了大錢做手術啊，那時多多才三個多月，能活下來是奇蹟。其他的，瘸腿、瞎眼、暴牙，即使她這麼愛牠們，也知道一般人看了只會怕。這些年陸續送走一些老狗，其他狗也邁向老化，她想她不要再收任何狗了，她老了，窮了，就跟這些狗一起終老吧。但住在這棟大樓真不行。大姊房子保養得好，當初也請人裝潢設計，三十二坪空間，前後陽台，木質地板，要光線有光線，要視野有視野，樓下就是公車站，走十分鐘就到捷運站，旁邊就有菜市場、量販店、便利超商，生活機能多好啊，大樓附近有家小兒科，每天菜市場似的爆滿，她也去拿過心臟藥、睡眠藥，醫生斯文有禮對病人親切得不得了。結果一次在大樓裡遇到醫生，那人一看見她帶狗，立刻拿出手帕摀住了口鼻。

她怕自己的狗毀了大姊的木地板，雖然大小便都訓練得去外面，這也是她會這麼累的原因，有幾隻狗，寧願憋尿，也絕不肯在屋裡尿尿，連陽台也不行，於是不管颳風、下雨，甚至颱風啊，至少也得帶下樓遛一遛。她穿著雨衣，狗都淋濕，路人看他們像瘋子。

幸好大姊也是愛狗的人，雖然沒她這麼投入，長年來需要車載狗看醫生，都是大姊幫忙。錢的部分她也資助了不少，親友中唯有大姊不曾對她養狗的事有過微詞。她天生愛狗，但真正理解了狗對她的意義，是丈夫去世那年，如果不是為了照顧那些狗兒，她說不定就隨他去了。那時她只有四條狗，屋裡就她跟女兒，狗都還年輕，一次她去上班晚歸，小偷從陽台爬入，大狗如如立刻對著窗戶狂吠，直至把小偷嚇跑。狗兒是天使，是恩人，是她後半生能繼續愛生命的原因。

但住在這裡不行。這裡的人太討厭她的狗了。

每每走出電梯，走進大廳，那光潔的地板，挑高天花上垂吊的水晶燈，櫃枱後表情一模一樣的保全人員，身旁高跟鞋叮咚響亮的女人。她覺得自己不屬於這兒，且人人都這麼感覺，即便大姊是社區管委的會計委員，也無法使她擺脫歧視的眼光，光是她的衣著，她的狗，她那身畸人的模樣，都使這麼敞亮的大廳蒙塵。

但更根深柢固的心裡，或許是她也討厭這一切，她懊悔自己賣掉了與丈夫辛苦買的房子，她的根失去了，一個無根的人，到哪裡都是漂泊。

大姊回加拿大，她的生活一落千丈，每天去遛狗都成了噩夢。鄰居抗議，管委會警告，連管區都跑來刁難。她噩夢醒來，總是家門洞開，所有的狗都不見了。

她每日抱著癱瘓的白白下樓，至少有個管理員對她很友善，會幫忙把閘門打開。她不敢在大門口附近放下白白，即使腰疼得都快斷了還是奮力前進。附近有個咖啡店，店裡的女孩會來幫她的忙，那女孩真漂亮，真的愛狗。另一個短髮女孩子，男孩臉，一身精壯，也來幫她把白白的腿抬起來，她們還商量著，說要給白白募資弄一台狗輪椅，真的說做就做，立刻在咖啡店裡擺上個募款箱。

但為什麼這麼好的女孩子會給人殺死了？沒有美寶的咖啡店就像失去了靈魂，終於結束營業。她經過拉下鐵門的咖啡店，心中尋死的念頭又浮現了，該死的人不死，不該死的卻死了。她拖磨著一身老骨頭，不是什麼愛心媽媽，她只是碰巧遇見了，這些狗，這些曾經是天使如今成為她生命重擔的生靈，該怎麼說，她放不了手，不可能放，她只得日復一日，推滾著生命的巨石上山，又看它滾下來。她想起美寶，真的想哭了，但她已經老得無法悲傷，生怕一個悲傷，把生命壓垮，她還不能倒，還有十幾條命繫在她身上，她還得打起精神，繼續她永不停息的苦難。活著是沉重的，但還有一口氣，她就不能假裝安樂死是更好的選擇，她的狗兒沒一隻想死，她也不能把牠們弄死，她在這些狗身上學到了這些，活一日是一日，即使癱瘓倒地，即使屎尿失控，也還能吃，皮包骨的身子總還可以感受到溫度，她一叫喚，「白白」，小白白就又掙扎著起身，拚命舔她的手。

但願美寶在天上安息，她苦笑著，雖然不信神，這時卻希望真有神，庇佑著那個美好的女孩，去到她該去的地方，不要再受苦了。

三月

「歡迎光臨」，他機械性地喊著，明亮的便利商店是深夜裡最安全的地方，遇上搶劫的機率也不比白天在街上高。上大夜班的他，就住在前方那一大棟高樓裡，母親與他，守著兩房一廳小屋子，還有個小露台，是算進權狀裡的。剛過四十的母親看來簡直像一般路上的年輕ＯＬ，誰也不會相信她已經有個十九歲的兒子。

夜裡，在他一聲聲喊著歡迎光臨的當下，母親正在那個小公寓裡間，有衛浴設備的套房裡，一組一組接待著客人吧。母親是酒店小姐出身，曾短暫結婚生下了他，父親另結新歡，母親帶了孩子回鄉下娘家，孩子一放就跑了。他在鄉下跟爺奶住到國中畢業，母親又出現，把他接到台北來，起初偷偷摸摸帶男人回來，後來索性明目張膽把客人帶回來，「叫叔叔」。母親總要他對那些生面孔這麼說，似乎這種家庭氣氛還是母親的賣點呐，「人妻控」最喜歡的。

母親並不知曉他的感受，母親什麼也了解不了。他以那張據說遺傳自父親的俊秀臉龐，便利商店店員的招牌親切笑容，應對這個他熟悉也不熟悉的母親。熟悉是因為她腦子太簡單太容易理解，不熟悉是因為，畢竟他回到她身邊也才第三年。

深夜至清晨，這間店生意算好的。常客多，大樓住了不少酒店小姐，清晨回來時計程車坐到店門口，會進來喝杯咖啡，愛跟他哈拉，那時她們妝都花了，下午美容院洗整吹平及腰長直髮都起毛了。身上濃重的菸酒味，在慘白的燈光下，顯得特別狼狽。

有對小情侶老是半夜來買關東煮，桌椅上一待就是一小時，東西不怎麼吃，倒是常頭碰著頭，親密地說話。他想，可能是夜裡趁彼此的情人都睡著跑出來幽會的吧，他們之間像是有個誰都介入不了的透明結界，危險而悲傷。兩人都漂亮、年輕，這麼漂亮年輕的人竟也為了愛情而顯得那麼危險而悲傷啊。

他曾心神散亂走進一個酒店小姐的住處，那時夜班結束，到附近早餐店吃燒餅油條，一時間他真認不出那是時常來店裡報到的酒店妹小愛。他們同桌吃早點，卸了妝的小愛就像尋常的年輕女孩，髮尾翹起，寬大襯衫牛仔褲，白淨的臉上眉毛漆黑而筆直，看來是性格強烈的女孩。「小七啊，我是小愛。」小愛喊他，這些酒店妹自認比他成熟，都喊他小七，小七弟，七弟弟。

那早他與小愛上床了，「破處」，小愛掏出兩千塊給他，「你球鞋都破了，買雙新的吧」。他聽了這句話想哭，又把小愛壓倒狠狠做了一回。

那段時光，他突然進入了便利商店小情侶的模式，每早下班就到早餐店等小愛，一起早餐，然後回她住處做愛，混到中午，兩人才又睡去。小愛的住處也在母親買的那棟樓，挑高的小套房，在三十七樓，景色比他家窗外所見更好，卻也有種更像漂浮之島的不真實感。床鋪在二樓，養了白色波斯貓，家具都是房東附贈的，室內裝潢頗佳。小愛說房租連管理費一萬五千，好像租貴了，他說，「我乾爹付的」，小愛傻傻回應。如果有乾爹，又何必幹這行？他心想，但他沒問過小愛為何做這行，他也沒問過母親。

歡愛後從床鋪邊的窗外望向遠處，「那兒有土地公廟，求財很靈歐，我就是拜了之後才認識我乾爹。」小愛說，「改天我們去拜拜好嗎？」她又問，「我只有摩托車。」他回答。他真不喜歡乾爹或上班的話題，但喜歡小愛從背後手穿過他肩頭，筆畫著遠處山巒的姿勢，他們就像一對真正的情侶，儘管他們從不曾說過誰愛誰。

「我愛你。」他低聲說。嘟囔似的。

「我會當真喔。」小愛說，從背後雙手環抱他，「我不知道愛是什麼，但一有人說愛我，我就會當真。」

小七苦笑著，這是我的台詞吧。但他們靜靜地，白日也似黑暗地，望著被隔絕在外的天光，是最燦爛的正午。「人家說這時候做不好。」小愛笑笑說。「為什麼？」他問。「氣血衝腦。」小愛說。

藍天，白雲，樹海，小廟，高壓電線密布如五線譜，他想不起更多事了。「我愛你。」他對小愛說。「我昨晚上班前我媽突然這麼對我說，我嚇得跑出去了。」

「呵呵，老媽最恐怖啊！」小愛傻笑著，「我們來衝腦吧。」

四月

她真想弄死她大哥，在大哥把老媽逼死之前。

他們租賃這棟樓會吃人，剛搬進來一個月就吃掉了她爸爸。

她一點也不相信老爸是像老媽講的那樣把他們扔下跑路去，更不可能是跟別的女人走了，而是這棟巨大如迷宮，走道穿梭如森林，每一扇門戶像野獸的恐怖大樓把他吃了。爸爸從一開始就反對搬家，但房子被查封了又無可奈何，那麼他們也該在住家附近找個合適的公寓，但母親偏不，不知她哪裡弄來這個小套房，說租金便宜，不顧家人反對把家具都變賣一空，套房裡披掛幾張布簾當隔間，一家四口就這麼住了進來。

大樓金玉其外，他們家就是敗絮。阿爸每日出去開計程車，索性都睡在車上，阿母每天就在這幾十層樓的樓梯間撿回收物，她每天下了課也得幫忙，後來管理員伯伯說不能白天撿收，母親會在半夜把她叫醒，夢遊似的穿梭那些黑暗的樓梯間。哪來這麼多啤酒罐跟保特瓶，但就是有，最初一個月都能賣上一、兩萬啊，加上阿母白天去街上發傳單，她說比以前住的社區強多了。「沒見過這麼髒的垃圾間。」阿母說，「這裡的人又髒又懶。」「虧得這樣我們才有錢賺。」

她討厭大哥，因阿母從不要他幫忙。

大學畢業後去當兵，本來都好好的，退伍後，大哥就很神經了，換了兩、三個工作，都跟老闆吵架，然後一直住在家。

老爸失蹤後，阿母要大哥接下那台車，大哥第一天就撞車了，什麼不撞，還撞賓士車，阿母又賠了十幾萬，只好把車賣了。

阿母說大哥是精神病，應該申請國家賠償。她問阿母大哥是被軍隊虐待嗎？阿母支吾其詞，說「最好是啦！」「沒用的傢伙才兵變就搞成這樣。」她聽不懂兵變，阿母說：「馬子對人走。」

閒暇時，她從不去其他公共設施，不想撞見其他住戶，因為他們靠回收物存活，彷彿知曉別人的祕密。母親努力回收保特瓶之餘，也撿過現金、提款卡、存摺，他們試著去提領，試個幾次密碼無效卡片被機器吃了。她很有罪惡感，覺得自己像小偷。母親有時也把整罐的食物帶回家，說根本沒過期。保養品、舊衣服，甚至還在樓梯間見過波斯貓，阿母本來要帶去寵物店賣掉，結果賣無錢，就又放回樓梯間。她親眼看見一個小姐開心抱回去。

每天夜間的搜尋，她真知曉了許多祕密。套房這邊，夜裡很熱鬧，有些住戶醉醺醺走出來，什麼都往梯間丟，最扯的是她們撿了一台冰箱，根本還能用，冷凍庫裡塞了一萬塊。

阿母勤快收回收，大哥拚命搞破壞，他們屋裡亂得像失火。阿母每天給大哥三百塊，讓他去網咖，他們家沒第四台沒網路，電視機倒是有三台。隔壁住戶投訴，說屋裡太臭，委員會來勸誡，阿母據理力爭，說我們按時交租，管理費都準時交，他們嫌我們臭，我們還要抗議他們吵呢？

後來阿母寫了黑函給隔壁，「我知道你們的祕密。」阿母從回收堆裡發現他們的信件，「是小三。」阿母樂孜孜地說。

投訴事件沒有了。兩個月後隔壁換了房客。

三年來，他們每月九千元租下這屋，靠回收可以賺回生活費。她從國中生變成美容院洗頭助理，阿母說要讓她去讀美髮學校，她覺得都沒差。大哥再一次騎摩托車摔倒撞到頭之後，突然神經接通了，現在在汐止科技園區當工人，都住宿舍了。

阿母離不開這棟樓，即使現在大樓都雇人撿回收。「搶生意啊！」阿母說。但在這裡日子還是好過，她猜想阿母愛上了這種充滿祕密與刺激的生活，也或許阿母只是因為跟大樓的環保委員有一腿，她長大了，可以包容的事變得很多。

她想過要離開這棟樓，但大樓吞吃了她爸，她還不能離開這。

五月

權狀十五點六坪，挑高四米二，隔成樓上一臥房，樓下一大房，客廳挑高，附有簡單的流理台、冰箱、大窗。客廳的窗外可見遠山，樓下房間的窗景就熱鬧了，是北城的夜景，跨年可見一〇一的煙火。這是娜娜與小東一起看的第十個房子，也是價錢上他們恰可以負擔的。兩人新婚，從婚前開始找屋子，如今喜筵都過了半年，才有些眉目。

仲介說，這種既可面台北又可以看見新店的格局最少見，夾層做得牢固，簡潔，房間也夠大，景色更是一流。帶看屋的小姐年約四十，今天一共帶他們看了四間房。小東喜歡的是真正的兩房一廳，沒有夾層，實實在在的二十五坪，但買不起。娜娜退而求其次，少女時代第一次看見這種夾層屋，不知怎地就是好喜歡，儘管樓上的房間只有兩米高，小東說有壓迫感。「這格局真的很好。」仲介梁小姐強調，娜娜不是不清楚，她是這棟樓的老住戶了，六年前租套房至今，所以買屋看來看去又看回這棟樓。

她想像著他們的婚後生活，不是現在這樣小套房裡聲息相聞。小東每次打線上遊戲就吵得她沒法睡覺，流理台離窗戶近，說不定可以違法偷偷安裝個排油煙機，這麼一來就可以開伙。客廳除了沙發茶几，還可以擺張四人餐桌，她想像著如何將這空間巧妙布置，大概要去逛IKEA跟無印良品很多次了。客廳的景觀、空間，真是漂亮極了，小是小，卻有種時髦感。隔間與家具是白色與質感佳的灰褐色木紋，連小樓梯的動線都是那麼流暢，她幾乎可以想像當初買下屋子的那個女人是如何翻室內設計書籍，與設計師討論，自己一點一點去買經典復刻的家具。有這麼好品味的女人，一定嫁得很好吧，真希望跟她見上一面啊，不像之前看過的幾間，隔間亂七八糟，都是老舊的合板，那該都是房子新建時就做好的制式設計，只有醜字可以形容。

「屋主是裝潢好自己要住的，住兩年就結婚，搬到內湖去了，後來的房客也住一年就買房子，你看這房子風水多好，兩邊視野都沒阻隔，又是邊間，通風、安靜，你看外頭離電梯又近，這一轉角就三戶，隔壁鄰居都是大坪數，自住的，安全又清靜。」

差不多是決定要買了，總價六百五十七萬，殺到六百四十應該可以吧。頭期款四成，小東的父母出一百萬，他們倆各自把股票基金都賣了，頂多用信用卡借點錢。這房子連裝修都不必，家具一應俱全，樓上的房間有收納空間，果然是女性屋主的貼心，衣櫃鞋櫃雜物櫃都妥貼地規畫好，樓下那間就當小東的工作室，真是再好不過了。

「可惜沒陽台。」小東說。他想養狗，想種花，他說：「我不喜歡這種不是真的房子的房子。」什麼亂七八糟的論調。娜娜想，果然是鄉下人。

六月

有時開窗她還會一陣雞皮疙瘩，惶惶想起阿力站在窗邊五斗櫃揚言要跳下去。小她五歲的阿力，外表清秀可愛，骨子裡卻是躁鬱自卑混雜她也無法理解的精神問題。

分得好。

但留在此處就是傷心地了。

愛咪是台中大甲小鎮北上的青年之一，文科大學畢業，沒考上教師檢定，考慮繼續讀研究所還是考公教機關，她不甚積極，心中真正想望是改行當廚師。只怪她大學畢業時看了一部電影，有個部落客每天練習一道茱利亞柴爾德的名菜，她心中的偶像是名廚安東尼波登，想學法式傳統料理，整個大學時代都在打工。手邊有點錢，畢業後先去義大利麵館打工，存點錢就去吃，買食譜，買鍋具。她能做一點唬人的法國菜，義大利麵也還可以，但某日醒來她決定回家鄉了。

父親依著人事關係，在鎮公所給她找了個約聘工作。

鎮公所待著，童年都回來了。經手的業務常遇見熟人，小學同學啊，老師啊，街坊鄰居，她自高中到台中就讀，大學也在台中念的，就這麼八、九年待在城市裡，小鎮生活不到一年她就感覺窒息，鄰居幾家來說媒，相親兩次她就決定跑了。

跑得越遠越好。

這才到了台北。

台北對於她好陌生，她對台北則是無法投入。以前偶爾跟朋友相約，北上看表演，吃餐廳，總是過路人的心情。年輕時她在台中生活過得舒適，大三父親就給她買了車，跟兩個朋友合租一大公寓，才八千塊。她這人就愛吃。以前的室友阿孟也是個饕客，麥當勞從工讀生做到店長，另一個室友大衛也是餐飲業，連鎖牛排館三年當經理，當時他們是怎麼說的？「到時候咱們開個店。」那時土地還沒這麼價格飛漲，那時，幾個人湊湊弄個兩百萬也不是問題。全都是這五年的變化啊，吃吃喝喝翻看食譜過日子，回過神來，台中已經滿街都是創意料理、異國美食、個性咖啡店，然後阿孟跟家家戀愛了，老掉牙的劇情，卻使她傷心透頂，她發覺自己兩個人都愛一些，但人家都是gay。

情傷是表面，真正主因還是她越是鑽研越發現自己半吊子，這個會一點那個會一點，真要發下狠來得去上藍帶學校，還有沒有機會拚一拚，但她手上錢都花光了。她亦想過去報考餐飲學校，天啊二十六歲會不會太老？心裡一膽怯就提著行李回老家了。

這一來往周折，等她搭著統聯上台北，已經過了二十八。

首先投靠在廣告公司工作的好友小鳳，小鳳是男人，帥斃了一張臉，麻豆身材，每個月都會有星探在路上攔住他要他進演藝圈。小鳳骨子裡卻是個傻妹，死守著他在餐廳當廚師的男朋友，這時她赫然驚覺自己的好友都是gay，難道這就是她戀愛不順的主因？她只喜愛英俊斯文的男人，她習慣了男人該是衣著光鮮，皮膚潔淨，身上有好香的氣味，這種人若是異性戀，八九不離十是個小白臉。

這種人叫什麼？腐女？不，她不是腐女，至少她不知ＢＬ漫畫為何物，她只是恰巧愛上了男同志。

或許她這人太過平凡，她需要仰望光源才能透過反射發出自己的光。

七月

三天兩夜的香港行，除了開會，他只去了兩個地方。

「九龍公園」，倒是去了三回，在附近茶餐廳吃晚飯，需要的民生用品也都在這裡買，便宜多了。香港來了這麼多趟，卻是這次才知道這裡有寶，他要看的是「九龍城寨遺址」。說是遺址，卻已改建成公園，只剩下公園一角圈括起來，留有小塊舊城寨石牆，新翻鑄的城寨模型，碑文說明歷史。他站在模型前推想著多年前這兒的建築與居民，自他發現有此歷史，他發狂地搜尋，網路照片、YouTube影音，買回日本攝影師拍的攝影集。他完全被這裡可能的故事迷住了。

他想起另一個曾去過的地方，也是香港，重慶大廈，是一個美國學者麥可帶他去吃咖哩。麥可在香港教書，每週都要到此一遊，跟大廈許多店主都熟，使得麥可對他展現的重慶大廈，迥異於電影裡《重慶森林》的氣氛。咖哩好吃，那些避難者，賣手機的非洲人，大樓迷宮似的構造，聽複雜的各國移民（或非法移民）的故事，他連去了三次。

大概就是這種個性吧，念的是建築，卻不在事務所上班，成天打零工，到處逛廢墟。他帶一台傻瓜相機騎著機車，去過好多已經廢棄的大樓，或遭拆毀，或被遺棄，或單純無法完工成了「爛尾樓」。但其中夢幻之最，依然是未曾眼見的「九龍城寨」啊！

攝影集裡那些盤根錯節的電線，低矮的天花板，七拼八湊的牆面；那些大小不一，像是兀自從一間屋子旁衍生出的另一間，棟距太狹窄永遠照不進光，每座樓梯都不知通向何方，每戶都窄小的屋裡，有各種買賣，有各式各樣的人生活著。碩大的建築體每日吞吐出巨量的人口，不知是否也像重慶森林大廈那樣自成一國，若是，倒也是被遺忘的國度。

前幾年他定時去寶藏巖給一個老人送餐，那時經過長期抗爭，政府已經決定保留此地，作為古蹟，慢慢開始有各種社運人士、藝術家駐村，種種活動。那兒也是一處迷宮之城，當時他還在事務所工作，每天從住處騎車進市區都會見到沿著坡壁而建的那些小小屋宇，回程時他也能從後照鏡裡望見稀疏的燈火。

老人住處在坡頂，沒人帶路根本找不到的曲折小徑，甚至還得通過其他人家屋內。他當時苦思：「送瓦斯怎辦？」階梯高而陡，狹窄僅供一人行走，運冰箱又怎麼辦呢？他沒敢多問。

老人八十了，屋裡堆滿回收物，最怵目的是各種國旗製品，選舉旗幟，數量可能十萬份以上的舊報紙，屋裡收得整齊，報紙都按照報種、年代、日期分類。老人車禍受傷，骨折腿不方便下山，朋友輾轉找到他，他負責送晚餐。

還有，南機場國宅、水源市場國宅，那都是自成一國的地方，同樣有著與距離不遠處的都會截然不同，時光彷彿被凍結於四十年前的氣息。

桃花源？他用此比喻可能不當，當初陪他去看的朋友似乎是帶著「看貧民窟」的心情。

到底為什麼對這些地方感興趣？

他無意搞心理分析那一套，但，跟他父親後來蓋了個爛尾樓也有關吧。父親結束了東南亞的工廠，賺了點錢回鄉下，說要蓋一棟最豪華的別墅，在鄉間這已經是很張揚的舉動了，誰知父親還堅持要自己蓋，那時家人就該知道父親出狀況了，在菲律賓的生意其實虧損，合夥人與政府官員勾結，以逃稅的名義把他抓進去關了兩個月，後來他才認賠出場。

十年過去，父親的豪宅還是水泥外殼，正面都是敞開的，不用念建築也知道他的設計圖有問題，封不了頂。那幾年他都在外地讀書，偶爾回家，全家人擠在叔叔家的頂樓借住，這一住就是多年。頂樓寬敞，母親與他一起用最簡單便宜的合板加蓋了廁所、廚房與一間臥室。母親總在屋裡車衣服，頂樓熱，他會爬上屋頂搭黑網，種草皮，灑水，裝抽風機。母親把院子整理得花木扶疏，還真種了蔬菜幫忙賺外快。依然破舊，那已經是個家了，父親只睡在他的樓，偶爾回來吃飯，父親用幾乎全人工的方式繼續搭建那樓，成了全村的笑話。

他知道父親走進迷宮深處了。

後來他亦住進了一迷宮大樓，朋友介紹的住處，公寓五、六樓改建成十三個雅房，曲折的走道連接這些房間，公用衛浴，走道變置物間，月租三千到四千，每個房子配置都一樣，只是方位與大小略有差別。不到三坪的房間，窗戶裝有抽風機一台，有對外窗的四千，沒對外窗三千，單人木板床，牆上有一排掛衣桿，頭頂有日光燈，其他自備。包水電，但沒冷氣，沒網路。

他猜想，監獄也大致是這格局吧，只差沒有放風用的運動場。

他住了一年，直到交了女朋友。其實鄰居也有夫妻同住的，屋子雖小，那妻子有次對他說，兩人能在一起就是家，他聽了很感動。沒多久男人搬走了，只剩下那妻子獨居，每次在洗衣台前遇到她，她孱弱的身影使他轉身就逃。

女友才來過一次啊，也是她百般央求才帶來「參觀參觀」的。一夜無眠，清晨所有人都在走道刷牙，把洗臉水往樓下一潑，那之後她就跟他攤牌了。「搬家還是分手？」「我可以去你那兒找你啊。」他說。「我就是受不了你住在那種地方。」住的人是他，她要忍受什麼呢？但他知道她真正忍受不了的是貧窮。

他沒那麼窮，只是喜歡這種地方，感覺親切，不舒適是他的家鄉味，住在這裡，他才不感覺背叛家人。

後來他還是搬進了那座摩天樓，也不過是個十來坪的套房，還是鳥籠子，儘管屋主當時有請人裝潢，還蓋了美美的穿衣間，鋪上原木地板，那又怎樣呢？女友與他依然都是每個月兩萬出頭，永遠也買不起房子的窮人。

女友拒絕承認自己窮，於是每個月薪水花光。上館子，逛百貨公司，每年出國，欠下一屁股卡債。

有時無眠的夜晚他跌進夢的縫隙裡，會突然有領悟地想到，或許，他愛上的正是女友這種愛慕虛榮，因為那背後隱藏的，不正就是父親那種虛榮與瘋狂？

八月

週一麗塔休假，她還是想到書店去。按照慣例，今天是家務日，女友十三晚睡晚起，室友阿瑪好像根本沒回來，她今日得去付電費網路費電話費，買衛生紙，洗髮乳，下午要洗衣服，吸塵，趁著好天氣，最好把冬天被單也都洗乾淨，九月，該換季了。

房子是阿瑪父母買來投資的，但家裡房產多，這間就給她住了。阿瑪單身，覺得三房兩廳一個人太孤單，索性找了她們倆來作陪，房租一人四千，含水電管理費，她們就像中樂透一樣，從某一棟頂樓分租套房搬到了這裡。雖然住的是雅房，但足足有五坪，室內空間甚至比她們以前的套房大，何況公共空間都可以用，不像以往跟人合租屋子，客廳都成儲藏室，陽台堆滿雜物。阿瑪屋子照顧得好，當初每個房間都有木地板，系統衣櫃，客廳有三十七吋大電視，雙人與三人沙發，廚房也是煎炒煮炸都沒問題的，麗塔最開心了，自己煮，又省錢。

大學畢業後，換過三個工作，然後就一直在這家二手書店打工至今，也五年了。十三也是書店同事，但現在跳槽去一家連鎖餐廳，累啊，倒也不是說麗塔的工作就不累，她們現在凡事就是省錢賺錢存錢，雖然，已經知道買不起房子了，但也不是沒有動念一旦存到一百五十萬，甚至也可以搬到南部去住。

一百五十萬，讓十三開個小咖啡店也可以了。但誰知道她現在的野心會不會是開餐廳了呢？

現在的生活變得更好嗎？對麗塔來說是也不是。從小家裡樓下是父親的早餐店，二樓窄窄的住屋，一家五口兩個房間，三個小孩都睡通鋪。小孩房間緊鄰臨街邊，樓下就是菜市場，窗戶根本不能打開啊，又吵又臭。她在那兒住到十八歲高中畢業。

她與十三今年二十八，不知道是不是個讓人焦慮的年紀，或因為她們倆都是長女，天生操煩，父母都年老，都在外地，身體都還硬朗，但每個月她們都得寄錢回家。

相較於阿瑪的生活，特別顯出她們的窘困，雖然同住一屋，阿瑪也是爽朗大方不計較的人，但從飲食穿著娛樂交友，無一處不顯示「有錢真好」。麗塔有時真懷念以前頂樓加蓋的日子，雖然又熱又悶，老冷氣根本吹不涼，樓下住戶有時上樓來澆花，眼神總是鄙夷，更可怕的是有些男人常上樓，抽菸喝酒，甚至烤肉，也有人把狗帶上來遛，清不完的狗大便。

但那時，知道自己窮，凡事儉省，反而甘願，這三年摩天大樓的生活，雖不是豪宅，但居住環境改變，心態似乎也改變了。阿瑪在師大開了家小服飾店，也是玩票性質，光是衣服的誘惑對麗塔就是一項打擊。家裡吃的用的，三人分攤，但她們不再去超市買即期打折的牛奶與肉品，也不會買最便宜的大賣場自有品牌家用品，這屋裡小至一個馬克杯，大到電冰箱，全都是高級品。

雖然她們自己的物品都擺在房間裡，可一推開房門，現實就住在客廳裡。麗塔其實也愛這種生活，跟阿瑪一起去百貨公司超市採購，阿瑪時常買回的麵包，一個就是她一頓飯的錢，冰箱裡的食材都是最好的，阿瑪笑說她不會煮，就付菜錢。阿瑪有時做早餐，麗塔也跟著，慢慢地，早餐都是她做的了。以前捨不得喝牛奶，現在天天都有，水果更是想吃什麼就買什麼，十三每次都要付錢補貼菜錢，阿瑪就說，麗塔有打掃啊，十三又常幫忙修水電，而且每次都當司機，夠了啦。

她們是奇怪的三人關係，日子越久，互相依賴的感覺更深，阿瑪需要她們的陪伴，麗塔需要這個房子的舒適，十三呢？看不出來，麗塔感覺說不定十三是喜歡上了阿瑪。

唉，倘若十三跟阿瑪交往，那麼立刻就有了房子、車子，開店也是指日可待。

麗塔還是想要有自己的房子，小小的，就算是在山上吧，回老家也可以。但十三喜歡的工作都在台北，她逐漸感覺自己與十三的差異。十三已經是台北人了，她骨子裡還帶著鄉下女孩的彆扭。

十三會捨棄她選擇阿瑪嗎？或者根本上是她自己選擇了舒適的住屋與阿瑪的慷慨，而寧願放棄她的愛情？

九月

夜色亮起來。

她翻來覆去睡不著，感覺手機在震動，她起身去客廳找手機，又為自己這念頭感到好笑，這麼狹窄的地方還得分廚房客廳，但她確實用吧枱與透明隔簾把空間一分為三，十六坪的套房，一房一廚一廳一衛。當初朋友都勸她不要花太多錢裝潢，但，不能裝潢她租房子就好了，想要買自己的房子，誰不想把屋子布置得舒舒服服，合適自己的風格。

果然是他打電話來，這時間也不會有其他人了，多半是老婆睡了，藉口去買菸，然後問問她睡了沒，開車溜過來一、兩小時。

不能接。她無法對他說不。

但為什麼不？

因為她想要正常一點的關係，她不要他想來才來，不要當別人的半夜情婦。

這十天，她像戒斷毒癮那樣戒他的電話。痛苦難當。

一定是這個房子帶桃花，而且是爛桃花。當初她是因為男友外遇分手，連個落腳處都沒有，慌忙租了幾個地方都住不慣。她過去住在男友家，那可是安和路巷弄裡舒適的公寓，她以為他們會結婚，也沒白住人家的，水電網路第四台，蔬菜水果日用品，她都細心購妥，房子是家人給的，男友可說不花半毛錢，所以把薪水全都拿去玩重機，後來，就是玩女人了。

「再也不要寄人籬下」，這是離開時立的誓言。她記得當時崩潰大吵，男友狠狠撂下：「你這樣我沒辦法跟你一起生活。」她暫時搬到客房去睡，男友步步進逼，每天晚上大方在客廳與新女友講電話，他們肆意地談笑，聲音讓她無處可逃，她倉皇收拾行李，五年同居生活，她年輕時到處租屋那些廉價家具早就丟了，只剩下些衣服書籍電腦，簡直無法置信，自己只剩下半車不到的所有物。

後來是爸媽七拼八湊加上她自己的股票基金定存一口氣結清，湊了兩百萬六成頭期款，買下這個當初四百出頭的套房。就房價來說，現在早漲了一倍，但就人生而言，她卻進入了孤寂、盲目，前所未有的困惑裡。

三十九歲了，據說是個關卡。

三十九了啊，三十歲與男友戀愛，三十五歲分手後買了房子。從編輯，升到主編，薪水從三萬調到四萬五，她還有什麼不滿足？

手機震動不停。

夜色亮了起來。

走下去是死路了。

為何男友不娶她而娶了別人？根本原因就是因為她老了吧。她買下這樓，就注定要單身到老。

十月

每天下午三點半，丁小鈴會定時到中庭的水池邊看烏龜。

水池很小，卻也搭了個醜醜的小橋，有幾條金色的錦鯉，似乎營養不良地浮游著。她不喜歡錦鯉，那次她會發現此處，是因為媽媽說小橋的櫻花開了，硬是要帶她來。好瘦小的一棵樹，長在水泥地鋪設的花圃裡，這樣也能開出如此妖美燦爛的花啊。她看得目不轉睛，媽媽去管委會辦事，她就在橋邊上蹲坐，就這麼發現了原以為是雕像裝飾的烏龜，原來會動。

可能是一家人的四隻龜，兩大兩小，看來是當初有住戶拿來放養的巴西龜。她國中時也養過一陣子，有兩隻，當時還是錢幣般的大小呢，後來不知原因同時死了，她與媽媽拿去埋在花園裡。

或許這是她的烏龜夫妻呢，不但沒死，還生出了小寶寶。

於是每天，她就像看顧自己的「朋友」那樣，每天來看牠們。

當然也是因為她沒事，十五歲的她，不上學。

一定會有各式各樣的名字加到她頭上，「繭居族」、「尼特族」，但她不是，她還會陪媽媽去看電影，跟爸爸去爬山，只是不上學而已。國中畢業就直覺自己不要再去學校了，後來父母幫她找了家實驗森林小學，上了一年，她還是覺得學校不適合自己，這世上她真正想去的只有霍格華茲魔法學校，但她已經十五歲了，還沒有人來帶走她，應該是不可能了。

中庭的樹木，只有水池邊上的長得最好，因為這裡曬得到太陽，又有水。楊柳、櫻花，還有些小小的果樹，石頭上的青苔也很翠綠，但容易滑腳，得小心。有個小涼亭，頂上是竹編的棚架，爬滿了葡萄藤，但她沒見過葡萄結果，有時也懷疑是不是假的裝飾品，但她曾要爸爸抱著她伸手去搆那些藤蔓，摸起來倒像真的。

爸爸對她不上學的事只說了一句：「無論做什麼我們都支持你。」但媽媽卻因此哭了兩個月。

不上學是那麼糟糕的事嗎？她沒有被霸凌，也不是遭遇什麼挫折，真正用功起來，功課還是趕得上的，但她真正想學的東西，在學校裡沒有，想說的話不能說，想做的事不能做，他們家沒有電視，同學討論什麼偶像劇或明星她都不清楚，但她也不在意那些。上課下課上廁所買零食，每一件事都要集體行動讓她非常傷腦筋，但等到沒有人要跟她一起行動時，她感到的除了輕鬆，卻又有種背後有人在監視你的不安。

老是說錯話。連老師都說她個性過分認真，比如老師上課舉了不當的例子，她會舉手起來問：「為什麼呢？」老師若解釋不清楚她會繼續追問，最後老師雙手一攤，笑說：「有時老師舉例子只是增加戲劇效果，讓你們專心聽講。」最後還是沒解釋清楚，什麼老師嘛！

她就是在水池邊遇見那個大姊姊的。

姊姊也在池邊看烏龜，一動不動的，長髮像飄逸的柳葉，整個人都給人垂柳的感覺，弱不禁風似的。因為已經走到了中庭，也不想再折回去，小鈴還是走上了小橋，在大姊姊身旁蹲下來看烏龜。

這天中庭很安靜，幾乎可以聽見風吹動樹葉的沙沙聲。水池邊上有一個轉輪水車，嘩啦啦把水引上去又流下來。這是小鈴每天的例行公事了，她從不餵魚跟烏龜，只是看著牠們。錦鯉總是在水中，越來越肥大了，而烏龜有一半的時間會定定站住，有時也會突然滑進水裡開始游泳。

「你喜歡烏龜嗎？」姊姊突然開口問她。

「稱不上喜歡，也不討厭，站在這裡感覺很舒服。」小鈴說。

「我也是，但我滿喜歡這棵櫻花，每年都在等它開花。」女人回答。

女人沒有問小鈴「上課時間為什麼沒去上學啊？幾歲了啊？幾年級啊？住幾樓啊？」這些每

個人都會問的問題。她們只是聊著烏龜，以及前陣子水池裡有孔雀魚的事。女人說她以往都是早上到中庭散步，在水池邊待上一會，今天覺得天氣特別涼爽，下午又出來了一趟。

她們沒有聊很久，微笑著各自解散。小鈴搭電梯上樓，大姊姊沒進電梯。

就這麼，整個秋天，小鈴時常在水池邊遇到「大姊姊」，她們會在涼亭的椅子上坐著聊天，後來她對大姊姊提起沒去上學的事，大姊姊也說自己沒在上班。

「所以我們是社會邊緣人嗎？」小鈴問，她是在電話裡聽見母親對她的朋友說的。媽媽說雖然小鈴還會出門，不算繭居族，但沒有上學，也不去補習，早晚會變成社會邊緣人。

「在邊緣也沒有不好啊。」大姊姊說。她總是很安心地微笑，但小鈴覺得大姊姊似乎比她更茫然，好像那種無家可歸的人。

「帶你去一個更邊緣的地方喔。」大姊姊說，她們就搭了電梯上四十一樓，在樓頂上，風大得人都站不住，頂樓布滿安裝各種大型管線的鐵箱、水塔、某些不知名的物體，都很巨大，使得本該寬敞的頂樓卻變得狹窄如迷宮。姊姊說她夜裡睡不著，會上來看星星。

「晚上不會怕嗎？」她問。

「怕啊！」姊姊回答，「但是害怕會讓自己感覺比較充實。」

後來她沒再見過大姊姊了，水池裡的烏龜換成了別種，顏色不一樣，媽媽卻說哪種不都是烏龜，媽媽說的話總是沒道理，找話題罷了，媽媽也說，「沒有什麼大姊姊」，她要小鈴別對其他人說起，但真的有見過一個大姊姊啊，但這件事小鈴也沒有任何朋友可以說。

十一月

葉世儒鳥瞰著對面的樓房，那其中曾有他多年的住處，清一色四樓建築，綠色鐵皮加蓋。葉世儒從八樓高處往下望，更可見得那道路彎彎曲曲，毫無章法可言。比如他家附近那條主街，早上是菜市，算是筆直大道了，沿著主街每個巷弄都像細胞增生似的，進入一條蜿蜒的河。雙和城的居民適應力真強，那路怎麼繞怎麼彎怎麼忽寬忽窄，怎麼突然此路不通，大家都習以為常。新流行的鐵皮屋頂有磚紅色、黑色，最奇的是，還添了白色，就在他右手邊前方不遠處，認真算來是對面小巷穿過後再穿過一斜巷，巷口算過去第七間，從他這看見簡直像盒子裡收藏的模型屋那般清晰。新近改建的，不知會不會被鄰居檢舉？四樓五樓感覺是同一戶，鐵窗全拆，換上大片玻璃，頂樓更是四周只以玻璃圍住，屋前四面種樹。他曾以望遠鏡偷望，那白鐵皮屋頂底下可是廚房啊。一整間八坪大小，方方正正，清楚可見中央一大長桌，靠牆一整片新式廚具，想來是連烤箱都有的。偷窺那日，屋主正在宴客，八名客人，兩夫妻，桌上器皿精美，座椅都是設計款。他看見那貌似男主人的男子，絕對不超過四十，身材高瘦結實，走向另一面牆，打開像冰箱的玻璃門，蹲低挑選了一會，他知道了，那是紅酒冰箱。

這是少數了。

多數居民，都像他們家那樣，三十坪公寓，樓梯狹窄，梯間簡陋，是水泥牆直接漆上油漆，三十五年老房子，壁癌處處。他出生就在那棟屋子，四樓，頂樓加蓋不是他們的，父親老實，以前人壞，佔地似的，誰蓋誰拿去。他那老實的父親為何沒想過自己會老邁？當時就已經五十幾了啊，現在八十八歲拖著一雙關節退化的腿，爬上四樓要一小時。

後來他結婚，買的也是附近的公寓，新一點，二十年屋齡，貸款還有七成未繳。貸款沒還完就離婚了，岳父出錢把屋子還清，給了他五十萬，算是結清。當初買房，也是岳父出的頭期款，他無話可說。工作八年，沒攢下什麼，孩子兩個，因他失業，他也沒爭監護權。

老公寓鐵窗總是鏽成紅褐色，手一碰觸就會沾染鐵鏽。陽台逃生門的鑰匙不知誰家還找得到？有錢的人把屋子改裝，陽台外推，安上氣密窗。沒錢的，照例鎖在鏽蝕鐵窗柵欄裡，過著三房兩廳的日子。屋子蓋得密集，巷弄窄，陽光只剩餘暉。

巷弄總是暗暗的，兩邊停滿摩托車，也有那蠻橫的人，私家車路邊一擺，日久成了他的停車位。一樓住戶通常喜歡買些大盆栽，因著沒有騎樓的緣故，門口擺幾個盆栽也可以防止旁人停車，但窄窄門口這樣進出就更不便了。

地勢高低，颱風一過就知道。家附近一條太平街，一點不太平，稍有威力的颱風，甚至只是一場超過一小時的暴雨，就積水了。那街巷一樓都是店鋪，金紙店、西藥房、雜貨店，看不出賣些什麼的黑暗店鋪裡，邊角有個鎖匠，另一角有女人做修改衣服，想來是自己房子了，空間用得這樣奢侈。

公車走大路左轉直走再右拐直上福和橋，不到十分鐘，兩分鐘下橋，已經是台北了。這十五分鐘的距離，改變了一切。

失業離婚之後，他獨自搬到摩天樓的套房做工作室，幫人組裝電腦，靠每月兩次花費一千元可有八張廣告張貼在電梯的布告欄，網路上也做廣告，生意不惡。從滑鼠賣到螢幕，從手機套賣到手機電池，3C產品他都熟稔。處理電腦中毒、無法開機、資料遺失、系統重灌到組裝電腦、維修網路他樣樣都通。高中時代開始自己組裝，逛光華商場像逛自家廚房，進入職場系統工程師當了八年，做這個只是雕蟲小技，但智慧型手機開始盛行，桌上型電腦用的人少了，他開始上淘寶找貨，經營起網路拍賣。一組紅米機搶購潮，他賺了不少，後來的哀鳳五六代他也做代購。套房沒附家具，樓層低噪音大，租金九千，他還是選了這間。屋裡堆滿他買的存貨，幾台電腦同時開著，有時客戶上門，他得把窗子打開散散菸味。一年內他胖了十公斤，有時客戶會被他的樣子嚇退，但他自認除了身形胖大，臉孔長得倒還斯文，他盡可能把鬍鬚頭髮都整理乾淨。他在這屋子自給自足，基本上不用出門也可以賺錢，什麼都用網路買來，寄送物品就請貨運公司，以前還常出去買零件，後來做網拍，食物都買微波商品，大賣場可以宅配，漸漸不太出門。他身處的這棟摩天樓，是他最佳的藏身處，像動物的皮毛，或昆蟲的變身術，使他隱身在眾人之中。這一棟亟欲通天的樓，不知隱藏多少他這樣的個體戶，死在屋裡可能都沒人發現，至少同一樓層有個鄭小姐也做網拍、賣衣服，他幫她維修電腦，也是住套房，屋裡滿滿堆的都是衣服褲子。鄭小姐長得清秀，自己當網拍模特兒，他動念想過追求她，想說兩人惺惺相惜，後來才知道幫她送貨的快遞就是她男友。

他凝望窗外，搬來之前，知道這樓發生過命案，他這人鐵齒，照樣搬進來，倒是房租壓低一千元。他以前住的那公寓，現在歸他老婆小孩，就在附近不遠處，他望得見那棟四層樓公寓，但看不見內部。老婆不與他往來，小孩也是偶爾才讓見一面，他住最低樓層，為的是可以清楚望見他以前的公寓，所謂的家，在那一片鐵皮屋之中，他就守著這樓，繼續各種靠著網路就可進行的營生。他想像大樓的雄偉讓人不可忽視，小孩曾說過這裡像變形金剛，他們每天上學都會經過這棟樓，等於也是經過他了。他就是他們的大黃蜂，即使孩子漸漸跟他不親，有天可能都會厭棄他而喜歡上老婆交往的張叔叔，沒關係，他就守在這，守護那一轉頭就可以看見，他生命中尚未崩壞的，唯一的真實。

一年之末

李東林

早班時間，李東林從六樓頂樓加蓋走下父母住的五樓，隨意吃了桌上擺放的包子喝過豆漿，六點半就要出門了，趕著七點交班。摩托車途中，紅綠燈前失神，差點被一台貨車撞上，他想起以前的同事謝保羅，也是這樣的紅綠燈前失神，改變了自己與他人的一生。

去年十月鍾美寶命案之後，李東林的生活起了大變化，首先是警方綿密的盤查，他也去警局做了筆錄。他在大樓的同事好友謝保羅因為被發現出入鍾美寶屋內，也坦承與鍾美寶有感情關係，因涉有重嫌，謝保羅被停職查辦。那段時間，大樓鬧烘烘的，大廳裡每天都有記者，大廳門口停著SNG車，電視新聞裡吵翻天。父母原希望他辭職，不要待在發生凶殺案的複雜地點，李東林卻不願離開，像野狗盯著骨頭，每天緊盯著命案進度。刑事組兩個刑警常來問話，言談間他也多少能知道調查進度，自己在心中反覆推演案情，幾個關係人與鍾美寶的關係，週刊雜誌報紙新聞都做了很多假設，電視名嘴個個都扮演神探。

命案一個月後，阿布咖啡收掉，之後有人頂下來，做了一陣子，也經營不下去。三月時，一家連鎖健身中心進駐，連咖啡店都一起打掉了，施工就弄了兩、三個月。六月健身房開張，大樓有這樣一個完善的健身中心是賣點，生活機能增強，半年過去，聽說大樓連租金地價都提高了。

再過一段時間，李東林也會離開這裡。他對人的興趣已經消失，做起這份工作變得無趣，他提不起勁再看以往最喜愛的犯罪電影、推理小說了，那些故事果然是瞎掰的，對於破案一點幫助也沒有。

警方根據顏俊的證詞，重回美寶屋子裡查證，在美寶的衣櫥穿衣鏡頂端裡查到她繼父顏永原的指紋，據此發布通緝令。他們在南部的一間破旅館抓到顏嫌時，他吸毒吸得茫茫的，八卦雜誌拍出他的照片，面容半是英俊半是醜惡。鑑識科在美寶的指甲裡驗出顏永原的皮膚組織，幸好林大森幫她換穿衣服時沒把這些證據也給毀了，但即使如此，顏永原卻不認罪，鍾美寶的母親鍾春麗也作證那晚他們都在家睡覺，當然，這個證詞警方也不見得採信。正如另一個涉案人林大森，他坦承在清晨去過鍾美寶家，屍體是他換裝打扮的，但鍾美寶的可能死亡時間裡，他卻沒離開過大門一步，都在家裡睡覺，他老婆李茉莉作證。但無論是鍾美寶的母親，或林大森的妻子，這種涉案人老婆的證詞基本上都會被質疑。

命案後第一個月，雜誌披露鍾美寶與男性交往複雜，因警方查出她曾瀏覽網路交友網站，可能與網友約見面，被陌生人殺死。另一傳說更扯，說她是高級應召女郎，可能扯上富商或黑道，捲入什麼複雜事件，被殺人滅口。李東林那段時間密集收集各種資訊，只差沒看到有人宣稱鍾美寶是被「外星人殺死」。有個名嘴更扯出「黑色大理花」、「藍可兒殺人事件」，將鍾美寶的「密室殺人」扯向「靈異」、「不可解的謎」。李東林對於這些都半信半疑。起初那晚在監視器裡，沒有發現鍾美寶繼父顏永原的身影，而林大森、李有文、顏俊也都不在鍾美寶可能死亡時間裡出現。有個辦案刑警提出「監視器的盲點」，警方調出大樓裡裡外外所有監視畫面，又調出包括大賣場、銀行、便利商店、咖啡店，以及附近幾個路口的監視畫面，簡直把這一帶都翻遍了，最後，查出了鍾美寶的繼父出現在大賣場、路口以及地下停車場的畫面，經過比對，也發現當天大樓D棟的二號電梯從地下停車場有戴著安全帽與口罩的可疑人士，反覆比對，疑似嫌犯顏永原。

最初矢口否認，經過半個月的訊問，顏永原突然坦承犯行，警方終於得到他的自白。雖然外界質疑是否有涉及刑求，鍾美寶的母親為顏永原聘請的律師則宣稱「顏永原因長期吸毒神智不清，精神狀況不穩，自白可能是在意識不清楚的狀態下取得」，但自白內容不知如何流傳出來，週刊雜誌取得全文，大幅披露。

起初警察還借用李東林對住戶的認識，請他幫忙比對監視錄影畫面，但命案發生越久，李東林越發感覺自己一貫擅長的記性在這件事裡幫不上忙，後來就再也不去辨認住戶的臉，閒暇時間也不再如從前反覆閱讀郵件簽收簿。鍾美寶的命案使他醒悟，記性再好也沒用，認得誰誰的臉跟名字，只是滿足自己的虛榮，這麼一座摩天大樓，你不可能認識每個人。他總以為自己記性好，過目不忘，卻忽略了他跟謝保羅只負責C棟的出入口。這個摩天樓有四個出入口，AB棟也可以從中庭轉進CD兩棟，更別提D棟根本就與C棟相連。即使自己認得C棟每個住戶、訪客的每一張臉，出事的時候，還是派不上用場。

警方一直沒能破解顏永原是怎麼進入大樓而沒讓人發覺，結果顏永原的自白裡把犯案過程細節都交代得鉅細靡遺，簡直像一個犯罪短篇。

顏永原說在電視新聞看見網友轉貼幾家知名正妹店員，其中某家咖啡店正妹店長，就是他苦尋多時的女兒鍾美寶，而鍾春麗去探望顏俊時，換季帶回的外套裡發現了一串不知名的鑰匙，因顏俊假日都去找姊姊鍾美寶，他直覺就是美寶的住處鑰匙。他簡直不知春麗是為了討好他，還是在暗示他，總之她將鑰匙就扔在客廳茶几，「像等著我去拿」。這些年他搜捕過鍾美寶多次，總是差一點逮到，卻又讓她溜走，「她是屬於我的」，這念頭纏繞不去，陰魂不散。他去複製了鑰匙，在網路上搜索出咖啡店的地點，開始蹲點、跟蹤，發現美寶就住在大樓裡。雖然擁有鑰匙，但也還不知道自己要做什麼，真要找人，直接衝進咖啡店就可以，「但他想要更多東西」，那就得進到她的屋子裡。這些事沒有道理，即使他是個壞到骨子裡的人，也沒想過殺她，甚至不想強暴她。他對她的迷戀蔓延了自己的一生，已經變成一種迷信，他深信他們倆有宿命的姻緣，再不然，就是鍾美寶施行法術，蠱惑了他，但無論是哪一種原因，並不重要，「現在就是機會，這是命中注定」。他想要親眼見她，當面與她對話，再來思考究竟可以對她做些什麼。當然要看美寶的反應，畢竟她不是他親生小孩，小時候摸摸蹭蹭，他始終沒真的對她強來，等著就是她長大。如今她已成年，男歡女愛你情我願，就不算逆倫。他心中真有種念頭，「他可以打動她，讓她心甘情願跟他」，當然，如果不甘願，只要用強的，畢竟男人佔有女人都是這樣子。無論他在監獄裡，或者臉被劃傷後，睡夢時刻，他腦中總是想像著這些念頭。美寶還是少女時他不曾真的對她下手，他一直在等待，等待她長成屬於他的女人。

他在大樓裡租了一個套房，到處打聽、收集、跟蹤，足足預備了快半個月。過程是演練過的，有許多方案。躲衣櫥等她回來，在開水裡下安眠藥，或者直接躲在臥室拉門隔間，她一進門就制服。這些方案他一一演練，他租在D棟二十四樓八坪最小的套房，進出都從那邊。騎摩托車進車道，戴著鴨舌帽上下電梯，回家後換衣服，直接走手扶梯上下幾層樓，從樓梯間用走的走到美寶住處，這段路很短，一台監視器也沒有。閃過所有監視器，當然拍不到畫面。就這樣，等待美寶上班空檔時間，開鎖，看似複雜的鎖頭有鑰匙怕什麼，他已經進去美寶屋裡幾次，他熟悉附近可以躲藏的地方，就在放置垃圾的樓梯間轉角，一有動靜，就上下樓徘徊。梯間常有人出來抽菸，沒人會多注意。那晚他在樓梯間等待監看，看見顏俊與李有文逐一進入，刺激了他，使得他更想行動。他發瘋了似的等著，幾乎想立即衝進屋裡。他看著他們一一離去，十二點後，他知道沒旁人了，有也不怕，那些三腳貓男人，一捏就死。凌晨一點鐘，輕易開了鎖，美寶正在熟睡（他在屋裡檢查過，知道鍾美寶有使用安眠藥習慣，想不到他們姊弟倆，都有服用安眠藥的習慣）。他摸上她的床，撫摸她非常久，激動得痛哭流涕。美寶忽然驚醒，他怕她大叫只好用手摀住她的嘴，想不到美寶那麼強壯，掙扎得非常厲害，兩人在床上肉搏，美寶咬傷了他，他一怒勒住她喉頭，繼而用枕頭悶死了她。

「她長得那樣騷就是一種罪，她活著我一輩子不安寧。」他甚至如此控訴。據警方的說法，美寶的繼父沒有悔罪，一再宣稱鍾美寶是個魔鬼，從小就誘惑他，用刀劃破他的臉，使他喪失心神，一生毀滅。他說了很多怪力亂神的話，媒體都照登，大幅渲染，那些名嘴模仿他躲衣櫥、樓梯間偷窺的樣子，暗示他與美寶發生性關係，李東林一氣之下把他家電視機都砸了。

「哪有這麼神？」週刊下了結語。顏永原的自白就像一篇精心策畫的認罪宣言，其中更隱含了他想要透過認罪佔有鍾美寶的死，此等狂妄而無稽的企圖，他指證歷歷，卻無法交代自己在大樓裡租屋跟誰簽約，而他供稱的地址裡分明也還住著其他人，他根本不曾租賃此屋。

命案還一直處在有數名嫌犯卻無法將任何一人定罪的狀態。林大森先得到交保，顏永原持續關押。幾度翻供，證詞反反覆覆。沒有新的人證與物證，但DNA與指紋已使他無法脫罪。可他的種種言行越來越接近瘋狂，恐怕律師真的會訴諸「心神喪失」。

三月爆發學運，美寶的新聞就冷淡了，或許也被歸入了「懸案」的抽屜，新的事證沒有再出現，大眾對此案的熱度已經消退。謝天謝地，李東林終於不必再聽名嘴假裝神探、靈媒胡扯，瞎掰劇情污衊已死的人，他自己也好像突然被轉移了注意，恢復正常上下班，不再一直盯著網路跟電視，腦中有個螺絲鬆脫了，他知道即使破不了案，自己的生活還是要繼續過。

即使洗刷了嫌疑，謝保羅也沒再回來上班了，消失了好長時間。李東林不斷寫信去他住的鴿樓，都沒回音，六月中才收到謝保羅從台南寫來的明信片，簡述自己近況。他說在老城區一個麵包店上班，就住在原本要跟美寶一起住的那個老社區一棟平房，「我一切都好，希望你也安康」，謝保羅如此寫道，明信片背後是麵包店的照片。李東林不知道是不是謝保羅上班的地方，矮矮的老房子改建的麵包店，木頭拉門，麵包都放在木製的層架，用麵包籃裝著，是那種顏色深重、厚實，個頭很大的歐式麵包。

李東林勤快地寫了長信給謝保羅，因為謝保羅以前就沒用簡訊或電子郵件，要找他只能寫信。李東林雖是3C控，卻不排斥寫信，文具行買來十行紙，在家裡枕著床鋪一字一字寫著，「你離開後，大樓發生好多事」。接下來卻不知如何細述了，是怕謝保羅觸景生情，或許後續消息保羅也都知道，報章雜誌、電視新聞、談話節目，有一段時間真是打開電視到處都看得到這案子的報導，但隨著案情膠著，新聞性降低，報導減少了。李東林感覺他與謝保羅通信只是想跟某個人討論摩天樓裡這些日子的各種人事變化，心裡產生的那種滄海桑田之感。他在信上細細寫了又寫，後來把信紙揉掉，寫了封比較短的問候信，提及自己正在找工作。「我想離開這棟樓，也想搬出去自己住，工作方面還在思考。」李東林想過各種工作，房屋仲介、保險業務、店員、客服人員，好像可以做很多工作，前提是不要再當大樓管理員，已經夠了，對於所有大樓，守護著出入口這回事，自己已感到麻木。

或許也該跟謝保羅一樣學個手藝，那他該繼承父親的水電工工作吧，現在不排斥了。

信件寄出後，等了十多天才有回信。簡短的回信，附上一盒麵包，真好吃，冷凍起來可以保存，退冰就能吃。樸素厚實的雜糧麵包，真不知謝保羅怎麼這麼快就學來手藝，但可以想像他安靜地做麵包的樣子，保羅就是那種你把他放在什麼位置他都可以安分做得很好的人。李東林決定把工作辭掉之後，就先去台南找他，或許也該去那兒住一陣子，只要看見謝保羅，好像心就可以徹底安靜下來。

「我以為不會受到影響，但隨著時間過去，發現那影響無處不在。我以為我只是個旁觀者，但後來卻介入這麼深，美寶的死，使我認真思考了自己的活，過去我真沒有想過這些問題。」李東林不知道自己哪來的感性，內心有無限感慨地，想對某人細細訴說。

他認真給謝保羅寫了幾次信，保羅似乎還是沒有使用手機的習慣，也不上網，靠的就是最傳統的書信往返。八月底謝保羅寫來長信，終於願意提及美寶的事。信中提到，美寶死後他受到很嚴格的盤查，直到命案指向新的嫌疑人，林大森跟美寶的繼父，自己才洗清了嫌疑，但他還是丟了工作，即使公司不辭退他，他也不願意再靠近這棟樓了。他寫著：

「後來，我依然住在鴿樓，又回去建築工地打工，整個冬天，夜裡我都睡不著，我總是希望能夠讓時間倒轉，那天晚上，我應該守護在她旁邊，即使不進屋，也該守在門口，我卻為了避嫌，沒有勇氣上樓去看她，我在大廳徹夜守候，然而卻什麼也阻止不了。我想著那天晚上看見美寶下班，跟大黑一起上樓，顏俊也來了，再看著他們一一下樓，心中有了鬆懈之感，以為事情都溫和解決，就等著辭職搬家了。我的腦子裡不斷回到那一天，晚上十點到隔天凌晨，每個小時都有不同的劇情在跑，但最後總是美寶陳屍在屋裡，而我被擋在屋外的畫面。這些念頭困擾了我很久，我靠著大量勞動、很多高粱酒，總算活下來，我並不想死，卻是對於生與死感到困惑。美寶的遺體我看見了，她的葬禮那麼冷清，令人心痛至極。在喪禮上我誰都不是，也沒資格得到任何屬於美寶的物品，關於她的存在，我們最後兩週的相處，回憶與悔恨滿得快把我頭腦炸開。到了春天，葉小姐跟吳小姐來找過我一次（地址是你給的嗎？沒關係的。我本也想聯絡她，謝謝你的轉達），說當時美寶留了一箱物品在吳明月那兒，存摺印章和一些紀念品，被警察扣留，直到那時才釋出。明月小姐說美寶留給我一條圍巾，我沒看到紙條，也想過這可能是吳小姐的善心，把明月的物品私下轉給我了，但無論是不是指名給我，我還是好喜歡那條圍巾，黑白格子粗毛線手織，好溫暖。無論天氣如何，早晚我總是圍著它騎車，得到那條圍巾之後，我不再喝酒了，我可以具體感受到美寶的用心，她絕對不會希望自己的死給他人帶來困擾，我也不再盼望能回到過去，改變歷史。美寶確實死了，但就像她活著時那樣，無論身處什麼樣的絕境，她從沒有自暴自棄，更不可能會讓身旁的人不幸。後來我想，是該離開台北了，麵包店的工作還等著我，老社區也還有空屋，沒有美寶，也還可以過著美寶想要的生活。我想，這才是繼續愛美寶的方式。」

讀到這段李東林突然哭了起來，他不是主要關係人，對美寶的感情也沒有深到足以流淚，但，他感受到這整件事到現在突然除了悲傷，還可以顯現出其他意義。「愛一個人，即使在她死後也可以繼續。」謝保羅這個笨蛋如此寫著。李東林讀了這封信，感到安心許多，不必再擔心他會把車龍頭轉向橋墩尋死，或把自己封閉起來，到處流浪過生活。

後來的信件裡，謝保羅寫著想到台北看顏俊，也計畫把他接到台南去住。李東林跟謝保羅就這樣斷續通信，把大樓後續發生的事都告訴他。案發之後反而是阿布跟顏俊來往得密切，阿布也算是美寶的哥哥吧，有那樣的父母，誰還能照顧顏俊呢？阿布把幫美寶存在他那的錢都給了顏俊，小孟他們另外又介紹了附有工廠可以實習的養護中心。阿布咖啡收掉後，小孟跟阿布都不知去向，他們與顏俊的互動後續細節李東林不清楚。

發生捷運站那隨機殺人案，人們都嚇傻了，李東林那天就在捷運上，只是他搭的是橘線，完全沒關連，可是，時間全部吻合。他從捷運車廂出來，在車站大廳晃蕩，然後離開捷運站，回到住處時，新聞正在播出呢，他媽問他：「你有搭捷運嗎？」她也知道他不可能搭藍線啊，但還是怕。李東林看完電視，覺得比一口氣看掉十集犯罪心理還心慌啊，這可是真的，讓整個美國匡提科的小組來分析看看，為什麼發生這種事？他們也會從他的童年、父母、小學，甚至幼稚園時受到的種種對待，他的鄰居、朋友、小學同學直到初戀情人全都過濾一遍，祖宗八代都要查出來。「怎麼發生的？」「為什麼？」「如何發生？」

誰知道為什麼？知道了為什麼，是否就可以抵銷罪惡。理解犯罪人的心理過程，為的可能是寬慰還活著的人，然而，如果那就是根本的惡呢？像鍾美寶的繼父那樣的人，是否還可以用人性衡量？理解他的惡，能寬慰誰呢？李東林還在思考這些問題。顏永原這個男人，到底是因為愛，或者因為邪惡，而殺害美寶，這是個難解的謎。這樣的惡人心中是否有愛？他對美寶的執念算是一種愛意嗎？他是清醒或是瘋狂？對於這些，李東林都感到困惑，也感受到生命的悲哀。被愛未必是幸福的，美寶小姐那麼美麗，有這麼多人都說愛她，最後卻死於非命。他曾想過去探監，想寄聖經、佛經給顏永原，為的是告慰美寶，希望他願意懺悔，別再說那一套「美寶是魔鬼，她的美是引誘人犯罪」這種不負責任的話，但他們不讓李東林去探監，說他不是關係人。

唯一可喜的是，不出門的吳明月小姐在三月中某一天開始出門了，李東林看著葉小姐帶她上下樓，說要陪吳小姐去鍾美寶的墓前上香。據說塔位是在金山某一座廟，當時引起很多注意，阿布跟吳小姐都出了錢幫忙辦後事。那天之後，簡直像做復健那樣，每天每天，葉小姐帶她上樓下樓，吳明月小姐真漂亮啊，但願上天有眼，保佑這個漂亮的女孩，讓她走出這棟傷心的樓。到五月，吳明月可以自己下樓了，偶爾來櫃枱拿信，會跟李東林聊天，說美寶死後她決心要走出家門，美寶以前跟她約定好，等她可以出門，要跟她去環島，還要一起出國去日本。吳小姐說要實現美寶活著時的心願，首先得幫助鍾顏俊脫離他父母，讓謝保羅不再愧疚。她說見過保羅之後，他們倆也常寫信，她問了很多保羅跟美寶的事，她想要有人跟她談談他們，真實生活裡的他們，問李東林有沒有看過他們在一起的樣子，她希望美寶生前真正快樂過，她知道一定有的。

李東林回想過往，不知道美寶是否快樂過，他想起自己看過那畫面，只有一次而已，最後的那段日子，有天保羅沒班，在大廳等美寶，美寶下班後直接上樓，換了運動服下樓，他們一起走出門，保羅一臉害羞，反而是美寶比較自然，還跟大家打招呼，說他們要去河邊公園跑步。

李東林記得那天，天氣非常晴朗，在大廳看見他們一起出現，就知道他們在戀愛了，沒握手沒擁抱什麼都沒有，但有一種溫暖而放鬆的氣氛，好像他們已經是夫妻了一樣，兩人存在著默契，笑容甚至顯得神似。保羅穿著短褲球鞋，還穿著他那件保全夾克，樣子夠滑稽的，可是啊，他那張滄桑的臉，第一次顯得年輕。

這一年發生了太多事，美寶的新聞吵兩、三個月媒體就沒報導了。學運，捷運殺人，飛機失事，黑心油，對面超高級摩天樓落成，樓下健身房開張，年底選舉，到現在，世界好像都變了一輪了，大樓還是一樣熱鬧，人來人往，吞下所有祕密。大樓是最無情的，即使你失去了最重要的人，她依然屹立不搖；大樓也是最包容的，即使你心碎神傷，她依然開著門等你。

李東林不知道答案，不知道終究是誰殺了美寶，或許，真正使她致死的，是比表面可以查出的更複雜原因，但他已不想當偵探學辦案了。他認識與美寶有關係的人，如今都四散。吳小姐病痊癒之後，也要離開這裡，跟葉小姐搬到木柵去住，她說想要住在有庭院，可以踏著泥土、種花植草的地方，她說想要真實去生活，想去旅行，把過去不能出門時想去的地方一一走過。

李東林心想，他也要離開這棟樓了，這曾經是他全部的世界，但那些都化成記憶，可以隨身攜帶，也可以一手放開。

他不想只是觀察人、想像人、站在出入口等著誰來到他的世界大大地改變他的生活，他知道不會有這樣的改變了，除非自己走出去，像吳小姐那樣。

不過距離李東林離職還有一個月，保羅說，要敬業，做一天和尚敲一天鐘。他想，無論是美寶的死，還是保羅的離開，自己確實傷了心，但沒關係，這表示他還有一顆人的心。

下班時刻，李東林走出大樓，牽摩托車時，還不免習慣性地望著阿布咖啡那一片窗，但，咖啡店消失，已經變成色彩亮麗、音樂聲震耳欲聾的健身中心了。他忽然看見大樓仲介林夢宇的太太走出健身房，真奇怪啊，與案子相關的人逐一離開，那對仲介夫妻卻還繼續住在這棟樓。事發後有一段時間少見，似乎很怕引人注目，後來又如從前那樣，繼續帶客戶看房子，還是跟管理員混得很熟。令人不敢相信的是，猶如不曾發生什麼事，他們的生意依然興旺，屋主還是繼續把屋子託付給他，因為新聞的緣故，好像名聲更響了。李東林並不討厭他，林夢宇先生雖然有怪癖，卻是最擁護這個大樓的人了，彷彿無論發生什麼事，只有他一個人打死都不會離開。

傍晚時分，天色已暗，世界暗了之後，摩天樓的外觀反而亮了起來，頂樓打下的探照燈，照亮局部樓身，大廳前的走廊大燈點亮，整條門前走道像是一條展示大道，沿著商店街，一盞一盞燈亮起來，各式各樣的人們做各種穿著打扮，或正要走出大廳，或準備進入大廳。大廳的入口，他曾興味盎然、或意興闌珊地，望著這人那人，或單身或結伴或成群，從眼前走過。他曾以為自己一定可以洞悉這巨大摩天樓裡所有的身世或祕密，他腦中曾儲存許多許多張面孔，他們的姓名、年齡、住址、職業，他們可能的人生故事，那似乎是不久前的事，如今已遙遠得不可聞問。他還記得有時回家的路上，一離開大樓，等紅綠燈時，總會忍不住轉身，望著要退後幾個街口才可以看見全貌的摩天樓，那時的心情，是否就像人們戀愛時，送別時刻依依的回首？原來以前的自己，用這樣的方式在熱愛他的工作嗎？或者，大樓也有讓他留戀不捨之處？

他背對著摩天樓離開，車速越來越快，風一定呼呼地吹，但安全帽底下的耳朵聽不見呼嘯的風聲，有些問題在他腦中始終無法解開，比如林大森先生到底有沒有殺害美寶，他在為美寶梳妝打扮時到底在想些什麼。當然這些問題應該是警察才需要去想的，或許時間會給出答案，也或許真正的答案只有他自己知道。美寶小姐與林大森先生的愛情，美寶小姐與謝保羅的愛情，發生在這摩天樓裡各式各樣不可告人、難以啟齒或無法解釋的愛情，李東林每次想到這兒，總覺得身體變得不像自己的，有什麼異樣的感覺就此改變了他的生命，然而他畢竟是一個連真正的戀愛都沒談過的人啊。命案發生，起初很多傳言，之後林大森夫妻搬離摩天樓，美寶小姐住的套房聽說也賤價賣掉了。林大森夫妻有沒有離婚？發生這樣的事，曾經相愛的夫妻要如何一起面對或各自單獨生活下去？人對愛的底線到底在哪？可以為愛承受多少屈辱？李東林弄不清楚，他只知道，最後，自己的地獄還是得自己扛，這是保羅教會他的。

摩托車轉彎轉進小巷，已經完全離開摩天樓的注視，他卻仍感受到那棟樓的存在，這種身體感覺，可能得要離開很久很久才會消失。那樣巨大的一座大樓，隱藏著多少種地獄呢？離開了這裡的人，會走進更好或更壞、什麼樣的世界裡呢？這些，要等李東林自己離開之後才有機會知道了。

大樓風終於不再吹刮他的身體，那些喧囂或狂亂的思考隨著風的遠退，散入了空氣裡。前方一座剛落成的捷運共構高樓，入口處豎立巨大的聖誕樹，他眼前出現了曾經在聖誕節之前，看見鍾美寶在咖啡店門口擺設小小的聖誕樹，將各種掛飾仔細綁妥的身影。幾乎不可能，然而與當時所聽見一樣的聖誕歌曲像是傳聞般飄進了他耳中，好像突然降臨的安慰，即使他並沒有什麼信仰，而那也不過是另一座他人的天空之城，完全與他無關。他感到奇異的溫暖從聽覺傳遞到身體，便直起腰桿，雙手扶穩龍頭，正視前方，筆直的路面像是大道朝前無限延伸，彷彿那並不是馬路，而是命運之類的東西。他催快油門，投入前方，將摩托車駛進了夜色中。

在瘋魔之中偏航

／楊凱麟

大樓是無人與「無人稱的」。小人偶們在宛如蟻穴蜂巢的公寓間俯仰穿梭，他們掙錢、吃飯、喝咖啡、偷情、嚼舌與從事著每棟大樓都正生機勃勃發生著的事。像是陳雪以多年功力灑出的一把豆子，吹口氣化成台灣當前存有模式的各種概念性人物。然後，命案發生，塑料人偶般的美豔屍體橫陳公寓床上，沒有人是凶手，或者，所有人皆凶手。

人活著人死了，吃喝拉撒生死疲勞，不過是銅板或骰子翻動的偶然與機遇，屍體有無與凶手生滅，路人甲乙丙丁，或許也都是同一回事，只是高速電腦運算下以光速奔流的散亂數字，一種大數據下的生與死。活人被支解為各種數字，如軌道上蜂擁推擠的巨量彈珠，木然且無有表情。

如果大數據曾是電腦進化前不可企及的統計學家的夢，如今海量數值的高速匯流則重構了一個全然冰冷的預測宇宙，不斷湧現的動態數據即時地描述著「非人」的我們。然而陳雪的小說「反實現化」（contre-effectuer）地逆行了大數據的非人人生，在她一絲一線亂針刺繡而成的長篇裡，減速與停格成為文學的「自慢」。如果大數據意圖以訊息的搜羅「活人生吃」，陳雪則以文字減壓與降速，將電腦晶片高速竄流的數字反向復活各種當代人生，快慢強弱的正反調校雙重倍增了虛構的強度，而正是在文字的逆轉法輪與低檔爬升下，《摩天大樓》透過強虛構展現文學的當代性。

別用古老的詞彙解釋陳雪，也別以為陳雪會耽溺在同一個地方，這便是《摩天大樓》對所有讀者的考驗與難題。

《摩天大樓》是一隻巨大的活物，森然矗立且不斷將外部世界吞噬摺入體內。書寫對陳雪而言一直是迷宮與迷宮的物質化，而且愈唯物愈細節就愈虛構愈小說，於是有著一座座深重嵌陷戀人們的迷宮。一切曾發生在陳雪小說中的瘋魔故事都勢必在大樓某一被撳亮的框格中以另一形式重演，而且在重演中無數次的再次復活與死滅、瘋顛與炸裂。或許有生命的是大樓，無生命的，是樓裡的人。

大樓仲介林夢宇、咖啡店長鍾美寶、大樓管理員謝保羅、鐘點管家葉美麗……每個人都自成一顆封閉單子，大樓既是由世界退縮回返的最後據點，亦是再次反噬世界的起點。這些「大樓人」（*homo aedificium*）散落成陳雪小說中正常與病理的林奈分類表，一律生活在極值律法之中，以各種方式瀕臨精神崩潰。然而凶案並非一切崩潰的開始（崩潰在你未察覺時便已開始，且不曾停歇），相反地，《摩天大樓》的平靜尾聲（第四部）似乎是諸附魔者終於由永恆的瘋魔中偏航、除魅與歸返，開啟與進入另一嶄新小說維度的契機。

這些陳雪式的人物，在小說中騷首弄姿咧嘴吐舌的一個個大樓人，其實就是我們。陳雪對於她小說人物的凌遲與殘酷從不手軟，但角色們仍個個魔性侵奪至死不悔。這並不意味陳雪單純地以玩弄她的角色為樂，亦不太涉任何腥羶窺淫的B級趣味，究極而言，一切都只是為了對我們自身命運的愛。

Amor fati（對命運之愛）！這便是陳雪小說的「虛構原力」，一切虛構與虛構可能的寫作零度。「你應成為你所是的人，做只有你能做之事，無止盡地成為你是的人，做你自己的主人與雕像。」尼采如是說。

這是關於永恆回歸的恐怖試煉，是不斷將自身推擠到極限形式的生死決斷。這就是著名的Amor fati，是「粉身碎骨渾不怕」，因為這就是我的命運屬於我；但另一方面，生命正是在此貼合其高級形式，是與一切陌異、他者與意外的肉身遭逢。把自己翻摺到外部，成為他者，從一極限形式到另一極限形式以便自我轉型，這便是洞徹威力意志的小說家姿態。

二十一世紀的台灣文學由三座雄偉的小說建築啟動：駱以軍的《西夏旅館》（二〇〇八）、顏忠賢的《寶島大旅社》（二〇一三）與陳雪的《摩天大樓》（二〇一五）。彷彿描摹台灣當前存有模式的三個差異維度，平行宇宙的三支確然歧出系列，文學活體的三個珍貴採樣。大樓（或旅館，或旅社……）仍不斷地倍增，如波赫士的小徑分叉花園，也如萊布尼茲無窮撥開細分仍是

「遍地長滿植物的花園和水中游魚攢動的池塘」。

進入大樓是為了重新撞開文學的多重入口。

楊凱麟，巴黎第八大學哲學場域與轉型研究所博士，研究文學、藝術與當代法國思想，曾獲《中央日報》海外小說獎。現為台北藝術大學藝術跨域研究所教授。著有《祖父的六抽小櫃：與台灣老東西相處的真實感動》，譯著有《德勒茲論傅柯》、《消失的美學》、《傅柯考》（合譯）等。

摩天大樓，第五維度的文學建築

／潘怡帆

在重重疊合又展開的故事翻攪裡，陳雪的摩天大樓被逐步摺入第五維度。文字的幽微調焦掩映在龐雜的敘述之中，話語既如浸泡在大樓底層可以轉手拋棄的垃圾八卦，又猶如囤積症般被拾掇齊整地抬升故事樓層。無法破解的殺人疑雲，是籠罩在小說頂層的移動核心，以話中有話所創造的欲言又止，切斷通往理解可能的境外通道。小說揭露了城市孤島的現貌，所有犯罪動線、證據癥兆，甚至兇手（繼父在綴補完進駐大廈的可能性之後，才被並列為該案的嫌疑人之一）都只能往樓層更內部尋找，然而，任何真相都無法穿透「愈是探究，便愈是細節叢生」的故事謎霧。因為逐一剖白內心風景的情節並不指向謎底的釐清，而是話語此起彼落的嘩嘩作響，越是掙扎著競相表態，越是細針縛織著意指的無止境攜家帶眷。摩天大樓最終矗立成當代社會中境內域外的海市蜃樓，永恆映射着非關它的，未曾出生的，鬼影幢幢的非真在場。

乍看《摩天大樓》，它確實符合日本偵探小說裡的組成要素。在亮起的每格房間內，填塞了分歧的生命姿態，而犯罪便在開關門的明暗轉瞬間透洩異色。成套的疑陣故布使讀者習以為常的等待「真相只有一個」的神探鑰匙，那是在推理小說中，唯一被賦予真相之眼，能辨真別假的神之使者。然而，為贖出真理而不可或缺的關鍵卻在這部新書裡被抹除了。偵探的專業，是在眾聲喧譁裡逮住謊言的調頻，並還原事實。而拿掉以偵探校準真相的絕對座標，同時是取消測謊的可能，這致使陳雪小說裡的人物自白瞬間淪為遮掩犯罪的幫凶。因為所有的實話並未供出真凶，而是使犯罪事件無法消解的持續存在，更精確地說，陳雪破格地以百分百誠實策動了一宗無從破解的謀殺，也斬斷了言說與真理之間的聯繫。因為當「說實話」不再為將會水落石出的真相背書，卻指向犯罪時，真相不再可能被越說越明，而所有追求真相的言說都將成為犯罪的再製造，換言之，話語成為此部作品中唯一，也是最恐怖的犯罪。

透過訴說歷史的寫作，三維空間在時間的第四維度中存在，因而一九七五年完工的南非「龐特塔」與一九九〇年開工的委內瑞拉「大衛塔」能夠共同出現在二〇一五年的台北摩天大樓裡。然而，陳雪挑戰的非僅止於四次元的寫作，而是企圖透過不再可能說實話的語言構造，去搭建一棟迫使第五維度返回可見的大廈。第五維度的空間是由無數個四維向度所組成的多重時間共在，換言之，一個五維空間的物體，總是橫跨在無窮多的時間上，這使它能跳躍在不同的四維時間中驟逝與閃現，因而，在一致的時間裡，它都只能被觀測到像是局部在場般的「整體缺席」。而陳雪所構造的正是如此由無數種精緻切面黏著而成的全形未明的合成樓。

《摩天大樓》在眾人自白的內部講究著枝微末節的雕琢，因而，同一樁案件卻製造了無窮多個凶手。謝保羅的罪惡感一步步地逼顯出「或許是我殺了美寶」的風景；而遭遇丈夫背叛的李茉莉則忍辱負重，伺機調度著殺人與嫁禍的棋局；被迫在麵包與愛情間作抉擇的林大森，陷入狗急跳牆的處境，不得不一不做、二不休；而林夢宇的偷窺怪癖，李東林對犯罪手法與湮滅證據的熟稔，顏俊對相同血緣的姊姊的畸戀，繼父的失控暴力與吸毒前科等，多層與繁複的細節蓄積著愈漸強烈的各種暗示，它們透過不同時地的誘發，紛紛長出各自的邏輯，以便撲吞同一樁犯罪。

另一方面，這樣的一花一世界也使得謀殺案的全貌無法真正被認識，即便是最具備典型殺人犯特徵的繼父（戀童、家暴、性侵、父權等形象），也在李東林的犯罪描述中被釋放，即便是離案件遙遠的李錦福，都可能因為命案過後所獲致的遲來幸福而湧現殺人動機（以便獲取重生的機會）。所有的嫌疑犯都在換渡時間軸的同時，漂白成另一種敘述裡的無辜者，這使得故事的發展一再變調，或更確實地說，變調恐怕才是此作品中的唯一調號。換言之，這部小說並非在描述某個大事件下的逐一細節，而是各種瑣碎「補丁似的不斷增生」，因而在大廈蓋完以前，誰也說不清它的模樣。

然而，大廈難以修築完畢，這不僅因為作者以樓層與棟數的跳動與隱逸（第四部改以月份代替大樓樓層分布）一再切碎大樓的全景，更因為她使得被斷開之處並非無存在的消逝，而是化身為連結著戶與戶之間的缺席在場。故事中林夢宇以「樓主」的角色捍衛大樓幽靈般的全貌，他有鑰匙可以通往所有房間，他不斷植入祕密事件（空屋性愛、製造非通道的通道等），使「空」的空間成為「並非沒有」的祕密在場。祕密是表面上不存在的存在，如同凶案發生時摔落的監視錄像與房間內被關閉的針孔攝影，「沒有拍到」並非什麼也沒發生的全黑，而是為了凸顯「有事」的蓄意調黑，因此，「沒有」不再只是沒有，而總是「有什麼」的必須被說。換言之，刻意被以碎形表達的大樓側像，不僅是為了勾勒在城市高速運轉下而造成的人即孤島，更是以整座大樓的概念去強化其中無銜接的銜接，那便是使《摩天大樓》棲身入第五維度的緣由，一種以寫作煉製想像的跨時空移動。

《摩天大樓》作為「全貌的缺席」迫使讀者生產關於全貌的想像（重造）運動。讀者只能根據作者給出的有限碎片去拼製大樓的模樣，並在空缺的窟窿處自行安插、彌補不足的情節，因此大樓總是隨著閱讀方式的不同而被不斷重築與拆毀。大樓一再逸形於不同的讀者時空中，在多重的時空軸線上呈現非均一的樓層堆疊，然而，任何建造工法下落成的大樓都恆差異於此作品中的大樓。因為誰也無法肯定在《摩天大樓》無光的陰暗處，究竟滋生了多少異質的事件，並且也同樣無法否定它的全貌的缺席並不阻止而是助長大樓的生殖。因為所有的讀者（評論者）都被迫在各自的時間軸裡，以不同的織法想像著相同的故事。然而，所有的說法卻必然一再跌回陳雪埋下的故事黑洞，空缺的恆在成為必須完成大樓的提醒，因此，「說」不再能完成故事，而指向必須說更多的「說不完」故事。正是在這裡，我們發現自己逐步蛻變成同棟大樓裡的一門住戶，以無法停止的訴說謀略著另一樁罪行，那是使謀殺不能結案的犯罪，也是使故事無法結清的大樓建造。

在陳雪的新作中，我們都被迫成為她言說裡的翳影，成為使意義從寫作表面脫殼而出的偽義製造者，並因此有幸在這鬼影幢幢的謎樣建築裡，窺見前往第五維度的文學入口。

潘怡帆，法國巴黎第十大學哲學博士。研究當代法國哲學暨文學理論。

國家圖書館出版品預行編目資料

摩天大樓 / 陳雪作.-- 初版. -- 台北市 : 麥田出版 : 家庭傳媒城邦分公司發行, 2015.08
面；　公分. -- (當代小說家 ; 24)
ISBN 978-986-344-254-7(平裝)

857.7　　104012695

當代小說家 24

摩天大樓

作　　者　陳　雪
主　　編　王德威
責任編輯　林秀梅　陳瀅如

國際版權　吳玲緯
行　　銷　陳麗雯　蘇莞婷
業　　務　李再星　陳玫潾　陳美燕　枾幸君
副總編輯　林秀梅
副總經理　陳瀅如
編輯總監　劉麗真
總 經 理　陳逸瑛
發 行 人　涂玉雲

出　　版　麥田出版
城邦文化事業股份有限公司
104台北市中山區民生東路二段141號5樓
電話：（886）2-2500-7696 傳真：（886）2-2500-1966、2500-1967
E-mail：bwps.service@cite.com.tw
發　　行　英屬蓋曼群島商家庭傳媒股份有限公司城邦分公司
104台北市中山區民生東路二段141號2樓
書虫客服服務專線：(886)2-2500-7718；2500-7719
24小時傳真服務：(886)2-2500-1990；2500-1991
服務時間：週一至週五09:30-12:00；13:30-17:00
郵撥帳號：19863813　戶名：書虫股份有限公司
讀者服務信箱E-mail：service@readingclub.com.tw
歡迎光臨城邦讀書花園　網址：www.cite.com.tw
麥田部落格：http://blog.pixnet.net/ryefield

香港發行所　城邦（香港）出版集團有限公司
香港灣仔駱克道193號東超商業中心1樓
電話：(852)2508-6231　傳真：(852)2578-9337
E-mail：hkcite@biznetvigator.com

馬新發行所　城邦(馬新)出版集團【Cite(M)Sdn. Bhd】
41, Jalan Radin Anum, Bandar Baru Sri Petaling,
57000 Kuala Lumpur, Malaysia.
電話：(603)9057-8822　傳真：(603)9057-6622
E-mail:cite@cite.com.my

設　　計　王志弘
印　　刷　前進彩藝有限公司

初版一刷　2015年8月1日

定價／450元
ISBN：978-986-344-254-7

城邦讀書花園
www.cite.com.tw

◎本書榮獲財團法人國家文化藝術基金會創作補助。

國|藝|會
NCAF